Vor allem für dich, Carsten.
Für deine Liebe, Sensibilität und Unbeugsamkeit.
Niemand sieht den Grund einer Seele so klar wie du. Niemand geht so unerschrocken mit ins Dunkel und bringt Licht.

Und für meine liebevollen Eltern, meine wunderbare Schwester und alle, die Freunde, aber in Wahrheit Familie sind.

1

Dies war ein stinknormaler Montagmorgen. Für die meisten jedenfalls, seufzte Flora, während sie ihren übergroßen Trolley durch den fünften Bahnwaggon zerrte und zum x-ten Mal eine Entschuldigung für einen übersehenen Fuß, eine zerknitterte Zeitung und andere überfahrene Dinge murmelte.

Erschöpft hielt sie einen Moment inne und sah sich um. Überall saßen Menschen mit ausdruckslosen Gesichtern, die auf Smartphones oder in Laptops starrten. Ja, es könnte ein typischer Montagmorgen sein, würde sie nicht gerade sowohl ihrer finanziellen Freiheit als auch ihrem persönlichen Waterloo entgegenfahren.

›Wie man sich selbst der beste Feind ist – Anleitung für ein möglichst stagnierendes Leben!‹, das würde der Titel ihrer Biografie werden, falls das hier schiefging, und im Moment fühlte es sich verdammt so an.

Wie war sie nur auf die wahnsinnige Idee gekommen, dieses Angebot anzunehmen? Okay, jeder andere Student hätte wohl *Jackpot* gerufen und wäre direkt zum Bahnhof gestürmt, doch für sie war eben einiges nicht so wie für andere. Leider.

Minutenlang hatte sie winkend an der Wagentür geklebt, bis sie einsehen musste, dass ihre engste Freundin und Mitbewohnerin Melanie nicht mehr auf dem Bahnsteig zu erkennen war.

Beim besten Willen nicht. Gar nicht. Null. Nun kämpfte sie sich als eine der Letzten durch den Zug, in der Hoffnung, noch einen freien Platz zu ergattern. Flora straffte die Schultern, zog ihren Trolley mit einem Ruck weiter durch den verflixt engen Gang und versuchte, die ärgerlichen Gesichter der bereits bequem Sitzenden zu übersehen. Irgendwo musste doch etwas frei sein.

Und tatsächlich. In der Mitte dieses Waggons war an einem Vierertisch neben einem Mann im ausladenden Friesennerz ein schmaler Streifen Sitzplatz übrig. Dankbar und mit dem bestmöglichen Lächeln, das sie hinbekam, hievte sie ihren Koffer in die Gepäckablage und ließ sich neben ihn fallen. Aus dem Augenwinkel sah sie, dass dünne Rinnsale Schweiß an seinen Ohren entlangliefen und den hellblauen Hemdkragen dunkel färbten. Flora fächerte sich unauffällig Luft zu. Bei dem Gedanken, im Juli bei strahlendem Sonnenschein in einem Regenmantel zu stecken, wurde ihr unerträglich heiß, obwohl die Klimaanlage in ihrem Wagen erfreulicherweise funktionierte.

Sie schloss für einen Moment die Augen. Jetzt war sie also wirklich auf dem Weg. Es fühlte sich merkwürdig an. Leicht, schwebend – und gleichzeitig, als würde eine zentnerschwere Last auf ihrer Brust liegen. Flora balancierte eine Weile auf dem schmalen Grat, der diese Gefühle trennte. Dann schoben sich grüne, ärgerlich dreinblickende Augen, die sie in Leipzig erwarteten, in ihre Gedanken und ein brennender Schmerz schoss durch ihren Magen. Sie riss die Augen wieder auf. Eine ältere Dame ihr gegenüber nickte mitfühlend. Flora zwang sich zu lächeln. Vermutlich deutete ihr verweintes Gesicht auf Liebeskummer hin. Abschied vom Freund in Hannover oder gleich eine schlimme Trennung. Sie seufzte leise. Gut so. Das war wenigstens gesellschaftlich akzeptiert. Mehr jedenfalls als unfähig zu sein, sein Leben in die Hand zu nehmen.

Um einem Gespräch zu entgehen, kramte Flora hastig ihre Kopfhörer aus der Handtasche und ließ ›Shut Up and Dance‹ von Walk the Moon in Dauerschleife laufen. Nach und nach entspannte sie sich etwas. Der Song war so lebensfroh und mitreißend, dass alle Panikgedanken an die Ränder ihres Bewusstseins gedrängt wurden. Nach dem neunten Durchlauf dehnte sich ein leises Kribbeln in ihrem Bauch aus. Auch wenn es nicht sein konnte – es fühlte sich fast wie Bewältigungsoptimismus an. Ihr Herz klopfte aufgeregt, und sie spürte, wie sich ihre Mundwinkel ganz von selbst zu einem Lächeln verzogen. Auf einmal war sie unglaublich stolz auf sich, dass sie tatsächlich hier im Zug saß und ihr Leben rockte – oder rocken wollte. Denn ja, sie würde es diesem Marc Antonius zeigen. Sie würde das Geld verdienen, nach Hannover zurückkehren und dann ihr Studium im Handumdrehen beenden. Sie würde es zumindest versuchen; und das war ja schon mal was.

Eine Woche zuvor …

Mit Farbrolle und Grundierung bewaffnet stand Flora auf der Mitte der Leiter und grinste. Dieser Wand mit federleichten Pinselstrichen etwas Mystisches zu geben, würde das reinste Vergnügen werden. Endlich mal ein Job, der nichts mit Kellnern, Zählerablesen oder Kassieren zu tun hatte. Es war echt hart, jeden Monat das Geld für Miete und Essen zusammenzubekommen, um Grafikdesign studieren zu können. Eine nie endende Herausforderung. Meistens waren die Jobs, die sie fand, elend anstrengend, eintönig und unterbezahlt. Aber dieser hier schien ein Volltreffer zu sein! Am Samstag hatte Kristin, ihre Kollegin im Bistro Roma, erwähnt, dass ihr Bekannter Joey im *Beau Village,* dem Einkaufszentrum, das in der Innenstadt gebaut wurde, einen Laden für Fanartikel im Fantasybereich aufmachen wolle. Er konnte sich keine professionelle Firma leisten und suchte jemanden, der der Fassade auf der Ladenzeile einen unverwechselbaren Look geben würde. Für eine moderate Entlohnung natürlich. Flora hatte sich sofort angeboten.

Joey war ein netter, untersetzter Typ Anfang fünfzig, dem man jedoch die Nerd-Abende mit Serien und Computerspielen an seiner Figur und dem blassen Teint ansah. Bei der Gestaltung hatte er ihr total freie Hand gegeben. Es sollte nur richtig schön *fantasymäßig* werden. Drei Tage später stand sie nun hier und war voller Tatendrang.

Der Gedanke an das Glück, das sie mit diesem Job gehabt hatte, brachte ein Lächeln auf Floras Lippen und sie streckte sich genüsslich wie eine Katze, obwohl sie sich gerade auf einer Leiter befand. In manchen Punkten konnte man keine Kompromisse machen. Ebenso bei der Kleiderfrage. Sie trug nie einen Malerkittel beim Arbeiten, niemals. Auch wenn sie ihre selbstgenähten Röcke im Fünfzigerjahre-Stil liebte, das war ein persönliches Prinzip von ihr. Dann musste man sich eben extrem gut konzentrieren, aber es hatte bisher bei allen Wohnungsstreichaktionen und selbst während der Ausbildung zur Raumausstatterin bei Tante Marianne und Onkel Norbert immer gut geklappt. Die beiden nannten sie »Miss Stainless« und heute hatte sie vor, sich diesen Spitznamen ein weiteres Mal zu verdienen.

Während Flora die Fläche neben der Tür grundierte, entstanden vor ihren Augen Feenflügel, im Schatten verborgene Trollgesichter und verwunschene Bäume. Eine Landschaft, so friedlich und schön wie in einem Fantasyfilm, bevor die dunkle Macht erwacht. Flora tauchte noch tiefer in eine sonnenbeschienene Szenerie mit grünen Hügeln und einem dichten Wald, an dessen Rand sie eine Gruppe Elfenmänner ausmachte. Einen von ihnen sah sie ganz klar. Er war groß, muskulös, aber dennoch schlank, hatte lange silbrige Haare und ein kantiges Gesicht mit deutlichen Wangenknochen. Ein Schauer lief ihr über den Rücken, als er sie ansah.

»Verdammt, was für eine Sauerei!«

Flora zuckte zusammen. Sie konnte den Pinsel gerade noch festhalten, während sie versuchte, auf der Leiter zu bleiben. Unten erkannte sie einen Mann, der fassungslos auf seine Anzughose starrte. Sie war mit dicken, weißen Flecken verziert. Ein handtellergroßer Klecks lief auf beiden Seiten eines teuer aussehenden Lederschuhs hinunter. Mit einem mörderischen Blick schaute er zu ihr hoch.

»Was?«, rief Flora.

»Wieso steht hier mitten im Weg ein Farbeimer?« Seine Stimme klang angenehm und stand in direktem Kontrast zu dem vorwurfsvollen Gesichtsausdruck.

Flora atmete tief durch. Ungerechte Anschuldigungen konnte sie nicht leiden. »Wieso haben Sie den Eimer denn übersehen?«

Der Blick aus seinen klaren grünen Augen wurde dunkel, während er sie schweigend musterte. Flora fühlte, wie ihr warm wurde.

»Was genau machen Sie eigentlich hier?«, fragte er.

»Ich soll die Fassade für diesen Fantasy-Laden gestalten.«

»Interessant. Gehören Sie denn zum Dekoteam? Wenn ja, dann hätten Sie bei mir vorgestellt und angemeldet werden müssen.« Er legte den Kopf schief. »Ansonsten haben Sie keine Berechtigung, hier zu arbeiten.« Flora schluckte. Das lief irgendwie in die falsche Richtung. »Also noch mal, wer sind Sie und wie ist Ihr Name?«

Ganz bewusst blieb sie auf der Leiter stehen. »Wer genau möchte das wissen?«, fragte sie betont ruhig.

»Marc Antonius, der Centermanager.«

Flora wandte sich einen Moment dem Laden zu und verdrehte leise stöhnend die Augen. Was für ein Mist! Da hatte sie einmal einen Job, der Spaß machte, und jetzt vermasselte sie es gleich so? Wo war nur Joey? Er hatte sie schließlich beauftragt und sollte das klären können, oder? Doch dann fiel ihr ein, dass er gesagt hatte, er müsse heute nach Stuttgart fahren. Irgendwelche Dekoartikel abholen, die er bei eBay ersteigert hatte. Ihr wurde heiß. Innerlich mit gesenktem Kopf, äußerlich hoch erhobenen Hauptes stieg sie langsam die Leiter hinunter. Als sie von der letzten Sprosse auf den Boden sprang, bauschte sich ihr pastellgelber Petticoat. Nachdem sie ihn in Ruhe glattgestrichen hatte, sagte sie so würdevoll wie möglich: »Guten Tag, mein Name ist Flora Lilienthal.« Dabei musste sie mit ihren ein Meter und fünfundsechzig ein ganzes Stück hochschauen, denn er war sicherlich weit über einen Meter achtzig groß. Mit seinem goldenen Teint und den braunen, leicht gewellten Haaren, die ein wenig zu lang für einen Anzugträger waren und die er jetzt mit einer angespannten Geste zurückstrich, sah er aus wie dieses Unterwäsche-Model auf der Litfaßsäule, an der sie jeden Morgen vorbeikam.

Auch er ließ sie nicht aus den Augen. Nahm sich ein paar Sekunden Zeit, um sie zu mustern. »Kommen Sie mit in mein Büro. Ich möchte wissen, ob Sie hier als Personal angemeldet sind und wer Sie eingestellt hat.«

»Also ich ... Ich weiß nicht«, stotterte Flora, »ob Joey, der Besitzer des Ladens, das schon gemacht hat. Er sagte nur, es sei okay, wenn ich heute anfange.«

»Das werden wir ja sehen«, antwortete der Mann knapp und bedeutete ihr, ihm zu folgen.

Durch eine unscheinbare Metalltür betraten sie einen Trakt, in dem die Verwaltung des Centers untergebracht war. Die Türen waren offen und man sah viele dynamisch wirkende Männer und Frauen an Telefonen hängen oder auf Monitore starren. Aus fast jedem Büro schallte ihm ein »Guten Tag, Herr Antonius« entgegen, was er mit einem beiläufigen Nicken erwiderte. Am Ende des Flures wartete eine Tür, auf der »Center Manager« stand. Er öffnete sie, ging hindurch und hielt sie auf, damit Flora bequem in den Raum treten konnte. Dann nahm er schwungvoll hinter seinem Schreibtisch Platz und tippte etwas auf der Tastatur seines Notebooks.

Da er keine Anstalten machte, ihr den Stuhl vor seinem Schreibtisch anzubieten, steuerte Flora direkt darauf zu und nahm ebenfalls schwungvoll Platz. Stirnrunzelnd sah er auf. Sie lächelte ihn an.

»Da wir hier offenbar schwerwiegende Dinge zu klären haben, sollten wir uns doch an die Gesetze der Höflichkeit halten, um dem Ganzen einen angemessenen Rahmen zu geben, finden Sie nicht?«

»Sie finden es höflich, einfach Platz zu nehmen, obwohl Ihnen keiner angeboten wurde?«

»Gern geschehen. Ich wollte Sie nicht in Verlegenheit bringen, da Sie es so offensichtlich vergessen hatten.«

Ohne weiteren Kommentar schob er ihr einen Personalbogen zu und deutete auf den Kugelschreiber, der links von Flora auf dem Schreibtisch lag. »Bitte füllen Sie den vollständig aus.«

Flora überflog das Blatt. Name, Anschrift, E-Mail, Mobilnummer und Geburtsdatum. Ganz schön viele Daten, dafür, dass er nur nachschauen wollte, ob sie bereits im System verzeichnet war. Aber was tat man nicht alles, um einen Job zu behalten? Kurze Zeit später schob sie ihm den Bogen wieder zu. Er nahm ihn schweigend entgegen und begann etwas zu tippen. Neben dem Schreibtisch bot ein halbrundes Panoramafenster einen interessanten Ausblick auf Hannovers sommerliche Fußgängerzone. Flora ließ ihren Blick durch den Raum wandern. Dies war ein sehr geschmackvoll eingerichtetes Büro mit cognacfarbenen Ledersesseln und großen Farnpflanzen.

»Frau Lilienthal, Sie sind nicht als Personal angemeldet und haben daher auch keine Berechtigung, hier zu sein. Ich möchte, dass Sie das Center verlassen.«

In ihren Ohren surrte es, als würde eine Guillotine heruntersausen. »Aber … Wie geht es dann weiter?«

»Weitergehen ist das richtige Stichwort, Sie gehen jetzt einfach. Aus dem Center raus und weiter nach Hause.«

Seine Augen sahen aus wie kühle grüne Seen und Flora spürte, dass sie bereits auf verlorenem Posten kämpfte. Er hatte sich entschieden. Dennoch versuchte sie ruhig zu bleiben, um die Situation möglicherweise doch noch zu retten. Sie musste es einfach schaffen. Sicher hatte er nach der Sachlage recht. Vielleicht war Joey nicht gerade der Gewissenhafteste und hatte ihre Anmeldung entweder vergessen oder – was wahrscheinlicher war – keinen Plan, dass man Mitarbeiter überhaupt anmelden musste.

»Gut, Joey Malchow, der Besitzer des Ladens, ist heute unterwegs und kommt morgen wieder«, sagte sie in einem versöhnlichen Tonfall. »Dann kann er das Ganze mit Ihnen klären. Soll ich direkt dazukommen und noch besondere Unterlagen mitbringen?« Sie lächelte ihn verbindlich an.

Er beugte sich vor und legte seine Arme auf dem Schreibtisch ab, sodass Sie wie ein spitzes Dreieck auf sie zeigten. »Zunächst mal sprechen wir hier von Ladenmietern, nicht von Besitzern – und nein, Sie brauchen morgen nicht herzukommen. Übermorgen auch nicht. Das übliche Vorgehen ist, dass die Mieter einen Fassadengestalter aus unserem Pool bekommen. Unsere Mitarbeiter kennen die Möglichkeiten und Grenzen des Gestaltungsspielraums, sodass bei aller Individualität die Einheitlichkeit des Centers gewährleistet ist.«

Seine Stimme klang melodisch und warm. Und solange sie sich nur darauf konzentrierte und den Inhalt ausklammerte, hatte sie fast das Gefühl, er würde gerade etwas ungeheuer Nettes bissagen. Flora wünschte, sie könnte diesen Zustand noch ein bisschen länger halten, doch irgendwann drängte sich die Bedeutung seiner Worte in ihr Bewusstsein und schlagartig wurde ihr kalt.

»Sie meinen, ich bin den Job wirklich los?«

»Es hat nichts mit Ihnen persönlich zu tun. Hier gibt es Richtlinien, was Personal und Sicherheit angeht.«

»Aber ich brauche nur einen Tag. Ich habe das Bild schon komplett im Kopf.«

»Es geht nicht.« Ihre Blicke trafen sich über dem Schreibtisch. »Und es tut mir leid.« Kurz trat ein warmer Ausdruck auf sein Gesicht, der jedoch sofort wieder verschwand.

Wie alt er wohl war? Vielleicht achtundzwanzig? Dann wäre er nur vier Jahre älter als sie. Wie er es bloß schaffte, ihr mit diesem geringen Altersunterschied ein so ausgeprägtes Gefühl von Unterlegenheit zu geben? Flora spürte, wie sich langsam, aber sicher Resignation in ihr ausbreitete. Sie hatte den Job verloren und damit auch das Geld, das sie so gut gebrauchen konnte.

»Und was muss ich jetzt machen?«, fragte sie leise.

»Räumen Sie die Leiter und die Farbe in den Laden, schließen Sie ab und gehen Sie. Bitte«, setzte er hinzu.

»Und Ihre Hose und Ihr Schuh?«

»Das muss nicht Ihre Sorge sein. Ich wäre Ihnen nur verbunden, wenn Sie so schnell wie möglich verschwinden würden.«

Er drehte sich mit seinem Sessel zum Notebook und fing an zu tippen.

Flora wuchtete die schwere Leiter zurück in den Laden und legte sie auf den Boden. Hoffentlich würde Joey morgen nicht darüber stolpern. Da er sie engagiert hatte, ohne vom hauseigenen Dekoteam zu wissen, schien er etwas mehr als nur schusselig zu sein. Um keine Stolperfalle für ihn zu bauen, lehnte sie die Leiter doch lieber an die Wand und stellte den Eimer mit der Grundierung und die bunten Farbtuben so weit weg wie möglich in eine Ecke.

Ihre Arme und Beine waren bleischwer. Die ganze Zeit über hatte sie das bezaubernde Bild im Kopf, das sie um den Eingang herum malen wollte. Pah, die Fassade muss unbedingt zum Gesamtkonzept passen. Sie sah sich auf dem Gang des Centers um. Viele Vorderansichten der anderen Geschäfte waren zwar noch nicht fertig, aber die, die sie sehen konnte, waren langweilig und übertrieben auf modern getrimmt. Sie verdrehte die Augen. Doch andererseits, überlegte sie, hätte diese kühle Langeweile auch genau den richtigen Kontrast geliefert für ihr Elfenparadies in zarten Perlmutt- und transparenten Grüntönen, die sie mit echter Baumrinde abrunden wollte.

Die Rindenstücke lagen bereits im hinteren Teil des Ladens. Als klar gewesen war, dass sie den Job bekommen würde, hatte sie sofort im Internet bestellt, weil sie schon so eine Ahnung hatte, dass es gut passen würde. Ach verflixt, es war einfach zu schade.

Flora sah sich noch einmal um. Eigentlich war sie bereit zu gehen. Stattdessen verfrachtete sie die Pinsel vom Boden in ein altes Kellerregal, das neben dem Eingang stand, und das Kreppband in eine Werkzeugkiste. Gerade als sie die Farbeimer doch lieber in eine andere Ecke des Ladens hieven wollte, fühlte sie, wie sich aus den widersprüchlichen Gefühlen ein klarer Entschluss formierte. Sie musste ihr Elfenparadies unbedingt sehen und dafür würde sie es an die Wand bringen – koste es, was es wolle.

Floras Schultern entspannten sich augenblicklich. Befreit atmete sie durch. Wie ferngesteuert entwickelte sie einen Plan. Da das Center noch in der Bauphase war, wurde es nach Feierabend sicher nur von außen bewacht. Sobald das Licht der Ladenzeile ausgeschaltet war, würden ihr die zwei Baustellenstrahler genügen müssen, die sie in einem Regal entdeckt hatte. Jetzt war es drei Uhr am Nachmittag. Sie wusste nicht, ob sie unentdeckt wieder in das Gebäude kam, wenn sie es erst einmal verlassen hatte, daher schloss sie die Türen von innen ab und setzte sich hinter einen großen Kleiderständer mit Zauberumhängen. Dort vervollkommnete sie ihre Ideen für die Fassade auf einem Block. Zum Glück hatte der Laden eine eigene Personaltoilette und ihre volle Brotdose wartete auch auf sie.

Gegen neunzehn Uhr ging das Licht aus. Flora traute sich aber noch nicht hinaus und geduldete sich weitere zwanzig Minuten. Dann schloss sie die Tür auf. Jetzt war es völlig still.

Zuerst ließ sie einen knorrigen Baum links neben dem Schaufenster in die Höhe wachsen. Behängt mit weißem Moos, das von den Ästen wie lange Spinnweben herunterhing. Danach legte sie ein Dutzend verschiedener Grüntöne über- und nebeneinander. Jeder einzelne würde anders riechen in dieser magischen Welt. Manche herb, nach grünem Tee, andere süßlich wie Waldmeister oder Pistazieneis, würzig wie gemähter Rasen und mild wie Heu im Sonnenschein. Mmh, sie liebte wirklich alle Grüntöne. Zusammen bildeten sie die perfekte Kulisse für die schimmernden Elfenflügel, Schmetterlinge und Trollgesichter. Flora tauchte ein in eine Welt, in der Zeit und Raum keine Rolle spielten. Die Luft war frisch und klar. Hier ließ es sich gut leben.

Sie klebte gerade ein letztes Stück Rinde auf, als plötzlich das Licht anging. Stimmen erklangen aus Richtung eines nicht weit entfernten Aufzugs und kamen näher. Ihr Herz schlug bis zum Hals. So schnell konnte sie nirgendwohin flüchten und vor allem die Materialien nicht einsammeln. Erstarrt sah sie vier Männern im Anzug entgegen. Darunter einer mit dunkelgrünen Augen.

2

Flora fühlte sich wie ein Reh auf der Landstraße, gefangen im Lichtkegel eines herannahenden Lastwagens. Marc Antonius löste sich aus der Gruppe und kam mit energischen Schritten auf sie zu.

Sein Blick versprach Ärger. Großen Ärger. Flora hasste es, vor anderen zurechtgewiesen zu werden, und straffte den Rücken. Ihre Armbanduhr zeigte, dass es sieben Uhr morgens war. O nein. Hatte sie etwa die ganze Nacht durchgearbeitet?

Er blieb vor ihr stehen und schirmte sie einen Moment von den anderen ab. In seinem Gesicht spiegelte sich eine Vielzahl von Emotionen, die er nur mit Mühe unter Kontrolle zu halten schien. Dann drehte er sich um, fasste dabei ihren Arm und zog sie an seine Seite. Sein Griff war deutlich, doch nicht unangenehm, und seine Stimme ließ keinen Rückschluss auf seine Gefühle zu, als er an die Gruppe gewandt sagte: »Frau Lilienthal, wie schön, dass Sie schon so früh fleißig sind! Darf ich vorstellen? Dies ist Frau Lilienthal, die uns einmal«, bei diesem Wort wurde der Druck intensiver, »bei einer Fassadenbemalung ausgeholfen hat.«

»Wunderschön! Und so besonders!« Ein untersetzter Herr um die sechzig mit rotem Kopf kam in die Hände klatschend auf sie zu.

Flora folgte seinem Blick. Zum ersten Mal konnte sie ihr Werk aus ein paar Metern Abstand und in vollem Licht betrachten. Sie spürte ein glückliches Kribbeln im Bauch. Es war genauso geworden wie in ihrer Fantasie. Sie war stolz auf sich und wusste nicht, wie sie das verdammte Grinsen aus dem Gesicht bekommen sollte.

»Darf ich mich vorstellen? Heinrich Ebertzhagen, mir gehört die HEC-AG, also die Heinrich-Ebertzhagen-Centergruppe.«

Damit streckte er ihr seine fleischige Hand entgegen. Flora ergriff sie, war froh, dass Marc Antonius ihren linken Arm statt des rechten festhielt, und wunderte sich gleichzeitig, warum er das immer noch tat.

Nacheinander traten auch die anderen Herren auf sie zu.

»Das sind Herr Berg, der Projektleiter Bau, Herr Kasius, Projektleiter Technik, und Herr Antonius, den kennen Sie ja bereits, er managt den gesamten Laden, zumindest bis er, wie jetzt, aus dem Gröbsten raus ist. Ab nächste Woche wird er bei unserem nächsten Objekt, dem *Belle Époque* in Leipzig gebraucht.«

Das Gespräch der Herren schweifte kurz zu einer Planungsfrage ab. Das gab Flora die Gelegenheit, auf die Hand zu sehen, die ihren Unterarm noch immer umfasst hielt. Sie war kräftig und hatte einen goldenen Hautton.

»Nun, Frau Lilienthal, Sie haben also diese außergewöhnliche Fassade gestaltet?«, wandte sich Herr Ebertzhagen an sie und sprach gleich weiter. »Ausgezeichnet! Marc, du weißt, ich schätze deine Qualitäten, aber dieser Laden ist hier eindeutig das Referenzobjekt und sticht wohltuend aus dem Einheitsbrei heraus. Sicher, die Ketten bringen ihr Corporate Design mit, aber die unabhängigen Einzelhändler, hauseigenen Gastronomiebetriebe und Cafés nicht.« Gestresst rieb er sich die Augen, während er die Einkaufszeile hinunterschaute. »Kommen Sie, Frau Lilienthal! Wir machen gerade eine Begehung. Ich bin gespannt, ob Ihnen an der einen oder anderen Stelle etwas Interessantes einfällt.« Herr Ebertzhagen winkte sie mit einer schnellen Handbewegung zu sich heran.

Als Flora sich in Bewegung setzte, hielt die Hand auf ihrem Arm sie kurz zurück und drückte noch einmal deutlich zu, bevor sie losließ. Es fühlte sich wie eine Warnung an. Herr Ebertzhagen war währenddessen schon einige Meter die Einkaufszeile hinuntergegangen und redete mit ihr, als würde sie sich neben ihm befinden. Flora beeilte sich, ihn einzuholen.

Plötzlich blieb er stehen und wandte sich um. »So, Frau Lilienthal, hier entsteht unser *Café Schwarzgold.* Wie Sie sehen, sehen Sie nicht viel. Deshalb wird Kasius uns jetzt auf den Stand dessen bringen, was hier geplant ist.«

Ein hagerer Mann mit Glatze baute sich in der Mitte des Rohbaus auf und begann mit betont lässigen Handbewegungen und einem Gesichtsausdruck, der vermutlich versiert aussehen sollte, das zukünftige Café zu beschreiben. Und in Floras Ohren Stück für Stück zu zerstören. Schon wieder nur kaltes Metall, Schiefer und grauer Beton. Sie stöhnte innerlich. Was verstanden die Menschen nur nicht an einem Café? Wer wollte denn in einem Kühlschrank sitzen? Während Flora sinnierte, welche Änderungen diesem Ort guttun würden, bemerkte sie nach einer Weile, dass vier Augenpaare auf sie gerichtet waren. Anscheinend warteten sie auf etwas. *O nein. Ich habe hoffentlich nicht die Augen verdreht!*

»Frau Lilienthal, wenn Sie eine andere Idee haben, dann teilen Sie uns diese doch bitte mit.« Herr Ebertzhagen nickte ihr aufmunternd zu.

Hitze stieg langsam Floras Hals zu den Wangen hinauf. Marc Antonius sah sie mit vor der Brust gekreuzten Armen an, als würde er sich auf eine dilettantische Vorstellung freuen. Sie räusperte sich, um ihrer Stimme mehr Festigkeit zu geben.

»Nun, ein Café ist doch ein Ort der Begegnung«, begann sie. »Hier treffen die Menschen sich, tauschen sich aus, wollen sich wohlfühlen und die Gegenwart genießen. Daher ist es wichtig, dass die Atmosphäre zeitgemäß, aber angenehm ist. Ich nenne es bewusst nicht modern, weil dieses Wort meiner Meinung nach die falschen Assoziationen weckt.« Flora trat zögernd in die Mitte des Raumes und ließ ihren Blick schweifen. »Hier sollte ein Tresen stehen.« Sie ging ein paar Schritte, um die Dimensionen aufzuzeigen. »Er kann von mir aus ein massiver Betonklotz sein, aber bitte gestrichen in einem warmen Weiß, mit einer geölten Echtholzplatte. Die Stühle halbrund und bequem aus Korb, die Tische aus Massivholz. Und an dieser Seite ... Wenn es etwas in Metalloptik sein soll, würde ich einen Bilderrahmen um die gesamte Wand laufen lassen. Gestrichen in Altsilber. Darin ein Gemälde von Menschen, die es sich in einem Café gutgehen lassen. Von den Proportionen her so gestaltet, dass die Personen, die an den Tischen davor sitzen, aussehen, als wären sie ein Teil des Bildes.«

Der Mund von Herrn Ebertzhagen stand offen und man sah, wie es in seinem Kopf klickte. Dann breitete sich ein Lächeln auf seinem Gesicht aus.

»Fantastisch! Ich kann es mir genau vorstellen! Kasius, schreiben Sie sich das auf.« Er legte seine schwere Hand auf Floras Schulter und schob sie weiter. »Kommen Sie, Frau Lilienthal, wir haben noch ein paar andere Sorgenkinder auf der Strecke!«

Sie gingen die gesamte Ladenstraße hinunter. Flora beschrieb die Bilder, die sie sah, wenn sie sich vorstellte, hier würde ein Jeansgeschäft, ein englischer Herrenausstatter oder ein Spielzeugladen eröffnen. Es fiel ihr leicht, sich darauf einzulassen, denn sie hatte Einkaufszentren schon immer gemocht. Es waren Orte, die nicht nur zum Shoppen da waren. Es waren Gelegenheiten, um in Farben zu schwelgen und sich nicht allein zu fühlen. Positive Orte, an denen es ständig etwas Neues zu sehen gab.

»Marc, nimm sie mit nach Leipzig. Du machst wie immer die Komplettorganisation und sie berät in puncto Inneneinrichtung und Fassadengestaltung!«

Flora schreckte aus ihren Fantasien hoch.

Herr Ebertzhagen wandte sich zu ihr um. »Sie sind doch ungebunden und haben die nächsten drei Monate Zeit, um mit Herrn Antonius nach Leipzig zu gehen?« Hä? *Wie ist das gemeint?* Als sie zögerte, musterte er sie eine Sekunde lang aufmerksam. »Ah, es geht um die Zahl!«, sagte er dann und lachte. »Sechstausend brutto im Monat. Kost und Logis frei. Aber dafür fangen Sie am kommenden Montag an!«

»Ja, äh ... Klar!«, hörte sie sich sagen. *Ja, klar? War sie völlig durchgedreht?* Hatte er wirklich sechstausend Euro gesagt? In einer Woche waren Semesterferien und die Prüfungen lagen bereits hinter ihr und waren bestanden. Das hatte sie gestern Nachmittag gerade erst mit Melanie und einer Marzipantorte gefeiert. Sechstausend Euro brutto, drei Monate lang, das würde heißen, dass sie nächstes Semester in Ruhe ihr Studium zu Ende bringen könnte. Dass sie endlich diesen ganzen Druck los wäre.

»Na schön, dann ist das ja geklärt! Geben Sie Ihre Daten meiner Sekretärin durch.« Herr Ebertzhagen drückte Flora seine Visitenkarte in die Hand. »Marc, sie wohnt auch in der Kronenburg. Meine Herren, Sie wissen, was zu tun ist, ich muss jetzt los!«

Damit klopfte er Marc Antonius auf die Schultern und verschwand mit den anderen in Richtung Aufzug.

Flora sah auf die Karte in ihrer Hand. Was für eine grausame Ironie des Schicksals, dass sie den Freifahrtschein für ihr Abschlusssemester und den Start in ihre Zukunft in der Hand hielt, aber nicht nutzen konnte. Verdammt, es war so gemein! Denn wenn sie sich nur vorstellte, in Leipzig zu sein, änderte sich ihr Herzrhythmus und Panik breitete sich in ihr aus. Dazu mischten sich scharfer Schmerz und die Enttäuschung darüber, nicht in der Lage zu sein, so eine Gelegenheit zu ergreifen.

»Nehmen Sie das nicht so ernst.« Flora hob den Kopf. Marc Antonius lehnte ein paar Schritte entfernt am Geländer. »Gut, jetzt können Sie sich etwas geschmeichelt fühlen. Ihre *Einfälle*«, bei diesem Wort sah er aus, als würde er mit den Fingern Gänsefüßchen in die Luft zeichnen, »klangen ganz nett. Aber wir wissen beide, dass Sie keine Innenarchitektin sind.«

»Wieso?« Ihre Stimme war nicht mehr als ein peinliches Krächzen.

»Sonst hätten Sie es wohl nicht nötig, trotzig über Nacht einen Kleinmädchentraum an die Wand zu zimmern, und Ihre Beschreibungen auf unserer Begehung wären auch eher von Fachausdrücken durchzogen gewesen als von – sagen wir – Blumenduft.« Bei dem letzten Wort legte er den Kopf schief und musterte sie langsam von unten nach oben.

Ihr wurde heiß – und sie wusste nicht, ob vor Wut, Scham oder was auch immer. Er stieß sich vom Geländer ab und kam auf sie zu. Flora wich zurück, doch hinter ihr war eine Säule. Eine viel zu knappe Armlänge vor ihr blieb er stehen. Ihr stockte der Atem.

»Denken Sie nicht daran, in Leipzig aufzutauchen«, sagte er so, als wollte er jedes einzelne Wort in ihr Gehirn tätowieren, drehte sich um und ging.

Floras BH schnürte sich tief in ihre Rippen ein, als sie endlich einatmete. Idiot! Wer war er, dass er ihr so eine Chance kaputt machen wollte? Wenn, dann würde sie das sehr gut allein hinkriegen – wie immer.

In ihr tobte ein Sturm aus Wut und Angst. Sie fühlte sich von seinen Worten, seinem Blick, seiner ganzen Art herausgefordert und wünschte, sie könnte zeigen, dass sie nicht einfach aufgab, nur weil er es gerne hätte, obwohl sie wusste, dass er wahrscheinlich schon gewonnen hatte. Das war so ungerecht.

Wieder und wieder strich Flora mit ihren Fingern über die scharfen Kanten der Visitenkarte. Sie schnappte ihre Sachen, verstaute hektisch die Malutensilien im Laden und rannte aus dem Center zu dem Baum, an den sie am Tag zuvor ihr klappriges Fahrrad gelehnt hatte. Ungeduldig rüttelte sie an dem rostigen Zahlenschloss. Dann radelte sie, so schnell sie konnte, als wäre das eine Möglichkeit, dieser verdammten Spannung zwischen Wollen und Doch-nicht-Können zu entfliehen. Aber dieser Konflikt ließ sich nicht so leicht abschütteln. Sie schleppte ihn schon fast ihr ganzes Leben mit sich herum. Dies war nur eine weitere Gelegenheit für ihn, zu glänzen.

3

Ohne abzuschließen, lehnte sie das Fahrrad an die Hauswand, öffnete die Eingangstür und sprintete in den vierten Stock.

Die helle Wohnküche mit dem Küchensofa, das sie von Melanies Oma bekommen hatten, dem Ohrensessel mit altmodischem Blümchenmuster und der Anrichte aus den dreißiger Jahren war für Flora der schönste Ort der Welt. Durch die Dachflächenfenster schien großzügig das Licht herein und gerade jetzt stand der alte Sessel mitten auf einem warmen Sonnenfleck. Hier konnte man die Welt für eine Weile vergessen. Mit einem Seufzen ließ sie sich in das freundliche Ungetüm fallen und rollte sich wie eine Katze zusammen.

Melanie lehnte an der Küchenzeile, die aus zusammengewürfelten Einzelstücken bestand, und betrachtete Flora mit gerunzelter Stirn. »Kakao?«

»Gerne.« Kaffee wäre wohl keine gute Idee, wenn sie später noch Schlaf nachholen wollte.

»Du bist völlig fertig«, fasste Melanie den Anblick, den sie bot, in Worte. »Meine Oma Hilde würde sagen, du siehst aus wie ›Zucker, Milch und Spucke‹ – und das, obwohl sie deine kastanienbraunen Haare und deine Porzellanhaut doch so verehrt.«

»Mhm«, murmelte Flora aus den Tiefen des Sessels.

»Aber danke für deine Nachricht gestern Abend. Ich hab allerdings nicht ganz verstanden, warum du nicht nachmittags Schluss gemacht hast und heute Morgen wieder hingefahren bist.«

Flora wurde schlagartig bewusst, wie weit ihre Freundin hinter dem Stand der Ereignisse zurücklag. Schnell richtete sie sich auf. Melanie drückte ihr eine warme Tasse Kakao in die Hand, die sie mit einem Berg Sprühsahne versehen hatte. Dann setzte sie sich an den Küchentisch, schob sich den Rest ihres Nutella-Toasts in den Mund und sah sie erwartungsvoll an. Flora nahm einen großen Schluck Kakao und begann zu erzählen.

Als sie bei ihrer Abfuhr in Marcs Büro angekommen war, schnaubte Melanie voller Entrüstung. »Was für ein Typ! Er hätte dir zumindest anbieten können, heute mit Joey wiederzukommen. Du hattest dich doch auf den Auftrag eingestellt und im Zweifelsfall einen anderen Job sausen lassen.«

Wie immer, wenn Melanie sich aufregte, saß sie kerzengerade auf dem Stuhl und ihre schulterlangen Engelslocken wippten mit jedem Kopfschütteln, als führten sie ein Eigenleben.

»Ich glaube, so weit hat er überhaupt nicht gedacht. Er sah einfach seine geheiligte Ordnung angegriffen, und das konnte er nicht zulassen. Deshalb musste ich weg.«

An Melanies Gesicht war abzulesen, dass sie gerade eins und eins zusammenzählte. Dann grinste sie spitzbübisch. »Aber das bist du nicht.«

»Nein, bin ich nicht!«, sagte Flora und lachte. »Hier«, sie streckte ihr die Bilder von der fertigen Fassade entgegen, die sie noch schnell mit ihrem Smartphone fotografiert hatte.

»Wow! Das sieht ja unglaublich aus!«

»Es hat auch unglaublich viel Spaß gemacht, es zu malen!«, sagte Flora mit einem verschwörerischen Grinsen.

Als sie schilderte, wie das Licht angegangen und sie ertappt worden war, erstarrte Melanie ruckartig. »Gott, das ist ja gruselig. Ich hätte mir in die Hose gemacht.«

»Wahrscheinlich hatte ich Glück, dass ich in der Nacht vergessen hab, was zu trinken«, erwiderte Flora und erzählte dann von dem Rundgang und dem Angebot von Herrn Ebertzhagen.

»Puh! Sechstausend Euro brutto im Monat bei freier Kost und Logis in einem Viersternehotel?«

»Ja, aber dieser Typ hat mir am Schluss noch deutlich zu verstehen gegeben, dass er mich – anders als Herr Ebertzhagen – dort nicht sehen will.«

»Ich glaub es nicht. Wie kommt er dazu, dir so eine Chance zu vermiesen?«

»Keine Ahnung.« Flora hatte Marc Antonius sehr genau beschrieben und dafür viele ausgefallene Adjektive gebraucht. Die ästhetischen für sein Aussehen und die, mit denen man niemals einen Knigge-Kurs bestehen würde, für alles andere. »Witzig ist aber, dass er manchmal einen ganz leichten Hamburger Akzent bekommt.«

»Oh, là, là, Hamburger Akzent, hm?«, Melanie wackelte mit ihren Augenbrauen, denn sie wusste, dass Flora diese Sprachmelodie mochte.

»Ja, aber leider nur dann, wenn er sauer ist und schreckliche Dinge sagt.« Flora seufzte und streckte ihren Rücken durch. Die Nacht auf der Leiter machte sich allmählich bemerkbar.

»Guck mal.« Melanie hatte nebenbei das Hotel Kronenburg, welches sich offenbar zentral in der Leipziger Innenstadt befand, gegoogelt und pfiff anerkennend. »Sieht toll aus.« Sie sah Flora an. »Und nun?«, fragte sie leise.

In ihren rehbraunen Augen lagen Verständnis und Wärme. Das tat so gut, denn Melanie wusste genau, was in ihr vorging, und verurteilte sie nicht. Jeder sollte mindestens einen Menschen haben, bei dem man nicht versuchen muss, irgendwie besser zu erscheinen als das unansehnliche Häufchen Seelenelend, das man in manchen Momenten nun mal ist, dachte Flora. Und dies war so ein Moment.

»In mir kämpft die Lust auf die Befreiung aus meiner ständigen Finanzkrise mit der altbekannten Panik. Es kann gut sein, dass am Ende die Angst wie immer gewinnt, aber jetzt gerade, wo ich noch voller Adrenalin bin, möchte ich so gerne einfach nur schreien: Ich mache es! Diese Chance wahrzunehmen, wäre zu schön.« Dann zog sich ihr Magen schmerzvoll zusammen. »Aber ist ja auch egal. Ich kann es nicht tun«, sagte sie leise.

»Hey, schau mich an!« Melanie schnippte mit den Fingern und ruderte wild mit beiden Armen. »Auf einer Skala von eins bis zehn, wie toll wäre es, das Geld zu haben?«

Flora verdrehte die Augen. »Elf natürlich. Es würde all meine Probleme mit dem Abschlusssemester lösen. Wahrscheinlich wäre sogar noch ein Computer mit dem Grafikprogramm drin, das ich für meinen Start als freiberufliche Illustratorin nutzen könnte. Ansonsten müsste ich monatelang Doppelschichten im Roma machen, um mir das leisten zu können.«

»Und was würde das bedeuten?«

»Meine Eltern müssten mich ein für alle Mal in Ruhe lassen – also die größtmögliche Erleichterung, das Ziel aller Ziele für mich.«

»Du willst es sehr gerne schaffen und weißt nur nicht, wie?« Flora nickte. »Dann gibt's nur einen Weg. Du musst blitzschnell sein. Greif zum Hörer und schaff Fakten. Deine Angst wird dich sowieso in die Mangel nehmen, aber dann kann sie dich nicht mehr davon abhalten, den ersten Schritt zu tun.« Flora betrachtete ihre Freundin, als wäre sie ein Alien. »Ich sehe es dir an. Das Tor der Freude geht schon wieder zu. Jetzt zählt jede Sekunde.« Melanie trommelte mit den Fingern auf die Tischplatte.

»Aber …«

»Die Zahl, Flora. Wie toll wäre es, das Geld zu haben? Für deinen Start ins Berufsleben? Deine Unabhängigkeit, deinen persönlichen Triumph?«

»Elf.«

Melanie nahm Floras Handy vom Küchentisch und drückte es ihr in die Hand, zusammen mit der Visitenkarte, die danebenlag. »Augen zu und durch. Ruf an. Nicht nachdenken.«

Melanies Enthusiasmus ließ kein Nein zu, und Flora wusste, dass sie ihr irgendwo hinter einem riesigen Berg aus Bedenken dankbar dafür war, sich aber in ein paar Stunden kräftig in den Hintern beißen würde. Doch jetzt war jetzt.

»Okay.« Mit zitternden Fingern tippte Flora die Nummer von

Herrn Ebertzhagens Büro. Als das sechste Mal das Freizeichen erklang und sie gerade hektisch auf den Auflege-Button drücken wollte, meldete sich eine sympathische Stimme.

»Guten Tag, hier ist Flora Lilienthal. Herr Ebertzhagen hat mich … Also er bat mich, Sie anzurufen. Es geht um meine Tätigkeit in Leipzig. Für die nächsten drei Monate.«

Die Frau am Ende der Leitung klang sehr nett. Sie sagte, Herr Ebertzhagen habe sie schon über ihren möglichen Anruf informiert. Dann nahm sie die Daten auf.

Als Flora aufgelegt hatte, musste sie tief durchatmen. »Ich hab es tatsächlich getan. Ich bin total verrückt geworden.« Sie starrte Melanie an.

»Super! Dein erster Schritt in die Freiheit.«

»Aber du weißt, dass ich die Abende und Nächte allein im Hotel nicht aushalten kann. Ich gehe ein, wenn ich einsam bin.« Flora spürte einen dicken Kloß im Hals.

Melanie nickte mitfühlend. »Ich weiß, dass das nicht einfach für dich ist. Du steckst in deinem Kopf immer noch in diesem schrecklichen Gästezimmer fest, aber ich bin mir sicher, dass du es schaffen kannst, und du wirst dort neue Leute kennenlernen.«

»Eben nicht. Es fällt mir nicht leicht, Kontakt zu anderen zu suchen, wenn es nicht beruflich ist.«

»Du wirst sehen, das wird dir gelingen. Ich wollte es dir eigentlich erst sagen, wenn du ausgeschlafen hast …« Melanie kniff die Lippen zusammen. »Gestern Abend hab ich Kristin getroffen. Euer Chef hat den Laden an irgend so eine Kette verkauft.«

»Was? Wovon soll ich leben?« Ihr wurde flau im Magen. Sie gab zwar nicht viel Geld aus, aber sie hatte auch nie etwas übrig. Schon bei einer Lücke von zwei Wochen wäre sie pleite, und einen neuen Job zu finden war nicht einfach bei den unzähligen Studenten in der Stadt.

»Es tut mir so leid«, sagte Melanie zerknirscht. »Die bauen in den nächsten Monaten den Laden um. Ihr werdet bald gekündigt. Vielleicht ist es also doch eine gute Idee, das mit Leipzig durchzuziehen? Gib dir eine Chance. Du kannst mich immer anrufen.

Denk dran, der Job ist real. Deine Angst fühlt sich nur so an und jetzt hast du wenigstens alle Karten auf der Hand. Das reicht erst mal für heute.«

»Ja, ist gut«, antwortete Flora mit einem mulmigen Gefühl.

In einem Zug trank Melanie ihren Kaffee aus und stand auf. »Süße, ich muss jetzt los, meine Schicht im *Birds* fängt gleich an. Bin aber heute Nachmittag wieder da. Dann quatschen wir weiter.« Sie arbeitete in einem Schnellrestaurant, das sich auf Grillhähnchen spezialisiert hatte, um sich neben ihrem Sozialpädagogik-Studium etwas dazuzuverdienen. Melanie griff ihre Tasche vom Küchensofa, sauste in den Flur und rief: »Wegen des absolut fehlenden Regens nehme ich heute keinen Schirm mit!«

Sie liebten es, peinlich genau auf den Genitiv nach ›wegen‹, ›trotz‹ und ›ob‹ zu achten und ihn in den skurrilsten Sätzen unterzubringen.

»Oder ist es nur ob seiner Sperrigkeit in der vermeintlich vollen Straßenbahn?«, rief Flora zurück.

Sie hörte Melanie lachend die Tür zuziehen. Danach war es still und Flora schloss erschöpft die Augen.

Fünf Minuten später erklang das *Ping* ihres Smartphones. Eine E-Mail erschien mit einem Arbeitsvertrag und den Daten vom Hotel. Das wirkte jetzt doch sehr schnell sehr real. Definitiv zu real für einen Morgen nach einer Nacht ohne Schlaf, entschied Flora und schob ihr Handy hastig in den Spalt zwischen Sitzkissen und Armlehne des Sessels. Dann schleppte sie sich in ihr Zimmer und verkroch sich in blumiger Bettwäsche. Da sie den warmen Atem der Angst schon spüren konnte, verordnete sie sich für heute eine Einkaufscenter-Amnesie. Als sie jedoch die Augen schloss, tanzten lauter grüne Punkte vor ihren Lidern, die sie ärgerlich musterten. Unruhig wälzte Flora sich hin und her und es dauerte eine ganze Weile, bis sie endlich eingeschlafen war.

4

Nach einer schier endlosen Zugfahrt auf dem halben Sitz neben dem verschwitzten Friesennerzträger stieg Flora am Leipziger Hauptbahnhof in ein Taxi und stand zehn Minuten später vor dem, was das nächste Aushängeschild der HEC-AG werden sollte.

Bogenförmige Glasfronten schauten aus einer fast fertigen Sandsteinfassade auf sie nieder. Schon fünf nach zwölf. Ihr Herz klopfte heftig. Sie hatte den Termin mit Marc Antonius um zwölf Uhr. Das fing ja gut an. Das Taxi hatte leider an der falschen Seite gehalten und nun hastete sie um das riesige Gebäude herum.

Endlich, eine weiße Plane kennzeichnete den Baustelleneingang, genau wie es die Sekretärin beschrieben hatte. Flora schlüpfte durch die dahinter liegende provisorische Holztür und stand in einer ellipsenförmigen Halle, die umsäumt wurde von zwei säulengestützten Galerien, auf denen sich kleine Abteile für die zukünftigen Geschäfte befanden. Kabel hingen von der Decke, der Boden war mit Staub bedeckt. Oben ließ ein Kuppeldach viel Tageslicht herein. An den Rändern war es mit blumenartigen Ornamenten im Jugendstil verziert. Wunderschön und so Belle Époque, dachte Flora und blieb einen Moment stehen, um die Architektur zu betrachten. Nach hinten verjüngte sich der große Saal zu einem Gang, der auf den beiden oberen Ebenen von gewölbten Brücken überspannt wurde. Auch hier zog sich ein bunt verziertes Glasdach entlang und schien in einen zweiten, etwas kleineren Hallenbau zu führen. Flora spürte, wie sich ihre Mundwinkel ganz von selbst zu einem Lächeln hoben, weil sie an einem so schönen Objekt mitarbeiten sollte. Dann hetzte sie weiter und suchte nach einem Hinweis auf den Verwaltungstrakt. Am Treppenaufgang am hinteren Ende der Ellipse hing ein Schild mit der Aufschrift »Centermanagement 1. Stock«. Endlich. Inzwischen war es fast Viertel nach zwölf.

Ihr Herz raste, als sie ihren Trolley nach oben schleppte. Auf der Galerie, direkt neben der Treppe, fand sie eine Tür, auf der »Centermanager – Marc Antonius« zu lesen war. Sie stand einen Spalt offen. Flora konnte ihn an seinem Schreibtisch sitzen sehen. Ihr Herz klopfte laut in ihren Ohren und sie spürte die Nervosität deutlich, doch da war auch noch ein anderes, irgendwie besseres Gefühl, das sie nicht einordnen konnte. Wahrscheinlich war es die Beruhigung, die darin lag, dass er der Einzige war, den sie hier kannte, und dass sie ihn in diesem riesigen Komplex gefunden hatte.

Flora holte tief Luft und klopfte an die Tür. Er sah auf, lehnte sich in seinem Schreibtischstuhl zurück und starrte sie wortlos an. Sie biss sich auf die Lippe. War das ein positives Starren? Ein ›Sie sind hier, okay, dann machen wir das Beste daraus‹-Starren? Sein Anzug war schwarz mit einem Hauch von Olivgrün. Das brachte seine Augen in einer warmen Art zum Leuchten, die sie hoffen ließ, dass es ein guter, langer, merkwürdiger Begrüßungsblick ohne Sprechen war.

»Was - wollen - Sie - hier?«

Vier Worte, die sich anfühlten wie ein Schlag in die Magengrube. Flora stöhnte leise. Es war also doch ein Arschloch-Blick gewesen. Hatte er vielleicht gedacht, sie würde erst morgen anfangen? Aber in ihrem Vertrag stand ganz klar Montag, 3. Juli.

»Na, ich bin hier, weil mich Herr Ebertzhagen – wie Sie wissen – für drei Monate eingestellt hat.«

»Wie ich Ihnen in Hannover schon sagte – Sie werden hier nicht gebraucht.«

Er ließ sie einfach abtropfen. Schnörkellos und sachlich. Das tat weh.

»Aber ich habe einen offiziellen Arbeitsvertrag. Dieses Mal.« Sie schaute etwas verlegen nach unten. »Ich bin keine Guerilla-Malerin mehr, sondern gehöre offiziell zum Pool.« Dann straffte sie ihre Schultern. Noch bevor sie überlegen konnte, zitierte sie: »Denn nur Mitarbeiter aus dem Pool wissen Bescheid und kennen die Möglichkeiten und Grenzen des Gestaltungsspielraums, sodass bei aller Individualität die Einheitlichkeit des Centers gewährleistet ist.« Flora lächelte, doch sein Gesicht versteinerte. Sie hätte sich ohrfeigen können. Warum nur zitierte sie ihn so provokativ, wenn ihr Plan war, sich bei der Arbeit gut zu integrieren? »Tut mir leid«, sagte sie versöhnlich. »Wir hatten einen ungewöhnlichen Start. Bitte glauben Sie mir, dass Alleingänge wie die Über-Nacht-Aktion für mich nicht typisch sind. Ich freue mich auf meine Aufgabe und ich möchte mein Bestes geben. Darf ich mich vielleicht setzen?«, fragte sie vorsichtig.

»Sie wurden offiziell eingestellt, daher kann ich Sie nicht rausschmeißen, aber ich möchte dennoch, dass Sie wieder abreisen. Ich bin mit dem Angebot, das Herr Ebertzhagen Ihnen gemacht hat, nicht einverstanden. Ich dachte, das wäre deutlich geworden.«

»Aber ihm haben meine Vorschläge gefallen.«

»Er hat eine Momentaufnahme von Ihnen gesehen, ohne die Vorgeschichte zu kennen. Andernfalls hätte er den Sicherheitsdienst kommen lassen.« Damit wandte er sich seinem Notebook zu.

Fassungslos starrte Flora ihn an. Das war es also? Dafür war sie die letzten Tage und Nächte durch die Hölle gegangen? Um jetzt auf eigene Kosten wieder nach Hause zu fahren?

Er schwieg und machte weiter, als ob sie gar nicht da wäre. Es zog ihr den Boden unter den Füßen weg. Floras Beine zitterten. Sie musste sich dringend hinsetzen. Unsicher stakste sie ein paar Schritte vorwärts und nahm auf dem Stuhl vor seinem Schreibtisch Platz. Er zeigte immer noch keine Reaktion. Ihr Verstand arbeitete auf Hochtouren. Sie wollte nicht nach Hause fahren, sondern die Chance ergreifen, für die sie hergekommen war, und das Geld verdienen oder aufgeben. Aber dafür würde sie wenigstens allein verantwortlich sein. Hinter Floras Stirn pochte es. Sie drückte mit Daumen und Zeigefinger auf ihre Nasenwurzel, das linderte den Schmerz. Dann analysierte sie ihre Optionen.

»Schön, tun Sie das«, sagte sie kühl. »Sagen Sie Herrn Ebertzhagen, dass Sie es leider nicht verhindern konnten, dass ich auf eigene Faust die Fassade bemalt habe und gar keine Mitarbeiterin war. Offenbar ist es für Fremde in von Ihnen betreuten Objekten ganz leicht, über Nacht einzudringen und wer weiß was anzustellen. Aber bis dahin würde ich hier wirklich gerne meine Arbeit machen.« Sie sah ihm direkt in die Augen. »Ich werde mein Bestes geben, und das gern in enger Abstimmung mit Ihnen oder wem auch immer«, sagte sie dann etwas sanfter. Beim letzten Satz hatte sie ihre Hände offen mit den Handflächen nach oben auf seinen Schreibtisch gelegt.

Sie wartete. Sein Kiefer mahlte. In seinem Gesicht zeichnete sich Ärger ab, und gerade als sie meinte, auch einen winzigen Funken Respekt zu erkennen, antwortete er gelassen: »Sie werden schon noch verstehen, dass Sie nicht hier sein sollten.«

Flora hoffte, dass er vielleicht etwas hinzufügen würde, mit dem sich etwas anfangen ließ, aber er schwieg.

»Wir werden sehen. Und was soll ich bis dahin tun?«, fragte sie vorsichtig.

»Nichts.«

»Mit wem soll ich denn zusammenarbeiten?«

»Mit niemandem. Lassen Sie die anderen Mitarbeiter in Ruhe.«

Er stand auf, ging zur Tür und öffnete sie. Da sich aus dem Vakuum in ihrem Kopf im Moment kein vernünftiger Gedanke mehr herauspressen ließ, verließ Flora mit dem Rollkoffer sein Büro. Sie versuchte, es würdevoll zu machen, doch jeder Schritt schrie ›Niederlage‹ in das angespannte Schweigen. Seine Tür schloss sich sofort. Ungläubig stand sie an der Brüstung der Galerie und blickte hinunter in die Halle.

Handwerker liefen kreuz und quer. Ein geschäftiges Wimmeln von Leuten, die etwas vorhatten. Wie gerne wäre sie ein Teil von ihnen gewesen. Nie hatte sie sich inmitten so vieler Menschen so allein gefühlt. Ihr Herzschlag dröhnte in den Ohren. Schnell zog Flora ihren Koffer in eine ruhige Ecke hinter eine Säule und setzte sich auf den Boden. Sie machte einen Moment die Augen zu. Um halb drei konnte sie im Hotel einchecken und in Ruhe mit Melanie die Lage analysieren. Bis dahin bloß nicht heulen – vor allen Dingen nicht hier.

5

Flora schaute sich noch eine Weile im Center um, erkundete die oberen Stockwerke und die hintere Halle. Schließlich ging sie zur Straßenbahnhaltestelle, die sich direkt vor dem Eingang befand. Nach vier Stationen stieg sie aus, musste etwa dreihundert Meter gehen, dann türmte sich vor ihr das Hotel Kronenburg auf. Es lag an einer ruhigen Seitenstraße. Das Gebäude war vierstöckig und imposant. Es zeugte von der guten alten Zeit um die vorletzte Jahrhundertwende. Der mit einem blauen Baldachin überspannte Haupteingang erzählte von Menschen, die gerne prestigeträchtig abstiegen, die klare Glastür und das modern gehaltene Foyer von Businesskunden und kleineren Kongressen. Mit seinem insgesamt behäbigen Charme gefiel es Flora sofort.

»So, dies ist Ihre Keycard, junge Dame.« Flora zuckte. Die Stimme der Hotelmitarbeiterin, deren Namensschild sie als Frau Franke kennzeichnete, war laut und kratzig. Sie schien um die fünfundvierzig zu sein. Während sie eine Plastikkarte über den Tresen schob, zogen sich ihre kantig nachgemalten Augenbrauen streng zusammen. »Achten Sie darauf, sie nicht im Zimmer liegen zu lassen. Das bedeutet für die Rezeption erheblichen Mehraufwand!«

»Ja, danke, das wird sicher nicht passieren.« Flora fragte sich zwar, wie groß dieser Mehraufwand sein konnte, da das

Ausstellen gerade mal zehn Sekunden gedauert hatte, entschied sich aber, nichts dazu zu sagen.

Erleichtert, den Eincheckvorgang hinter sich zu haben, ging sie durch die Lobby zu den nächstgelegenen Fahrstühlen und drückte den Knopf für Ebene 4. Ihre Finger trommelten auf den Griff des Koffers. Sie wollte so schnell wie möglich aufs Zimmer und ihrem Frust und ihren Tränen freien Lauf lassen. Fast am Ende, an der vorletzten Tür, war auf einem Messingschild 402 eingraviert. Endlich. Der Türsensor ließ das erlösende Klicken verlauten, dann stand sie in einem Traum aus Altrosa.

»Wow« war das Erste, das Flora über die Lippen kam. Ihr Herz fühlte sich gleich ein bisschen leichter an. Sie hatte nicht nur ein weich aussehendes Bett in einer Höhe, bei der man sich einen Fußhocker wünschen würde, nein, sie hatte auch eine kleine Couch und einen Sessel vor einem Fernseher und einen großzügigen Schreibtisch. Das ist also die Juniorsuite, genau wie es in dem Schreiben von Herrn Ebertzhagens Sekretärin gestanden hatte, dachte Flora ehrfurchtsvoll und drehte sich einmal um sich selbst. Dann durchquerte sie den Raum, stellte sich an eines der beiden dreiflügeligen Bogenfenster und ließ das Zimmer auf sich wirken. Die schweren Vorhänge, die Tagesdecke sowie die Polstermöbel waren in einem geschmackvollen dunklen Rosa, die Tapete in hellem Beige gehalten. Die anderen Möbelstücke setzten Akzente in Dunkelbraun. All das befand sich auf einem dicken, honigfarbenen Teppich. Es war elegant und gleichzeitig anheimelnd. Ein Seufzer der Erleichterung entfuhr ihr.

Sie blickte hinunter auf den blau überdachten Eingang und die wenig befahrene Straße mit Kopfsteinpflaster. Ein Page öffnete gerade die Tür eines silbernen Mercedes, aus dem eine Frau mit einem Chihuahua im Arm ausstieg. Auf der anderen Straßenseite war eine Grünfläche mit alten Platanen, zwischen denen bunte Blumenbeete angelegt und zahlreiche weiße Holzbänke aufgestellt waren.

Was für ein schöner Ausblick, dachte Flora. Die Fensterbänke waren breit, sodass man sich bequem hinsetzen konnte, um das Treiben im Park zu betrachten oder im Sonnenlicht zu zeichnen.

Dann entdeckte sie an der dem Bett gegenüberliegenden Seite eine Tür. Sie war mit dunklem Leder bespannt und dieses in Rauten gesteppt. Unwillkürlich drückte Flora den geschwungenen Messinggriff hinunter. Doch sie ahnte, noch bevor sie den Widerstand spürte, dass sie abgeschlossen war, weil sich unter dem Griff ein kleiner Drehriegel befand. Sie hatte mit ihren Eltern einmal in einem Hotelzimmer mit so einer Tür übernachtet und wusste daher, dass dahinter eine weitere war, die nur vom Nachbarzimmer aus geöffnet oder verriegelt werden konnte. Als Kind hatte sie sich viele Fantasien darüber gemacht, wer hinter dieser Tür wohnte. Sie lächelte bei dieser Erinnerung und zog ihr Handy aus der Tasche, um Melanies Nummer zu wählen.

Zum Glück ging sie sofort ran. Sobald Flora ihre Stimme hörte, flossen die Tränen. Sie erzählte von der eiskalten Begrüßung, dass sie wie Falschgeld durch das Center gelaufen war und sich auf eigene Faust umgeschaut hatte.

»Er hat tatsächlich gesagt, ich solle sofort wieder gehen, und war erstaunt, dass ich nach seiner Ansage in Hannover überhaupt hier aufgetaucht bin. Der absolute Eisklotz.«

»Was für ein Idiot!«, stöhnte Melanie. »Mensch, das tut mir echt leid. Dermaßen katastrophal hätte ich mir den Empfang nie im Leben vorgestellt. Aber ich bin sehr stolz auf dich, dass du überhaupt losgefahren bist.«

»Geht mir genauso«, schniefte Flora.

»Aber jetzt bist du so weit gekommen. Gib der Sache noch ein bisschen Zeit. Vielleicht ist es nur ein Machtspiel und er will testen, ob du genug Biss hast. In ein paar Tagen kann das schon ganz anders aussehen. Halte durch. Mehr kann ich dir im Moment leider auch nicht sagen.«

»Okay, ich versuche es. Vielleicht sieht die Sache morgen ja wirklich schon ganz anders aus«, machte Flora sich selbst Mut.

Sie unterhielten sich eine Weile über das schöne Hotelzimmer und Augustin aus Avignon, einen Klarinettisten bei den Hannoveraner Philharmonikern. Melanie war ihm vor drei Wochen auf einer Studentenparty begegnet und nun hatte er sie für den nächsten Tag zu einem Sinfoniekonzert eingeladen. Die folgenden zwei Stunden diskutierten die beiden leidenschaftlich Melanies Klamotten-Optionen und Flora war dankbar für diese wohltuende Ablenkung.

Doch als sie aufgelegt hatten, schlich sich mit beruhigender Verlässlichkeit das graue Gefühl der Einsamkeit wieder an Flora heran. Ihr Atem wurde unregelmäßig und es bildete sich ein dicker Kloß in ihrem Hals. Hektisch suchte sie nach der Fernbedienung und schaltete den Fernseher an. Das Programm war ihr egal. Dann nahm sie einen Stapel quadratisches Bastelpapier aus ihrem Trolley. Sie hatte es vorsorglich mitgenommen und begann sofort Origamitiere zu falten. Die beruhigten sie. Besonders die schwierigen, die ihre ganze Aufmerksamkeit forderten. Nach und nach verwandelten sich die Kommode neben der Verbindungstür, der Schreibtisch und die Fensterbänke in kleine Zoos.

Schließlich erinnerte ihr Magen sie daran, dass er heute erst einen Latte Macchiato bekommen hatte. Flora bestellte beim Zimmerservice einen Salat mit Putenstreifen und merkte schon nach der Hälfte, dass sie zu müde zum Weiteressen war. Schnell packte sie noch ihren Koffer aus und ging ins Bad. Nach der nervenaufreibenden Woche, die hinter ihr lag, fiel sie bald in einen traumlosen Schlaf.

6

Am nächsten Morgen blickten Flora aus dem Badezimmerspiegel riesige wasserblaue Augen entgegen, die leicht gerötet waren. Seufzend band sie ihr welliges, kastanienbraunes Haar zu einem hohen Pferdeschwanz und entschied sich für einen rosafarbenen Rock aus weich fallendem Musselinstoff, unter den sie einen ihrer weniger voluminösen Petticoats zog. Hinein steckte sie eine weiße, ärmellose Bluse. Passende Ballerinas dazu, und fertig war sie. Eigentlich. Am liebsten hätte sie das Ganze noch weiter in die Länge gezogen, doch sie hielt die Anspannung auch so schon nicht mehr aus. Zu groß war die Hoffnung, dass sich die Lage heute ändern würde.

Im Center angekommen fasste sie all ihren Mut und klopfte an Marc Antonius' Büro. Vielleicht hatte er gestern nur schlechte Laune gehabt und jetzt sah alles anders aus? Sie glaubte zwar nicht daran, aber sie musste es versuchen. Nach dem vierten Klopfen, Horchen und Abwarten ließ sie resigniert die Schultern fallen.

»So ein Mist.« Einen Moment lang starrte sie auf das gebogene Metallteil, als könnte bloße Willenskraft dafür sorgen, dass es sich bewegte. Sie wünschte sich so dringend ein klärendes Gespräch, ein ›Tut mir leid für gestern, ich war mies drauf, ich stelle Sie heute gerne Ihren Kollegen vor‹-Gespräch. Doch natürlich war er nicht da. Flora holte tief Luft, schüttelte den Kopf und wandte sich um.

Er lehnte zwei Schritte hinter ihr mit gekreuzten Beinen am Geländer der Galerie. Sein Blick hielt ihren gefangen. Ein Schauer lief über Floras Rücken und Hitze schoss in ihre Wangen. Es war, als würde er all ihre Schutzmauern durchdringen und glaskar das wackelige bisschen Mut erkennen, das sie zusammengekratzt hatte, um hierher nach Leipzig zu kommen. Einige Sekunden lang führten seine grünen Augen einen intensiven Dialog mit ihren. Darüber, dass sie keine Chance hatte, dass sie ihre Sachen nehmen und abreisen solle. Dann ging er wortlos an ihr vorbei, schloss sein Büro auf und verschwand.

Flora fühlte sich wie gelähmt. Sie hatte null Ahnung, was sie jetzt tun konnte. Ja, sie hatte einen gültigen Arbeitsvertrag, doch verdammt – was nützte es ihr? Das Gefühl, nicht gewollt zu sein, war schon immer ihr Kryptonit gewesen. Sicher könnte sie sich bei Ebertzhagens Sekretärin melden, aber Flora bezweifelte, dass eine Beschwerde das Alltagsleben vor Ort irgendwie erleichtern würde.

Resigniert zog sie sich erst einmal ins oberste Stockwerk zurück, wo außer ihr niemand war. Sie fand einen großen Raum im hintersten Teil des Centers, der vermutlich ein Restaurant oder Café werden sollte. An einer Wand waren schon die Strom- und Wasseranschlüsse zu sehen und an der Stirnseite befanden sich vier hohe Bogenfenster, vor denen alte Bäume standen. Flora setzte sich auf einen Stapel Laminat. Ihr Blick wanderte umher und wurde leer. Sie sah eine lichtdurchflutete Fläche mit fröhlichen Menschen, hörte Gemurmel und Lachen und konnte Kaffeeduft riechen. Ihre Hand bewegte sich in Windeseile über den Zeichenblock, um die ersten Eindrücke festzuhalten, dann wurde sie langsamer, präziser, begann einzelne Elemente genauer auszuarbeiten.

Am späten Nachmittag trat Flora aus dem Hotelfahrstuhl in den Flur des vierten Stocks. Sie hatte sich heute nicht mehr aufraffen können, es noch mal bei Marc Antonius zu versuchen. Stattdessen war sie voll und ganz in ihre Fantasien für das Café-Restaurant geflohen. So fühlte sich dieser Tag wenigstens nicht vollkommen nutzlos an. Kurz vor Erreichen der Zimmertür lief vor ihrem inneren Auge plötzlich ein Film wie in Zeitlupe ab. Flora sah den kleinen Schacht neben der Tür und erinnerte sich daran, dass sie morgens die Zimmerkarte hatte herausnehmen wollen. Ihre Hand hatte jedoch erst nach dem Handy auf der Kommode gegriffen, es in der Handtasche verstaut, die Tür geöffnet und sie zufallen lassen. Adrenalin schoss durch ihre Adern.

Sie drehte auf dem Absatz um. *So ein Mist!* Das passierte ihr sonst nie. Sie war gewissenhaft mit ihren Sachen, all das zeigte nur, wie angespannt sie gerade war.

Mit einem mulmigen Gefühl fuhr sie im Aufzug wieder ins Erdgeschoss. Frau Franke blickte zu ihr herüber und starrte sie den ganzen Weg vom Fahrstuhl bis zum Tresen an.

»Äh, guten Tag. Es tut mir echt leid, ich benötige eine neue Schlüsselkarte. Ich habe meine versehentlich im Zimmer gelassen.« Flora versuchte freundlich und ein wenig zerknirscht auszusehen.

»Aha. Sie haben also Ihre Keycard im Zimmer liegen gelassen?« Frau Frankes Lautstärke steigerte sich mit jedem Wort und ein spöttisches Lächeln erschien auf ihren Lippen. »Und hatte ich Ihnen gestern nicht gesagt, dass Sie bitte immer Ihre Karte mitnehmen sollen? Wir können hier nicht für alle Gäste ständig neue machen.« Sie betonte das, als wäre es eine sehr wichtige Information für die gesamte Lobby. »Besonders jetzt nicht, wo wir ausgebucht sind«, fügte sie hinzu.

»Das weiß ich. Dies ist wirklich eine Ausnahme. Bitte geben Sie mir einfach eine Ersatzkarte. Ich werde sie sicher nicht mehr vergessen.« Flora sprach extraleise, in der Hoffnung, dass Frau Franke sich ihrer Stimme anpassen würde. Leider mit wenig Erfolg.

»Also da muss ich erst mal etwas klären. Das wird sicher einen

Moment dauern.« Damit wandte sie sich um und betrat durch eine Tür das rückwärtige Büro.

Flora schaute sich im Foyer um. Kleine Sitzgruppen aus ledernen Clubsesseln standen verteilt zwischen weißen Säulen und Pflanzkübeln mit ausladenden Sagopalmen. Herren in teuren Anzügen und Damen in eleganten Kostümen genossen einen Nachmittagsdrink oder schienen auf eine Verabredung zu warten. Eine Weile genoss sie die gediegene und doch extravagante Atmosphäre, dann erstarrte sie. Während ein hagerer Mann mit brauner Aktentasche auf ihn einredete, sah Marc Antonius zu ihr herüber.

Flora bemerkte, dass ihre Finger auf den Holztresen trommelten, und stoppte die Bewegung. Sofort setzte der Drang ein, ihr Handy herauszuholen, aber das taten alle, die unsicher waren. Stattdessen richtete sie ihren Oberkörper auf und versuchte sich an einer gelassenen Körperhaltung, lehnte seitlich am Tresen und stützte eine Hand locker auf ihrer Hüfte ab, die Füße überkreuzt. Jetzt nur noch die Schultern fallen lassen. Fertig. Doch das kam ihr nach ein paar Augenblicken für die ehrwürdige Lobby zu lässig vor. Möglichst dezent änderte sie ihre Pose, ließ ihren Blick weit durch die Eingangshalle schweifen, streifte dabei jedoch wieder seinen Platz. Sie zuckte zusammen und stellte sich mit dem Rücken gegen den Tresen. Ihr Dekolletee war auf einmal ganz heiß. Zögernd legte sich Flora eine Hand auf den Hals. Sie hatte hoffentlich keine hektischen Flecken bekommen, oder?

Ohne es verhindern zu können, sah sie zu ihm hinüber. Immer noch beobachtete er sie aufmerksam. Dann neigte er fragend seinen Kopf. Wellen von Scham fluteten durch ihren Körper. Sie versuchte es mit einer anderen Haltung, aber auch die fühlte sich schon bald wie ein kratziger Wollpulli an. Nachdem sie ihn ein weiteres Mal, ohne es zu wollen, angesehen hatte und die Flecken auf ihrem Hals wie Feuer brannten, gab Flora auf. Sie zwang sich, auf das Muster des Teppichs zu starren und eisern die Punkte und Kreise zu zählen. Diesen Coolness-Contest hatte sie definitiv verloren.

Minuten später ging die Tür vom Backoffice auf. Penetranter

Zigarettengeruch waberte über den Tresen, während Frau Franke innerhalb von Sekunden eine Karte codierte.

»Na, dann sind wir mal gespannt, wie lange es dieses Mal dauert, bis Sie eine neue brauchen.«

»Danke! Für mich werden Sie sich niemals wieder derartig bemühen müssen«, zischte Flora und unterdrückte ein Augenrollen. Sie wandte sich ab und sah zu ihm hinüber. Nun ganz bewusst. Sie rechnete damit, ihn spöttisch lächeln zu sehen, doch sein Gesicht war ausdruckslos bis auf eine steile Falte auf seiner Stirn.

Flora stürmte zum Aufzug. Diesen Moment, der ein sicherer Kandidat für die Vitrine ihrer peinlichsten Erlebnisse war, wollte sie nur noch hinter sich lassen.

Am nächsten Morgen schleppte Flora sich wieder ins Center. Der letzte Abend war eine Tortur gewesen. Die Einsamkeit und die Ungewissheit, wie es weitergehen würde, hatten ihre Unruhe bis zum Exzess gesteigert. Mittlerweile bevölkerten ganze Herden von Origamitieren die Flächen ihres Zimmers. Dieses Mal würde sie ihn überzeugen. Sie musste einfach. Wenn sie wie vernünftige Menschen miteinander redeten, würde es doch sicher eine Lösung geben.

Wie am Morgen zuvor stand sie jetzt vor seiner Tür und klopfte. Nichts tat sich. Sie klopfte noch einmal. Er war definitiv nicht da. Flora verdrehte stöhnend die Augen. Das durfte nicht wahr sein.

Eine Frau in ihrem Alter mit dunklen gelockten Haaren und knallrotem Lippenstift lief auf der Galerie vorbei. Sie wirkte wie eine Tangotänzerin.

»Entschuldigung?«, rief Flora aus einem Impuls.

Die Frau drehte sich um. »Ja? Kann ich etwas für dich tun?«

»Mein Name ist Flora Lilienthal. Ich … Also ich soll hier im Kreativbereich anfangen. Kannst du mir sagen, wo der ist?«

»Hallo erst mal, ich bin Marcella.« Sie streckte Flora ihre Hand entgegen. »Ich arbeite zufällig auch dort. Schön, dich kennenzulernen.«

Flora schüttelte ihre Hand und lächelte erleichtert. »Toll! Vielleicht kannst du mir weiterhelfen?« *Wow, das lief ja hervorragend!*

»Ja, gerne, aber hey, was ist das denn?« Marcella starrte auf das Papier unter Floras Arm und zog leicht daran.

»Was? Ach das.« Flora gab ihr das Zeichenpapier und lächelte schüchtern. »Ich hatte gestern nichts zu tun und habe oben dieses Café-Restaurant entdeckt. Jedenfalls denke ich, dass es ein Café werden soll.«

»Ja, absolut.« Marcella ließ fasziniert ihren Blick über das Blatt wandern. »Deine Vorschläge sind ganz wunderbar. Außergewöhnlich und doch praktikabel, wenn ich es richtig sehe. Hast du dich schon bei Herrn Antonius gemeldet?«

»Das wollte ich gerade, aber er ist nicht da.«

Marcella zog eine Augenbraue hoch und dachte nach. Sie schien hin- und hergerissen zu sein. »Herr Antonius hat uns nichts darüber gesagt, dass du kommst. Er stellt neue Mitarbeiter immer persönlich im Team vor. Weißt du, ich würde dich echt gerne zu uns mitnehmen, aber ich will ihm da nicht vorgreifen.«

»Oh. Klar.« *Ja, es lief wirklich hervorragend.* »Und wo kann ich ihn finden, damit er mich zu euch bringt?«

»Mich wundert, dass er das nicht längst mit dir vereinbart hat. Er arbeitet normalerweise wahnsinnig strukturiert.«

»Das wundert mich auch«, murmelte Flora.

»Ich fürchte, du wirst noch warten müssen. Er ist heute nicht da und kommt erst morgen Nachmittag hierher«, sagte Marcella mit zerknirschtem Gesichtsausdruck.

Wieder einen ganzen Tag lang warten? Ein dumpfes Gefühl machte sich in Floras Magen breit. »Okay, danke und vielleicht bis bald«, antwortete sie lahm.

Mit bleischweren Beinen schleppte sie sich ins oberste Stockwerk und arbeitete weiter an ihrer Café-Idee. Sicher, sie hätte gehen können, aber es kam ihr falsch vor, einfach das Center zu verlassen, gerade weil sie so gut bezahlt wurde. Ein paar Stunden später inspizierte Flora noch einmal die unteren Stockwerke. Sie fand etwas, das vermutlich eine Art Lounge werden sollte, und ein Schild, das den zukünftigen Kinderbereich auswies. *Verdammt!* Es ist so aufregend und frustrierend zugleich, all das zu entdecken und nicht zu wissen, ob ich je daran mitarbeiten werde, dachte Flora und drückte auf ihre Nasenwurzel, bis der brennende Druck hinter ihren Augenlidern nachließ.

Die Luft strömte sommerlich warm über ihre Arme, als sie am Nachmittag das Center verließ. Nach dem Gespräch mit Marcella hatte Flora den ganzen Tag mit niemandem mehr gesprochen und jetzt brauchte sie dringend eine Abwechslung, bevor sie in die eintönige Stille ihres Hotelzimmers zurückkehren musste. Morgens hatte sie ein Plakat abfotografiert, auf dem eine Ausstellung von Möbeln und Accessoires im Bauhausstil beworben wurde. Mit ihrem Smartphone fand sie heraus, dass sich der Ausstellungsort nicht weit entfernt am Augustusplatz befand.

Da es bereits 16 Uhr war, bekam sie den Eintritt zum halben Preis und leistete sich deshalb – mit Studentenrabatt – noch das Ticket für eine Führung. Sie waren nur zu viert in der Gruppe, weshalb Flora sich sogar traute, einige Fragen zu stellen.

Als sie zwei Stunden später wieder auf die Straße trat, war ihr Kopf angefüllt mit neuen Ideen und sie bemerkte lächelnd, wie die Eindrücke schon Einfluss auf das Café-Restaurant zu nehmen begannen. Aber das Beste war, dass ihr Herz sich ganz leicht anfühlte. Der dunkle Druck war weg. Sie atmete tief und befreit ein. Vielleicht konnte sie es hier doch schaffen. So gut wie jetzt war es ihr nicht mehr gegangen, seit Herr Ebertzhagen ihr das Angebot gemacht hatte. Während sie durch die Fußgängerzone zum Hotel zurückschlenderte, summte sie ihr Lieblingslied.

»Das ist mein liebster Jazzsong.«

Verwundert drehte Flora den Kopf nach rechts und sah in das lächelnde Gesicht eines grauhaarigen älteren Herrn im Frack, der vor dem Hotel die Ankunft neuer Gäste erwartete.

»Wie meinen Sie das?«

»Na das Lied, das Sie summen. ›What a Diff'rence a Day Makes‹.«

»Das haben Sie erkannt?«, fragte Flora und wurde rot.

»Natürlich, das hat mir schon oft Mut gemacht.« Er zwinkerte ihr verschwörerisch zu.

Flora lächelte. »Mir ebenfalls und es ist auch mein Lieblingssong«, flüsterte sie ebenso verschwörerisch.

Sie nickte ihm zu und der alte Mann verbeugte sich, als sie durch die Drehtür verschwand. Jetzt war ihr Herz wieder ein Stückchen leichter, und beim Gedanken, gleich allein im Hotelzimmer zu sitzen, blieb das unangenehme Flirren in ihrem Magen aus. Endlich. Morgen würde sie ganz positiv auf Marc Antonius zugehen, sich noch einmal für die Aktion in Hannover entschuldigen und dann mit all ihrem Charme einen Neustart vorschlagen. Sie war motiviert und hatte Talent. Wieso sollte das nicht klappen? Die Person im Spiegel des Aufzugs hob jedenfalls einen Daumen und lächelte ihr aufmunternd zu.

7

Eine schwarze Masse drückte sie nieder. Ihr Blut raste durch die Adern und schien sich immer weiter zu beschleunigen. Flora ächzte nach Luft, aber je mehr sie ihren Brustkorb entfalten wollte, desto zugeschnürter fühlte sich ihre Kehle an. Du musst ruhig bleiben, versuchte sie sich selbst zuzurufen, doch ihre Sinne waren gefangen in dem Hurrikan, der durch sie tobte.

Unkoordiniert schlug sie mit ihrer Hand auf den Nachttisch. Als das Licht endlich aufleuchtete, schnellte sie aus dem Bett in die Mitte des Zimmers, als könnten genügend Raum und Helligkeit die Enge in ihrer Brust vertreiben. Manchmal klappte das, aber heute wirbelte der Sturm einfach weiter und wrang ihre Lunge aus wie einen Waschlappen. Sie wusste, dass dies nicht einmal ihr größtes Problem war. Am Rand des Wirbels lauerten Erinnerungen, aus denen sie längst herausgewachsen sein sollte, und ein Gefühl, das immer noch die Macht hatte, ihr jegliche Kontrolle zu entziehen.

Sie wollte schreien, doch es kam kein Ton. Ihr Blick fiel auf die Zwischentür. Dahinter war irgendwer. Sie war nicht allein. Nichts war mehr wie früher. Sie schleppte sich zur Tür, entriegelte und öffnete sie. Dann rutschte sie an der dahinter liegenden hinunter auf den Boden und drückte ihr Ohr gegen das kühle Holz. Da musste jemand sein. Nur wenige Zentimeter von ihr entfernt.

Möglicherweise die Dame aus der Lobby mit dem Violettstich in den grauen Haaren? Oder die Frau mit dem Chihuahua? Vielleicht war sie Journalistin für ein Modeblatt und traf hier jemanden, um eine Homestory zu planen? Die grauhaarige Dame könnte ihre Mutter sein, die den Chihuahua übernahm, weil die Modejournalistin nach Mailand flog. Floras Herzschlag verlangsamte sich und allmählich kam mehr Luft in ihre Lunge. Es fühlte sich an, als wäre in einem stickigen Raum das Fenster geöffnet worden. Ihre verkrampften Muskeln entspannten sich. Es tat so gut, an der Zwischentür zu lehnen. Nein, sie war nicht allein. Eine Weile dachte sie noch über das aufregende Leben der Person nach, deren Zimmer nur Zentimeter von ihrem entfernt war. Dann, irgendwann, nickte sie ein.

Zusammengerollt und leicht orientierungslos wachte Flora auf dem Boden auf. Während sie sich aufsetzte, fiel ihr die Hölle wieder ein, durch die sie in der Nacht gegangen war. Gänsehaut bildete sich auf ihren Unterarmen, der Nachmittag gestern war so schön gewesen und dann die nette Begegnung mit dem Portier. Sie hatte sich am Abend ruhig und sicher gefühlt, aber nicht mal darauf schien sie sich verlassen zu können.

Sie stand auf und schloss ihren Teil der Zwischentür. Als sie den Drehriegel betätigen wollte, wurde es sofort wieder eng in ihrer Kehle. Kopfschüttelnd ließ sie es sein. Wertsachen besaß sie außer ihrem Handy keine, und das würde sie mitnehmen.

Den ganzen Tag saß Flora auf ihrem Laminatstapel in der obersten Etage und arbeitete ihre Ideen aus. Immer wieder starrte sie hinunter zu seiner Bürotür auf der Galerie im ersten Stock. Dieses Mal würde sie ihn erwischen.

Gegen halb vier kam er durch den Haupteingang des Centers. Reflexartig sprintete sie zur Treppe. Unten angekommen begrüßte

Marc Antonius nun eine Gruppe von drei Frauen und vier Männern, die mit ihren dunklen Anzügen und Kostümen ziemlich wichtig aussahen. Flora blieb unschlüssig in ein paar Metern Entfernung stehen. Er stand mit dem Rücken zu ihr. Sie biss sich auf die Lippe. *Verdammt!* Jetzt endlich erwischte sie ihn, doch was bitte war das für eine lausige Gelegenheit? Aber noch ein ganzer Tag Ungewissheit, das wäre Folter. Sie holte gerade tief Luft, als sie sah, wie Marcella auf ihn zuging.

»Oh, Herr Antonius, gut, dass ich Sie treffe«, hörte Flora sie sagen. »Ich wollte Sie darüber informieren, dass gestern eine neue Mitarbeiterin nach Ihnen gefragt hat. Ich glaube, sie hieß Flora.«

»Ach ja?«, erwiderte er.

»Ja, und sie hatte Entwürfe für das Café-Bistro im zweiten Stock dabei, die waren wirklich hervorragend. Genau das, was wir brauchen. Na, sie wird sich bestimmt bei Ihnen melden.« Marcella lächelte und verschwand um die nächste Ecke.

In Floras Herz wurde es warm. Was für eine perfekte Vorbereitung für ein erneutes Gespräch mit ihm. Jetzt war der Moment gekommen. »Herr Antonius?« Sie marschierte ein paar Schritte auf ihn zu.

Er drehte sich um und sah sie fragend an. »Frau Lilienthal.« Mehr sagte er nicht.

»Ich würde gerne mit Ihnen über etwas Wichtiges reden.«

»Geht es um das, worüber wir vor ein paar Tagen gesprochen haben?«

»Äh, ja.«

»Die Sache hat sich leider nicht grundlegend geändert.«

Es war, als würde ein Backstein in Floras Magen sacken. »Aber ich habe mir Gedanken gemacht …«

»Herr Antonius.« Ein grauhaariger Mann tippte Marc auf den Arm. »Wenn wir pünktlich beim Ausschuss vom Stadtmarketing sein wollen, müssen wir jetzt los.«

Marc nickte. »Sicher, ich komme gleich.« Dann wandte er sich wieder Flora zu. »Geht es Ihnen denn gut?«

Er sagte das mit so viel Besorgnis in der Stimme, dass die sieben Augenpaare der Umstehenden sich auf sie richteten und sie anstarrten, als ob sie eine ansteckende Krankheit hätte. Marc forschte einige Momente aufmerksam in ihrem Blick, dass Flora fast hätte meinen können, es wäre ihm wirklich nicht egal, wie es ihr ging, aber darauf fiel sie nicht rein. *Was für ein Arsch!*

»Ja, danke, alles bestens«, presste Flora hervor.

Vor ihrer Zimmertür rebellierte Floras Magen. Nach der neusten Abfuhr hatte sie die Ankunft im Hotel so lange hinausgezögert, wie sie konnte. War in den Geschäften der Leipziger Innenstadt gewesen, hatte eine Stunde im Park vor dem Eingang verbracht und wollte nur noch ins Bett. Stöhnend durchwühlte sie ihre Tasche, ertastete vieles, leider nicht die Schlüsselkarte. Dann kippte sie den Inhalt auf den Boden, aber da war nichts zu finden. Verzweifelt starrte sie an die Decke des Hotelflures. Nicht schon wieder! Sie rieb sich mit den Händen über das Gesicht. Heute würde sie es bestimmt nicht ohne Tränen schaffen, die Hauptrolle in Frau Frankes sadistischer Show zu spielen.

Hektisch raffte Flora ihre Sachen zusammen. Dabei spürte sie, dass jeder Herzschlag schneller auf den anderen folgte und sich auch ihr Atem beschleunigte. Sie erzählte sich, dass es nur eine leichte Stressreaktion auf die ungeklärte Arbeitssituation war, doch im tiefsten Inneren wusste sie, dass sie das Problem mit der Einsamkeit nicht im Griff hatte. Und wenn die Panikanfälle erst einmal aufgetreten waren, kamen sie in immer kürzeren Abständen. Eine Tatsache, die sie zu ignorieren versucht hatte.

Flora fixierte einen Punkt an der gegenüberliegenden Wand, um sich zu konzentrieren. Es funktionierte nicht. Langsam, als ob ein träges Tier erwachte, begann ihr Brustkorb sich zu verkrampfen. Ohne nachzudenken sprang sie auf und klopfte an die Tür des Zimmers, das mit ihrem verbunden war. Das war Wahnsinn, doch sie war nicht an dem Punkt, wahnsinniges Verhalten zur Problemlösung auszuschließen. Ein konstantes Dröhnen füllte ihren Kopf, während sie auf Schritte horchte. Dann ging die Tür auf.

In dunkler Anzughose mit weißem Hemd, die oberen beiden Knöpfe geöffnet, stand er vor ihr. Falls er überrascht war, verbarg er es gut. Marc Antonius war der Letzte, den sie erwartet hätte. Sein Blick brannte sich in ihren. Flora nahm einen schwachen Duft nach Zimt und Sandelholz wahr. Es war absurd, aber eine winzige Sekunde lang fühlte sie den Impuls, sich anzulehnen und einfach einen Moment auszuruhen. *Wie gesagt – absurd.*

Er nickte. »In Ordnung. Sie möchten sich also verabschieden.« Seine Stimme klang warm und doch völlig sachlich. So als wüsste er genau, dass sie am Ende war, als würde sie absolut vorhersehbar in seinem Plan agieren.

Dieser Gedanke brachte einem Stromstoß gleich Floras Energie zurück. »Nein, ich habe bloß meine Keycard im Zimmer vergessen«, erwiderte sie bissig und holte kurz Luft. »Dürfte ich wohl den Weg durch Ihres nehmen?«

»Gibt man Ihnen denn an der Rezeption keine neue mehr?« Seine Mundwinkel zuckten.

Flora wurde heiß. Er hatte ja das Drama in der Lobby mitangesehen, und es war offenbar sein Humor gewesen.

»Liegt im Bereich des Möglichen«, antwortete sie knapp.

»Und wie wollen Sie durch die Verbindungstür kommen? Ihre ist doch sicher verriegelt.« Jetzt wirkte er ehrlich interessiert.

Mist! Sie hatte gehofft, dass ihm genau dieses Detail entging. »Machen Sie sich keine Sorgen. Ich demontiere kurz Ihren Handtuchhalter und breche sie auf.« Ein warmes, befriedigendes Gefühl machte sich in ihrem Inneren breit, als ihm für einen Augenblick der kontrollierte Ausdruck aus dem Gesicht fiel. Es sah aus, als würde er ihr wirklich zutrauen, das zu versuchen. *Gut so! Du hast mich in den Wahnsinn getrieben, jetzt komm damit klar!* »Es besteht die Möglichkeit, dass die Reinigungskräfte die Tür offen gelassen haben. Das passiert häufiger, als man denkt. Ich habe vor einiger Zeit eine erschreckende Reportage dazu gesehen«, ergänzte sie. Wer wollte schon zugeben, verrückt genug zu sein, seine Tür zum Zimmer einer wildfremden Person offen zu lassen?

»Ach so?« Er betrachtete sie eine Weile nachdenklich und ging dann zur Verbindungstür.

Flora nahm wahr, dass sein Raum genau spiegelverkehrt zu ihrem angelegt war und die Möbel in Schwarz, Teppich und Vorhänge in Anthrazit und Hellgrau gehalten waren. Auf seinem Schreibtisch stand ein aufgeklappter Laptop, daneben erkannte sie einen Gebäudeplan und eine Tüte mit Lakritzschnecken. Ansonsten deutete nichts darauf hin, dass hier jemand wohnte. Keine Klamotten, kein Krimskrams oder Kleingeld auf der Fensterbank, nichts Persönliches.

Nachdem Marc Antonius seine Tür entriegelt und geöffnet hatte, lud er sie mit einer Handbewegung ein, näher zu kommen. »Bitte. Versuchen Sie Ihr Glück.«

Froh, dieses unselige Zusammentreffen schnell hinter sich lassen zu können, hechtete Flora zur Tür, drückte sie auf und wollte sie gerade mit einem knappen *Danke* schließen, als sie einen bewundernden Pfiff hörte.

Er stand im Türrahmen und blickte sich um. Vorsichtig hob er einen Schwan von der Kommode, die sich neben der Verbindungstür befand, und schaute ihn an. »Haben Sie die alle selbst gefaltet?«

Flora setzte sich auf ihr Bett. »Ja, habe ich.«

»Ist das Ihre geheime Leidenschaft?«

»Nein, ich kann es nur gut. Und es beruhigt mich«, murmelte sie. Er würde doch nicht etwa Smalltalk machen wollen, jetzt, nachdem sie tagelang darauf gehofft hatte, vernünftig mit ihm zu reden.

»Dann haben Sie sich wohl sehr nach Ruhe gesehnt. Das müssen ja Hunderte sein.« Er schmunzelte.

»Nein«, presste sie hervor. »Ich - habe - mich - nicht - nach - Ruhe - gesehnt. Gerade nicht nach Ruhe!« Ihre Stimme wurde lauter. »Ruhe ist nämlich nicht das, was ich brauche, sondern das Gegenteil. Ich sagte, ›es beruhigt mich‹, weil ich sonst langsam durchdrehe vor Ruhe und Einsamkeit in dieser verdammten Hölle, in der jeder Tag ein Spießrutenlauf ist.« Sie ließ sich erschöpft nach hinten auf ihr Bett fallen und hob eine Hand zum

Gruß. »Aber egal! Danke fürs Reinlassen. Nur jetzt wäre ich gerne allein.«

»Interessant.« Mit überkreuzten Beinen und den Händen in den Hosentaschen lehnte er im Türrahmen. »Erst bejammern Sie Ihre Einsamkeit und im nächsten Satz sagen Sie: Ich wäre gerne allein!«

Darauf konnte Flora nicht antworten, denn er hatte recht. Als sie hochblickte, musterte er sie.

»Ich mag es nicht, wenn man sich meinen Anweisungen widersetzt.« Er sagte das, als wäre es eine mehr als ausreichende Erklärung für sein Verhalten.

»Menschen sollen einfach blind tun, was Sie sagen?«

»Sicher nicht. Man kann mich informieren und versuchen, mich zu überzeugen. Wenn ich jedoch eine Entscheidung getroffen habe, dann gilt diese. Ein Alleingang ist normalerweise tödlich. Beruflich gesehen.«

Flora schluckte.

»Das mag eine persönliche Macke sein, aber so ist es.«

»Und weil ich die rote Linie überschritten habe …«

»Weil Sie sie überflogen haben. Weit überflogen. Man kann auch sagen, Sie wollten einfach Ihr Ding machen und dafür war Ihnen alles egal.« Die Stille, die folgte, war wie ein wuchtiger Rahmen für seinen nächsten Satz. »Ich stelle niemals solche Persönlichkeiten ein.«

Niemals, dieses Wort sank tief in Floras Bewusstsein, doch es fühlte sich gar nicht so schmerzhaft an, wie sie erwartet hatte, sondern mehr wie eine Befreiung.

»Danke für die offenen Worte.« Er sah sie fragend an. »Wirklich. Danke.« Sie erwiderte seinen Blick. »Dann höre ich jetzt endlich auf, mich zu quälen, indem ich hoffe, es würde sich etwas ändern, wenn ich nur noch länger durchhalte. Zwar habe ich einen offiziellen Arbeitsvertrag, aber ohne Ihre Kooperation funktioniert es nicht, da ist der Vertrag nichts wert. Das haben mir die letzten Tage deutlich gezeigt. Dieser ungeklärte Zustand war …«, sie schüttelte sich unwillkürlich, »sehr schmerzhaft. Ich bin froh, dass ich jetzt weiß, dass ich dieses Spiel nicht mehr gewinnen kann. Und ich hätte es sowieso nicht geschafft.«

Er schwieg. Dann sah er neben sich auf dem Schreibtisch ihre Entwürfe und studierte sie eine Weile. »Sie sind gut. Leider.« Er lehnte seinen Kopf an die Wand und starrte ins Leere.

»Wenn Sie möchten, können Sie sie haben. Ich brauche sie nicht mehr.«

»Sie würden mir Ihre Entwürfe überlassen, obwohl Sie nicht für die HEC-AG arbeiten werden?«

»Ich gehe davon aus, dass ich die Tage hier bezahlt bekomme, und da ist es fair, wenn das Unternehmen auch meine Zeichnungen erhält.« Sie sah ihn freimütig an.

Er forschte in ihrem Blick, vielleicht um sicherzugehen, dass sie meinte, was sie gesagt hatte. »Überzeugen Sie mich.«

»Wovon?«

»Davon, dass Sie keine rote Linie mehr überschreiten, wie in Hannover.«

Flora brauchte einen Moment, die Bedeutung seiner Worte zu erfassen. »Sie wollen mir ermöglichen, meinen Job zu machen?«

»Ein Alleingang, und Sie sind draußen.«

Was für eine Ironie des Schicksals, dass er ihr gerade jetzt dieses Angebot machte, wo sie keine Kraft mehr hatte hierzubleiben. Sie musste sich eingestehen, dass sie auch so die einsamen Abende im Hotel nicht bewältigen konnte. Sicher, es hatte sie gestresst, derart abgelehnt zu werden und keinen Anschluss zu finden, aber das hatte den Beginn der Panikanfälle nur beschleunigt. Sie wären sonst eben später aufgetreten. Obwohl das in der schonungslosen Bilanz bedeutete, dass sie nicht wesentlich weitergekommen war. Seit Jahren nicht.

»Danke, doch ich kann nicht hierbleiben«, sagte sie matt.

»Was meinen Sie damit?« In seiner Stimme lag, zu Floras Überraschung, echtes Interesse.

»Gestern Nacht hatte ich einen Panikanfall, den ich gerade so in den Griff bekommen habe. Zu Hause wohne ich in einer WG mit meiner besten Freundin, aus genau diesem Grund. Ich ertrage Einsamkeit nicht. Vorhin wäre es fast wieder passiert. Ich hatte gehofft, es wäre nicht mehr so, aber die Realität hat mich eingeholt. Und wenn es erst einmal angefangen hat, wird es nur noch schlimmer. Ich muss also leider ablehnen.«

»Ist es, weil ich nicht wollte, dass Sie hier sind?«

»Nein, das hat es wahrscheinlich nur beschleunigt.« Sie schnaubte ungläubig, da ihr bewusst wurde, wie sehr sie sich dieses Gespräch schon vor drei Tagen gewünscht hätte. »Auf einmal ist es also in Ordnung, dass ich hier bin?«

»Ich fände es immer noch besser, wenn Sie gar nicht erst hergekommen wären, aber Sie waren, wie ich ungern zugebe, hartnäckiger als ich dachte, und sind zu gut, um Ihnen keine Chance zu geben.«

Da war er wieder, dieser verdammte Lottogewinn, den sie nicht einlösen konnte. In stummer Verzweiflung starrte Flora die Decke an.

»Was brauchen Sie, um hier arbeiten zu können?«

Flora dachte nach. Egal was er ihr anbieten würde, es würde nichts nützen und deshalb musste sie morgen sowieso nach Hause fahren. Da konnte sie genauso gut die Wahrheit sagen. Außerdem hatte sie nicht mehr die Kraft, sich etwas auszudenken.

»Ich brauche ein Gefühl von Gemeinschaft. Kontakt, Gesellschaft, besonders abends.« Es klang sehr hilfsbedürftig, wenn man es so aussprach. Aber war es nicht zutiefst menschlich? Auch für jemanden ohne ihre Geschichte? Sie überlegte gerade, ob sie nicht endlich aufhören sollte, sich dafür zu schämen, als sie sah, dass er konzentriert über etwas nachdachte.

»Ich schlage Ihnen einen Deal vor, Frau Lilienthal«, sagte er dann. »Sie geben bei der Arbeit Ihr Bestes und sind mir gegenüber absolut loyal.«

»Tut mir leid, ich sagte ja schon, ich kann nicht, ich …«

Er hob seine Hand, um sie zu stoppen. »Und im Gegenzug werde ich Ihnen helfen durch die Abende zu kommen.«

»Ausgerechnet Sie wollen mir helfen?«, fragte sie verblüfft.

»Nur dass wir uns nicht falsch verstehen. Es geht ausschließlich darum, dass Sie arbeitsfähig bleiben. Nicht mehr und nicht weniger. Ich habe kein weiteres Interesse an Ihnen als das, Frau

Lilienthal. Duzen steht nicht zur Debatte und niemand Ihrer Kollegen wird davon das Geringste erfahren.« Er stellte den Schwan wieder auf die Kommode und sah sie an.

Flora war schwindelig. Sollte er das gerade tatsächlich vorgeschlagen haben?

»Ist das klar?« Es klang hart und sie zuckte zusammen. Sein Gesichtsausdruck war, entgegen seinem Interesse an ihrer Situation und dem unkonventionellen Vorschlag, vollkommen kühl.

»Aber wie soll das konkret funktionieren?«, krächzte sie.

»Das werden wir sehen.« Damit verschwand er in seinem Zimmer.

Die Tastatur seines Laptops klickerte in die Stille hinein. Er hatte die Tür nicht geschlossen. Flora stand regungslos neben ihrem Bett und wartete darauf, dass er es bemerken und nachholen würde. Oder sollte *sie* das tun? Sie machte die Augen zu und lauschte dem Geräusch. Es war herrlich verglichen mit der nervenzersetzenden Ruhe der vergangenen Tage. So wie früher als Kind atmete sie ganz leise, um nicht aufzufallen. Sie riss ihre Augen auf. So wollte sie nicht mehr sein. Entschlossen ging Flora zur Verbindungstür.

»Herr Antonius? Kann … Kann vielleicht die Tür noch ein bisschen offen bleiben, auch wenn ich gerne leise meine Lieblingsserie anschauen würde?«, fragte sie und musste fast lachen, weil es doch sehr kindlich klang. Melanie hatte sie in ihrem letzten Telefonat darauf aufmerksam gemacht und dieses Fernsehdate mit sich selbst war ihr großer Haltepunkt für diesen Abend.

Er drehte sich in seinem Schreibtischstuhl um und sah sie mit hochgezogenen Augenbrauen an.

»Was ist denn Ihre Lieblingsserie?«

»Die wenigsten kennen sie, sie heißt ›Deep Space Nine‹ von ›Star Trek‹«, sagte sie etwas verlegen.

»Sie sind ein Trekkie, Frau Lilienthal?« Er legte den Kopf schief. »Interessante Mischung. Mit der Kleidung in der Vergangenheit und den Gedanken in der Zukunft.« Flora spürte, wie Hitze in ihre Wangen stieg. »Die läuft also wieder im Fernsehen?« Ein Schmunzeln erschien auf seinem Gesicht.

»Jeden Abend um halb acht auf Tele 5. Heute kommt der erste Teil.«

»Danke für die Info, ich werde sie mir auch ansehen.«

»Alles klar, dann viel Spaß.«

Sie stellte den Fernseher an und machte es sich auf dem Sofa bequem. Aus dem Nebenzimmer waren jetzt ebenfalls die Geräusche der Serie zu hören. Leider zeitversetzt. Flora hätte es sehr genossen, die Tür nicht schließen zu müssen, doch mit dem nachhallenden Ton war das unmöglich. Seufzend ging sie wieder zur Verbindungstür.

»Der Ton ist zeitversetzt und daher muss ich wohl leider die Tür …«

»Wer ist noch mal Major Kira? Ist sie Bajoranerin?«, fragte er, ohne den Blick vom Fernseher zu nehmen.

»Ja, Kira ist von Bajor und wurde von der bajoranischen Regierung als Verbindungsoffizierin auf Deep Space Nine eingesetzt.«

»Und Commander Sisko, ist er nicht auch mit dem Volk der Bajoraner verbunden?«

»Er ist einer bajoranischen Prophezeiung nach der Abgesandte, der den ›Himmelstempel‹ also das stabile Wurmloch entdeckt.«

»Und hätten Sie vielleicht Lust, diese Folge hier zu schauen, wenn Sie schon mal da sind?«

Flora war perplex und konnte nichts sagen.

»Spricht etwas dagegen oder benötigen Sie Zeit, um weitere Figuren zu falten?« Er drehte sich zu ihr um und sah sie herausfordernd an.

»Sicher nicht!« Sie versuchte sich an einem vernichtenden Blick und setzte sich zögernd auf den Sessel, der schräg neben dem kleinen Sofa stand, auf dem er sich niedergelassen hatte.

Nachdem die Folge zu Ende war, hatte er noch ein paar Fragen zu den Darstellern. Dann stand er auf. Flora erhob sich ebenfalls.

»Geht es Ihnen besser?«

»Ja, danke«, sagte sie leise. »Ich mache die Tür jetzt wieder zu. Gute Nacht!«

»Kommen Sie morgen um neun Uhr zu meinem Büro.«

»Echt?«

»Ja. Gute Nacht, Frau Lilienthal.«

Flora schloss ihre Tür. Sie horchte noch einen Moment auf das Schließen der seinen, doch es kam nicht. Unschlüssig überlegte sie, ob sie ihre verriegeln sollte, aber dann ließ sie alles so, wie es war.

Als sie ein paar Minuten später mit geputzten Zähnen unter ihre Bettdecke kroch, schüttelte sie ungläubig den Kopf. Marc Antonius wohnte neben ihr. Er hatte ihr ihren Job angeboten und würde dafür sorgen, dass sie ihn auch wahrnehmen konnte. Einzig an den strikten Regeln für ihren Deal und dem verschlossenen Gesichtsausdruck war zu erkennen gewesen, dass es nicht sein freundlicher Zwilling war, der ihr all das ermöglichte. Die Entwürfe, die sie in den letzten Tagen erstellt hatte, mussten ihn einfach überzeugt haben.

Gänsehaut lief über ihre Arme. Sie bekam nicht nur den Job, sondern die Garantie, dass sie es hier schaffen konnte, nachdem sie kurz davor gewesen war aufzugeben. Was sollte sie nur davon halten? Egal! Sie zog die Bettdecke über ihr Gesicht und strampelte einige Augenblicke lang glücklich, bis sie erschöpft, aber mit einem breiten Lächeln auf den Lippen wieder auftauchte und nach Luft schnappte.

8

Seine Zimmertür fiel ins Schloss. Flora stürmte aus dem Bad und raffte ihre Sachen zusammen, denn sie wollte auf keinen Fall zu spät da sein, auch wenn sie darüber grinsen musste, dass sie es offenbar beide eilig hatten, ihren gemeinsamen Termin wahrzunehmen.

Eine heiß ersehnte Straßenbahn später erreichte sie sein Büro. Punkt neun. Ihre Hand zitterte nervös, als sie klopfte, und sie war sich nicht sicher, ob das Geräusch, das sie produziert hatte, zu hören gewesen war. Sie klopfte noch einmal deutlicher. Zu deutlich? Hatte das aggressiv geklungen? Hitze stieg ihr ins Gesicht, gerade als die Tür aufging und ein gut aussehender Mann mit lockigen schwarzen Haaren und gebräunter Haut vor ihr stand.

»Bella!« Er musterte ihre Wangen, die sich anfühlten, als würden sie im Takt des Herzschlags pulsieren. »Ja, diese Wirkung habe ich gelegentlich auf Frauen«, murmelte er mit breitem Grinsen. »Ich bin Giacomo Renzi und leite den Materialeinkauf. Für dich Giacomo. Und wer bist du?«

»Flora Lilienthal. Ich soll bei der Gestaltung des Centers helfen.«

»Ah, dann werden wir uns öfter sehen.« Er strahlte sie an. »Was darf ich für dich tun? Alles? Gerne!«

»Danke, das ist nett, vielleicht komme ich darauf zurück.« Sie lächelte schüchtern. »Aber Herr Antonius hatte schon angeboten, mir genau jetzt weiterzuhelfen.« Sie sah an ihm vorbei. Marc stand am Fenster und beobachtete die Szene aufmerksam.

»Du lässt dir lieber von ihm helfen als von mir? Daran werden wir arbeiten müssen.« Zwinkernd drängte er sich um Flora herum und verschwand im Nachbarbüro.

Marc sagte nichts. Sein Blick war kühl und distanziert.

»Ähm, sollte ich etwa früher als neun Uhr hier sein?«, platzte sie heraus.

»Nein, wieso?«

»Sie sehen aus, als hätte ich irgendetwas anders machen sollen.«

»Das mag sein«, murmelte er und sah noch einen Moment zur Tür, durch die gerade Giacomo Renzi hinausgegangen war. Dann stieß er sich vom Fenster ab und setzte sich auf seinen Schreibtischstuhl. Mit einer Geste bot er ihr an, Platz zu nehmen.

»Danke«, sagte Flora lächelnd, »das ist das erste Mal, dass Sie mir einen Platz anbieten.«

Seine Miene blieb ernst. »Das erste Mal im beruflichen Zusammenhang«, korrigierte er. »Frau Lilienthal, ich bringe Sie gleich zu den Mitarbeitern, mit denen Sie zusammenarbeiten werden. Es sind Innenarchitekten, Raumausstatter und Dekorateure. Männer und Frauen. Ich stelle Sie als von Herrn Ebertzhagen persönlich engagierte kreative Beraterin vor und mache deutlich, dass Ihre Ideen Gewicht haben, doch dann ist es Ihre Aufgabe, mit der Mannschaft zurechtzukommen.«

Flora nickte. »Das Ganze ist ein Miteinander und der Bonus, von Herrn Ebertzhagen nachträglich eingestellt worden zu sein, ist weder ein Freifahrtschein für Starallüren noch etwas, für das ich mich schämen muss, oder?«

»Gut zusammengefasst. Und wie ich gestern schon sagte, über unsere Wohnsituation und die – sagen wir – unkonventionelle Hilfe, die ich Ihnen angeboten habe, bewahren Sie Stillschweigen. Die rote Linie, erinnern Sie sich?«

Flora nickte erneut. ›Unsere Wohnsituation‹ hatte ein warmes Gefühl ausgelöst, das langsam durch ihren Körper floss. Das war daneben. So daneben. Aber sie konnte nichts dafür, dass sie eben schräg war in diesem Punkt.

»Ich möchte sichergehen, dass Sie das verstanden haben.« Er beugte sich über den Schreibtisch und sah sie auffordernd an.

»Klar. Rote Linie. Von mir erfährt keiner was.«

»Okay. Dann bringe ich Sie jetzt zu Ihren Kollegen.«

Der Kreativbereich lag ein Stockwerk tiefer im Erdgeschoss und grenzte an die elliptische Halle. Es war ein großer heller Raum mit einer langen Fensterfront. Später einmal würde dies die Mitarbeiterkantine werden, wie ihr Marc Antonius auf dem Weg mitgeteilt hatte. Nachdem sie durch die zweiflüglige Tür eingetreten waren, wusste Flora sofort, dass sie sich hier wohlfühlen würde. Das Licht, die Großzügigkeit, alles passte, um kreativ zu arbeiten. Überall verteilt standen Stellwände, an die Gebäudepläne gepinnt waren. Viele zusätzlich beklebt mit Stoff- und Farbproben. Floras Herz pochte. Sie konnte kaum erwarten mitzuarbeiten. Soweit sie es überblickte, hatten hier zehn Personen ihren Arbeitsplatz. Manche beugten sich gemeinsam über einen Tisch mit Zeichnungen oder sahen sich auf einem Computer eine virtuelle Simulation an.

Marc sagte nichts. Nach und nach bemerkten ihn die Mitarbeiter und stellten ihre Gespräche ein. Wenige Sekunden später hatte er die volle Aufmerksamkeit.

»Guten Morgen. Wie Sie wissen, ist Herrn Ebertzhagen die innovative Gestaltung seiner Center sehr wichtig. Zu diesem Zweck hat er beschlossen, das Kreativteam um ein weiteres Mitglied zu ergänzen. Dies ist Flora Lilienthal.« Sie spürte, wie er kurz seine warme Hand auf ihren Rücken legte. »Frau Lilienthal ist als kreative Beraterin eingestellt worden, und Herr Ebertzhagen möchte, dass ihre Vorschläge mit Priorität in das Konzept einfließen, auch wenn das heißt, dass laufende Prozesse verändert oder neu überdacht werden müssen.« Dann sah er Flora an und sie wusste, dass jetzt sie gefragt war.

»Herzlichen Dank, dass Sie mich vorgestellt haben, Herr Antonius.« Sie trat einen Schritt nach vorne. »Als ich vor ein paar Tagen das erste Mal dieses Gebäude betrat, war ich beeindruckt«, sagte sie an die Gruppe gewandt. »Der Name, die Architektur, das Jugendstilthema – ich bin sicher, hier entsteht ein wunderschöner Ort, um sich zu treffen, zu bummeln und Spaß zu haben. Vermutlich ist es eher ungewöhnlich, dass jetzt noch jemand Neues ins Team kommt.« Sie zwinkerte. »Und Sie haben vielleicht nicht gerade auf mich gewartet, aber ich hoffe trotzdem, dass auch Sie an meinen Ideen interessiert sind. Ich bin jedenfalls auf die bestehende Planung äußerst gespannt und freue mich sehr auf die Zusammenarbeit.«

Floras Kolleginnen und Kollegen traten vor, schüttelten ihr die Hand und begrüßten sie freundlich. Marcella war ebenfalls darunter und nahm sie mit einem breiten Grinsen spontan in die Arme.

»Schön, dass du doch noch zu uns gefunden hast«, sagte sie herzlich.

Anschließend gruppierten sie sich um den großen ovalen Tisch, der die Mitte des Raumes bildete und auf dem Pläne und Bauzeichnungen auslagen. Flora wertschätzte jede Idee und fragte aufmerksam nach. Behutsam stellte sie ihre Vorstellungen daneben und wog gemeinsam mit allen ab, was welche Effekte auf das Center haben würde. Sie war so im Geschehen, dass sie lange Zeit gar nicht wusste, ob Marc Antonius noch da war. Irgendwann entdeckte sie ihn. Er stand ein paar Meter entfernt, die Arme vor der Brust verschränkt, und beobachtete sie mit einer Mischung aus Verwunderung und Anerkennung. Wahrscheinlich hatte er damit gerechnet, dass sie Schwierigkeiten haben und ihn um Unterstützung bitten würde. Tja, falsch gedacht. Sie schmunzelte. Mit unterschiedlichen Persönlichkeiten gut zusammenzuarbeiten hatte sie während ihrer Ausbildung zur Raumausstatterin im Geschäft von Tante Marianne und Onkel Norbert gelernt. Von zickig bis raubeinig, sie brachte alle Mitarbeiter dazu, ihre Ideen zu äußern, und vergaß darüber auch ihre eigenen nicht. Das war eine Fähigkeit, auf die sie sich zum Glück immer hatte verlassen können.

Als Marc ihren Blick auffing, stellte er sich neben sie. »Ich sehe, Sie kommen klar«, murmelte er an ihrem Ohr und verließ den Kreativbereich.

Zwei Stunden später fühlte Flora sich wie auf Wolken. Ihre Ideen waren gut angekommen und viele konnten in die bestehenden Pläne integriert werden. Ein paar verwarf sie, weil das Gesamtkonzept in eine andere Richtung wies. Sie hatte das Gefühl, endlich wieder Mensch unter Menschen zu sein.

Am meisten würde sie in der kommenden Zeit vermutlich mit vier Mitarbeitern zu tun haben. Wolfgang und Thorsten waren Innenarchitekten und beide Mitte dreißig, modisch eher im Strickpullibereich angesiedelt und nicht gerade übermäßig gesprächig, doch dafür waren sie nett und sehr geduldig beim Beantworten ihrer Fragen gewesen.

Luisa und Marcella hatten wie sie eine Ausbildung zur Raumausstatterin gemacht und waren in ihrem Alter. Flora hoffte, bald auch privaten Kontakt zu ihnen zu bekommen. Luisa studierte allerdings Innenarchitektur und hatte abends meistens zu lernen und Marcella fuhr nach der Arbeit zu ihrem Freund. Aber für einen Kaffee zum Feierabend würde es hoffentlich mal reichen.

Am Nachmittag saß Flora auf einer Bank an der Straßenbahnhaltestelle und wunderte sich, wie schnell an diesem Tag die Zeit vergangen war. Sie summte leise ›What a Diff'rence a Day Makes‹ und musste plötzlich lächeln. Ein Tag konnte wirklich einen riesigen Unterschied machen. Gestern noch war sie im Center herumgeschlichen wie Falschgeld, und heute, nur vierundzwanzig Stunden später, fühlte sie sich wohl und angekommen.

Nach einem Zwischenstopp auf der Grünfläche vorm Hotel, wo sie Melanie am Telefon haarklein erzählte, was passiert war, ging sie beschwingt an der Hotelrezeption entlang und schenkte

Frau Franke ein warmes Lächeln. Sicher ohne es zu wollen, mehr durch einen automatischen Gehirnreflex gezwungen, lächelte Frau Franke zurück, was Floras Triumphgefühl mit tausend multiplizierte.

Im Zimmer schleuderte sie ihre Tasche auf einen Sessel, die Ballerinas unters Bett und warf sich schwungvoll darauf. Mit ausgestreckten Armen und geschlossenen Augen lauschte sie eine Weile auf dieses zufriedene Summen in ihr und ihren fröhlich hüpfenden Herzschlag.

Das Geräusch, das sie aufwachen ließ, schien ein Klopfen zu sein. Flora stapfte mit wackeligen Knien zur Zimmertür, öffnete sie, doch der Flur war leer. Es klopfte noch einmal. Sie ging zurück zur Zwischentür und zog sie auf.

Marc Antonius saß auf dem Sofa vor dem Fernseher. Er hatte sein weißes Hemd bis zu den Ellenbogen aufgekrempelt, ein Fuß lag auf seinem Knie. Flora konnte nicht umhin, seine athletische Figur und seine gemeißelt wirkenden Gesichtszüge zu bemerken, während sie sein Profil betrachtete.

»Man sollte besser am Anfang keine Folgen verpassen, oder was denken Sie, Frau Lilienthal?«, fragte er, ohne sie anzuschauen. Bot er ihr gerade an, wieder gemeinsam fernzusehen? »Setzen Sie sich.«

Sie trat vorsichtig näher und ließ sich, wie am Abend zuvor, in den Sessel schräg neben seiner Couch gleiten. Während die Folge lief, schwiegen sie. Beim Abspann machte Marc den Fernseher aus und wandte sich zu ihr um.

»Das war beeindruckend.«

Sie lächelte breit. »So begeistert von der Folge, Herr Antonius?«

Er hob eine Augenbraue. Ironie schien wohl nicht so sein Ding zu sein. »Ich meinte die Art, wie Sie mit der schwierigen Situation heute klargekommen sind.«

Er hatte gemerkt, dass es für sie kein Problem war, sich in ein Team einzufügen? Das freute sie. »Sie dachten, ich würde Ihre Hilfe benötigen?«, fragte sie trotzdem spitz.

»Ich fand das sehr wahrscheinlich.«

»Und hätten Sie mir geholfen?«

Er stützte seinen Ellenbogen auf die Sofarücklehne und legte nachdenklich sein Kinn in die Hand, während er sie mit seinen grünen Augen musterte.

»Ganz klar nein.«

Ihr Hochgefühl schwand. Flora spürte einen Stich und schalt sich sofort dafür. Es war nicht seine Aufgabe, ihr bei ihrer Arbeit zu helfen. Es wäre nur nett gewesen, es weniger kühl auszudrücken, fand ihr Herz.

Sie schluckte. »Okay.«

»Ich bin nicht Ihr Kindermädchen«, erklärte er, »und das werde ich auch in Zukunft nicht sein.«

Flora zuckte zusammen. All ihre Befürchtungen waren wieder da. »Haben Sie das gestern mit dem Deal nur vorgeschlagen, weil Sie davon ausgingen, dass ich heute schon oder in den nächsten Tagen aufgeben würde?«

»Ich war mir natürlich nicht sicher, ob Sie die Sache im Griff haben. Und es hat mich ehrlich überrascht, wie Sie die Situation gemeistert haben.«

»Und jetzt möchten Sie von Ihrem Angebot, mich bei meinem Aufenthalt hier zu unterstützen, zurücktreten, da Ihnen klar geworden ist, dass es eine längere Angelegenheit wird?« Flora spürte ihr Herz im Hals klopfen, doch sie bemühte sich um ein Pokerface. Wie konnte er dasitzen, entspannt das Kinn in die Hand gestützt, während es für sie um alles ging?

»Es hat mich überrascht, aber es freut mich auch, denn Sie sind gut, wie ich ja bereits zugegeben habe.« Marc richtete sich auf und sah sie direkt an. »Und – nein, ich mache keine Fake-Angebote. Sie haben sich Ihren Platz im Kreativteam verdient und es bleibt bei unserem Deal.«

Erleichterung breitete sich in ihr aus. Trotzdem fühlte Flora sich auf einmal wie nach dem Schleudergang einer Waschmaschine. Hektisch sprang sie vom Sessel auf. Marc runzelte irritiert die Stirn. »Gut, danke, dass Sie das noch mal klargestellt haben. Doch ich hatte einen wirklich schönen Tag«, erklärte sie, »den ersten seit Langem – und deshalb gehe ich jetzt, denn ich möchte vermeiden, dass er auf den letzten Metern einen Fleck bekommt, nur weil wir uns missverstehen.« Seine Gesichtszüge verhärteten sich, aber das war ihr egal. »Nicht böse gemeint, Herr Antonius – wenn Sie eine so miese Zeit durchgemacht hätten wie ich, würden Sie auch mit einem guten Tag abhauen, solange es noch geht.«

Damit ließ sie ihn kopfschüttelnd zurück.

Am nächsten Tag lief es bei der Arbeit genauso gut wie am Tag zuvor. Flora fühlte sich mit den meisten Mitarbeitern auf einer Wellenlänge und war mit allen in intensivem Austausch. Ihr flogen Ideen zu und sie arbeitete konzentriert bis zur Mittagspause.

Als ihr jemand auf die Schulter tippte, schrak sie hoch. Luisa lächelte sie an. Ihre geglätteten blonden Haare reichten bis zum Ellenbogen. Sie trug einen pinkfarbenen Minirock, ließ sich auf Floras Schreibtischkante nieder und streckte die langen Beine vor sich aus.

»In welchem Zauberland warst du denn?«, fragte sie zwinkernd.

»Irgendwo zwischen Rio Palisander und Eiche rustikal«, antwortete Flora und lachte.

»Eiche rustikal?« Angewidert zog Luisa die Nase kraus. »Na, dann wird es dir bei ›Kim Long‹ mit seinem Plastik-Chic bestimmt auch gefallen.«

Flora sah sie fragend an. Sie hatte keine Ahnung, wer ›Kim Long‹ war.

Luisa rieb sich den Bauch. »Es ist Mittagszeit. Ein paar von uns gehen zum Chinesen um die Ecke. Hast du Lust mitzukommen?«

Wie auf Kommando knurrte Floras Magen zustimmend und sie merkte erst jetzt, dass sie schon eine ganze Weile Hunger gehabt hatte.

Luisa lachte. »Okay, du bist also dabei.«

Es war eine überraschend lustige Mittagspause. Flora liefen die Tränen aus den Augenwinkeln, als Wolfgang Thorstens und Marcellas Glückskekse hartnäckig in Richtung gemeinsame Hochzeit interpretiert und auch noch eine ›Save The Date‹-Message an Luisa und sie geschickt hatte.

Die restliche Zeit am Nachmittag verging dann wie im Flug und einige arbeitsame Stunden später saß sie angenehm erschöpft im Sessel neben Marc Antonius und starrte in den Fernseher.

Als der Abspann kam, drehte er sich zu ihr. Er wirkte entspannt, so als hätte er einen guten Tag gehabt.

»Ich frage mich, wieso dies Ihre Lieblingsserie ist.«

»Finden Sie das so ungewöhnlich?« Lächelnd zog Flora einen Fuß unter ihren Oberschenkel.

»Sie sind einfach die erste Frau, die ich treffe, der Sciencefiction gefällt.« Nachdenklich legte er den Kopf schief. »Um die Klamotten kann es Ihnen nicht gehen. Da gäbe es bessere Serien. Oder stehen Sie auf Uniformen?«, fragte er mit hochgezogenen Augenbrauen.

»Nein«, sagte sie lachend. »Ich mag das Gesamtkonzept. Die Station schwebt auf sich allein gestellt im tiefsten Weltraum. Sie ist wie ein kleines Dorf. Trotzdem ist man nicht isoliert, weil dauernd Spezies fremder Kulturen eintreffen. Es muss herrlich sein, an so einem Ort zu leben.«

»Klingt wie der perfekte Platz für jemanden mit Angst vorm Alleinsein.« Er zwinkerte ihr kurz zu.

»Ja, wahrscheinlich ist es das.«

Marc lächelte. »Ich hab ›Deep Space Nine‹ im Fernsehen gesehen, als ich vierzehn war. Damals hatten sich meine Eltern gerade getrennt und ich flüchtete mich gerne in die Vorstellung, ich könnte den ganzen Mist hinter mir lassen und als Kadett bei der Sternenflotte anfangen.«

Flora stützte ihren Kopf mit der Hand ab und sah ihn nachdenklich an. »Die Serie scheint eine besondere Faszination auf verlorene Seelen auszuüben.«

Er nickte. »Sieht so aus.«

Es war schön, endlich einmal entspannt mit ihm zu plaudern.

»In Ihrer Personalakte habe ich gelesen, dass Sie Grafikdesign studieren. Trotzdem scheinen Sie auf Nebenjobs angewiesen zu sein. Unterstützen Ihre Eltern Sie nicht?«

Er hatte ihre Personalakte studiert? Aber wahrscheinlich tat er das bei allen Mitarbeitern. Er war sicher der Typ von Chef, der umfassend informiert sein wollte.

»Nein, wir sind, was das angeht, nicht auf derselben Wellenlänge«, antwortete Flora mit einem Augenrollen. »Wir leben in verschiedenen Galaxien, um mal im Bild zu bleiben.« Er verzog einen Mundwinkel zu einem schiefen Lächeln. »Jahrelang habe ich mir vorm Einschlafen ausgemalt, Captain Sisko wäre mein Vater«, fügte sie hinzu. »Immer ein offenes Ohr für mich, auch wenn die Romulaner gerade ihre Waffen auf die Station ausrichten.«

Marc lachte schmerzvoll auf. »Meinen Vater hätte ich sogar gegen einen miesen Ferengi eingetauscht«, murmelte er und augenblicklich waren seine Gesichtszüge wieder verschlossen. »Gut, Frau Lilienthal.« Er erhob sich und ging in Richtung Tür.

Seufzend tat Flora es ihm nach. Schade, es wäre schön gewesen, noch ein wenig mehr über den Mann zu erfahren, mit dem sie Tür an Tür wohnte, doch es ließ sich nicht übersehen, dass für ihn der gemeinsame Abend beendet war.

9

Die Nachmittagssonne wärmte ihr das Gesicht. Flora saß in einem Straßencafé, nippte an ihrem Cappuccino und beobachtete das bunte Treiben in der Fußgängerzone. Seit etwas mehr als einer Woche war sie jetzt in Leipzig. Wenn sie daran dachte, wie viel Angst sie gehabt hatte hierherzukommen, grenzte es an ein Wunder, wie gut es ihr ging. Heute fühlte sie sich sogar richtig überschwänglich vor Glück. Sie kam immer besser rein in die Arbeit und abends guckte Marc die Serie mit ihr. Sie unterhielten sich anschließend noch kurz über Belangloses wie Schauspieler und Charaktere, dann verabschiedete Flora sich in ihr Zimmer. Die Türen ließen sie angelehnt. Später im Bett lauschte sie dem beruhigenden Geräusch seiner Notebook-Tastatur, bis sie einschlief.

Auch wenn er ihre Unterhaltungen, bis auf die, wo er ein paar Sätze zu seiner Familie gesagt hatte, bewusst oberflächlich hielt, erfüllte es Flora mit einem warmen Gefühl, wie genau er den Deal einhielt und ihr damit den Aufenthalt hier ermöglichte. Er schien intuitiv verstanden zu haben, was sie brauchte, und verurteilte sie nicht dafür.

Im Center ging er jedoch so weit wie möglich auf Distanz. Aber das war vollkommen in Ordnung. Solange er abends seinen

Fernseher mit ihr teilte und seine Tür offen ließ, fühlte Flora sich wohl.

Das erste Wochenende lag bereits hinter ihr. Es hatte ihr ziemlich gegraut davor, doch am Samstag war sie auf die geniale Idee gekommen, in den Zoo zu gehen. Und weil es dort schön und die Ticketverkäuferin nett war, leistete sie sich direkt eine Jahreskarte für fünfzig Euro. Am Sonntag hatte ihr Weg gleich wieder dorthin geführt, sodass sie gefühlt mit den meisten Tieren jetzt schon per Du war. Nur noch ein Besuch, dann hätte sie das Geld heraus und wäre in der Gewinnzone.

Der Kellner kam vorbei und Flora bezahlte ihren Cappuccino mit einem großzügigen Glückszuschlag. Sie schlenderte weiter durch die Fußgängerzone. Ein Ein-Euro-Laden zog sie magisch an. Sie durchforstete die Reihen mit Körbchen voller Krimskrams und fand eine türkisfarbene Blume für ihr Haar. Die würde perfekt zu ihrem weißen Rock passen. Als sie zur Kasse ging, sah sie einen Ständer mit Popcorn zum Selbermachen in verschiedenen Geschmacksrichtungen. In der Junior-Suite befand sich neben einer Kaffeemaschine, Wasserkocher und Minikühlschrank auch eine kleine Mikrowelle. Sie legte die Ansteckblume weg, da ihre Regel für den Ein-Euro-Shop lautete, dass man nur genau einen Euro ausgeben durfte, bezahlte das Karamellpopcorn und machte sich schmunzelnd und mit Vorfreude auf den Weg ins Hotel.

Um Viertel nach sieben klopfte Flora an die Zwischentür. Gerade als sie dachte, er wäre nicht da, gab die Tür die Sicht auf seine schlanke, kräftige Statur frei.

»So gespannt darauf, wie es mit den Klingonen weitergeht, Frau Lilienthal?«, fragte er mit einem leicht spöttischen Lächeln.

Flora überging die Frage. »Mögen Sie frisches, heißes Popcorn?«

»Natürlich. Aber ich denke nicht gerne über Dinge nach, wenn ich sie nicht haben kann«, antwortete er und ließ einen Moment nachdenklich seinen Blick über sie gleiten.

»Genau wie ich.« Flora strahlte ihn an. »Deshalb – hier.« Sie streckte ihm das Päckchen entgegen.

»Was ist das?«, fragte er skeptisch.

»Sie kennen kein Mikrowellenpopcorn?« Sie lachte, als er irritiert den Kopf schüttelte. »Echt nicht? Oh, là, là, dann steht Ihnen eine kulinarische Entjungferung bevor.«

Mit gerunzelter Stirn nahm er das flache, harte Paket in die Hand. »Daraus soll Popcorn werden?«

»Ja, und zwar in wenigen Sekunden!« Flora schnappte sich die Packung, marschierte zu seiner Mikrowelle und stellte den Timer auf zwei Minuten. Sie fing einen zweifelnden Blick von ihm auf, der vermuten ließ, dass er sich nicht sicher war, ob er gut fand, was sie da tat. »Wenn Sie das Wunder der Snackherstellung erleben möchten, müssen Sie schon herkommen«, sagte sie und startete das Gerät.

Zögernd setzte Marc Antonius sich in Bewegung und hockte sich neben Flora, um in das kleine, beleuchtete Fenster sehen zu können.

»Soll das so sein?«, fragte er, als das Paket sich aufzublähen begann und das Popcorn laut poppte.

»Ja, genau so. Und jetzt heißt es aufpassen. Auf der Packung steht, dass man die Mikrowelle laufen lassen muss, bis man fast nichts mehr hört. Ich warte jedoch nie bis ganz zum Schluss, dann sind zu viele verbrannte Körner dabei.« Ein paar Sekunden später drückte sie auf Stopp. »Oh, wir benötigen noch eine Schüssel.« Sie sah ihn fragend an.

»Und Sie denken, ich hätte eine?« Das Grün seiner Augen glitzerte.

»Okay, das ist ein bisschen spontan, aber trotzdem brauchen wir sie dringend, denn Star Trek geht gleich los. Vielleicht die da?« Sie zeigte auf sein Sideboard, auf dem sich eine Glasschale mit drei silbernen Dekokugeln befand.

»Fühlt sich etwas klebrig an.« Er ging ins Bad und kam zwei Minuten später mit einer glänzenden Schale wieder heraus.

Flora holte das Päckchen, das jetzt das zehnfache Volumen hatte, aus der Mikrowelle. »Freuen Sie sich auf das frischeste Popcorn, das Sie je gegessen haben, Herr Antonius.« Dann riss sie das Papier auf und schüttete den Inhalt in die Schüssel.

»Mmh.« Marc hielt seine Nase darüber. »Riechen tut es gut.«

»Danke und ... don't worry – Sie können nicht überall Kompetenzen haben.« Damit schnappte Flora sich die Schale und setzte sich auf ihren gewohnten Platz.

Er strich sich die Haare zurück und sah sie herausfordernd an. »Ein paar Snacks in einem Hotelzimmer zuzubereiten erfordert keine großen Kompetenzen, Frau Lilienthal.«

»Ach nein? Da bin ich aber ganz anderer Meinung. Gerade durch die Einschränkung hier ist es schwierig. Da braucht man Einfallsreichtum und vor allem einen gewissen Mut zur Durchführung.« Sie steckte sich eine Handvoll Popcorn in den Mund und kaute nachdenklich. »Und das sehe ich bei Ihnen nicht.« Er legte skeptisch den Kopf schief. Flora zuckte mit den Achseln. »Nur weil Sie hin und wieder ein Einkaufscenter aufbauen, heißt das nicht, dass Sie auch Snackherstellungsfähigkeiten haben.«

Marc umrundete die Couch und ließ sich so darauf nieder, dass er ebenfalls in die Schüssel greifen konnte. »Klingt da nicht eine gewisse Hybris durch, Frau Lilienthal?«

Sie seufzte theatralisch. »Vielen Genies wurde Hybris nachgesagt. Und dann blieben sie doch unerreicht.«

Er musterte sie. »Es hat den Anschein, als würde das auf einen DDMIEHZKW hinauslaufen.« Flora sah ihn fragend an. »Einen ›Dinge, die man in einem Hotelzimmer zubereiten kann Wettbewerb‹.«

»Ach so.« Sie schmunzelte. »Ich möchte Ihnen nicht raten, sich auf einem Gebiet, das Neuland für Sie ist, mit mir zu messen, aber gut. Nur hinterher nicht weinen. Ich will Sie noch als Chef akzeptieren können.«

»Sicher, wo es Ihnen so schwerfiel, dahin zu kommen«, sagte er nachdenklich.

Flora rollte mit den Augen. »Sind wir jetzt wieder an dem Punkt, wo ich mich für die Guerilla-Aktion entschuldigen soll?«

Sie war in Spiellaune. Vermutlich weil sich alles so gut für sie gefügt hatte und sie sich endlich wohlfühlte.

»Tun Sie das gerne häufiger.« Er nahm sich eine große Handvoll Popcorn aus der Schüssel und lehnte sich zurück. »Ich werde sicher nicht müde, Ihnen dabei zuzuhören. Ich könnte mir auch vorstellen, dass Sie jeden Tag damit beginnen, Frau Lilienthal.«

»Das ist eine rote Linie, Herr Antonius.«

Er sah sie direkt an und seine grünen Augen leuchteten dunkel. »Entschuldigung.« Flora schluckte, denn es klang irgendwie ernst. Jedenfalls bis er weitersprach. »Sehen Sie? Es war gar nicht schwer. Versuchen Sie es ruhig mal. Sie werden merken, dass es Ihnen guttut!«

»Sie sind ein Fan von Entschuldigungen, Herr Antonius? Dann muss ich aber erst mal etwas tun, für das ich mich wirklich entschuldigen kann.«

Sie warf ein Popcorn in seine Richtung, doch es flog an seinem Kopf vorbei.

»So leicht aus der Fassung zu bringen, Frau Lilienthal?«

»Von Ihnen auf jeden Fall, wie ich sehr schmerzhaft erfahren musste.« Plötzlich spürte sie, dass sie rot wurde.

Er sah sie fragend an. »Was genau meinen Sie?«

»Ach nichts.«

»Was nichts?«

»Es hat mich bloß selten jemand so offenkundig abgelehnt und an den Rand der Verzweiflung gebracht wie Sie. Jedenfalls seit ich erwachsen bin.«

Marc runzelte die Stirn und schwieg. Die Serie begann und er stellte den Ton an. Flora war irritiert. Die gute Stimmung war dahin. Sie hätte sich auf die Zunge beißen können. Das klang ja, als wäre sie kein Stück dankbar dafür, dass er ihr half, die Abende auszuhalten. Niemand sagte ein Wort, bis der Abspann kam. Dann schaltete er ab.

»Möchten Sie sich für vorhin entschuldigen?«

Mich entschuldigen? Mit. Sicherheit. Nicht. Machte er einen Scherz? Sie sah ihn fragend an, doch sein Gesichtsausdruck war vollkommen neutral.

Flora richtete sich in ihrem Sessel auf und räusperte sich. »Vielleicht hätte ich gerne nicht darauf angespielt, wie sehr Sie mich gequält haben, da es nicht zu diesem netten Abend passt. Doch die Sache an sich ist und bleibt wahr, obwohl ich Ihnen für das Arrangement, das wir haben, dankbar bin.«

»Ich meinte für das Popcorn, mit dem Sie mich treffen wollten.« Seine Mundwinkel zuckten kurz, dann wurde er wieder ernst und sah ihr direkt in die Augen. »Aber ich möchte entschuldigen. Für Ihre ersten Tage hier. Außerdem schätze ich Ihre Ehrlichkeit. Bleiben Sie dabei.« Er erhob sich von der Couch und öffnete die Tür. »Vielen Dank und gute Nacht.«

Da sich ›Danke für den schönen Abend‹ eine Spur zu vertraulich anfühlte, entschied Flora sich ebenfalls für ein schlichtes »Gute Nacht« und verschwand in ihr Zimmer.

10

Nachdem sie am nächsten Tag gefühlte Stunden Markierungen auf dem Boden des Loungebereichs angebracht hatte, legte Flora stöhnend die Hände an die Lenden und streckte den Rücken durch. Tat das gut, sich mal langzumachen. Hier im Erdgeschoss, in einem kleinen Teil der elliptischen Halle, sollten Sitzecken eingerichtet werden, damit Besucher sich unterhalten, ausruhen oder ihre Einkäufe sortieren konnten. Mit ein paar Pflanzen und einem Springbrunnen würde es hoffentlich mal eine Oase der Ruhe sein. Aber dafür musste alles richtig angeordnet werden.

»Na, Schönheit? Hast du dich schon eingelebt?«, erklang eine Stimme hinter ihr.

Flora fuhr erschrocken herum. Sie hatte den ganzen Vormittag fast wie in Trance vor sich hin gearbeitet. Giacomo trat mit einem gewinnenden Lächeln auf sie zu und drückte ihr ein Papier in die Hand.

»Hier, danach hattest du doch gefragt.«

Es waren die Kontaktdaten eines Blumenfachhandels, mit dem die HEC-AG in Leipzig kooperierte.

»Oh, vielen Dank, und ja, ich komme gut zurecht.« Sie lächelte ihm verbindlich zu.

Giacomo pfiff durch die Zähne. »Das sehe ich, Bella. Du warst ja richtig fleißig.« Sein Blick schweifte über die unzähligen Markierungen im Raum.

»Klar. Dafür bin ich schließlich hier.«

»Man kann sich schon genau vorstellen, wie es einmal aussehen wird.«

Heute hatte er seine Locken mit etwas Gel gebändigt. Gürtel, Schuhe und dunkle Hornbrille waren genau auf seinen grauen Anzug und das schwarze Hemd abgestimmt, eine Messenger-Tasche klemmte lässig unter seinem Arm. Er wirkte wie jemand, der absolut zufrieden mit sich war. Da Flora ihn noch nie mit Brille gesehen hatte, fragte sie sich unwillkürlich, ob sie nur ein modisches Accessoire darstellte oder ob er sie wirklich brauchte. Vielleicht trug er sonst Kontaktlinsen.

»Der alte Ebertzhagen hat einen guten Fang mit dir gemacht«, riss Giacomo sie aus ihren Überlegungen. »Ich schätze, du hast mächtig Eindruck bei ihm hinterlassen. Aber das ist ja kein Wunder – so, wie du aussiehst.« Er zwinkerte ihr zweimal hintereinander zu.

Flora schluckte. »Ich bin nicht wegen meines Aussehens hier.«

»Sorry, du hast natürlich auch 'ne ganze Menge drauf.« Er grinste sie freundlich an.

»Weiß nicht, Herrn Ebertzhagen haben einfach die Ideen gefallen, die ich spontan in Hannover geäußert habe, also vielleicht ist es Glück und ich treffe ganz gut seinen Geschmack.«

»Mit Sicherheit. Und alle mögen dich. Alle im Kreativbereich. Ich schließe mich da mit ein. Wir nehmen es hier meistens lustig. Nur unser Centermanager«, bei dem Wort zog er die Mundwinkel runter und hob die Augen demonstrativ zur Decke, »ist ein echter Stimmungskiller. Aber das hast du bestimmt schon mitbekommen, oder?«

»Ähm, das kann ich nicht einschätzen. Es ist wahrscheinlich nicht leicht, ein so großes Projekt zu koordinieren«, antwortete Flora vorsichtig.

»Bella, Schätzchen!« Giacomo lachte herzlich und drückte mit seiner Hand kurz ihre Schulter. »Marc Antonius ist kalt und gefühllos wie ein Stein. Ein Egoist, wie er im Buche steht. Keine Spur Teamplay. Das musst du doch schon gemerkt haben.«

Flora wurde warm. Sie sah sich unbehaglich um. Diese Art von Diskussion über einen anderen war ihr generell nicht recht. Und noch weniger wollte sie so ein Gespräch an einem Ort führen, an dem jederzeit jemand vorbeikommen konnte. Jemand – oder Marc.

»Kannst dich aber immer bei mir ausheulen«, machte Giacomo mit einem süffisanten Lächeln weiter. »Das Angebot steht. Mit etwas Glück wirst du gar nicht viel mit ihm zu tun haben; und wie gesagt, im Kreativbereich sind wir eine gute Truppe – na ja, bei dem Vorgesetzten.«

Er klopfte sich so übertrieben auf die Schulter, dass Flora lachen musste. Die unangenehme Spannung fiel von ihr ab.

»Hey Giaco! Hier bist du! Ich bin schon durchs ganze Center gelaufen, um dich zu suchen.« Luisa schneite mit ultrakurzen Jeanspants auf dramatischen Zehn-Zentimeter-Absätzen herein und stoppte dicht vor ihm.

»Hoppla, Lulu, meine Schöne, was gibt's denn?« Er legte seine Arme um ihre Taille, um sie zu stabilisieren, und ließ sie dort.

Jap, er war offensichtlich ein äußerst lockerer Vorgesetzter. Das Gegenteil von Marc.

»Wolfgang und ich würden gerne ein Trennelement im oberen Stockwerk mit Buntglasornamenten ausstatten und bräuchten von dir das Okay dafür.«

»Habt ihr die Kosten überschlagen?«

»Wolfgang hat eine Aufstellung für dich, aber wir müssten schnell bestellen.«

»Gut, dann komm ich mal mit.« Er zuckte entschuldigend mit den Schultern. »Sorry, Bella, du siehst, ich werde schon wieder gebraucht.«

Luisa wandte sich kurz an Flora. »Hey, ich wollte noch sagen, ich finde es super, dass du jetzt bei uns bist. Deine Ideen für den Loungebereich sind klasse.«

»O danke!« In Floras Herzgegend wurde es warm. Luisa war

zwar ein verrückter Wirbelwind, so viel hatte sie bereits mitbekommen, aber auch echt herzlich.

»Gerade deshalb sollten wir darauf achten, sie gleich richtig einzuführen. Ich hab sie eben darüber aufgeklärt, was für ein Arsch Mr. Centermanager ist, doch sie wollte es nicht glauben«, schaltete Giacomo sich ein.

Luisa drehte sich um und boxte ihn spielerisch gegen die Schulter. »Was du immer hast! Das ist mir völlig egal.« Sie klimperte demonstrativ mit den Augen und griff sich ans Herz. »Es wird meine Meinung über ihn nicht ändern.«

»Frauen! Euch ist einfach nicht zu helfen«, rief Giacomo und riss dramatisch die Hände in die Höhe.

Wie fast jeden Abend bestellte Flora sich einen großen Salatteller mit Putenstreifen und aß ihn gerade bequem im Schneidersitz auf dem Bett, als die Verbindungstür aufging.

Da er sein Jackett noch trug, vermutete sie, dass Marc eben erst nach Hause gekommen war. Der leichte Bartschatten betonte seine männlichen Gesichtszüge so vorteilhaft, dass sie sich bei so viel Schönheit augenblicklich ein bisschen aufrichtete, um mit ihrem Petticoatkleid nicht wie eine auf dem Bett explodierte Blume auszusehen.

»Ah, wie ich sehe, sind Sie beim Hauptgang. Möchten Sie vielleicht das Dessert bei mir einnehmen?« Flora sah ihn mit großen Augen an. »Okay, das klang jetzt wie aus einem ganz schlechten Film«, fügte er schnell hinzu. »Ich meinte aber nur den DDMIEHZKW, Frau Lilienthal. Ist da etwa Ihre Fantasie mit Ihnen durchgegangen? Wenn ja, dann darf ich Sie an unseren Deal erinnern.«

»Ich weiß nicht, welche Filme Sie meinen, Herr Antonius. Ich habe bis jetzt noch keine geschaut, die meine Fantasie in irgendeine andere Richtung beflügeln könnten als selbstverständlich zum DDMIEHZKW.« Sie lächelte verbindlich.

Er schmunzelte. »Gut, wenn Sie mit Ihrem Salat fertig sind,

dann kommen Sie doch rüber, um Ihre Niederlage mit mir zu feiern.« Damit verschwand er in seiner Suite.

Zehn Minuten später betrat Flora Marcs Zimmer. Er saß am Schreibtisch und starrte in sein Notebook. Das Jackett hatte er mittlerweile abgelegt. Mit einer Hand massierte er seinen Nacken. Sie klopfte leise an den Türrahmen. Marc sah auf und schloss das Programm auf seinem Laptop. Sie konnte erkennen, dass er eine E-Mail gelesen hatte, die mit der stilisierten Abbildung einer schwarzen Rose verziert war.

Es wirkte, als würde er sich eine Millisekunde schütteln, bevor er aufstand und auf sie zukam. »Bereit für Ihre Niederlage?«, fragte er mit einem knappen Lächeln. »Ich hoffe nur, Sie sind nicht der Typ, der endlos diskutiert, heult, schreit oder mit Sachen schmeißt, wenn er verliert.« Er stand jetzt direkt vor ihr und sah ihr prüfend in die Augen. »Wenn, dann würde ich das gerne vorher wissen.«

»Um was zu tun? In Deckung zu gehen?«, erwiderte Flora spitz. »Vielleicht bin ich ja eine ganz ausgezeichnete Verliererin? Oder Gewinnerin? Das wissen wir noch nicht, falls ich Sie daran erinnern darf.« Sie zog eine Augenbraue hoch. »Hybris, Herr Antonius?«

Er lachte. »Also gut, es ist Zeit, Licht ins Dunkel zu bringen.« Er nahm zwei Kaffeebecher vom Sideboard, auf dem der Wasserkocher, die Kaffeemaschine und die Mikrowelle standen.

»Kaffee?« Flora klatschte aufgeregt in die Hände. »Eine geniale Idee!«

Marc strafte sie mit einem vernichtenden Blick und holte zwei bunte Päckchen hinter dem Wasserkocher hervor.

»Nein, Kuchen. Besser gesagt ›Tassenkuchen‹. Von denen habe ich mich quasi ernährt, als ich meine Masterarbeit geschrieben habe«, setzte er hinzu und wirkte auf einmal so jungenhaft, dass Flora schmunzeln musste.

Nachdem er Wasser in die Tassen gefüllt und jeweils das Pulver hineingerührt hatte, stellte er sie für drei Minuten in die Mikrowelle, dann drehte er sich zu Flora um und verschränkte die Arme vor der Brust.

»Wie war Ihr Tag?«

Verblüfft sah sie ihn an. Sie sprachen eigentlich nie über die Arbeit.

»Gut, danke.«

»Ich habe gesehen, dass Herr Renzi heute an Ihrem Schreibtisch war, um etwas mit Ihnen zu besprechen. Worum ging es denn?«

Das hatte er mitbekommen? Flora erinnerte sich daran, dass Giacomo nachmittags kurz zu ihrem Platz gekommen war und sie ihn gefragt hatte, ob eine spezielle Laminatsorte im Budget läge. Sie schluckte. Zum Glück schien er nicht Giacomos ›Aufklärungsgespräch über den Charakter ihres Chefs‹ im Lounge-Bereich zu meinen.

»Ich habe nur eine Budgetfrage geklärt.«

»Nun, Herr Renzi kann manchmal etwas anstrengend sein. Sie dürfen solche Anfragen gerne an mich stellen. Ich gebe sie dann weiter.«

Flora runzelte die Stirn. Das Angebot war freundlich, doch völlig absurd. Er hatte mit Sicherheit genug zu tun. »Danke, das ist nett, aber ich komme klar.«

Marcs Blick wurde kühl. »Ganz wie Sie wünschen.«

Flora war verwirrt. Wieso gab er jetzt den abweisenden Eisklotz? »Sie wirken, als hätte ich die falsche Antwort gegeben. Was genau wollen Sie denn?«

»Ich will einfach nur, dass es Ihnen gut geht, Frau Lilienthal«, sagte er eisig.

»Interessant. Ist schwer darauf zu kommen, nach dem Start, den wir hatten«, murmelte sie bissig.

Er starrte auf einen Punkt hinter ihr. Seine Miene verschloss sich nun völlig.

Flora staunte, dass die Stimmung in so wenigen Sekunden so auf dem Gefrierpunkt hatte landen können, und schüttelte den Kopf. Schweigend warteten sie, bis sich die Mikrowelle mit einem *Ping* meldete.

In dem Moment, als er die Klappe öffnete und ihnen eine

Dampfwolke von süßem Kuchenduft entgegenschlug, war es, als würde das merkwürdig frostige Intermezzo einfach verdrängt.

Marc nahm die Tassen heraus, über deren Rand sich goldgelbe Kuchen mit Schokoladenflecken wölbten. Lächelnd gab er ihr eine zusammen mit einem Kaffeelöffel und ging hinüber zur Couch. Flora setzte sich in den Sessel.

Er wirkte wieder ganz entspannt und strahlte sie an. Wären Stimmungsschwankungen eine olympische Disziplin, dann wäre er sicher ein heißer Anwärter auf eine Medaille, dachte Flora und lächelte in sich hinein.

»Ich möchte in Ihr Gesicht sehen, wenn Sie den Kuchen essen, Frau Lilienthal. Nicht vor Verzückung wegsehen. Versprochen?«

»Okay«, sagte Flora gedehnt.

»Also los, probieren Sie.«

Sie tauchte ihren Löffel in den dampfenden Kuchen und schloss unwillkürlich die Augen, um den Duft von warmer Vanille und Schokolade zu genießen.

»Augen auf«, sagte er streng.

Flora wusste zwar nicht, warum ihm das so wichtig war, aber sie blickte ihn an, während sie den Kuchen in den Mund führte. Er fixierte ihren Blick, doch als sie mit der Zunge die weiche Masse zerteilte, schmeckte es so gut, dass sie wieder die Augen zumachte. Ihre Mundwinkel hoben sich zu einem Lächeln. »Mmh.«

Marc berührte leicht ihren Arm. Sie sah ihn an und dieses Mal hielt sie den Kontakt. Er folgte selbst den winzigsten Bewegungen ihrer Augen. Flora verschmolz mit seinem Blick. Wärme breitete sich in ihrer Brust aus. Zusammen mit dem süßen Kuchen verband sich auf einmal alles zu einem so intensiven Moment, dass sie das Gefühl hatte, die Zeit würde sich ausdehnen. Irgendwann schluckte sie den letzten Rest hinunter und schaute weg.

»So, Herr Antonius?«, fragte sie vorsichtig.

»Genau so wollte ich es, Frau Lilienthal«, antwortete er triumphierend und nahm seine Hand von ihrem Arm. »Und? Wie war er?«

»Wer?«

»Der Tassenkuchen«, sagte Marc, als wäre sie schwer von Begriff.

»Gut.«

»Sie lügen. Er war nicht nur gut. Er war fantastisch, und Sie haben ihn sehr genossen. Ich habe es gesehen.«

Flora lief ein Schauer über den Rücken. Darum war es gegangen? Er hatte nur verhindern wollen, dass sie nicht die Größe hätte zuzugeben, dass sein Kuchen gut war?

»Ich würde gerne noch einmal probieren, ohne Ihnen in die Augen zu sehen, Herr Antonius. Oder haben Sie Angst, dass das Ganze hier sehr viel schlichter schmeckt, wenn Sie mich nicht anstrahlen?«, fragte sie schnippisch.

Das saß. Als hätte er sich verbrannt, setzte er sich in der Couch zurück. »Bitte tun Sie sich keinen Zwang an, doch ich weiß, was ich gesehen habe.«

Schweigend aßen sie auf. Als Flora den letzten Krümel aus der Tasse kratzte, hatte sie ihr Gleichgewicht wiedergefunden.

»Ohne Neid kann ich sagen, dass der Kuchen ein würdiger Beitrag zum DDMIEHZKW war. Und«, sie hob die Hand, »kulinarisch schlägt er das Mikrowellenpopcorn tatsächlich. Der DDMIEHZKW ist damit allerdings nicht entschieden, denn es geht schließlich darum, wer in der Lage ist, mehr Essbares unter den gegebenen Umständen zu produzieren. Das wird mit dem laufenden Wettbewerb natürlich schwerer, da die einfachen Möglichkeiten«, sie deutete mit einem milden Blick auf die leeren Tassen, »nach und nach immer weniger werden. Gewonnen haben kann also nur, wer als Letzter noch etwas zuzubereiten weiß. Und um Ihre Frage von vorhin zu beantworten: Ich war nie der Typ, der das Monopoly-Brett vom Tisch fegen musste, wenn ein anderer gewonnen hatte. Deshalb sage ich gerne ausdrücklich: Dies war ein wohlverdienter Teilsieg, Herr Antonius.«

Marc stieß hörbar die Luft aus. »Ein geschickter Schachzug, Frau Lilienthal.« Er starrte durch sie hindurch, als würde er etwas abwägen. »Okay, ich nehme die Herausforderung an.«

Nachdem die Serienfolge zu Ende war, brachte Marc Flora zur Verbindungstür und musterte sie ernst. »Die Abende mit Ihnen zu verbringen ist«, er zögerte einen Moment, als würde er nach dem passenden Wort suchen, »angenehm, Frau Lilienthal. Ich würde aber gerne noch einmal über die Bedingungen unserer Vereinbarung sprechen. Wissen Sie noch, wie der Deal lautet?«

»Wir haben einen Deal?« Sie lachte übermütig, doch er lachte nicht mit. »Okay«, sagte sie versöhnlich. »Er bedeutet, ich hab den Job, Sie legen mir keine Steine in den Weg und ich bin eine loyale Mitarbeiterin.«

»Und weiter?«

»Da ich ein kleines, übles Problem mit dem Alleinsein habe, helfen Sie mir mit Ihrer Gesellschaft.«

»Und?«

»Das ist etwas, das ich, ebenso wie die Zwischentür, niemandem gegenüber erwähne.« Da sie die Stimme gesenkt hatte, als wenn das alles wäre, sah er sie wachsam an. Sie lächelte und freute sich, ihn auch mal verunsichert zu haben. »Sie denken jetzt hoffentlich nicht, dass ich den letzten Teil der Vereinbarung vergessen habe, oder?«, fragte sie zwinkernd. »Vielleicht möchten Sie ihn aufsagen?« Er runzelte die Stirn und schwieg. Okay, dann nicht, dachte Flora und machte weiter. »Klar ist, dass jeglicher Umgang miteinander außerhalb der Arbeit nur dem Zweck dient, dass ich mit meiner Panik vorm Alleinsein fertigwerde. Weder Sie noch ich suchen irgendetwas anderes beim anderen.«

Er legte eine Hand an den Türrahmen und beugte sich ein Stück in ihre Richtung. Sein Gesicht war ihrem jetzt sehr nahe. Wenn sie sich nur ein winziges bisschen vorbeugte … Ihr Herz stolperte.

»Das würde ich gerne pointierter ausdrücken«, sagte er leise. »Geselligkeit und Smalltalk sind das eine, Frau Lilienthal. Eine private Beziehung ist etwas ganz anderes. Etwas, das ich nicht will.«

Dann forschte er in ihrem Blick, als versuchte er das Innere ihrer Seele nach verdächtigen Anzeichen auszuleuchten, und Flora fühlte, wie ein Teil in ihr sich augenblicklich gut versteckte.

So gut, dass man fast meinen könnte, er wäre nicht da. Wenn dieses merkwürdige Summen in ihrem Bauch nicht wäre.

Betont gelassen sah sie Marc an. »Da bin ich aber erleichtert, Herr Antonius, ich habe mir schon Sorgen gemacht.«

Ein winziges Lächeln umspielte seine Mundwinkel. »Und jetzt noch das letzte Detail, Frau Lilienthal.«

Stöhnend verdrehte sie die Augen. »Es ist nicht nötig, zum ›Du‹ überzugehen?«

»Nicht nötig und von meiner Seite auch nicht erwünscht.«

Langsam reichte es ihr, wie ein Schulmädchen abgefragt zu werden. »Wenn Sie meine Seite sehen könnten, wären Sie so was von beruhigt, Herr Antonius. Ich habe bis jetzt nicht das geringste Verlangen danach.«

Er musterte sie noch einmal intensiv, und keine Sekunde zu früh wandte er den Blick ab, der ihre Wangen warm werden und ihr Herz schneller schlagen ließ.

»Dann gute Nacht, Frau Lilienthal.«

»Gute Nacht, Herr Antonius. Und danke für den Tassenkuchen.« Sie ging in ihr Zimmer und schob die Tür zu. Jetzt brauchte sie tatsächlich Zeit für sich allein.

11

Die nächsten Tage verliefen ruhig. Flora vertiefte sich tagsüber in ihre Arbeit und abends sahen Marc und sie die Serie zusammen an. Danach verabschiedete er sich jedes Mal zügig. Er schien keine große Lust zu haben, die Zeit mit ihr zu verlängern. Vielleicht war ihm die Popcorn-Tassenkuchen-Sache zu weit gegangen? Zu viel Normalität und harmloser Spaß? Zu wenig dealkonform? Flora hatte zwar schon einige Ideen für ihren Snackwettbewerb, aber sie entschied, damit noch zu warten, bis sie sich sicher war, dass er das auch wollte.

Die Zwischentür ließ Marc dennoch offen stehen, zumindest bis er schlafen ging. Dann schob er sie zu, schloss aber nicht ab. So kam Flora ganz gut durch die Woche, obwohl es irgendwie schade war … Doch diesen Gedanken ersetzte sie streng durch Freude und Dankbarkeit darüber, dass sie überhaupt hier sein und Geld verdienen konnte.

Am Samstagmorgen wachte sie auf und gönnte sich erst einmal eine ausgiebige Dusche. Es war ein warmer Sommertag und sie nahm ein gelbes Petticoatkleid im Vichy-Karo-Muster mit weißen Paspeln und breitem weißen Gürtel aus dem Schrank. Kleine

Knöpfe verzierten den herzförmigen Ausschnitt. Dies war eines ihrer Lieblingskleider. Sie hatte es sich im letzten Frühling genäht, als sie ein paar Tage bei Tante Marianne und Onkel Norbert in Hildesheim zu Besuch gewesen war. Ihr Onkel hatte sie darin im Garten vor einem Fliederbusch gemalt. Das Bild hing jetzt im Esszimmer über dem Kamin. Flora lächelte bei dem Gedanken daran, wie wohl sie sich bei den beiden fühlte. Oft hatte sie sich als Kind gemütliche Weihnachts- und Osterfeste und lustige Geburtstage in dem kleinen Häuschen am Stadtrand ausgemalt. Es hätte perfekt sein können. Ein Leben voller Liebe und Unterstützung. Warum war sie nicht dorthin gebracht worden? Flora schüttelte sich, um die Erinnerungen loszuwerden. Dann begann sie einen Zopf an ihrer Schläfe entlang zu flechten. Sie steckte ihn zusammen mit den übrigen Haaren zu einem Pferdeschwanz hoch, band ein weißes Tuch darum und fertig war sie.

Marc hatte sich noch nie im Frühstückssaal blicken lassen. Auch heute war er nicht da. Er schien entweder gar nicht zu frühstücken oder sein Essen ausschließlich auf dem Zimmer einzunehmen. Doch das kam für Flora nicht infrage. Sie liebte es, das Getümmel zu betrachten und sich mit den anderen Hotelgästen in der morgendlichen Freude an Kaffee, Brötchen und Croissants verbunden zu fühlen. Beherzt biss sie ins Marmeladenbrötchen und nahm einen großen Schluck von ihrem Cappuccino. Sie ließ sich Zeit und beobachtete das Kommen und Gehen. Nach einer Weile holte Flora sich noch einen Cranberrysaft und später ein Croissant. Als sie auch den letzten Krümel auf ihrem Teller mit dem Finger aufgepickt hatte, schaute sie auf ihre Armbanduhr. Es war erst halb zehn. Ihr wurde flau im Magen. Länger konnte sie ihren Aufenthalt hier beim besten Willen nicht strecken. Sie seufzte. Warum stöhnte bloß alle Welt, die Wochenenden seien zu kurz? Ihr war mulmig zumute, wenn sie an die vielen leeren Stunden dachte, die jetzt vor ihr lagen. Sie wünschte, es wäre schon wieder Montag.

Flora atmete tief durch. Sie könnte natürlich in den Zoo gehen. Allein der Gedanke an diese Möglichkeit hatte etwas überaus Beruhigendes. In dieser Hinsicht war die Jahreskarte eine hervorragende Investition gewesen, doch ein Blick aus dem Fenster des Frühstückssaals zeigte ihr, dass der Himmel inzwischen von Blau zu Grau gewechselt hatte und sich erste Wolkenberge auftürmten.

In ihrem Zimmer vertiefte Flora sich in Zeichnungen für einen zweiten Entspannungsbereich. Sie hatte sie vorsorglich mit ins Hotel genommen, arbeitete sie weiter aus und fügte zahlreiche Details hinzu.

Um zwölf Uhr war sie definitiv fertig. Langsam, aber sicher spürte Flora die vertraute Unruhe. Sie könnte in die Stadt gehen, um sich abzulenken. Doch sie war jeden Nachmittag auf dem Weg ins Hotel durch die Fußgängerzone gebummelt und kannte das Sortiment der Geschäfte in- und auswendig. Außerdem hatte sie bisher keinen Lohn erhalten. Ihr Bankkonto forderte also nicht zu opulentem Shopping auf.

Gerade als sie ›kostenlose Aktivitäten in Leipzig für Singles‹ googeln wollte, klopfte es.

Im nächsten Moment stand Marc in ihrem Zimmer. Flora zuckte zusammen und richtete sich automatisch in ihrem Schreibtischstuhl auf. Er sollte von ihrer deprimierten Haltung nicht auf ihren Seelenzustand schließen, doch an seinem Blick erkannte sie, dass er die Situation sofort erfasst hatte.

»Sie arbeiten heute?« Es war mehr eine Feststellung als eine Frage.

Flora nickte. »Soweit das geht.«

Er trug Jeans zu einem weißen T-Shirt und einem blauen Sakko aus Sweatshirt-Stoff. Diese Kombination stand ihm ausgesprochen gut und betonte deutlich seine Schultern und muskulösen Arme. Besonders jetzt, wo er sie vor der Brust kreuzte, während er an ihrer Kommode lehnte.

»So ein Wochenende kann ganz schön lang sein«, sagte er und betrachtete sie aufmerksam.

»Mhm«, stimmte Flora vage zu, weil sie nicht wusste, worauf er hinauswollte.

»Speziell für jemanden wie …« Er stoppte kurz und legte den Kopf schief.

»… jemanden wie mich?«, ergänzte Flora mit ebenfalls zur Seite geneigtem Kopf.

»Wäre das eine Beleidigung?«

»Sie sind einer der wenigen, die meine Lage kennen. Deshalb … Höchstwahrscheinlich nicht.«

»Wollen wir Ihre Lage dann ein wenig verbessern, oder haben Sie bereits etwas anderes vor?«

Flora lächelte schwach. »Ich wünschte, es wäre so, aber ich bin wohl weit davon entfernt.«

»Gut. Kommen Sie. Ich kenne ein schönes Restaurant-Café im Grünen.«

Zehn Minuten später stiegen sie in der Tiefgarage des Hotels in sein Auto. Es war ein schwarzer Audi TT Coupé. Flora schmiegte sich in den Beifahrersitz und genoss die Fahrt.

Nach einer Weile wurde es ländlicher. In einem kleinen Örtchen hielt er auf einem Parkplatz neben einem windschiefen Backsteinhäuschen, das aussah, als hätte um 1850 ein armer Schriftsteller darin gewohnt. Hinter winzigen Sprossenfenstern lugten rot-weiß karierte Gardinen hervor.

Sie betraten es durch eine niedrige Holztür, bei der Marc seinen Kopf einziehen musste, und hatten Glück – gerade stand ein Pärchen auf, das direkt an einem der Fenster gesessen hatte.

Marc sicherte ihnen den Platz. Die Bedienung, eine freundliche Frau in einem drall aussehenden Dirndl, welches in der Nähe von Leipzig wie ein Kostüm aussah und doch gut in dieses Café passte, kam und brachte eine zwischen Holzbretter gebundene Speisekarte.

Flora glitt mit der Hand liebevoll über den rauen Einband. »Was für eine nette Idee«, murmelte sie. »Das könnte man auch für das ›Hinter den sieben Bergen‹ nutzen.«

»Hinter den sieben Bergen? Was ist das?«, fragte Marc interessiert.

»Oh, das ist nur mein persönlicher Arbeitstitel für das Café im Center, das ganz am Ende der Einkaufsmeile liegt. Es ist so abgeschieden vom Rest und gleichzeitig fällt so schön das Licht herein. Außerdem hat man den Blick auf die Bäume im Park. Da muss ich immer an das Land hinter den sieben Bergen – na ja, bei den sieben Zwergen denken, in dem alles friedlich und gut ist.«

In seinen Augen glitzerte es amüsiert. »Und wie genau würden Sie sich ein solches Café ›Hinter den sieben Bergen‹ vorstellen?«

»Wenn es nach mir ginge – voller Baumstümpfe mit Rinde, auf denen man sitzen kann«, schoss es aus Flora heraus. »Gerne Eiche. Die Wände zwischen Blassgelb und Abendrot-Rosa, die Decke zart hellblau mit weißen Wölkchen. Von dort hängen Seile herunter, daran befestigt Blätter aus grünem Stoff. Und um den Eingang in ein zauberhaftes Land zu markieren ein gelber Ziegelweg, der in das Café hineinführt, wie im Film ›Der Zauberer von Oz‹.«

Marc stieß zischend die Luft aus und ließ sich nach hinten in seinen Stuhl sinken.

»Aber das ist nur so dahingesponnen. Natürlich muss man den Zweck des Cafés an einer solchen Stelle, die Zielgruppe und die Machbarkeit sowie den thematischen und stilistischen Zusammenhang mit dem Rest des Centers berücksichtigen«, sagte sie artig auf.

»Und wie sähe das Café dann aus?«

»In dem Fall würde ich den gelben Ziegelweg aus Oz etwas abtönen und statt der Eiche Buchenstümpfe nehmen, die sind sehr viel schlichter«, erklärte Flora ernst.

Einen Moment herrschte Stille. Dann prusteten sie gleichzeitig los.

»Okay, Sie wissen, wie Sie mich erschrecken können. Nein, im Ernst, wie stellen Sie sich das Café wirklich vor?«, fragte Marc und wischte sich über die Augen.

Flora löste ihren Blick nur schwer von den zwei Grübchen, die sich auf seinen Wangen gezeigt hatten, es war das erste Mal, dass sie ihn so hatte lachen sehen. Sie räusperte sich.

»Nun, da das Café im Gesamtcenter trotz seiner Abgeschiedenheit eine hervorragende Lage hat, würde ich noch abwarten, wie sich alles entwickelt, und selbstverständlich das Jugendstilthema aufnehmen. Klar ist jedoch, dass es, wenn es um

Anschlussfähigkeit geht, nicht ›Hinter den sieben Bergen‹ heißen kann.« Sie grinste.

»Wahrscheinlich nicht.«

»Obwohl das sehr schade ist«, murmelte Flora, und Marc sah sie belustigt an.

»Fällt es Ihnen sehr schwer, sich von einer Idee wieder zu verabschieden?«

»Weshalb?«

»Ich frage mich manchmal, wie Künstler so ticken.«

Ernsthaft? Sie hätte ihn nicht als jemanden eingeschätzt, der sich für Künstlerseelen interessierte. Flora dachte einen Moment über ihre Antwort nach.

»Bestimmt verfolgen manche eine Idee oder Inspiration total kompromisslos, und jeder Änderungswunsch wird als Angriff auf ihre Seele empfunden. Andere haben wohl eher eine Wunschvorstellung, eine bestmögliche Umsetzung im Kopf, sind jedoch in der Lage, das Ganze aus Kundenperspektive zu denken. Ihnen ist wahrscheinlich daran gelegen, dass ihr Werk auch gefällt.«

»Und wie ist es für Sie?«

»Ich bin ein Beziehungsmensch. Aber das wissen Sie ja.« Sie lächelte ihn schüchtern an. »Deshalb ist es mir wichtig, mit dem, was ich mir ausdenke, ein gutes Gefühl zu vermitteln. Ich schätze also, ich bin mehr der zweite Typ.«

»Und brennen Sie nie so für eine Idee, dass Sie sie ganz genau umsetzen wollen, gegen alle Widerstände?«

Sie sah ihn einen Moment lang skeptisch an und kniff die Lippen zusammen. »Ich nehme an, Sie kennen die Antwort darauf.« Wie oft wollte er noch auf ihrem Alleingang in Hannover herumreiten?

»Ich würde nur gerne verstehen, wie es dazu kam, obwohl Sie wussten, dass das Ärger geben würde.«

Flora schnaubte. »Mir war einfach klar, dass meine Idee perfekt für den Laden und für die ganze langweilige Einkaufszeile wäre.«

»Aber meine Antwort lautete Nein.« Sein Gesichtsausdruck

war jetzt genauso verschlossen wie an ihrem Ankunftsmorgen in Leipzig.

Sie rollte mit den Augen. »Und genau da musste ich Ihnen helfen. Sie hatten bei Ihrem Nein völlig vergessen, mich zu fragen, was ich vorhatte. Da Sie aber nichts mehr hören wollten, hab ich Ihrem Vorstellungsvermögen eben auf die Sprünge geholfen. Ist das immer noch so schlimm für Sie?«

»Sie können nach wie vor nichts Falsches daran erkennen?« Sein Blick verdunkelte sich weiter. »Und außerdem glaube ich nicht, dass es um mein Vorstellungsvermögen ging. Sie waren einfach gespannt darauf, Ihre Idee umgesetzt zu sehen.«

»Mag sein«, sagte Flora kleinlaut. »Aber ich hätte es auch wieder weiß gestrichen, wenn es nicht anders gegangen wäre.«

»Ach ja, hätten Sie das?« Er sah sie spöttisch an.

»Vielleicht nicht. Jedenfalls nicht gerne. Zufrieden?« Sie presste die Lippen aufeinander. Er schwieg.

»Herrgott, war Ihnen denn noch nie etwas so wichtig, dass Sie Dinge getan haben, die nicht in Ordnung sind, weil Sie im Innersten wussten, dass es einfach sein musste?«, fauchte sie und fürchtete sich sogleich vor seiner Reaktion auf ihren Ausbruch. Ganz toll, wie talentiert sie war, dies zu einem heiteren Nachmittag werden zu lassen.

Marc antwortete zunächst nicht. Es hatte den Anschein, als würde er seine nächsten Worte mit Bedacht wählen. »Ich stimme Ihnen zu«, sagte er dann. »Manche Ziele sind sogar fast jedes Mittel wert.«

Der Blick aus seinen Augen durchbohrte sie förmlich. Auf einmal fühlte es sich beinahe an, als hätte er das gesamte Gespräch zielsicher auf diesen Punkt zugeführt. Als würde eine Botschaft darin liegen. Eine Warnung? Sie wusste es nicht, doch irgendetwas drang tief in ihr Unterbewusstsein und riet ihr vorsichtig zu sein.

»Ich möchte nur, dass Sie nicht vergessen, dass auch Sie fähig waren, sich für etwas, das Ihnen wichtig war, mit allen Mitteln einzusetzen«, setzte er hinzu.

Flora rieb sich über die Arme und zog ihre Strickjacke enger um sich. Das alte Gemäuer schien die Hitze des Sommertages zu gut abzuschirmen.

»Vielleicht ist es manchmal so«, sagte sie leise. »Doch das kommt stark auf das Ziel und die Mittel an und darauf, ob jemand ernsthaft Schaden nimmt.«

Marc fixierte einen Punkt hinter ihr und nickte. »Ja, manche Dinge können nicht mehr mit weißer Farbe rückgängig gemacht werden, aber manche sollen es auch nicht.«

Beim letzten Teil des Satzes erschien eine Härte in seinem Gesichtsausdruck, die Flora daran erinnerte, wie sehr er sie hatte leiden lassen, bevor er sich plötzlich umentschied. Als Feind war er sicher keine gute Wahl.

Die Dirndl-Kellnerin kam, um die Bestellung aufzunehmen, und der Ausdruck verschwand von seinem Gesicht. Flora spürte auf einmal kaum noch Hunger. Sie entschied sich, nur einen Cappuccino zu nehmen.

Draußen hatte starker Regen eingesetzt und das Licht, das durch das Sprossenfenster hereinfiel, wurde fahl. Man hätte meinen können, es wäre schon Abend, obwohl es erst früher Nachmittag war. Die Kerzen auf den Tischen, die vorher gar nicht aufgefallen waren, verbreiteten nun eine warme Atmosphäre und die angespannte Stimmung löste sich mit jedem Schluck von Floras Cappuccino und jedem Bissen, den Marc von seinem Apfelkuchen nahm.

Nach einer Weile unterhielten sie sich wieder entspannt und Flora erzählte von skurrilen Erlebnissen mit prätentiösen Kunden während ihrer Ausbildung zur Raumausstatterin, was ihr sein Schmunzeln und mitfühlende Blicke einbrachte.

Zurück im Hotel arbeitete Marc so lange, bis ihre gemeinsame Serie begann.

»Danke für den angenehmen Samstag«, sagte Flora, als sie sich danach an der Zwischentür verabschiedete. »Obwohl ich dachte, dass es ein grauenvoller Tag würde, hatte ich doch eine richtig gute Zeit. Fast so wie an einem faulen Samstag mit meiner Freundin Melanie.«

Er sah sie amüsiert an. »So wie an einem faulen Samstag mit Ihrer besten Freundin? Sie verstehen es wirklich, Männern Komplimente zu machen, Frau Lilienthal.«

Flora lächelte verschmitzt. »Aber ist es nicht im Sinne des Deals ein ganz hervorragendes Kompliment, Herr Antonius?«

»Das mag sein, aber deshalb möchte ich trotzdem nicht als Synonym für maximale Bequemlichkeit enden. Seien Sie morgen um vierzehn Uhr fertig. Nach so einem entspannten Tag brauchen wir beide ein bisschen Action.«

»Wieso, was haben Sie denn vor?«, fragte Flora alarmiert. Sie war definitiv nicht der Typ für Extremsportarten.

»Seien Sie einfach bereit. Und jetzt schlafen Sie gut. Es wird morgen anstrengend genug, vor allem für Ihren Hintern.« Lächelnd schob er sie zusammen mit all ihren Fragen durch die Tür.

Um Punkt zwei Uhr nachmittags klopfte es. Marc stand in einer verboten gutaussehenden Lederhose und kurzen Lederjacke über einem weißen T-Shirt in der Tür. Doch da war auch ein schwarzer Helm in seiner Hand, der Flora irritierte.

»Äh, ist das eine Einladung zum späten Helmfrühstück?«, stotterte sie und musste gleichzeitig lachen.

»Nein.« Er hielt ihr das Ungetüm entgegen. »Der ist für Sie, aber erst, wenn Sie das hier angezogen haben.« Von seiner Kommode, die direkt neben der Zwischentür stand, nahm er einen Stapel, der aus einem Nierengurt, zwei Jeans, einer Lederjacke, Handschuhen und zwei Paar Chucks bestand. »Sie begleiten mich auf einen Motorradausflug. Schauen Sie mal, was passt, und dann kommen Sie in mein Zimmer.« Damit schloss er die Tür.

Die Klamotten und der Helm wogen schwer in Floras Händen. Sekundenlang konnte sie sich vor Überraschung nicht rühren. Einerseits hatte sie ein mulmiges Gefühl bei der Vorstellung, auf einem Motorrad zu sitzen, denn sie wusste, dass das keine ungefährliche Angelegenheit war. Andererseits war sie abenteuerlustig.

Anfangs fühlten sich ihre Bewegungen zäh wie Kaugummi an, doch je mehr sie sich im Spiegel in ein Motorradgirl verwandelte, desto mehr kribbelnde Vorfreude machte sich in ihrem Bauch breit. Von den beiden Jeans war eine zu weit, die andere passte perfekt. Nur bei den Chucks war auch das kleinere Paar eine Nummer zu groß, doch Flora vermutete, dass es bei dem Ausflug eher ums Fahren als ums Laufen gehen würde. Die Lederjacke hingegen saß wie angegossen.

Marc hatte einen Fuß auf seinem Knie abgelegt und blätterte auf dem Sofa durch irgendein Dokument auf einem Tablet. Als er aufblickte, zeigte sich ein kurzes Flackern in seinen Augen. Flora verkniff sich ein Lächeln. Mit den Klamotten und ihrem Pferdeschwanz, um den sie ein rot-weiß gepunktetes Tuch geknotet hatte, sah sie aus wie ein Rockabilly-Mädchen. Offenbar gefiel ihm das. Sie legte die zu weite Hose und das zweite Paar Chucks auf seiner Kommode ab.

»Perfekt, ich sehe, es war etwas Passendes dabei.« Zufrieden glitt sein Blick über sie. »Die Hose ist übrigens eine spezielle Motorradjeans. Nicht dass Sie denken, Ihre Sicherheit wäre mir egal.

»Danke, das ist nett! Aber wo haben Sie die Sachen besorgt, es ist doch Sonntag«, fragte sie skeptisch. »Oder besitzen Sie einen Fundus für potenzielle Mitfahrerinnen?«

»Ich kam vor ein paar Tagen zufällig an einem Bikershop vorbei. Also keine Angst, wenn, dann ist mein Fundus gerade erst im Aufbau«, setzte er mit einem Zwinkern hinzu. »Können wir?«

Bevor Flora noch etwas sagen konnte, hatte er schon seinen Helm geschnappt und die Zimmertür geöffnet.

Draußen vor dem Hotel stand ein riesengroßes Ungetüm. Glänzend schwarz mit Scheinwerfern, die sie grimmig musterten. Floras Bewegungen wurden automatisch langsamer.

»Keine Angst, das ist eine BMW GS. Es gibt kaum eine bessere Maschine, was Fahrleistung und Sicherheit angeht.« Marc schwang sein Bein über die Sitzbank und setzte den Helm auf.

»Ist das … Ist das Ihre eigene?«, stotterte Flora, um etwas Zeit zu gewinnen und sich an den Anblick zu gewöhnen.

»Ja, ich habe sie vor zwei Wochen aus Hamburg geholt. Neben dem Hinterrad sehen Sie eine Fußraste. Auf die stellen Sie sich und steigen auf.«

Jetzt zahlte sich der jahrelange Ballettunterricht aus. Geschmeidig wie eine Katze ließ Flora sich hinter ihn auf den Sitz gleiten.

»Gut. Schließen Sie Ihr Visier und halten Sie sich an mir fest.«

»Wohin fahren wir denn?«

»Wir erkunden die Gegend. Oder haben Sie noch was anderes vor?«

»Ausnahmsweise nicht.«

»Alles klar, legen Sie sich mit in die Kurven, wenn Sie wollen, dass wir auf der Straße bleiben.«

Er startete die Maschine. Sie gab ein lautes Grollen von sich, das sich in einen nicht minder lauten, konstanten Rhythmus einpendelte. Es klang, als würden sie auf einem genervten Stahlross sitzen, doch erstaunlicherweise machte Flora das keine große Angst. Sie fühlte sich nur unsicher, weil sie Marc bisher nie irgendwie angefasst hatte.

Er fuhr zunächst langsam los. Floras Versuch, sich an ihm festzuhalten, ohne aufdringlich zu sein, schlug kläglich fehl. Nach ein paar Metern hielt er an, klappte sein Visier hoch und drehte sich zu ihr um.

»Ich sagte, Sie sollen sich festhalten. Ich kann mich nicht aufs Fahren konzentrieren, wenn ich mir Sorgen mache, ob Sie noch hinter mir sitzen.« Er klang verärgert. »Haben Sie irgendein Problem damit?«

»Ich wusste nicht, wie«, murmelte Flora.

Er wandte sich wieder nach vorne, nahm ihre Hände, schlang sie um seinen Rumpf und drückte sie fest zusammen. »So!«

Das war nah. Sehr nah. Sie spürte, wie sich sein Oberkörper mit jedem Atemzug ausdehnte, und die Wärme, die durch die Lederjacke drang. Das war schön und hatte etwas Beruhigendes, gestand Flora sich ein. Sie hatte zwar noch nie auf einem Motorrad, nicht mal auf einem Motorroller gesessen, aber bald war es fast wie ein natürlicher Zustand. Je kurviger die Strecke war, desto besser wurde es. Sie schmiegte sich an seinen Rücken, schloss die Augen und genoss es, durch die Luft getragen zu werden. Es war, als würden sie zu einer Einheit verschmelzen. Sie fühlte sich sehr lebendig und vollkommen sicher.

Marc verließ auf kürzestem Weg die Stadt und bald fuhren sie durch kleine Dörfer, Wäldchen und kamen zu einem See. Dort hielt er an und nahm seinen Helm ab.

»Wie geht es Ihnen?«

»Sehr gut«, seufzte Flora.

»Zu gut, um abzusteigen?«

»Nein, wenn ich danach bitte wieder aufsteigen darf«, sagte sie, während sie ihr Bein über die Sitzbank schwang. Als sie neben dem Motorrad stand, strahlte sie ihn an und breitete ihre Arme aus. »Das war fantastisch! Ich hatte das Gefühl, ich schwebe.«

Er schmunzelte und fuhr sich mit einer Hand durch die Haare. »Ich wusste, dass es Ihnen Spaß machen würde, obwohl man es auf den ersten Blick nicht vermutet«, sagte er nachdenklich.

»Wieso?«, fragte Flora irritiert. »Soll das eine nett verpackte Beleidigung sein?«

»Es ist sicher kein Geheimnis, dass Sie nicht gerade wie eine toughe Amazone wirken. Dazu diese süßen Kleider, die Sie noch mädchenhafter und zerbrechlicher aussehen lassen ...?« Er zog eine Augenbraue hoch. »Durch die Guerilla-Aktion wusste ich aber, dass Sie auch eine ganz andere Seite haben.« Lächelnd zwinkerte er ihr zu.

»Tja, dann war die Aktion wohl goldrichtig, denn sonst hätte ich wirklich was verpasst.« Flora zwinkerte demonstrativ zurück, woraufhin er missbilligend den Mund verzog und etwas Undefinierbares murmelte.

»Und seit wann haben Sie den Motorradführerschein?«

»Seit letztem Monat«, sagte er gelassen.

Flora musste schlucken. O Gott. Sie hatte sich einem Fahranfänger anvertraut.

»Ihr Blick ist unbezahlbar.« Er lachte. »Es spiegelt sich mal wieder alles darin: Wie konnte er mich in eine so riskante Situation bringen? Hm … aber es macht Spaß. Vielleicht weiß er, was er tut? Nein, sicher nicht. Gibt es irgendwo einen Taxistand? Oder soll ich doch weiter mitfahren, denn es ist herrlich, und bis jetzt klappte es hervorragend«, ahmte er ihre Stimme nach.

»Sie vergessen: Ich wusste es, er will mir etwas antun, weil ihn immer noch wurmt, dass ich mich über Herrn Ebertzhagen in sein Projekt geschlichen habe«, sagte sie düster.

Er fixierte ihren Blick. »Ich dachte, Sie wollen mir zeigen, dass das nicht mehr nötig ist.« Dann wurde er wieder ernst. »Ich fahre seit meinem achtzehnten Lebensjahr, also seit zehn Jahren. Sie können sich sicher sein, dass ich weiß, was ich tue. Wobei ich nicht leugnen will, dass man beim Motorradfahren hellwach sein muss und die Sache nicht unterschätzen sollte. Na los, steigen Sie auf, wir fahren weiter.«

Eine Sekunde später saß Flora wieder auf der Maschine und er startete den Motor. Sie schmiegte sich an seinen Rücken und gab sich den Geräuschen und dem Fahrtwind hin. An einer Ampel spürte sie, wie er ihre Hände, die etwas auseinandergerutscht waren, wieder zusammenschob. Verwundert bemerkte Flora, dass die Stelle, wo er sie berührt hatte, noch minutenlang kribbelte, obwohl sie beide Handschuhe trugen. Vermutlich war das mittlerweile die Art, mit der ihre angespannte Seele auf eine simple, freundliche Geste reagierte.

Sie fuhren eine ganze Weile durch die Gegend und Flora hatte völlig das Gefühl für die Zeit verloren. Irgendwann hielten sie an einem Lokal mit Biergarten und aßen eine große Portion Schnitzel mit Bratkartoffeln.

Inzwischen war es bereits neun Uhr abends. Sie stellte mit

Wehmut fest, dass sie überhaupt keine Lust hatte, schon wieder zurückzukehren. Es war lange her, dass sie sich so wohl und lebendig gefühlt hatte wie an diesem Nachmittag. Flora schob die letzten Kartoffeln auf ihrem Teller hin und her und teilte sie in immer kleinere Bissen, so als könnte sie die unvermeidliche Rückfahrt damit hinauszögern.

»Trinken Sie noch einen Kaffee.«

Erstaunt blickte sie auf. Marc sah aus, als hätte er sie beobachtet, und sie fühlte sich ertappt.

»Aber es ist nach halb zehn. Dann kann ich heute nicht einschlafen.«

»Vielleicht sollen Sie heute ja auch gar nicht so früh einschlafen«, sagte er und streckte seine Beine neben dem Tisch aus, ohne sie aus den Augen zu lassen.

Flora merkte, wie ihr die Röte ins Gesicht stieg, und hätte sich dafür ohrfeigen können.

»Aber es geht um nichts, für das man rot werden müsste, Frau Lilienthal. Haben Sie etwa kurz den Deal vergessen?«, fragte er, während er sich mit einem selbstgefälligen Lächeln im Stuhl zurücklehnte.

»Nein, habe ich nicht. Aber es ist fies, zweideutige Sachen zu sagen und mich dann aufzuziehen.« Sie war sauer. Wie schaffte er es nur, dass sie sich in regelmäßigen Abständen wie eine Idiotin vorkam?

»Nun, rot geworden sind Sie. Ich habe lediglich darauf hingewiesen.« Er war immer noch amüsiert.

»Sie vergessen, dass Sie eindeutig in der überlegenen Position sind, wenn Sie sagen: ›Trinken Sie einen Kaffee!‹ Denn Sie wissen schließlich, was passieren wird. Ich habe mich bis jetzt auf Ihren Plan für den Tag eingelassen, was sehr viel Vertrauen erfordert. Aber vielleicht war es einfach nur dämliche Vertrauensseligkeit!«

Während sie das sagte, bemühte Flora sich nach Kräften, diese leise Stimme zu überhören, die anmerkte, dass sie zum großen Teil wütend auf sich selbst war. Wieso zum Teufel wurde sie auch rot, wenn er von ›heute nicht früh einschlafen‹ sprach?

Sie stand auf, um zur Toilette zu gehen. Ein Moment Abstand

würde ihr helfen runterzukommen.

»Es tut mir leid.«

Flora war sich nicht sicher, ob sie ihn richtig verstanden hatte, und drehte sich zögernd um.

»Stimmt, es war gemein, Sie in Verlegenheit zu bringen, obwohl Sie bis jetzt echt gut mitgemacht haben.« Marc drückte wieder und wieder seinen Bierdeckel in der Hand zusammen und sah an ihr vorbei. »Das ist eine besondere Fähigkeit von Ihnen, auf die man neidisch sein kann. Ich hätte es jedenfalls nicht fertiggebracht, mich auf jemanden einzulassen, ohne zu wissen, was derjenige vorhat.« Er strich seine Haare zurück und sah sie an. »Und was das Rotwerden betrifft: Ich finde es nicht schlimm, dass Sie manchmal rot werden, Frau Lilienthal, ich mag es irgendwie. Aber wenn es Ihnen so unangenehm ist, kann ich auch in Zukunft nichts mehr dazu sagen und es einfach schweigend genießen. Sie müssen nur mitteilen, was Ihnen lieber ist.« Auf seinem Gesicht zeigte sich ein sehr jungenhaftes Lächeln.

Das war frech. Flora atmete tief durch. Da dies jedoch eine der persönlichsten Aussagen war, die er jemals über sich gemacht hatte, entschied sie sich, den Teil mit dem Rotwerden unkommentiert zu lassen und ihn dafür nur kurz anzufunkeln. »Na ja, bis auf die zwei Mal, die Sie mich heute auf die Schippe genommen haben, haben Sie es mir ziemlich leicht gemacht. Sie wissen eben andere ganz gut zu führen, würde ich sagen. Vielleicht finden wir mal eine Gelegenheit, die Rollen zu tauschen. Da könnte sicher jeder von uns noch was lernen«, sagte Flora mit einem besonders unschuldigen Lächeln.

Marcs Blick wurde intensiv und seine Augen dunkel. »Ja, vielleicht«, erwiderte er mit einem leisen Grollen in der Stimme.

Flora ging zur Toilette. Als sie wiederkam, hatte er schon bezahlt und hielt ihr den Helm hin.

»Bereit weiterzufahren?«

»Nichts lieber als das.«

Sie schlenderten zu dem kleinen Vorplatz des Biergartenlokals, auf dem neben seiner auch zahlreiche andere Maschinen abgestellt waren. Marc stieg auf und Flora kletterte seufzend hinter ihn auf den Sitz. Sie wäre gerne noch stundenlang um Leipzig herum gekreist, doch einmal musste es ja nach Hause gehen. Sie schloss die Augen. Die Geräusche des Motors, der Wind und das Gefühl ihrer Arme um seinen Körper waren eine unwiderstehliche Mischung, von der sie jede Sekunde genießen wollte.

Eine gefühlte halbe Stunde später hielt er an und stellte den Motor aus. Flora sah sich um und erwartete, den Vorplatz des Hotels zu sehen. Stattdessen standen sie in einem Wald vor einem mannshohen Holztor, über dem ein Banner mit den Worten »Open Air Kino« hing.

»So, wir sind da. Pünktlich zur Dämmerung.«

»Ein Open-Air-Kino«, sagte Flora ehrfurchtsvoll, während sie sich von der Maschine schwang. »Gehen wir da rein?«

»Genau deshalb sind wir hier.« Marc nahm seinen Helm ab, fuhr sich durch die Haare und öffnete die Lederjacke.

»Wahnsinn!«, rief sie und fühlte ein aufgeregtes Kribbeln in ihrem Bauch. »Ich wollte immer schon in ein Open-Air-Kino, aber ich konnte noch nie jemanden dazu bewegen mitzukommen. Als ich es bei Melanie einmal fast geschafft hatte, regnete es den ganzen Tag.«

Er lächelte. »Es hat natürlich auch einen, sagen wir, beruflichen Hintergrund, da es für Sie zu Recherchezwecken gedacht ist.« Sie sah ihn fragend an. »Sie zeigen den ›Zauberer von Oz‹«, sagte er zwinkernd.

»Wirklich?« Flora strahlte.

»Ja. Und jetzt kommen Sie.«

Marc öffnete das Tor und kaufte im Fenster einer windschiefen Hütte die Tickets. Dann gingen sie weiter in eine Art verwilderten Garten. Dort waren vor einer kleinen Leinwand ein paar Bierzeltgarnituren aufgestellt. Sie waren nicht die Einzigen, die den Sommerabend mit einem Film unter freiem Himmel ausklingen lassen wollten. Alle Plätze waren bereits belegt, daher steuerte Marc auf einen alten Baum zu, der ihnen eine perfekte Sicht ermöglichte. Eine Frau nahm ihre Getränkewünsche auf. Als sie mit einer Cola und einem Wasser wiederkam, klemmten unter ihrem Arm zwei Sitzkissen, die aussahen, als wären sie aus einer

Isomatte geschnitten worden. Über ihrer Schulter hing eine Fleecedecke.

»Wird in einer Stunde ziemlich kühl sein. Am besten du lehnst dich an den Baum und deine Kleine setzt sich davor. So ist's schön warm«, dabei zwinkerte sie Flora zu, »rechts und links sind viele Brennnesseln.«

Marc und Flora sahen sich an.

»Wäre das in Ordnung für Sie?« Sie lachten, weil sie in exakt demselben Augenblick dasselbe gesagt hatten. Die Frau sah sie mit großen Augen an und ging dann kopfschüttelnd davon.

»Wahrscheinlich denkt sie, sich zu siezen wäre ein neuer Sextrend aus einem Fifty-Shades-Roman, den sie noch nicht kennt. Sie werden ja schon wieder rot, Frau Lilienthal.«

»Darauf gehe ich mal nicht näher ein«, lenkte Flora ab, »ich hingegen vermute, sie denkt, wir wären von einer strengen Sekte, in der Paare sich ihr Leben lang siezen, um den religiösen Anstand zu wahren.«

»Auf jeden Fall haben wir sie irgendwie schockiert.« Marc hatte sich inzwischen niedergelassen und die Getränke neben sich positioniert. »So, und nun setzen Sie sich endlich, der Film fängt gleich an.«

Unschlüssig trat Flora von einem Fuß auf den anderen. »Soll ich mich wirklich …?« Sie deutete auf den Platz vor ihm.

»Sie haben die Wahl: hier oder Brennnesseln oder stehen bleiben.«

»Okay.« Mit einem Seufzen ließ sich Flora zwischen seinen angewinkelten Beinen auf dem Stück Isomatte nieder. Den Rücken hielt sie jedoch gerade und fragte ihn ein paarmal, ob er denn auch etwas sehen könne.

Als der Film anfing, spürte sie, wie er sie an den Schultern zurückdrückte, sodass sie mit dem Oberkörper an seiner Brust lehnte.

»Anders werden Sie die zwei Stunden nicht durchhalten.«

»Da kennen Sie mich aber schlecht. Ich habe siebzehn Jahre lang Ballettunterricht gehabt. Natürlich halte ich das durch, wenn es sein muss.«

»Es muss aber nicht sein«, sagte Marc und breitete die Decke über ihr aus.

Als der Film anfing, hatte Flora eine bequeme Lage gefunden und konnte sich, nachdem sie zweimal gefragt hatte, ob sie nicht zu schwer sei und er auch bequem sitzen würde, wenigstens teilweise auf den Film konzentrieren.

Es war berauschend. Nach einer halben Stunde verzogen sich die Wolken und Sterne wurden sichtbar. Sie gaben den bunten Szenen und schönen Melodien einen bezaubernden Rahmen.

Wann hatte sie sich jemals so gut gefühlt? Trotzdem waren da Zweifel, ob sie dies einfach so schamlos genießen durfte. Was, wenn er das alles nur aus Höflichkeit angeboten hatte und jetzt die Minuten zählte, bis der Film endlich zu Ende war? Andererseits hatte sie nicht den Eindruck, dass Höflichkeit eines der Topthemen in seinem Leben war. Also wahrscheinlich waren ihre Bedenken Quatsch. Dennoch. Floras Rücken verspannte sich.

»Die Antwort lautet: Es ist in Ordnung. Zwischen uns sind die Dinge doch geklärt, oder?« Seine Stimme war ganz nah an ihrem Ohr und klang sanft und rau.

Ein Schauer lief über Floras Arme, und sie hoffte, dass er es nicht bemerkte, als sie leicht zusammenzuckte. »Ähm, klar.«

»Sehe ich genauso. Dann entspannen Sie sich, das ist auch angenehmer für mich.«

»Frau Lilienthal?« Marc berührte ihre Schulter.

»Hm?«

»Der Film ist zu Ende und so langsam sollten wir losfahren, falls Sie vorhaben morgen zu arbeiten.«

»Oh.« Mit einem Schlag war Flora hellwach und rappelte sich auf. »Bin ich etwa eingeschlafen? Das kann aber erst gegen Ende passiert sein.«

»Einigen wir uns auf ›nach der Hälfte des Films‹.« Kurz lag ein amüsiertes Funkeln in seinen Augen. Er stand auf und faltete die Decke zusammen.

»Okay, dann – danke, ich hab noch nie draußen geschlafen, das war eine schöne Erfahrung.«

Er lachte. »Dafür hab ich doch gerne den Eintritt bezahlt. Kommen Sie.«

Während der Rückfahrt durch das Umland von Leipzig roch es nach feuchtem Gras und Erde. Hier und da kreuzten ein paar Nebelschwaden ihren Weg, ansonsten hüllte die Finsternis sie vollkommen ein. Sie rasten über einsame Feldwege und vorbei an kleinen Waldstücken. Flora fühlte sich wie in einem Kokon, in dem es nur ihn und sie gab. Auch wenn Dunkelheit ihr eher unheimlich war, liebte sie in diesem Moment die kühle schwarze Tinte, die sie beide sicher umschloss.

Viel zu schnell waren sie wieder beim Hotel angekommen. Flora zog ihren Pyjama an, dann klopfte sie an der Zwischentür. Es dauerte eine Weile, bis er öffnete. Sie blickte in sein fragendes Gesicht. Er trug noch die Lederhose, nur die Jacke hatte er abgelegt, und sie sah, dass auf dem Schreibtisch gerade sein Laptop hochfuhr.

»Danke für die Kleidung und den Helm. Das war der schönste Tag, den ich seit Langem hatte.« Flora deutete auf den fein säuberlich gefalteten Stapel auf ihrem Arm. »Ich wasche die Hose, sodass übermorgen alles in Ihren Fundus eingehen kann.«

Er sah sie schweigend an.

Flora war irritiert. Dann lief es siedend heiß ihren Rücken hinunter. »Ansonsten bezahle ich die Sachen natürlich auch gerne«, stotterte sie. Verdammt, das hätte sie gleich anbieten müssen. Sie biss sich nervös auf die Lippe.

»Weder das eine noch das andere. Behalten Sie sie als Erinnerung an einen schönen Tag. Gute Nacht, Frau Lilienthal.«

Sein Blick war distanziert und an seiner Haltung merkte sie, dass für ihn der Ausflug abgeschlossen war. Hitze schoss ihr in die Wangen. Mit dem Klopfen war sie eindeutig zu weit gegangen – falls man es nicht als respektablen Anfang für eine Stalkerkarriere nehmen wollte.

»Okay, also vielen Dank und gute Nacht.«

12

Am nächsten Morgen saß Flora hundemüde und doch angefüllt mit Energie an ihrem Arbeitsplatz. Sie vervollständigte ein paar Entwurfsskizzen und sah sich verschiedene Parkettsorten an. Am Freitag hatte Marc nach einer bestimmten Zeichnung gefragt, sodass sie gegen Mittag zu seinem Büro hinaufging. Sie klopfte und wartete auf das ›Herein‹, aber es passierte nichts. Sie klopfte deutlicher. Wieder nichts.

»Hey Bella! Was stehst du so verloren an seiner Tür? Das ist für eine schöne Frau wie dich doch Zeitverschwendung!« Giacomo Renzi ging mit offenen Armen auf Flora zu, umrundete sie und schob sie in Richtung seines Büros.

Nach ein paar Schritten blieb sie stehen. »Ich wollte etwas mit Herrn Antonius besprechen.«

»Hast du es denn immer noch nicht verstanden? Ich bin für dich der Richtige.« Giacomo blickte sie durch halb geschlossene Lider an, ein Gesichtsausdruck, den er wohl für sexy hielt. »Und im Moment bin ich sogar Herr Antonius für dich.«

Zu müde, um hintergründigen Humor zu verstehen, wartete Flora einfach ab, sicher, dass er von ganz allein weitersprechen würde.

»Er ist verreist und ich vertrete ihn. Du kannst dich also mit allen Fragen vertrauensvoll an mich wenden. Worum geht es denn?« Giacomo stemmte die Hände in die Hüften und wippte auf den Fußballen.

Verreist? Das Wort dehnte sich wie ein Ballon in Floras Kopf aus und verdrängte jeden anderen Gedanken.

»Ich, ich wollte ... eigentlich ... Ach, das hat auch noch Zeit.« Abrupt drehte sie sich um und hastete hinunter in den Kreativbereich.

Marc sollte verreist sein? Das schien so absurd nach dem gestrigen Tag. Das hätte er doch erwähnt, oder nicht? Sicher hatte er nur einen Außentermin und kam heute Abend zurück.

»Hey, hast du Lust, mit mir über das Kinderparadies zu brainstormen?«, hörte Flora eine Stimme, als sie die große Halle durchkreuzte. »Ich hab irgendwie ein Brett vorm Kopf. Es fehlt die zündende Idee.« Marcellas Mundwinkel zeigten nach unten, sie hatte die Hände vor der Brust gefaltet und machte einen so bemitleidenswerten Eindruck, dass Flora lachen musste.

»Wie könnte ich Nein sagen? Da hab ich ja keine Chance.«

»Gut erkannt. Komm mit, ich hab uns schon den Grundriss an eine Stellwand gepinnt.« Marcella griff Floras Hand und stürmte mit ihr in den Kreativraum.

Auf dem Weg dorthin tauschten sie bereits Erinnerungen an Kinderbereiche aus, die sie mal gesehen hatten, stellten aber fest, dass sich alle sehr ähnlich waren.

»Wie wäre es, wenn wir mal ein ganz anderes Thema zugrunde legen?«, schlug Flora japsend vor, als sie endlich vor der Pinnwand standen.

»Klingt spannend. Was meinst du?«

»Na, viele Kinder wachsen heutzutage doch in Städten auf und sind, während ihre Eltern den ganzen Tag arbeiten, auch auf ihrer ›Arbeitsstelle‹, ob man sie nun Kindergarten, Schule oder Hort nennt. Das könnte man aufgreifen und den Bereich wie Downtown New York zur Jugendstilzeit gestalten. Mit Hochhäusern an den Wänden und verschiedenen ›Büros‹, in denen man ›arbeiten‹, also spielen geht. Das Ganze liebevoll eingerichtet und mit einem Augenzwinkern umgesetzt.«

»Bin baff. Woher nimmst du nur immer diese ungewöhnlichen Ideen?« Marcella sah sie erstaunt an.

»Du findest es nicht schlecht?«, fragte Flora vorsichtig.

»Ich find's richtig gut. Da lässt sich bestimmt was draus machen. Du musst es aber erst mal mit dem ›Master of Arts‹ besprechen, damit wir keine Zeit verschwenden, falls es ihm grundsätzlich nicht gefällt.«

»Master of Arts?«

»M.A., klickt da nichts bei dir?« Marcella kicherte, als sie Flora angestrengt nachdenken sah. »Marc Antonius! Mensch, wie kann jemand, der so tolle Ideen hat, so auf der Leitung stehen.« Sie verdrehte stöhnend die Augen.

»Ach ja.« Flora lachte schallend. »Das passt! Okay, das mache ich.«

»Warte, ich glaube, der ist nicht da. Wolfgang meinte vorhin, dass er für vier Tage nach New York geflogen ist und erst am Donnerstag zurückkommt.«

Floras Knie wurden weich. Es stimmte also? Bis dahin waren es noch mehr als drei Tage. Sie fühlte sich bleiern und brachte gerade so ein Lächeln zustande. »Na, der hat ja Glück.«

»Wer weiß, vielleicht expandiert die Ebertzhagen-Gruppe und er kann demnächst dort ein Center aufbauen. Dann wäre es aber schön, wenn wir dabei wären, nicht wahr?«, sagte Marcella fröhlich.

»Klar«, Flora nickte und fragte sich, ob es an ihr lag oder ob der Boden schwankte.

Zwei Stunden später machte sie eine kurze Kaffeepause und holte ihr Handy heraus, um Melanie von dem Motorradausflug zu berichten. Nachdem sie das Display entsperrt hatte, entdeckte sie eine Message von einer unbekannten Rufnummer.

›Heute Nacht habe ich erfahren, dass ich den ersten Flieger nach New York nehmen muss, und wollte Sie nicht wecken. Ich hoffe, Sie sind okay. Falls etwas ist, können Sie mir schreiben. Marc.‹

Woher hatte er ihre Nummer? Aber das war nicht schwer zu erraten. Schließlich hatte er Zugang zu allen Personaldaten. Die Nachricht war schon um fünf eingegangen. Da sie am Morgen ziemlich spät dran gewesen war, hatte sie nur das Weckerklingeln ausgestellt und danach ihr Handy nicht mehr entsperrt. Augenblicklich wurde ihr leichter ums Herz. Er hatte an sie gedacht und ihr Bescheid gegeben. Erst überlegte sie, ihm eine kurze Antwort zu schreiben, doch sein ›falls etwas ist‹ klang, als wenn er ›im absoluten Notfall‹ meinte. Außerdem hatte er nach dem Ausflug sehr distanziert gewirkt. Sie beschloss, lieber nicht in ein weiteres Fettnäpfchen zu treten.

Ein Papagei war verflixt schwer hinzubekommen. Flora schaute auf das deformierte Stück Origamipapier, warf es vom Bett und nahm sich seufzend ein neues. Mit fahrigen Fingern faltete sie an diesem Abend eine Figur nach der anderen. Im Hintergrund lief der Fernseher. Als die vertraute Anfangsmelodie der Sciencefiction-Serie erklang, schaltete Flora um. Frustriert rieb sie über ihr Gesicht. Sie fühlte sich wieder ganz genau wie in den ersten Tagen hier in Leipzig. Dabei war sie so stolz auf sich gewesen, weil sie gut zurechtkam, und hatte in dem Gefühl gelebt, sich weiterentwickelt zu haben. Doch jetzt traf sie die Erkenntnis mit voller Wucht: Ihre Stärke war eine Illusion und sie hing vollkommen von Marcs Verhalten ab. Das war die bittere Realität.

Stöhnend ließ sie sich nach hinten fallen und starrte an die Decke. Die Klimaanlage surrte in gnadenloser Eintönigkeit und kühlte sie langsam aus. Mit umschlungenen Knien rollte sie sich kurz zusammen. Dann rappelte sie sich auf. So ging es nicht weiter. Marc konnte jederzeit wieder verschwinden. Sie machte ihm das nicht zum Vorwurf. Er hatte beruflich offenbar viel zu tun. Deswegen musste sie sich irgendwie unabhängiger machen, breiter aufstellen, ein soziales Netzwerk aufbauen. Flora stand auf, stakste zum Display neben der Zimmertür und erhöhte die Raumtemperatur. Sie nahm ihr Handy vom Nachttisch und tippte eine Nachricht an Luisa und Marcella, um für die nächsten Tage ein gemeinsames Eisessen zu initiieren. Die Antworten kamen sofort. Beide hatten keine Zeit.

Sie atmete tief durch und konzentrierte sich auf den Druck in ihrer Brust. Das war zu erwarten gewesen. Sie wusste, dass das nichts mit ihr persönlich zu tun hatte. Dennoch war da kurz dieses Gefühl von Unsicherheit, das sie nie ganz abschütteln konnte. Doch es war ein Anfang. Wenn auch ein missglückter. Sie musste einfach dranbleiben. Auf Marcs Gesellschaft allein durfte sie sich nicht mehr verlassen.

Vier Tage, hatten sie gesagt. Flora nippte an einem Latte macchiato. Sie schlenderte in ihrer Mittagspause durch die Fußgängerzone. Heute war Donnerstag.

Trotz ihrer guten Vorsätze waren die letzten Tage schwer gewesen. Jeden Morgen hatte ihr im Spiegel ein Zombie entgegengesehen, den sie gut hinter einer dicken Schicht Make-up, Rouge und Wimperntusche versteckte. In einer Nacht hatte sie einen Panikanfall gehabt. Zum Glück war Melanie ans Telefon gegangen, sodass es ihr gelang, sich zu beruhigen. Aber für Flora kam es einer seelischen Bankrotterklärung gleich.

Schon den ganzen Tag war sie nervös und spürte einen beständigen Druck auf der Brust. Wieder und wieder zog sie den Daumennagel durch die Papprillen des Kaffeebechers. Ihr Herz pochte unangemessen schnell, wenn sie sich vorstellte, wie er in ein paar Stunden an die Tür klopfte. Irgendwie sollte man sich nicht so auf seinen Chef freuen, oder? Das war – unnatürlich, doch sicher nur die Vorfreude darauf, dass sie heute Nacht gut würde schlafen können.

Flora lief durch die nahegelegene Fußgängerzone zurück zum Belle Époque. Sie würde sich jetzt erst einmal um das kümmern, was noch vor ihr lag. Wolfgang hatte sie gebeten, Vorschläge für die Integration eines Infopoints zu erarbeiten.

Zwanghaft bemühte sie sich, Bilder von der zweiten Etage in

sich aufzurufen. »Meine Güte, konzentrier dich endlich auf diesen verdammten Infopoint!«, murmelte sie leise, während sie die Tür durchschritt. Dann verschluckte sie sich fast.

Marc bewegte sich mit einem Trupp Bauarbeiter über die Galerie im ersten Stock. Mit seiner Statur überragte er das kleine Grüppchen deutlich. Sein Gang war zielstrebig und er rief den Männern hinter sich Anweisungen zu. Ein aufgeregtes Kribbeln lief durch Floras Körper und ihr wurde flau im Magen.

Er verschwand mit den Handwerkern in Richtung seines Büros. Da er einen Rollkoffer dabeihatte, musste er gerade angekommen sein. Sicher würde er in Kürze den Kreativbereich aufsuchen. Floras Kopfhaut prickelte. Etwas unschlüssig blieb sie in der Halle stehen.

»Hey, Bella! Da bist du ja. Der Chef hat nach dir gefragt. Du sollst in sein Büro kommen.« Giacomo Renzi schlenderte auf sie zu und sah sie mitleidig an.

»Äh, ja?« Flora versuchte ein unbeteiligtes Gesicht zu machen.

»Er ist vorhin gelandet und sofort hierhergekommen. Hatte wohl Angst, der Schuppen könnte ohne ihn zusammengebrochen sein.« Giacomo grinste verächtlich. »Jedenfalls ist er in den Kreativbereich gestürmt und hat dich gesucht. Als keiner wusste, wo du bist, ist er mit ein paar Arbeitern abgezogen. Mach dich auf was gefasst, Bella. Gute Laune hatte er nicht gerade, als er dich sprechen wollte.«

»Oh.« Flora schluckte.

»Aber Kopf hoch.« Er sah an ihr herunter und zwinkerte. »Du weißt ja, wo du mich findest. Wenn's schlimm war, bin ich gerne bereit, danach ein bisschen für Entspannung zu sorgen.«

»Giacomo, ich hoffe, ich muss das nicht als unsittliches Angebot in deine Akte aufnehmen.«

Flora erstarrte. Sie drehte sich um und blickte in Marcs glühend grüne Augen. Obwohl man sehen konnte, dass er müde war, sah er mit der lässigen Jeans, die er wohl auf dem Flug getragen hatte, und dem schlichten schwarzen Shirt auf eine ungerechte Weise fantastisch aus. Er stand auf der Mitte der Treppe und kam zu ihnen herunter.

»Ich weiß nicht, wovon du redest.« Giacomo Renzi wandte sich langsam um und starrte ihn eisig an. »Ich meinte ›für Entspannung sorgen durch ein gutes Gespräch‹.«

»Treib es nicht zu weit!«, zischte Marc ihm zu.

Giacomo zuckte mit den Achseln. »Bellissima, wie gesagt, du weißt, wo du mich findest.« Dabei nahm er demonstrativ Floras Hand und strich mit dem Daumen über ihre Fingerknöchel. Dann schlenderte er in Richtung Verwaltungstrakt davon.

»Frau Lilienthal. Kaum ist man weg, da suchen Sie sich schlechte Gesellschaft?«, fragte Marc leise und durchbohrte sie mit seinem Blick.

Flora wurde kalt und heiß. Mitten in der Halle fühlte sie sich, als würde sie auf einer gut ausgeleuchteten Bühne stehen.

Marc legte den Kopf schräg und sah sie nachdenklich an. »Ich war eben schon im Kreativbereich und wollte mich vergewissern, dass es Ihnen gut geht. Würden Sie mich für einen Moment in mein Büro begleiten?«

»Vielleicht besser nicht. Ich habe wirklich noch sehr viel zu tun«, presste Flora hervor.

Er betrachte sie ein paar Augenblicke mit hochgezogenen Brauen. »Okay, dann bis heute Abend«, sagte er schließlich.

Es war halb sieben. Länger ließ sich ihre Rückkehr ins Hotel kaum hinauszögern. Trotzdem schaffte Flora es immer noch nicht, die Boutique, in der sie sich schon seit zwanzig Minuten aufhielt, zu verlassen. Sie überlegte fieberhaft, mit welcher inneren Haltung sie Marc begegnen konnte, damit er nicht merkte, wie schwer ihr die letzten Tage gefallen waren. Sonst kam er sicher schnell auf den Gedanken, dass das alles zu viel Verantwortung für ihn war.

Ihre Hand glitt zum x-ten Mal über den kühlen Viskosestoff einer Bluse. Hier in der hintersten Ecke des Ladens konnte sie es wagen, für einen Moment die Augen zu schließen. Sie konzentrierte sich auf ihren Atem und versuchte sich zu entspannen.

Positiv zugewandt und taktvoll zurückhaltend. Wie ein

Mantra tauchten diese Worte in ihrem Bewusstsein auf. Sie wiederholte sie ein paarmal und stellte sich Marc als Passagier in einem Zug vor, dem sie zufällig gegenübersaß. Mit dieser Einstellung waren höfliche Begegnungen möglich, Konflikte und Verletzungen hingegen maximal unwahrscheinlich, da man nicht besonders viel von sich preisgab.

Flora ließ die Bluse los und strebte aus dem Laden. Jetzt, wo sie wusste, wie sie ihm gegenübertreten konnte, drängten ihre Füße wie von allein zum Hotel zurück.

Marc saß auf dem Sofa mit einer Cola aus der Minibar vor sich auf dem Tisch. Für sie hatte er ein Wasser hingestellt, vermutlich weil sie das meistens trank.

»Möchten Sie ›Star Trek‹ mitanschauen, Frau Lilienthal?«

Offenbar hatte er sich in der Zwischenzeit für einen Geschäftstermin umgezogen. Er mied ihren Blick und sah müde aus. Müde in einem unverschämt gutsitzenden Anzug. Eine Mischung, die fast ein wenig ins Laszive ging. *Ungünstig.*

Positiv zurückhaltend, erinnerte sich Flora noch einmal, bevor sie verbindlich lächelnd auf dem Sessel Platz nahm.

Der letzte Ton der Abschlussmelodie verklang und Marc schaltete den Fernseher aus. Er rieb sich mit den Händen über die Augen und starrte in das schwarze Rechteck.

Es schien, als würde er darauf warten, dass sie sich verabschiedete.

Flora stand auf. »Gute Nacht, Herr Antonius.« Sie hörte selbst, dass es kurz angebunden und steif klang; sie wusste nur nicht, was sie sonst sagen sollte.

»Gute Nacht?« Mit einer fragend hochgezogenen Augenbraue bewegte er sich zu ihr und musterte ihr Gesicht.

Verzweifelt versuchte sie, sich an die Worte ihres Mantras zu erinnern, aber sie konnte sich nicht konzentrieren. Sie wich in ihr Zimmer zurück. Marc folgte ihr. Da ihre Fensterfront nach Westen lag und die Sonne abends ziemlich grell hereinschien, hatte Flora die Vorhänge zugezogen. Doch das Licht, das durch die Tür fiel, reichte aus, um die Fensterbänke und die Kommode zu beleuchten. Erstaunt sah Marc sich um. Alle freien Flächen waren wieder voll mit gefalteten Figuren. Sein Blick glitt zu ihr. Dann schloss er die Tür hinter sich. Jetzt war es beinahe vollständig dunkel. Der Raum wirkte auf Flora plötzlich winzig klein.

»Wie geht es Ihnen?«, fragte er sanft.

»Gut, danke, es geht mir wirklich gut.« Sie betete, dass er nicht hörte, wie ihre Stimme zitterte.

»Es sieht nur leider nicht so aus«, sagte er angespannt und räusperte sich.

»Oh, es war alles völlig unproblematisch.« Flora wusste, dass sie sich viel zu hoch anhörte, und biss sich auf die Lippe.

Marc atmete hörbar frustriert aus, nahm ihre linke Hand, griff zur Kommode neben sich und legte eine Papierfigur hinein. »Sie haben das Recht zu schweigen, aber nicht zu lügen, Frau Lilienthal.« Flora schwieg. »Für mich ist es ziemlich neu, mich um jemanden zu kümmern«, flüsterte er. »Ich hatte überlegt, mich noch einmal zu melden, aber ich war mir nicht sicher, ob es das Ganze einfacher für Sie gemacht hätte.«

»Ist nicht schlimm. Sie können ja nichts dafür und sind auch nicht für mich verantwortlich. Ich war nur einfach nicht darauf vorbereitet. Nicht nach dem Motorradausflug. Das war ein wunderschöner Tag. Ich war so glücklich und da hatte ich wohl aus Versehen meine Rüstung ausgezogen. So war ich vielleicht etwas unvorbereitet.«

»Sie waren glücklich bei dem Ausflug?« Er klang skeptisch.

»Ja, oder verletzt das jetzt auch schon den Deal?«, fragte sie genervt.

Marc zögerte einen Moment mit seiner Antwort. »Nein ... Ich glaube, nicht«, sagte er dann.

»Gut, denn ich habe es nicht ganz unter Kontrolle, wann ich glücklich bin.«

»Und wenn Sie glücklich sind, ziehen Sie so mir nichts, dir nichts Ihre Rüstung aus?«

Ohne es zu sehen, nahm sie wahr, dass er lächelte, und musste ebenfalls lächeln. Die Dunkelheit erzeugte eine Nähe, die Ehrlichkeit so leicht machte, bemerkte Flora erstaunt.

»Das geht irgendwie automatisch. Ich kann aber daran arbeiten, Bescheid zu sagen.«

»Das wäre sicher sinnvoll.«

Sekunden oder Minuten vergingen, in denen das Summen der Klimaanlage das einzige Geräusch im Raum war. Sie rechnete jeden Moment damit, dass er gehen würde, doch er blieb.

»Haben Sie auch eine Rüstung?«, fragte sie dann und wagte nicht zu atmen.

Marc räusperte sich wieder. »Was denken *Sie*?«, erwiderte er leise.

»Ich … bin mir ziemlich sicher«, antwortete sie zögernd. »Ich weiß nur nicht, ob Sie sie manchmal ablegen. Und jetzt ist es dunkel, da kann ich es nicht sehen.«

Eine Weile sagte er nichts. Flora konnte ihren eigenen Herzschlag hören, während sie wartete. Sie biss sich auf die Lippe und wünschte, sie hätte gar nicht gefragt. Gerade als sie sich sicher war, dass er nichts mehr dazu sagen würde, nahm er ihre Hand und legte sie auf seine Brust. Sein Herz trommelte schnell unter ihren Fingern. Flora hielt den Atem an.

»Im Moment steht sie in meinem Zimmer.«

»Oh.« Sie schloss die Augen und konnte sich nicht davon abhalten, vorsichtig über seine Muskulatur zu streichen. Ihre Fingerspitzen kribbelten. Marc gab einen erstickten Laut von sich. Dann griff er ihre Hand und stoppte die Bewegung.

»Und Sie? Haben Sie Ihre Rüstung wieder an?«, flüsterte er.

Flora zögerte. Sie dachte daran, wie verloren sie sich in den letzten Tagen gefühlt hatte und dass sie nicht zulassen durfte, so abhängig von seiner Anwesenheit zu sein.

»Ja.«

Ja, sie hatte definitiv ihre Rüstung an.

Er atmete scharf ein. »Das … ist gut, Frau Lilienthal«, sagte er stockend.

Das Nächste, das sie fühlte, waren sein Herzschlag an ihrer Wange und die wunderbare Wärme, die von seiner Brust ausging.

Seine Arme umschlossen ihre Taille und drückten sie fest an sich. Flora schmiegte sich noch näher an ihn. Es dauerte nur wenige Sekunden, aber es reichte, damit das, was seit Tagen in ihr erstarrt war vor Schreck, wieder weich wurde und alle Energie zurückkehrte.

Dann ließ er unvermittelt los und verschwand. Durch die angelehnte Tür fiel ein schmaler Lichtstrahl in die Dunkelheit ihres Zimmers. Erstaunt spürte Flora, wie mühelos die Luft in ihre Lunge floss. Das eiserne Band um ihren Brustkorb war verschwunden. Sie wusste nicht, ob das gut oder schlecht war, doch sie genoss noch immer jeden entspannten Atemzug, als sie im Bett die Augen schloss.

13

Nachdem ein paar Tage vergangen waren und Flora es geschafft hatte, eine Verabredung zum Kaffeetrinken und eine für die Mittagspause mit zwei Mitarbeiterinnen der Marketingabteilung zu treffen, war sie zuversichtlich, auf dem richtigen Weg zu sein. Zielstrebig marschierte sie am Nachmittag in einen nahegelegenen Supermarkt. Heute Abend würde sie einen weiteren Punkt beim Snackwettbewerb machen.

Als Marc um Viertel nach sieben seine Tür öffnete, strahlte sie ihn an und hielt eine Packung Schokoküsse hoch.

»It's showtime, Mr. Antonius! Freuen Sie sich auf meinen Beitrag zum DDMIEHZKW.«

Flora wirbelte mit ihrem türkisfarbenen Tellerrock an ihm vorbei zu seinem Sideboard, nahm zwei Kuchenteller, platzierte je einen Schokokuss darauf und gab einen in die Mikrowelle. Dann drückte sie auf ›Start‹.

Marc schüttelte kurz den Kopf, als hätte er die Szene gerade erst begriffen.

»Wenn Sie sich bitte näher zu mir gesellen würden? Dies ist nicht nur ein kulinarischer Genuss, sondern auch ein optisches Spektakel!«, sagte Flora und starrte in das beleuchtete Rechteck.

»Ich knie in letzter Zeit ziemlich oft neben Ihnen vor einer

Mikrowelle, Frau Lilienthal«, erwiderte er, während er sich hinhockte.

»Nun, ich kenne das hier schon und könnte auch stehen bleiben. Ich mache das nur, um Ihnen ein gutes Gefühl zu geben, Herr Antonius.«

»Sehr schön, denn ich mache auch manche Dinge, um Ihnen ein gutes Gefühl zu geben.«

»Ich kann nur sagen – danke fürs Erinnern. Oh, es geht los.«

Die Schokolade auf der Oberseite wurde glänzend und bekam Risse und Blasen. Weißer Schaum trat hervor, während das Ganze sich zu einem einatmenden Michelin-Männchen entwickelte.

»Wow!«, sagte Marc bewundernd. »Damit hätte ich nicht gerechnet. Aber physikalisch gesehen ist es natürlich logisch.«

»Physik entzaubert die Sache nur«, sagte Flora streng. »Wichtig ist, den richtigen Zeitpunkt zu erwischen, damit das Dessert weich und cremig ist. Wartet man zu lange, wird es zu einer karamellartigen Masse. Das ist auch lecker, aber anders.« Sie tippte auf die Stopptaste und holte den dampfenden Teller heraus. Dann gab sie ihm einen Löffel. »Hier. Man muss es sofort und so warm wie möglich essen.«

Marc probierte vorsichtig den heißen Schokokuss. »Sehr gut!«, murmelte er nach ein paar Sekunden.

»Ja, nicht wahr? Ich frage mich, warum das in keinem Restaurant auf der Karte steht.«

»Vielleicht wäre es was für das ›Hinter den sieben Bergen‹?«, sagte er nachdenklich.

»Das sagen Sie nur, weil es das ›Hinter den sieben Bergen‹ nicht geben wird.«

»Vielleicht.« Er grinste.

»So, jetzt machen wir die karamellisierte Variante. Die können wir zur Serie essen, denn die fängt gleich an.«

Nachdem Flora den zweiten Schokokuss auf ihre beiden Teller verteilt hatte, platzierten sie sich vor dem Fernseher genau in dem Moment, als die Anfangsmelodie erklang.

»Mir ist aufgefallen, dass Sie inzwischen sehr guten Kontakt zu Ihren Kollegen haben«, sagte Marc, als der Abspann lief. »Sie unterhalten sich in letzter Zeit oft mit gefühlt jedermann.«

Das hat er mitbekommen? »Stimmt, ich hab mir Mühe gegeben sozial zu sein.« Flora nahm ihre beiden Teller und stellte sie auf das Sideboard. Dann setzte sie sich wieder auf den Sessel. »Aber es beeinträchtigt meine Arbeit nicht«, fügte sie hinzu.

»Und gibt es dafür einen besonderen Grund?« Marc legte einen Fuß auf seinem Knie ab und streckte die Arme auf der Sofalehne aus.

Sie griff nach ihrem Wasserglas. »Ja, mir ist klar geworden, dass ich nur in der Illusion lebe, dass es mir super geht. Als Sie plötzlich in New York waren, hatte ich nachts einen Panikanfall. Da hab ich gemerkt, wie abhängig ich von Ihrer Anwesenheit bin.« Flora schnaubte und schüttelte den Kopf. »Das ist schrecklich und kann so nicht weitergehen. Deshalb will ich mich gezielt mit anderen anfreunden, sozusagen ein Netzwerk aufbauen.«

Marc atmete scharf ein. »Okay, verstehe. Doch ich bin hier und werde so schnell nicht wieder auf Geschäftsreise müssen. Möglicherweise gar nicht mehr.«

»Es ist trotzdem wichtig für mich.«

»Warum wollen Sie so viel in Kontakte investieren, die nach drei Monaten sowieso vorbei sind? Vielleicht ist unser Deal für Sie nicht die ganz große Lösung, aber es ist eine klare und in weiten Teilen funktionierende Sache.«

»Ja, anfangs war es sicherlich genug, aber jetzt will ich mehr. Ich sehne mich danach, endlich mal grundsätzlich weiterzukommen. Einen Teil meiner Ängste hinter mir zu lassen, mich zu befreien. Und dieses Ziel erreiche ich nicht, wenn ich mich nur auf Sie verlasse. Es hat nichts mit Ihnen persönlich zu tun.«

Er stieß die Luft aus. »Und was sollen Ihre Überlegungen für unser Arrangement bedeuten?«

»Ich würde gerne erst einmal alles so lassen, wie es ist. Ihre Gesellschaft abends ist schön und ich schaffe es wohl noch nicht darauf verzichten. Gleichzeitig muss ich mich um andere Kontakte bemühen, damit ich irgendwann emotional auf eigenen

Beinen stehe. Dann finde ich vielleicht Leute, mit denen ich ausgehen kann, und muss Sie nicht mehr jeden Abend belagern.«

Zögernd schaute Flora zu ihm hoch. Eigentlich müsste ihn das freuen, doch seine Miene war verschlossen und er schwieg. Sie versuchte es noch einmal anders zu erklären: »Es ist so, als wäre ich in einem See mit einem Rettungsring und das ist wirklich toll. Aber wenn ich nicht anfange zu schwimmen, werde ich nie erfahren, dass das Wasser mich trägt. Ich würde immer noch denken, im Wasser gehe ich unter, sobald ich wieder zu Hause wäre.«

»Sie wollen also lernen, ohne den Rettungsring auszukommen?« Er fixierte einen Punkt an der Wand hinter ihr.

»Ich will nur schwimmen können, damit ich entspannt neben dem Rettungsring existieren kann.« Flora spürte, dass ihre Lider nervös flatterten. »Es ist nicht so, dass ich diesen Rettungsring nicht mag.«

»Mhm«, brummte er und starrte weiterhin an ihr vorbei.

»Ich habe schon viel zu lange zugelassen, dass meine Ängste mich einschränken. Beinahe wäre ich gar nicht hergekommen.«

Als Marc sie endlich ansah, war sein Blick unergründlich. Dann räusperte er sich. »Ich verstehe. Und können wir bis dahin etwas tun, damit Sie sich schon mal besser fühlen?« Er sah ihr mit einer Mischung aus Unsicherheit und Erwartung in die Augen, die ein seltsames Gefühl in Floras Bauch auslöste.

»Wie meinen Sie das?«, fragte sie leise.

»Ich dachte nur, es gibt vielleicht etwas, das Ihnen guttun würde …«

»Ehrlich? Auch wenn es den Deal verändert?« Sie hielt die Luft an.

»Es wird im Kern der gleiche Deal bleiben, aber – ja, wenn es machbar ist.«

»Ich darf mir also was aussuchen …«, sagte sie gedehnt und legte einen Finger an ihren Mundwinkel. Marc sah sie skeptisch an. »Etwas, das mir gut gefällt …«, überlegte Flora laut weiter.

»… und die grundsätzliche Vereinbarung nicht verletzt«, ergänzte Marc.

»Könnte es dann ein beständiger Teil unseres Deals werden?« Sie biss sich voller Erwartung auf die Lippen.

»Mhm«, murmelte er und starrte sie an, als wäre sie ein unberechenbares Tier.

»Ich nehme das von neulich Abend. Die Verabschiedung, also die Umarmung«, schoss es aus ihr heraus.

Marc zeigte keinerlei Reaktion. Ihr wurde heiß. *O nein, sie war zu weit gegangen.* Er hatte so was wie länger fernsehen oder mal zusammen frühstücken gemeint. Wie war sie nur auf so eine bescheuerte Idee gekommen?

Nach ein paar Sekunden stand er auf, zog sie an der Hand von ihrem Sessel hoch, führte sie zur Tür, lehnte sich mit dem Rücken in den Türrahmen und sah sie lange an.

Flora drehte wieder und wieder ihren Pferdeschwanz um ihr Handgelenk. »Und nun?«, fragte sie nervös.

Seine Mundwinkel zuckten. Er schüttelte den Kopf, legte seine Hände an ihre Taille und zog sie langsam in seine Arme. Sie versank darin, spürte die Wärme seiner Muskeln an ihrer Wange und nahm den holzig-süßen Zimtduft wahr. Jede Stelle, die er berührte, kribbelte und lud sich mit Energie auf. So sollte es sich vielleicht nicht anfühlen, wenn man versuchte, sich freizuschwimmen. Aber jetzt war definitiv nicht die Zeit zum Denken.

»Meinten Sie das?«, hörte Flora ihn nach einer Weile an ihrem Ohr.

»Mhm.« Es war das herrlichste Gefühl überhaupt. Angekommen, um weiterzugehen, bis sie seine Hilfe endlich nicht mehr nötig haben würde.

»Das war übrigens ein sehr schöner Beitrag zum DDMIEHZKW, Frau Lilienthal«, raunte Marc in ihre Haare.

»Es steht zwei zu eins, Herr Antonius.«

»Das werde ich demnächst ändern«, antwortete er und stellte sie wieder auf die Füße. Mit einem Seufzen öffnete Flora die Augen. Er schmunzelte. »Okay, dann gehört die Verabschiedung zum Deal.«

»Jeden Abend?«

»Wenn Sie möchten.«

Ein kurzer Schatten verdunkelte Floras Herz. Marc hatte nichts davon gesagt, dass er das auch wollte. Es ging hier nur um sie – aber egal. Das hier war zu schön, um es abzulehnen. »Ja, danke.«

»Dann gute Nacht, Frau Lilienthal.«

»Gute Nacht, Herr Antonius.« Flora fühlte sich wie in Watte gepackt. Sie stakste weiter in ihr Zimmer mit nur einem winzigen Stich der Enttäuschung in ihrer Brust.

»Ach ... und Frau Lilienthal?«

»Ja?« Sie drehte sich um.

Ein warmes Lächeln umspielte seine Lippen. »Es quält mich nicht besonders, das zu tun.«

14

Die nächste Woche war arbeitsreich. Etliche Zeichnungen mussten fertig werden, damit das passende Material dazu festgelegt werden konnte. Flora sah Marc nur selten. Wenn sie sich begegneten, war seine Miene immer ausdruckslos, sobald andere dabei waren. In den Momenten, in denen sie ihm allein über den Weg lief, hatte sie jedoch den Eindruck, dass er mit Mühe ein Lächeln unterdrückte. Aber wahrscheinlich irrte sie sich. Heute schaffte sie zum ersten Mal seit Tagen, eine vernünftige Mittagspause zu machen. Leider hatte niemand Zeit, mit ihr den Sonnenschein zu genießen. Sie nahm daher ein Sandwich mit und ließ sich gerade auf einer Holzbank in der Fußgängerzone nieder, als ihr Handy klingelte. Auf dem Display erschien Melanies Foto.

»Hey, Süße! Wie läuft's bei dir?«, rief ihre Freundin fröhlich.

»Gut, ich kann mich im Moment echt nicht beschweren.«

»Das freut mich sehr. Du …«, ihre Stimme bekam einen verschwörerischen Unterton, »ich hab gestern Abend mal im Internet zu deinem Marc Antonius recherchiert.«

»Er ist nicht mein Marc Antonius.«

»Ja, klar. Aber trotzdem interessiert dich vielleicht, was ich möglicherweise über seine Familie rausgefunden habe.«

»Auf jeden Fall! Ich weiß ja quasi nichts von dem Menschen, mit dem ich Tür an Tür wohne. Merkwürdig, oder?« Natürlich hatte Flora auch selbst nach Marc im Internet gesucht, doch außer seiner Tätigkeit für die HEC-AG war rein gar nichts zu finden gewesen.

»Das ändert sich vielleicht bald«, flötete Melanie. »Ich habe einen Artikel im Netz gefunden. Du erwähntest, dass er manchmal einen leichten Hamburger Akzent hat – um es abzukürzen: Es kann sein, dass seine Familie in den Fünfzigerjahren sechs legendäre Modeläden hatte, in denen die ›Hautevolee‹ der damaligen Zeit ein und aus ging.«

»Echt? Bist du sicher?«, rief Flora fasziniert. Ein Film mit eleganten Roben und weit schwingenden Röcken spielte sich vor ihrem inneren Auge ab.

»Ganz sicher bin ich mir natürlich nicht, aber da die Läden ›Antonius-Gärten‹ hießen und dieser Name nicht so häufig ist, könnte es durchaus hinhauen. Ich maile dir das Ganze mal zu.«

»Super, danke, ich werde ihn fragen. Bin total gespannt.«

»Dann ciao, Süße! Viel Spaß und mach was draus!«

»Achtung, der Chef!« Flora zuckte zusammen, als Thorsten ihr auf die Schulter tippte. Sie hatte sich nach der Mittagspause vollkommen in die Planung des Infopoints vertieft und sah überrascht hoch. »Komm mit«, drängte er.

Marc stand im Kreativbereich und sagte kein Wort. Die übrigen Mitarbeiter rappelten sich ebenfalls von ihren Plätzen auf. Einige speicherten noch hektisch etwas auf ihrem Computer ab, während Thorsten, Flora und ein paar andere bereits in der Mitte des Raumes warteten.

Der dunkelblaue Anzug brachte Marcs athletische Statur mal wieder äußerst vorteilhaft zur Geltung. Flora fragte sich, ob er nicht insgeheim genauso modebewusst war wie Giacomo. Einfach alles, was er trug, unterstrich seine männliche Ausstrahlung perfekt. Konnte es damit zusammenhängen, dass seine Familie seit Jahrzehnten im Modebusiness arbeitete?

Nach ein paar Augenblicken hatte sich die Gruppe vollständig versammelt. Marc schaute einmal in die Runde. Bei Flora blieb sein Blick einen Moment hängen. Dann blinzelte er und blickte niemand Bestimmtes mehr an.

»Sie wissen, dass wir mit dem Eröffnungsdatum dieses Centers bereits vor Wochen an die Öffentlichkeit gegangen sind. Am 6. Oktober soll hier eine riesige Einweihungsfeier stattfinden, die in den sozialen Medien heiß diskutiert wird.« Er stützte die Hände in die Hüften. »Ich frage mich bloß, ob es nicht ein wenig schade wäre, wenn unsere Besucher an diesem Tag in den Toilettenanlagen auf blankem Estrich stünden, anstatt auf italienischem Marmor.« Alle Mitarbeiter nickten zustimmend. »Fänden Sie das auch schade, Herr Hartmann?«

Harry, ein schlaksiger Kollege mit langen blonden Locken um die dreißig, bekam einen hochroten Kopf. »Äh, natürlich, Herr Antonius.«

»Warum haben Sie dann die Bestellung für den Marmor in den Sanitärbereichen nicht überwacht und die Lieferverzögerung gemeldet?«

»Das … Also, wenn das wirklich so ist, dann tut es mir leid.« Flora sah, wie er sich nervös die Hand in den Nacken legte und an den Schläfen zu schwitzen anfing. »Ich hoffe, man kann das in Ordnung bringen.« Er kratzte sich verlegen am Kopf. »Darum kümmere ich mich gleich.«

»Das, Herr Hartmann, hoffe ich sogar noch mehr für Sie als für den Sanitärbereich.« Marcs Stimme war eisig.

»Wie gesagt, es tut mir leid, ich werde mich darum kümmern.« Harry sah sich hilfesuchend zu seinen Kollegen um.

»Sie wussten genau, wie wichtig es ist, dass gerade dieser Marmor pünktlich ankommt. Wir hatten mehrmals darüber gesprochen. Erinnern Sie sich? Sowohl Herr Renzi als auch ich haben Sie persönlich darauf hingewiesen. Und jedes Mal haben Sie gesagt, dass Sie sich gleich darum kümmern. Jetzt möchte ich wissen, warum Sie das nicht getan haben.«

Harry fixierte den Boden, als ob er darin versinken wollte. Auch die anderen Mitarbeiter schauten mittlerweile betreten nach unten. Flora fand die Situation absolut beschämend.

»Es tut mir echt leid«, sagte Harry wieder leise.

»Das interessiert mich nicht. Antworten Sie einfach auf meine Frage. Welche außergewöhnliche Erklärung kann es dafür geben, dass Sie nicht in der Lage waren, Ihren Job auszuführen?« Marcs Miene war so ausdruckslos, als würde er überhaupt nicht bemerken, wie schlecht es Harry ging.

Er stammelte nur noch Unverständliches, und Flora sah, dass die Adern an seinen hochroten Schläfen jetzt pulsierten. Obwohl er sich schon dreimal entschuldigt hatte, ließ Marc nicht locker. Er wirkte eiskalt. Ein Schauer lief ihr über den Rücken. Einer musste das hier beenden. Sie durfte nicht zulassen, dass Marc so war.

»Herr Antonius?«

»Nein, Frau Lilienthal.«

Die Härte in seiner Stimme erschreckte sie.

»Ich wollte nur anmerken, dass es so aussieht, als hätte Harry das, was Sie mitteilen wollen, verstanden.«

»Ich möchte nicht, dass Sie sich hier einmischen«, presste er zwischen den Zähnen hervor.

»Ist mir egal!«, brach es aus Flora heraus. »Dann seien Sie eben sauer auf mich. Aber das ist besser als auf Harry, denn das reicht jetzt. Er hat schon mehrfach gesagt, dass es ihm leidtut. Wir könnten das als Erinnerungsaufgabe im Team verteilen. Wieso muss er überhaupt für diese brisanten Terminsachen ganz allein verantwortlich sein? Zwei Paar Augen sehen mehr als eins. So entstehen weniger Fehler und jedem geht es besser. Ich bin gerne bereit, mich für das Kontrollieren von eingehenden Kostenvoranschlägen und Bestellungen mit zur Verfügung zu stellen.« Flora war so aufgeregt, dass sie ihr Herz in den Ohren klopfen hörte. Unsicher sah sie erst ihre Kollegen und dann Harry an. »Ich meine … nur wenn es euch und dir, Harry, recht ist.«

Die anderen nickten nur und Harry strahlte sie dankbar an. Ein Arm legte sich um ihre Schulter. Giacomo war unbemerkt neben sie getreten.

»Genau. Das ist die Lösung, die das Team braucht, um reibungslose Abläufe zu garantieren. Oder benötigen Sie Flora für bestimmte andere Tätigkeiten, Herr Antonius?« Er zog sie näher an seine Seite und grinste süffisant.

Flora vermied es, Marc ins Gesicht zu schauen. Als sie es doch tat, war sie erschrocken, so viel mühsam unterdrückten Zorn darin zu sehen. Ihr wurde schwindelig.

»Wie Sie wollen, Frau Lilienthal. Ich erwarte in Zukunft keine Fehler mehr. Sie haben die Verantwortung für die termingerechte Abwicklung von Bestellungen und das Einholen von Kostenvoranschlägen des Kreativbereichs. Herr Hartmann kann Sie mit seinem Wissen und seiner Erfahrung gern unterstützen.« Marc zog eine Augenbraue hoch und sah ihn spöttisch an. »Muss er aber nicht, denn das ist jetzt Ihre Aufgabe. Glückwunsch!« Dann verließ er den Raum.

»Aber ...« Verdammt, so hatte sie es doch gar nicht gemeint. Sie hatte nur mithelfen wollen.

»Danke, Flora!« Harry umarmte sie stürmisch, während die übrigen Mitarbeiter wieder an ihre Arbeit gingen. »Mir fiel es in der letzten Zeit immer schwerer, alles im Blick zu haben.«

Flora sah, wie mitgenommen er war, und hatte das Gefühl, das Richtige getan zu haben, auch wenn ihr flauer Magen gerade etwas ganz anderes sagte. »Na klar, gerne! Komm, wir gehen an deinen Platz und sehen die einzelnen Posten durch.«

Harry gab ihr eine kurze Einweisung in die offenen Bestellvorgänge. Besonders geordnet wirkte sein Arbeitsbereich allerdings nicht, wie Flora feststellen musste. Tatsächlich war sie erschrocken – wie unstrukturiert bei einer solch verantwortungsvollen Aufgabe! Kein Wunder, dass ihm da mal was durchgerutscht war. Er scherzte viel mit den Kollegen, und ihr wurde erst jetzt bewusst, wie oft er losging, um sich einen Kaffee zu holen. Vielleicht hatte er die Sache doch etwas zu sehr auf die leichte Schulter genommen. Seufzend machte Flora sich daran, sein Chaos zu ordnen.

»Da ist ja meine wichtigste Mitarbeiterin.« Giacomo setzte sich auf ihren Schreibtisch und strahlte Flora an. »Wir beide sollten von nun an oft und eng zusammenarbeiten. Schließlich wollen wir nicht, dass du die nächste Taube bist, die Cäsar in seiner Arena zerfetzt, nicht wahr? Komm mit in mein Büro, dann gehen wir deinen neuen Bereich noch einmal in Ruhe durch. Jede Bestellung muss von mir autorisiert werden, aber du musst sie vorbereiten und den Lieferstatus verfolgen.« Er stand auf und hielt ihr die Hand hin.

Verlegen griff Flora an ihren Pferdeschwanz und tat, als wollte sie ihn straffen, während sie aufstand. Giacomo schmunzelte und ging kopfschüttelnd in Richtung Verwaltungstrakt voraus. Sie schnappte sich die Listen der offenen Posten und folgte ihm. Sein Büro lag direkt neben Marcs, dessen Tür natürlich gerade jetzt geöffnet war. Giacomo blieb demonstrativ davor stehen.

»Ciao, Flora und ich haben wichtige Dinge zu besprechen und bräuchten daher schätzungsweise zwei Stunden unsere Ruhe. Nur zur Info – Chef.«

Mit einem breiten Grinsen legte er Flora die Hand auf die Schulter und dirigierte sie zum nächsten Raum. Marcs Miene hatte fast unbeteiligt ausgesehen, doch die Knochen der Finger, mit denen er seinen Stift umschloss, traten weiß hervor.

Zu Floras Überraschung verlief die Zeit mit Giacomo sehr angenehm. Ohne Öffentlichkeit war er deutlich weniger aufdringlich. Die Ordner auf seinem Computer und die Ablage auf dem Schreibtisch hatte er perfekt strukturiert. Außerdem kannte er die Lieferfristen von allen wichtigen Händlern auswendig. Dass er so professionell arbeitete, hatte sie nicht erwartet. Da er nicht mal genervt war, als sie einige Fragen mehrmals stellte, entspannte Flora sich zunehmend. Es war richtig nett. Nachdem sie den wesentlichen Teil ihrer neuen Aufgabe begriffen hatte, amüsierten sie sich noch eine Weile über skurril klingende Tapetennamen und prätentiöse Stoffbezeichnungen. Zwei Stunden später verließ Flora sein Büro mit einem guten Gefühl. Sie änderte schnell ein paar Einstellungen im Rechner an Harrys Arbeitsplatz, dann machte sie für diesen Tag Schluss.

15

Als Flora am Abend hörte, dass Marc den Drehriegel seiner Tür bewegte, raste Adrenalin durch ihre Adern. Sie hatte Argumente vorbereitet, um für das Gespräch, das jetzt unweigerlich folgen würde, gerüstet zu sein, aber irgendwas sagte ihr, dass Argumente nicht der Schlüssel sein würden. Zögernd betrat sie sein Zimmer.

Er saß auf dem Sofa und starrte stur auf den Fernseher. Seine Wut war fast greifbar. Sie existierte wie eine unsichtbare Wand zwischen ihnen. Flora schluckte. Diese stumme Ablehnung kannte sie nur allzu gut. Übelkeit machte sich breit und ihr Kopf war plötzlich wie leergefegt.

Als die Abschlussmelodie der Serie erklang, wartete sie noch ein paar Sekunden, doch Marc rührte sich nicht. Der Druck in ihrem Magen nahm stetig zu, sie fühlte sich erschöpft. Ihn so zu erleben tat weh. Im Moment fand sie keine Worte, um ihn anzusprechen.

Stöhnend legte Flora das Buch auf ihrem Couchtisch ab. Eine Stunde lang hatte sie versucht zu lesen und dabei ständig auf die

Geräusche aus seinem Zimmer gelauscht. So ging es nicht weiter. Vorhin hatte sie sich eingeschüchtert gefühlt, aber mittlerweile war genug Wut angestaut, um die Sache anzugehen. Sie holte tief Luft und stapfte in ihrem Satinpyjama leise durch die Zwischentür.

»Kann ich etwas für Sie tun?«

Sein distanzierter Tonfall gab Flora einen Stich. Er tippte im Stehen auf die Tastatur seines Laptops. Auf dem Display erkannte sie wieder das Emblem einer schwarzen Rose. Marc schickte eine Mail ab, drehte sich um und sah sie fragend an.

»Ich würde gerne etwas klären.«

»Ach ja?« Er ordnete seine Unterlagen und sah sie nicht an.

»Offensichtlich sind Sie sauer auf mich, weil ich mich auf der Mitarbeiterversammlung eingemischt habe.« Er schwieg. »Und das war vordergründig betrachtet sicher nicht richtig«, machte sie weiter. »Ich hätte es natürlich gerne anders gelöst, doch um ehrlich zu sein, wüsste ich nicht, wie. Ihr Umgang mit Harry war extrem hart und er war völlig fertig, vor allem weil alle zuguckten.«

Marc drehte sich langsam um. Sein Blick hätte in diesem Moment die Hölle gefrieren lassen können. Flora hielt die Luft an. »War's das?«, fragte er und klappte seinen Laptop zu.

»Ja, verdammt, was wollen Sie denn sonst hören? Das war eine Entschuldigung, soweit das angesichts des Verhaltens, das Sie gezeigt haben, möglich ist.«

Er wandte sich wieder ab. »Wissen Sie eigentlich noch, wie unsere Vereinbarung lautete?«

»Ja, ich …«

Er schnitt ihr das Wort ab. »Ein zentraler Punkt war, dass Sie mir gegenüber absolut loyal sind. Loyal, Frau Lilienthal. Ich hatte mich darauf verlassen. Das hier war eine rote Linie.«

Ein heißes Prickeln lief durch Floras Körper. Ihr war auf einmal schwindelig. Er hatte recht. Sie war nicht loyal gewesen, wie es Teil der Abmachung war. Jedoch nur, weil es nicht anders ging.

»Darf ich mich kurz hinsetzen?«

»Ungern, aber bitte«, murmelte er und sortierte weiter seine Unterlagen.

Flora ließ sich in seinen Sessel fallen. »Okay, ich sollte über keine rote Linie mehr gehen. Aber auch jetzt würde ich keine andere Möglichkeit sehen. Ist damit unser Deal beendet?« Sie hoffte, dass ihre Stimme nicht ganz so elend klang, wie sie sich fühlte.

Er schwieg.

Nervös drehte sie wieder und wieder eine Haarsträhne um ihre Finger, während sie gefühlte Minuten auf seine Antwort wartete. Ihr Herz raste und Schweiß bildete sich zwischen ihren Schulterblättern.

Schließlich hielt sie es nicht mehr aus und sprang auf. Sie ging zu seinem Schreibtisch, auf dem er immer noch seine Papierstapel hin und her schob, und setzte sich darauf.

»Was wird das?« Er stand mit verschränkten Armen vor ihr.

»Ich will, dass Sie mit mir reden, sonst werde ich gleich ohnmächtig.«

»Vor schlechtem Gewissen?«

»Vor Wut.«

»Dann sollte ich wohl lange vor Ihnen ohnmächtig werden.«

Sie sah hoch in sein Gesicht und biss sich auf die Lippe. »Sagen Sie mir, wie wütend Sie auf mich sind.«

»Das möchten Sie ganz bestimmt nicht wissen«, presste er hervor.

»Wie wäre es, wenn Sie das mir überlassen?«

»Also gut. Ich bin stinkwütend. Ich kann mich nur an zwei oder drei Vorfälle erinnern, wo ich mal ähnlich wütend war.«

»Oh.« Flora schlug die Lider nieder. »Und jetzt?«, fragte sie leise.

»Jetzt haben wir eine Situation, die ich nicht will, aber nicht mehr ändern kann.« Er massierte seinen Nacken.

»Weil Sie mir nicht zutrauen, das mit den Bestellungen und Kostenvoranschlägen auf die Reihe zu bekommen?«

»Nein, ich bin mir sicher, dass Sie das können. Aber dafür

wurden Sie nicht eingestellt. Sie sollen kreativ sein und nicht über Tabellen brüten.«

»Und wenn ich verspreche, dass ich beides kann? Von mir aus bleibe ich auch mal eine Stunde länger. Oder auch mal bis abends.«

»Na danke, da kann ich mich ja auf lange Abende im Büro freuen.« Das Grün seiner Augen flackerte.

»Wieso? Sie können doch schon nach Hause gehen.«

»Und Sie bleiben dann alleine – oder am besten noch mit Herrn Renzi – auf der Baustelle? Spätabends?« Er lachte schmerzlich.

»Sie machen sich Sorgen um mich? Und was haben Sie bloß immer mit Giacomo? Er ist nett.«

»Nett?« Marc fuhr sich angestrengt durch die Haare. »Das ist sicher nicht das richtige Wort für Herrn Renzi.«

»Gut, er mag mit seinem Flirtgetue nerven, aber das durchschaut man sofort und in Wahrheit ist er auch nicht so. Als wir die offenen Bestellungen durchgegangen sind, war er nicht aufdringlich, sondern richtig hilfsbereit.« Sie grinste freimütig, um ihn zu beruhigen, doch Marc starrte sie an, als käme sie von einem anderen Stern.

»Sie kapieren es nicht. Herr Renzi weiß genau, was er tut. Er war in den letzten Tagen ein paarmal bei mir und schlug vor, dass wir Herrn Hartmann das Bestellmanagement wegnehmen und stattdessen Ihnen geben. Ich habe ihm immer wieder eine Abfuhr erteilt, obwohl ich im Moment auch keinen anderen Mitarbeiter habe, den ich dafür abstellen möchte. Und jetzt hat Giacomo Sie genau da, wo er Sie haben wollte.« Marc stützte die Hände auf seine Hüften und ging einen Schritt zurück. »Nämlich zu langen Besprechungen in seinem Büro. Aber nicht weil er Sie mag, sondern weil er Ihre Nähe nutzen will, um wieder an Herrn Ebertzhagen heranzurücken, mit dem er es sich verscherzt hat.«

Flora schnaubte. »Das können Sie doch nicht mit Bestimmtheit wissen; und Sie waren schrecklich zu Harry. So geht man nicht mit Mitarbeitern um.«

»Er hatte mehrere deutliche Gespräche hinter verschlossenen

Türen. Doch das hat nicht gereicht, um sein Phlegma auf Trab zu bringen, obwohl er weiß, dass es im Zweifelsfall um viel Geld geht. Sehr viel Geld. Das Einzige, das ihm jetzt noch helfen konnte, war ein brennendes Signal.«

»Das wusste ich nicht«, sagte Flora nachdenklich.

»Als ob das etwas geändert hätte. Sie machen, was Sie wollen, Frau Lilienthal.«

»Was soll das denn heißen?«

»Das heißt, dass Sie nicht gut darin sind, loyal zu sein.«

»Vollkommener Quatsch. Wenn Sie mir gesagt hätten, was Sie vorhaben …«

»… hätten Sie sich genauso wenig zurückhalten können.«

»… hätte ich Ihnen vorher gesagt, dass Sie eine andere Lösung finden müssen, um das Ansehen und Vertrauen der Mitarbeiter nicht zu verlieren. Aber Sie sprechen ja nicht mit mir über die Arbeit. So wie Sie generell niemals über irgendetwas Relevantes reden; und dann wundern Sie sich, wenn Dinge schiefgehen.«

Marc presste die Lippen aufeinander.

»Also gut«, Flora sah ihn herausfordernd an. »Meine Freundin Melanie hat im Internet einen Artikel gefunden, in dem es um sechs Hamburger Bekleidungsgeschäfte der Fünfzigerjahre geht. Sie hießen ›Antonius Gärten‹. Da dieser Name nicht so häufig ist und Sie einen Hamburger Akzent bekommen, wenn Sie wütend sind, frage ich mich, ob die Geschäfte Ihrer Familie gehörten.«

Er trat einen Schritt zurück, legte den Kopf schief und musterte sie kühl. »Ihre Freundin hat recherchiert und Ihnen vermeintliche Neuigkeiten über mich zugespielt? Vielleicht sogar mit einem expliziten Auftrag?«

»Und wenn es so wäre?« Flora funkelte ihn wütend an. »Es ist ja wohl nicht schlimm, dass man sich dafür interessiert, mit wem man es zu tun hat. Aber bei Ihnen wird alles zum Problem. Sie können einfach nicht normal kommunizieren. Genau wie ich gerade gesagt habe.«

Sein Blick wurde frostig. »Die Geschäfte gehörten einem Verwandten. Das muss reichen. Bitte toben Sie Ihre Neugierde mich betreffend zukünftig auf anderen Gebieten aus.«

»Ach ja? Was bleibt denn noch übrig? Wenn nicht Arbeit oder Familie?«

»Kunst, Kultur, Musik?«

»Schule, Freunde, Studium?«, fragte sie spitz.

»Sie möchten plaudern, Frau Lilienthal? Dann, bringen wir's hinter uns.« Marc ließ sich auf dem Sofa nieder, verschränkte die Arme am Hinterkopf und lehnte sich zurück. »Was wollen Sie wissen?«

Flora nahm auf der Kante des Sessels Platz. Ihr Herz fühlte sich ein ganzes Stück leichter an. Vielleicht konnten sie miteinander wieder in ein unbelastetes Fahrwasser kommen. Zwar hätte sie sich für ein solches Gespräch eine andere Atmosphäre gewünscht, aber hier schien sich eine Tür zu öffnen, und sie war mehr als bereit hindurchzugehen.

»Ich beginne mit dem Thema ›Freunde‹. Haben Sie jemanden, der Ihnen wichtig ist, wie Melanie für mich?«

»So wie Sie mich ansehen, denken Sie mit Sicherheit, dass es nicht so ist. Dass ich als einsamer Wolf durchs Leben gehe und keine Sozialkontakte brauche.«

Flora lächelte verhalten. »Keine Ablenkungsmanöver bitte. Reden Sie einfach weiter. Mein Kopf ist vollkommen leer, um die Masse an Information, die gleich kommen wird, aufnehmen zu können.«

Er runzelte die Stirn. »Die Fakten dazu sind schnell erzählt. Meine besten Freunde sind Alexander und Christian. Alexander hat Gitarre am Hamburger Konservatorium für klassische Musik studiert und ist jetzt Gitarrist und Sänger in einer Szene-Rockband. Christian ist ein blonder Sonnenschein, der Zahnmedizin studiert.«

»Und weiter?«

»Wie weiter?«

»Na sind das Ihre engsten Vertrauten? Haben Sie nach dem Abi eine gemeinsame Reise durch Kolumbien gemacht oder beim Studium in einer Dreier-WG gelebt?«

»Weder noch. Tatsächlich wollten die beiden, dass ich nach dem Abitur mit ihnen nach Australien gehe, doch ich hatte andere

Pläne.«

»Oh, welche denn?« Flora schaute ihn verwirrt an. »Ich meine, was könnte besser sein als mit seinen Freunden durch die Welt zu ziehen? Oder fehlte das Geld?«

Wäre sie nicht Flora mit all ihren Ängsten und Einschränkungen, könnte sie sich nichts Schöneres vorstellen als zu reisen.

»Nein, daran lag es nicht. Außerdem war der Trip als Work & Travel geplant. Da braucht man nicht viel. Meine Prioritäten waren zu der Zeit nur völlig andere.«

»Oh, dann verstehe ich.«

»Was, Frau Lilienthal, verstehen Sie gerade?« Er sah sie auffordernd an.

Sie knetete ihre Finger. »Na ist doch klar, dass es um eine Frau ging. Vielleicht haben Sie zusammen Abitur gemacht. Sie waren verliebt oder mit ihr zusammen und konnten sich nicht vorstellen, eine Zeit lang nach Australien abzuhauen.«

Er verdrehte die Augen. »Und wenn ich das bestätigen würde? Wie fänden Sie das?«

»Super, denke ich?« Sie bemühte sich um einen lockeren Tonfall, aber sie ahnte, dass sie darüber lieber nichts erfahren wollte.

Marc rutschte nun ebenfalls vor. Sein Gesicht war ihrem ziemlich nahe. Er musterte sie. »Ja? Wirklich super? Und was ist, wenn ich Ihnen sage, dass ich mit genau dieser Frau immer noch zusammen bin?«

Ein kalter Schauer lief Floras Rücken hinunter. Das konnte nicht wahr sein. »Das ist dann wohl schön für Sie.« Sie richtete sich auf und setzte sich hastig nach hinten in den Sessel.

»Geschockt?«

»Natürlich nicht.« Sie holte einmal tief Luft. Ihr Herz dröhnte in ihren Ohren. »Also, vielleicht ein bisschen«, gab sie zu und schaute verlegen auf ihre Finger.

»Wieso?«

Muss er es noch weiter treiben? »Weil Sie nicht mit jemandem zusammen sein können und hier mit mir …« Flora machte eine vage Geste durch den Raum.

»Was? Ein klar umrissenes Hilfskonzept leben? Mit abendlichem, einstündigem Fernsehen, freundschaftlicher Verabschiedung und einem kleinen Ausflug rund um Leipzig?« Sein Blick zeigte keinerlei Gefühlsregung.

Sie schluckte, ihre Kehle war auf einmal ganz trocken. *So sieht er es?* »So mag es aussehen, aber es fühlt sich anders an«, rutschte ihr heraus. *O. Mein. Gott.* Sie starrte ihn erschrocken an.

Marc betrachtete sie mit gerunzelter Stirn. »Wie fühlt es sich denn für Sie an, Frau Lilienthal?«

Das hier musste aufhören. Sofort. Flora richtete sich auf. »Es spielt nur eine Rolle, wie es sich für Ihre Freundin anfühlt«, sagte sie bissig.

»Na klar, darum geht es.« Er lachte verächtlich. »Sie haben die Frage nicht beantwortet.«

»Das ist meine Sache«, antwortete sie unwirsch. »Aber für mich bedeutet eine Beziehung, dass man in größtmöglicher Offenheit miteinander lebt. Ich kann also nur hoffen, dass Sie Ihrer Freundin von unserem Arrangement erzählt haben, und für mich hätte ich mir gewünscht, Sie hätten mir eher gesagt, dass Sie eine Freundin haben.«

»Was wäre anders gewesen? Sie hätten doch trotzdem meine Gesellschaft gebraucht.«

Ihr schwirrte der Kopf. Sie fühlte sich bloßgestellt, obwohl sie noch gar nicht geantwortet hatte. Flora nahm sich einen Moment, um sich zu sammeln. Dann atmete sie tief durch. »Nichts. Ich mag es nur, wenn Beziehungen ehrlich sind. Ich verletze Menschen nicht gerne, und wenn ich gewusst hätte, dass Sie eine Freundin haben, hätte ich stärker darauf geachtet, Situationen zu vermeiden, die für Dritte missverständlich sein könnten.« Sie stand auf und wunderte sich, dass ihre Beine sie trugen, weil sie sich wie Pudding anfühlten. »Und darüber hinaus habe ich auch verstanden, dass Sie nichts über sich selbst, Freunde oder Ihre Familie preisgeben wollen.«

»Das stimmt. Ich mag es nicht, wenn man hinter mir her recherchiert.«

»Klar. Ich gehe jetzt rüber. Gute Nacht, Herr Antonius.«

»Frau Lilienthal?«

»Was noch?« Unwillig drehte sie sich um.

Er saß wieder entspannt zurückgelehnt auf dem Sofa, und nichts in seiner Haltung deutete darauf hin, dass er bedauerte, was sie bedauerte. »Es gab andere Dinge, derentwegen ich nicht nach Australien gefahren bin. Dinge in meinem Privatleben, über die ich nicht sprechen möchte und die mich immer noch beschäftigen. Frauen spielen in meinem Leben, damals wie heute, nur eine Nebenrolle.« Er machte eine kurze Pause. »Jedenfalls diejenigen, mit denen ich nicht mein Hotelzimmer teile.«

Flora schnaubte. »Wenn das Ihre Art ist, lustig zu sein, kann ich Ihnen sagen, Sie sind gnadenlos gescheitert.«

»Nein, Frau Lilienthal, ich meine jedes Wort ernst«, sagte er schneidend. Seine Augen hielten ihren Blick fest. »Das ist meine Art, Ihnen zu sagen, dass ich unseren Deal aus bestimmten Gründen brauche. Und Sie brauchen ihn augenscheinlich auch sehr dringend.« Er musterte sie kühl. »Des Weiteren will ich nicht, dass Sie es sich zum Hobby machen, mein Privatleben zu erforschen. Es gibt Dinge, die Sie nicht verstehen und die Sie nichts angehen.«

Dann stand er auf, setzte sich an seinen Schreibtisch und klappte sein Notebook auf.

Seit Stunden lag Flora im Bett mit einem gefühlten Puls von hundertachtzig. »Dieser arrogante Arsch! Als wenn ich irgendetwas für ihn empfinden würde. Als wenn irgendjemand das tun würde«, murmelte sie aufgebracht und kniff wütend die Augen zu.

»Sie können nicht schlafen.« Flora zuckte zusammen und setzte sich erschrocken auf. Marc lehnte im Türrahmen. In dem fahlen Licht, das durch den schmalen Türspalt aus seinem Zimmer drang, konnte sie nur schemenhaft erkennen, wie er sich mit einer angespannten Bewegung durch die Haare fuhr. »Es tut mir leid, dass ich Sie eine Weile glauben ließ, es gäbe irgendwo eine Person, die mir viel bedeutet. Das war nicht in Ordnung.«

»Vollkommen daneben trifft es besser, auch wenn es für mich letztlich unerheblich ist«, sagte Flora trocken. »Das war insgesamt ein ganz mieser Abend. Und wie Sie mich ignoriert haben, als ich wegen der Serie rübergekommen bin, war mindestens genauso schlimm. Da hätte ich gleich bei meinen Eltern im Eispalast bleiben können. Im ›andere kalt abservieren‹ würden die in Ihnen noch ihren Meister finden.« Nach den schlaflosen Stunden tat es echt gut, ihre Wut mal passend zu adressieren.

»Auch das tut mir leid«, erwiderte er.

Dann war es still. Irgendwann hörte Flora, wie er tief Luft holte.

»Ich hatte ein normales Zuhause, glaube ich«, fing er an. »Bis ich vierzehn war, als mein Vater Insolvenz anmelden musste. Das änderte alles. Die Ehe meiner Eltern wurde wohl nur durch unseren Lebensstandard zusammengehalten. In dem folgenden Jahr zeigte sich, dass sie überhaupt nicht zueinander passten. Meine Mutter war schnell mit einem anderen Hamburger Geschäftsmann zusammen und hat sich kurz darauf scheiden lassen. Mein Vater ließ es einfach geschehen und«, Marc zögerte einen Moment, »stürzte völlig ab. Ich hab von da an bei meinem Großvater gelebt. Das war's mit meinem Zuhause.«

Flora hielt den Atem an. Sie wusste ja, dass er ungern etwas über sich preisgab, und dafür war dies ein ungewöhnlich privater Einblick in sein Leben. Es kam ihr vor wie ein Blumenstrauß nach einem Streit.

»Danke«, sagte sie leise.

»Bitte«, antwortete Marc.

Flora schmunzelte. Es war also tatsächlich ein Friedensangebot gewesen. Dann schwiegen sie wieder für ein paar Augenblicke.

»Wie kommt es, dass deine Eltern dich nicht bei deinem Studium unterstützen?«, fragte er unvermittelt.

Er duzt mich? »Ganz einfach deshalb, weil dieses Studium nicht das ist, was sie für mich gewollt haben. Sieht man es nicht? Ich bin die typische Betriebswirtschafts- oder Jurastudentin.«

»Man müsste sich wohl extrem stark konzentrieren, um das zu erkennen«, sagte Marc und lachte.

Flora kicherte. »Das schaffen definitiv nur meine Eltern.«

»Musst du deinen Lebensunterhalt wirklich komplett selbst finanzieren?«

»Ja. Als ich nach der Ausbildung zur Raumausstatterin zurück nach Hause gezogen bin, verging kein Tag ohne Vorwürfe und Streit. Irgendwann hab ich mich für Jura eingeschrieben. Aber mir ist komplett der Appetit vergangen und in der Uni war ich so zittrig, dass ich einen Kaffeebecher auf Melanie verschüttet habe.« Sie seufzte. »Der Rest ist Geschichte. Wir sind Freundinnen geworden, zusammengezogen, ich studiere jetzt, was ich will, hab aber keine freie Minute mehr und sorge mich jeden Monat, ob ich genug Geld zusammenbekomme.«

»Das klingt hart.«

»Ist es, doch das geht schon und so ist es mir lieber. Und du? Warst du schon immer so ehrgeizig?«, fragte sie zögernd, denn es fühlte sich ungewöhnlich an, ihn zu duzen … wenn auch sehr angenehm.

»Nein. Die Schule ist mir leichtgefallen. Lernen musste ich eigentlich nie. Besonders nicht in Mathe.«

Flora stöhnte.

»Was ist?«

»Ich war ebenfalls gut in der Schule, nur da klappte es nicht. Zwischen mir und dem Ergebnis einer Matheaufgabe lag immer eine dicke Milchglasscheibe.«

»Und das sagen Sie jetzt, nachdem Sie sich quasi selbst mit den Bestellungen und Kostenvoranschlägen beauftragt haben?«, fragte Marc gespielt entsetzt.

Er hatte zurück zum Sie gewechselt, bemerkte Flora und beschloss, ihm zu folgen. »Ich spreche hier von Matheformeln, Herr Antonius. Die Grundrechenarten beherrsche ich. Bei mir war es aus, als die Buchstaben kamen.«

»Also da, wo es erst richtig interessant wurde?«

»Wie wenig wir doch gemeinsam haben.«

»Da bin ich anderer Meinung, aber für Mathe mag das stimmen.«

Dann sagte einige Augenblicke niemand etwas.

»Kommen Sie denn jetzt wieder aus mit dem Arsch, für den Sie nichts empfinden?«, fragte er in die Stille hinein.

Flora stockte der Atem. *Das hat er gehört?* Zum Glück konnte er in dem schwachen Licht ihre heißen Wangen nicht sehen. »Ich äh … glaube, schon. Und was machen wir jetzt mit dem Problem mit Herrn Renzi?« Sie hörte ihn frustriert ausatmen.

»Nichts. Es gefällt mir nicht, aber damit werde ich wohl leben müssen. Sagen Sie mir Bescheid, wenn er zu unangenehm wird. Und lassen Sie sich nicht einwickeln.«

»Ich passe auf, versprochen.«

16

In den nächsten Tagen arbeitete Flora oft mit Giacomo zusammen. Er war weiterhin hilfsbereit und unaufdringlich, sodass sie sich immer öfter fragte, ob Marc mit seiner Einschätzung nicht total falschlag. Durch Giacomos Unterstützung bekam sie einen sehr guten Einblick in das Bestellmanagement und war zuversichtlich, sich bald wieder überwiegend auf ihre eigentliche Arbeit konzentrieren zu können.

Versonnen lehnte sie sich in ihrem Drehstuhl zurück. Die Tür des Kreativbereichs stand offen und sie konnte in die große Halle blicken. Eine Weile betrachtete Flora die bunten Flecken, die das Licht durch die Glaskuppel auf den Boden warf.

»Kann ich das traute Zwiegespräch zwischen dir und dem Universum mal stören?«

Sie sah auf und blickte in Thorstens Gesicht. Er wedelte mit einem Zettel.

»Ich brauche das Okay für eine Nachbestellung von Sesseln im Lounge-Bereich. Wir haben ja gestern darüber gesprochen, dass Wolfgang und ich überlegen, die Ecke im Erdgeschoss dichter zu besetzen, damit wir in der Anfangszeit den Besuchersturm abfangen können.«

»Klar, dann kläre ich das sofort mit Giacomo. Obwohl, der ist heute, soweit ich weiß, nicht im Haus. Reicht es auch morgen?«

»Die Firma hat ziemlich lange Lieferzeiten, es wäre besser, wenn das heute rausgeht.«

»Dann muss ich das wohl mit Herrn Antonius besprechen«, murmelte Flora. »Und Giacomo lege ich eine Info auf den Schreibtisch.«

»Ja, das wäre gut. Vielen Dank.« Thorsten nickte zufrieden.

Sie nahm ihm den Zettel aus der Hand, durchquerte die sonnendurchflutete Halle und lief in den ersten Stock zu Marcs Büro. Immer noch beschlichen sie ein mulmiges Gefühl und Herzklopfen, wenn sie vor seiner Tür stand. Allerdings war sie sich nicht sicher, ob das aufgeregte Pochen nicht mittlerweile von etwas anderem ausgelöst wurde.

Nach dem ›Herein‹ öffnete sie die Tür. Er lehnte am Fenster und drückte den roten Button auf seinem Smartphone, um ein Gespräch zu beenden. Als er zu ihr herübersah, wirkte sein Gesicht angespannt. Ein kurzes *Ping* ertönte und Flora konnte auf dem schräg auf dem Schreibtisch stehenden Notebook das Ankommen einer E-Mail sehen, deren Text wieder mit dem Wasserzeichen einer stilisierten Rose hinterlegt war. Marc überflog die Mail, strich sich über die Augen und klappte entschlossen den Laptop zu.

»Wenn diese Dekofirma Ihnen so auf den Keks geht, kann ich gerne die Kommunikation übernehmen. Das mache ich mit anderen Firmen doch auch«, bot Flora an.

»Von welcher Dekofirma sprechen Sie?« Er schien sie erst jetzt wirklich zu bemerken und seine Gesichtszüge entspannten sich.

»Na, die mit der schwarzen Rose.« Flora deutete auf seinen Laptop.

»Schwarze Rose?« Er brauchte einen Moment, um zu begreifen, was sie meinte. Ein dunkler Schatten glitt über sein Gesicht. »Nein, darum kümmere ich mich selbst. Warum sind Sie hier?«

Sie räusperte sich. »Giacomo, ich meine Herr Renzi, ist heute nicht da und Thorsten benötigt dringend die Bestätigung für die zusätzlichen Lounge-Sessel. Wissen Sie Bescheid?« Sie wedelte mit dem Zettel, genauso wie Thorsten vor ein paar Minuten.

»Ja, das habe ich mitbekommen.« Er nahm ihr das Papier aus

der Hand, legte es auf den Schreibtisch und setzte sein Kürzel darauf.

Sie roch den warmen Zimtduft, der vermutlich von seinem Duschgel kam. Ihr wurde schwindelig. Diese Nähe passte einfach nicht zu dem Ort, an dem Sie waren. »Gut, dann gebe ich die Bestellung schnell auf.« Flora wandte sich zur Tür und griff rasch nach der Klinke.

»Und was tun Sie danach?«

Überrascht drehte sie sich um. »Wie immer. Ich erledige ein paar große, kleine und mittlere Dinge. Wobei die großen und mittleren für heute schon hinter mir liegen, jedenfalls wenn ich gleich die Bestellung aufgegeben habe.«

»Das geht mir genauso«, sagte er zögernd und massierte sich den Nacken. Er wirkte, als würde er mit einer Entscheidung ringen. »Lust auf ein Eis?«, fragte er dann. »Ich habe für heute die Nase voll.«

»O-kay.« Er wollte den Nachmittag mit ihr verbringen, mitten in der Woche?

»In zwanzig Minuten in der Tiefgarage? Mein Auto kennen Sie ja.«

»Klar.«

Wie in Trance kümmerte sich Flora um die Lounge-Sessel. Anschließend lief sie die mit Bauplanen behängte Treppe zum Untergeschoss hinunter. Neben ein paar Firmentransportern gab es nur eine Handvoll Privatwagen. Marcs stand direkt beim Aufgang zum Center. Er öffnete die Beifahrertür und Flora stieg ein.

Sie fuhren eine Weile über Land. Während der Fahrt sagte er nichts. Ein Schatten lag auf seinen Augen. Flora spürte, dass er angespannt und erschöpft war. Dennoch wollte er seine Zeit mit ihr verbringen. Sie konnte nicht verhindern, dass etwas aufgeregt in ihr zu kribbeln begann. Irgendwann bog Marc auf einen kleinen Parkplatz, der von Bäumen umringt war. Man hätte denken können, dass der Fußweg, der von dort in das Gehölz führte, ein Wanderweg war, doch nach ein paar Metern lichtete sich der Wald und eröffnete den Blick auf einen wunderschönen Badesee.

»Und hier gibt es das Eis«, sagte Marc und deutete auf eine Hütte, vor der Tische standen. »Wir könnten hier essen, aber wenn es Ihnen nichts ausmacht, würde ich mich lieber direkt an den See setzen.«

»Perfekt.« Flora lächelte ihn an, schon wieder verwundert darüber, wie viele nette Orte er in der Umgebung kannte.

Ein paar Minuten später ließen sie sich auf einer Bank in der Sonne nieder. Das Licht schillerte in hellen Farben, wo winzige Wellen die Oberfläche brachen. Die Luft war warm und roch angenehm nach Sommer.

Marc starrte auf den See und wirkte abwesend. Flora schwieg erst einmal, um ihm Ruhe zu gönnen. Irgendwann veränderte er seine Position so, dass sein Knie ihres berührte. Es war ein wunderbar friedliches Gefühl. Noch immer sagte er nichts. Am gegenüberliegenden Ufer sah man Menschen schwimmen und im Wasser plantschen, doch die Geräusche drangen nicht herüber. Wie Fernsehen ohne Ton, dachte Flora und genoss die Szenerie.

»Es ist schön, dass Sie mitgekommen sind. Schmeckt Ihnen das Eis?«

Auf Floras Waffel stapelten sich vier Kugeln. »Himmlisch«, seufzte sie.

»Das ist allerdings ein ziemlich großes Eis für eine so kleine Person.«

»Oh.« Floras Wangen wurden warm. Wirkte sie etwa verfressen? »Das liegt daran, dass Erdbeer bei mir immer die erste und die letzte Kugel sein muss. Nur dann kann ich es ertragen, wenn ich mich mit den mittleren vergriffen habe.«

Marc sah zu ihr herüber und seine Mundwinkel zuckten. »Dann sind Sie wohl ein sicherheitsliebender Mensch.«

»Aber mit Mut zum Risiko. Wie Sie sehen, habe ich mich bei Kugel zwei und drei auf Basilikum-Kokos und Koriander-Mango eingelassen.«

»Dass Sie auch risikobereit sind, ist mir schon seit unserer Begegnung in Hannover bekannt.« Ein Schmunzeln zeigte sich auf seinem Gesicht.

»Aber nicht zu sehr. Deshalb der Erdbeerpuffer.«

»Also zusammengefasst, wenn Sie sich sicher fühlen, probieren Sie gerne mal was aus?«

»Mhm, stimmt. Ich probiere gerne neue Dinge aus. Da spürt man doch erst so richtig, was das Leben alles kann, oder?«

»Mag sein«, sagte Marc nachdenklich.

Flora betrachtete ihn von der Seite, während er am Eis leckte und wieder auf den See starrte.

»Was möchten Sie eigentlich mal beruflich machen?« Die Frage war ihr entschlüpft, bevor sie sie stoppen konnte. Schnell schloss sie die Augen und tat, als würde sie die Sonne auf ihrem Gesicht genießen.

»Bitte was?« Sie spürte Marcs verständnislosen Blick.

»Sie haben mich richtig verstanden.« Flora hatte immer noch die Augen geschlossen und grinste leicht.

»Sie kennen die Antwort.« Seine Stimme klang distanziert, als ahnte er, dass das, worauf das Ganze abzielte, ihm nicht gefallen würde.

»Ich weiß, was Sie aktuell tun, doch nicht, was Sie beruflich machen wollen.« Flora öffnete die Augen und lächelte ihn kurz an. Ein paar Spatzen hatten sich zu ihren Füßen versammelt und sie brach kleine Stücke von ihrer Eiswaffel ab, um sie ihnen hinzuwerfen.

»Ich baue Einkaufszentren auf, Frau Lilienthal.«

»Ja, das sehe ich. Aber es scheint nur etwas zu sein, das Sie zufällig gut können. Doch ich erkenne weder Stolz noch Freude.« Er sah sie nachdenklich an. »Also vorausgesetzt die Sache läuft und wird kein Misserfolg, wirkt es, als wäre Ihnen das Ganze völlig gleichgültig«, erklärte sie weiter. »Deshalb frage ich mich, wenn es nicht dieses ist, was Sie tun möchten, was ist es dann?« Als er nicht antwortete, hielt sie ihm ihr Eis wie ein Mikro unter die Nase. »Herr Antonius. Wir von ›Neugierig-TV‹ wollen wissen, was Sie begeistert.«

Marc sah sie lange an. »Sie sollten lieber wieder Ihr Eis essen.«

»Stimmt, es ist eklig, wenn es an der Waffel herunterläuft. Aber das ist egal, denn ich möchte eine Antwort.« Sie fixierte ihn mit ihren Augen. Eine Weile sagte niemand etwas.

»Sie sind so eine Nervensäge«, brummte Marc schließlich, beugte sich vor und leckte über ihr Eis.

Flora lächelte. Es war schön, ihm dabei zuzusehen. Er bemerkte es und musste schmunzeln.

»Kümmern Sie sich währenddessen um meins.« Marc hielt ihr seine Waffel unter die Nase, an der mittlerweile ebenfalls das Eis heruntertropfte. Sie bemühte sich, die Sache in den Griff zu bekommen, während er versuchte, ihre Nase zu treffen. Flora kicherte und zuckte zurück. Marc traf sie an der Wange. Lachend wischte sie sich die Eisreste mit den Fingern ab und ging ein paar Schritte zum See, um ihre Hand abzuspülen.

»Was ist denn mit *Ihnen*?«, fragte er, als sie wieder auf der Bank saß. »Was begeistert Sie?«

»Okay, wenn Sie erst mal eine Starthilfe brauchen … Also«, sprudelte sie los, »wie Sie wissen, male und zeichne ich gern, darüber hinaus liebe ich es zu tanzen und mir Kleider zu nähen, ich stehe auf Sciencefiction und …«, sie seufzte, »ich mag Blumen in allen Formen und Farben. Obwohl ich als Flora Lilienthal damit ein schreckliches Klischee erfülle, aber so ist es nun mal. Mein Regal zu Hause ist voll mit botanischen Bestimmungsbüchern. Ich schätze, in die Werke, die ich später illustriere, wird sich immer auch die eine oder andere Blüte einschleichen, egal um welches Thema es sich handelt.« Sie kicherte und strahlte ihn an. »Es gibt noch viel mehr, aber reicht das für den Anfang?«

Marc drehte sich zu ihr und zog ein Knie auf die Sitzfläche. Den Kopf hatte er in seiner Hand abgestützt und lächelte warm zurück. »Beeindruckend. In Begeisterung haben Sie jedenfalls eine Eins.«

»Na ja, sich für Dinge zu begeistern, das ist es doch, was glücklich macht, oder? Man merkt, wer man ist, wenn man erkennt, was einem gefällt, finde ich.« Flora setzte sich auf die gleiche Weise auf die Bank, um ihn direkt anzuschauen.

Ein paar Augenblicke sagte keiner etwas und das Rauschen der Weiden, die nahe am Ufer standen, war neben dem leisen Geplätscher eines Vogels, der sich im Wasser das Gefieder reinigte, das einzige Geräusch. Marcs Gesicht hatte sich verfinstert und es lag ein Schleier aus Bedauern darauf, der Floras Herz einen Stich versetzte.

»In meinem Leben ging es aber bisher nie um Interessen, Flora. Seit meiner Jugend bin ich eher wie ein Roboter, der ein klares Ziel verfolgt. Ich habe mich erst auf die Schule und dann auf mein Abi konzentriert, nebenbei bereits den Uni-Stoff für Betriebswirtschaft gelernt, um mein Studium in kürzester Zeit zu beenden. Parallel bin ich bei der HEC-AG eingestiegen. Mehr ist da nicht. Mag sein, dass das auf Sie unattraktiv wirkt.«

Als er sie ansah, bemerkte Flora zum ersten Mal echte Unsicherheit in Marcs Blick. Sie schluckte. Dieser stolze, schöne, intelligente Mann kannte sich offenbar gar nicht richtig. Nachdenklich betrachtete sie ihn.

»Ich finde das nicht unattraktiv, es ist bemerkenswert, wie Sie das alles hinbekommen haben, doch ich hätte Angst vor dem Tag, an dem ich mein Ziel erreiche, wenn es das Einzige ist, das meinem Leben bis dahin Sinn gegeben und mich angetrieben hat. Genau genommen würde es mir ziemliche Panik machen.« Sie sah in seine Augen, in der Hoffnung, erkennen zu können, wie ihre Worte bei ihm angekommen waren, aber sein Blick verriet nichts. Sie seufzte.

»Ich denke nicht so weit. Es kommt wohl darauf an, ob das, wofür man sich entschieden hat, es wert ist, dieses Risiko in Kauf zu nehmen«, sagte er schließlich.

»Mhm, mag sein. Ich glaube aber eigentlich auch gar nicht, dass es bei Ihnen wirklich so ist.«

»Doch, Flora, es ist genau so. Hören Sie auf, sich die Dinge schönzureden.« Seine Stimme war bitter.

»Okay. Dann ist es eben so. Na und?« Sie legte ihre Hand auf sein Knie.

Er musterte sie misstrauisch. »Und – was?«

»Das muss ja nicht heißen, dass es so bleibt.« Sie grinste ihn verschwörerisch an. »Denn ich wohne nicht mit einem Roboter zusammen. Niemals. Ist so 'ne persönliche Regel.« Sie zwinkerte ihm zu. »Also müssen Sie wohl herausfinden, wer Sie sind und was Sie interessiert.«

»Warum?«

»Sie sehen gelangweilt aus beim Arbeiten, und das nervt.« Sie rollte mit den Augen und lachte. »Und weil ich Sie auch mal glücklich sehen will.« Seine Miene verschloss sich augenblicklich. »Fangen Sie erst gar nicht damit an.« Flora rüttelte an seinem Knie.

»Flora, in unserer Vereinbarung …«

»In unserer Vereinbarung haben wir das nicht definiert. Und ich wiederhole es gerne noch mal, um Ihnen die ganze Tragweite bewusst zu machen: Ich will es un-be-dingt.« Sie strahlte ihn an und spürte in sich ein Kribbeln. Das genau war es. Sie wollte nichts mehr als einen glücklichen Marc sehen und fühlen und riechen und schmecken. Doch das sagte sie nicht.

»Man bekommt Angst vor Ihnen.«

»Sie haben nur Angst vor sich selbst und vielleicht davor, mich nicht zufriedenzustellen, weil Sie total leistungsorientiert sind.«

»Stimmt«, erwiderte er verblüfft. »Woher wissen Sie das?«

»Ein Flora-Gefühl«, antwortete sie gelassen. »Aber kommen wir zurück zum Punkt. Ich wünsche mir, dass Sie jeden Tag kurz darüber nachdenken, was Ihnen gefallen, Ihr Interesse geweckt oder Sie begeistert hat. Auch wenn es nur eine Kleinigkeit war. Abgemacht?«

Sein Blick wurde weich und ein verhaltenes Glitzern mischte sich in das Grün seiner Augen. Sie hielt ihm die Hand hin.

»Sie möchten also unserem Deal ein neues Detail hinzufügen?«

Sie kicherte. »Ja, auch wenn er irgendwann so aussieht wie ein amerikanischer Weihnachtsbaum, mit all den drangehängten Sachen.«

»Im Kern wird es der gleiche Deal bleiben, Flora«, erinnerte er sie ernst.

Ein Gewicht legte sich auf ihre Brust. Aber was hatte sie erwartet? »Egal.« Sie streckte ihre Hand noch weiter vor und mit einem Augenrollen drückte er sie. Lächelnd lehnte Flora sich wieder mit dem Rücken an die Bank und hob das Gesicht in die Sonne. »Gut. Es ist bereits siebzehn Uhr. Also, was war es heute?«

Marc atmete lange aus. »Ich bin darauf nicht vorbereitet.«

»Natürlich nicht. Möchten Sie erst noch eine Power-Point-Präsentation zusammenstellen?«, gluckste sie.

»Gott, Sie sind so was von frech. Sie verdienen es, gnadenlos durchgekitzelt zu werden.«

Flora riss panisch die Augen auf. »Ich verdiene es, durchgekitzelt zu werden? Und was ist, wenn ich gar nicht kitzelig bin?«

»Das steht nicht zur Debatte. Sie sind kitzelig. Das ist so sicher wie das Amen in der Kirche.«

»Woher wissen Sie das?«

»Ein Marc-Gedanke«, sagte er mit einem selbstzufriedenen Grinsen.

»Okay, falls es so ist, was ich nicht bestätige, möchte ich daran erinnern, dass Durchkitzeln nicht Teil des Deals ist und auch niemals sein wird, da bei Änderungen immer beide Seiten einverstanden sein müssen.«

»Mhm.« Er nickte zustimmend, zog sie blitzschnell zu sich und kitzelte sie unter den Armen und an den Rippen. Flora schrie und lachte und verschluckte sich. Er ließ sie ebenso schnell wieder los und sah aufs Wasser, als wäre nichts geschehen. »Wir haben es aber bisher auch noch nicht explizit ausgeschlossen.«

Flora hustete und gluckste. »Wer ist jetzt frech? Doch es nützt nichts. Die Frage bleibt, Marc: Was war es heute?«

»Okay, ich versuche es.« Er räusperte sich. »Also heute war ein ziemlich mieser Tag und nun fühlt es sich irgendwie nicht mehr so an. Das finde ich interessant«, sagte er nachdenklich.

Vielleicht war es das Sonnenlicht. Seine Augen strahlten und es lag nun eine Lebendigkeit darin, die Floras Herz wärmte.

»Das freut mich.« Sie lächelte. »Noch was?«

Er starrte einem Schwarm Vögel nach, der in der Ferne vorbeiflog. »Auf dem Weg hierher habe ich einen Tesla gesehen und ich finde, Elektromobilität ist eine spannende Sache.«

»Mr. Antonius, Sie haben die Aufgabe sehr gut erfüllt«, sagte sie mit einem Lächeln.

Marc stand auf und sah einen Moment auf den Boden. Dann hielt er ihr die Hand hin und zog sie auf die Füße in eine feste Umarmung. Flora spürte seine Wange an ihrem Haar.

»Gott, Flora, warum machst du das mit mir?«, hörte sie ihn leise an ihrem Ohr.

»Weil es sein muss und weil du es verdient hast«, murmelte sie an seiner Brust.

17

Die nächste Woche raste nur so vorbei. Heute war schon Freitag, doch es fühlte sich immer noch wie Dienstag an. Mittlerweile hatte Flora das Bestellmanagement vollständig im Griff, was jedes Mal ein Lächeln auf ihre Lippen zauberte, wenn sie ihre perfekt gepflegte Excel-Tabelle aufrief.

Marc und sie hatten zudem ihren Snackwettbewerb wieder aufgenommen. Mit Hilfe des Wasserkochers hatte er in der Dekoschale Glasnudeln gekocht und diese mit Sojasoße, frischem Koriander und einer kleingeschnittenen Peperoni verfeinert. Dafür desinfizierte er extra vor ihren Augen seine Nagelschere. Flora konterte das einige Tage später mit einem Couscous-Salat. Sie fühlte sich inzwischen genauso wohl wie vor dem Hartmann-Streit, nur mit dem Projekt ›soziale Kontakte knüpfen‹ war sie nicht maßgeblich vorangekommen. Zwar hatte sie ein paar Versuche unternommen, doch die meisten Kolleginnen und Kollegen kamen von weiter weg. Möglicherweise war aber auch ihr Elan nicht mehr so stark wie direkt nach Marcs New-York-Reise, gestand Flora sich ein. Sofort nahm sie sich vor, das zu ändern.

Jetzt gönnte sie sich allerdings erst einmal ein Stück Erdbeerkuchen. Unter dem rot-weiß gestreiften Sonnenschirm eines Eiscafés beobachtete Flora die vorbeiziehenden Menschen und spürte ein stetiges Kribbeln im Bauch. Sie freute sich auf den Abend mit Marc.

»Ist hier noch frei?«

Sie sah von ihrem Kuchen auf und blickte in strahlend blaue Augen, umrahmt von blonden Locken. Der Mann, der vor ihr stand, lächelte freimütig. Unwillkürlich musste Flora an einen Golden Retriever denken.

Sie nickte. »Klar, gerne!«

Er war groß, schlank und ließ sich mit seiner hellblauen Jeans und dem rosafarbenen Poloshirt auf den Stuhl neben sie fallen. »Danke!« Die Brauen über seinen Veilchenaugen zogen sich zusammen und erzeugten einen zerknirschten Ausdruck. »Aber ich hoffe, du ziehst dein Angebot nicht zurück, wenn ich sage, dass ich auch noch ein Plätzchen für den Spinner da bräuchte.«

Er zeigte auf einen durchtrainierten, hochgewachsenen Mann Ende zwanzig, der sich mit schwarzer Lederhose, weißem, zerrissenem T-Shirt und einer Menge Tattoos auf den Armen auf sie zubewegte.

In der nächsten Sekunde streckte er sich schon neben ihr auf dem Stuhl aus und sah sie prüfend an.

»Nein«, sagte er schließlich. »Du weißt genau, auf welcher Seite der Spinner sitzt.« Gedankenverloren angelte er eine Packung Zigaretten aus seiner Hosentasche. »Ich hab heute Nachmittag quasi die Betreuung für den da«, nuschelte er, während er eine anzündete. »Deshalb danke, dass du es mit uns aushältst.«

»Na klar. Fühlt euch wie zu Hause, Jungs. Mir egal, wer hier wen betreut. Solange die Aufsicht gewährleistet ist.«

»Super, dann ist das ja geklärt! Der Blonde streckte ihr die Hand entgegen. Ich bin Christian.«

»Freut mich, ich bin Flora.«

»Klingt schön«, sagte der dunkle Wuschelkopf. »Ich bin Alexander, aber nenn mich Alex.«

Die Bedienung kam. Während Alexander innerhalb von Sekunden einen Espresso bestellte, blätterte Christian schon zum zweiten Mal durch die bunten Seiten der Karte.

»Kann ich dir helfen?«, fragte Flora.

Augenrollend stieß Alexander den Zigarettenrauch aus. »Und das meine ich mit Betreuung.«

»Schnauze«, murmelte Christian und wandte sich an Flora. »Ja, das wäre nett.«

»Okay. Soll es ein Eis oder ein Milchshake sein?«

»Ein Milchshake, denke ich.«

»Und magst du es lieber einfach und schlicht oder aufregend und außergewöhnlich?«

Der Golden-Retriever-Mann sah ihr tief in die Augen. »Aufregend und außergewöhnlich natürlich. Sonst hätte ich wohl kaum diesen Tisch ausgesucht.«

Alexanders deutliches Husten unterbrach seinen Blick. »Alles klar, Kumpel. Das hab ich mir fast gedacht.« Er winkte die Bedienung, die noch am Nebentisch beschäftigt war, wieder heran. »Einmal den aufregenden Einhorn-Milchshake für meinen Freund hier mit einer doppelten Portion Zuckerwatte und extra Glitzer.«

Die Frau nickte kurz, drehte sich um und verschwand, ehe Christian einschreiten konnte.

»Spinnst du?«

»Den hast du dich nur nicht getraut zu bestellen.«

Christian wurde rot und tat Flora leid. Sie zwinkerte ihm zu. »Also ich bin gespannt auf das Milchshake-Einhorn.«

Er lachte verschmitzt. »Okay, von mir aus. Aber den hätte ich bestimmt nicht bestellt, schon allein, weil Zuckerwatte extrem schädlich für die Zähne ist.«

»Komm, lass uns in Ruhe mit deinem Zahnarztgequatsche.« Alex verdrehte genervt die Augen.

»Du bist Zahnarzt?«, fragte Flora erstaunt.

»Angehender. Ich studiere Zahnmedizin.«

»Hey.« Alex schnippte zweimal laut mit den Fingern, um Christians Aufmerksamkeit zu bekommen. »Bevor du dein Lieblingsthema vertiefst, sag mir lieber, wann der Sack hier sein wollte.«

Christian guckte auf sein Handy. »Gleich fünf. Er müsste jetzt kommen.« Er sah sich um. »Und da ist er schon. Pünktlich wie eine Maschine.«

Die beiden erhoben sich und begrüßten jemanden, der hinter Flora stand.

»Echt schön, dich zu sehen, Alter. Wir bleiben bis morgen. Komm, setz dich. Das nette Mädel hier war so freundlich, uns an ihren Tisch zu lassen«, hörte sie Alex' Stimme.

Flora drehte sich um und blickte in Marcs Augen. »Hal-lo«, stotterte sie.

Alexander und Christian ließen sich auf ihre Stühle fallen, Marc nahm ihr gegenüber Platz.

»Gott, du stotterst ja.« Alex zog erstaunt die Brauen hoch. »Immer das Gleiche. Ich weiß einfach nicht, was Frauen an dir finden«, sagte er stirnrunzelnd. »Oder kennt ihr euch schon?«

»Nein«, antwortete Marc schlicht.

Nein? Okay, dann eben nicht. »Ich bin Flora«, sagte sie zuckersüß und streckte ihm die Hand entgegen.

Er drückte sie kurz und eindringlich. »Marc.« Sein Blick schickte ihr eine deutliche Warnung, die sie geflissentlich ignorierte.

»Und was machst du so, Marc?« Dabei ließ sie sich das Du auf der Zunge zergehen.

»Ich bin beruflich in Leipzig.«

»Ehrlich? Ich auch«, rief sie erfreut und beugte sich ein wenig weiter über den Tisch, um ihm zu signalisieren, dass er ihr ganzes Interesse hatte.

Marc lehnte sich jedoch betont gleichgültig in seinem Stuhl zurück. »Und, Jungs? Was habt ihr vor heute Abend?«

»Tanzen? Mit dir die Clubs unsicher machen? VIP-Bereich? Wie immer? Aber ich kann nicht glauben, wie du das nette Mädel hier ignorierst«, sagte Christian und sah Flora an. »Hey, also wenn du heute Abend noch nicht verplant bist, dann komm doch mit. Denn guck sie dir an: ein Miesepeter ohne Manieren und ein Rockstar in Ausbildung – du darfst mich nicht allein lassen.«

»O Mann, das ist ja ekelhaft. Bitte verschon uns mit diesem … Was ist das, hm? Baggern, Schleimen, Flirten?«, fragte Alex an Marc gewandt.

»Sich zum Affen machen«, gab der trocken zurück.

»Ich war nur höflich.« Christian ließ sich nicht beirren. »Hör nicht auf diese Idioten. Also was ist? Kommst du mit? Wir wollen in diesen neuen Club PC8. Marc hat Kontakte zum VIP-Bereich.«

Flora überlegte kurz. Marcs Miene sah zwar mehr als abweisend aus, doch sie hatte ihm noch nicht verziehen, dass er so tat, als würden sie einander nicht kennen. Dies waren schließlich keine Arbeitskollegen. »Okay, gerne, aber wenn ihr jetzt auf zwei Freundinnen hofft, die ich mitbringe, muss ich euch enttäuschen.«

Sie sah zu Alexander. Der schüttelte missbilligend den Kopf. »Seh ich aus, als ob ich darauf angewiesen wäre? Schön, dass du mitkommst.«

»Vorsicht!« Vor Christians Nase landete ein riesiges Ungetüm aus regenbogenfarbener Zuckerwatte, goldenem Glitzer und ausladenden Fruchtspießen, die in einem rosafarbenen Milchshake standen.

»Wow«, entfuhr es Flora ehrfürchtig.

Christian sah allerdings eher unglücklich aus. Kein Wunder, denn viele Gäste guckten von den anderen Tischen herüber und Kinder quengelten laut, weil sie auch so ein Monstrum wollten.

»Soll ich dir mit der Zuckerwatte helfen?«, bot Flora an.

Er strahlte erleichtert. »Ja, gerne.«

»Hast du eigentlich mal wieder mit ›El Patrón‹ gesprochen?«, fragte Alexander ihn unvermittelt.

»Wir waren letzte Woche im ›Le Bistro‹ am Jungfernstieg. Hat mich wie immer ausgequetscht. Mein Studium, deine Band und Marcs Liebesleben.«

Christian verdrehte lachend die Augen. Das sah so merkwürdig bei ihm aus, dass Flora spontan mitlachen musste. Doch Marcs Miene versteinerte augenblicklich.

Christian schien das nicht zu bemerken und machte weiter. »Echt, Marc, diesmal ging es fast die ganze Zeit um dich.«

»Mit ›El Patrón‹ führt man manchmal sehr skurrile Gespräche«, schaltete sich Alex ein, um Flora ins Bild zu setzen, »aber Patenonkel ist nun mal Patenonkel, und wenn er einen zum Rapport einbestellt, muss man hin, sonst wären unsere Eltern sauer.«

»Ihr habt alle denselben Patenonkel?«

»Ja, aber er ist Marcs Großvater«, antwortete Alex.

»Und wieso ›El Patrón‹?«

»Wir nennen ihn so, weil er das heimliche Oberhaupt der Familie ist«, erklärte Christian. »Der, der alles zusammenhält. Ich bin Marcs Großcousin und Wilhelm Antonius ist ein Mann mit klaren Zielen und Prinzipien, was manchmal ganz hilfreich ist …«

»… und oft ziemlich nervt«, ergänzte Alex. »Ich bin kein Familienmitglied, aber ich war mit den beiden im Kindergarten und er ist auch mein Patenonkel. Wir kommen aus alten Kaufmannsfamilien, die alle entweder verwandt sind oder sich schon ewig kennen.« Marc starrte schweigend auf die Cola, die er in der Zwischenzeit bestellt hatte. »Und seinen Enkel vergöttert er«, schloss Alex ab und rüttelte ihn an der Schulter.

»Seid ihr fertig?«, fragte Marc frostig.

»Okay, okay.« Christian hob beschwichtigend die Hände. »Nur eins noch: Du sollst dich bei ihm melden.« Dann wandte er sich an Flora. »Wo wohnst du eigentlich hier in Leipzig?«

Marc sah sie warnend an.

»In der Kronenburg.«

»Ach, da wohnt Marc auch«, sagte Christian verblüfft. »Na, dann komm um zweiundzwanzig Uhr in die Lobby.«

»Alles klar, gerne.« Jetzt konnte sie sowieso nicht mehr zurück.

Flora stand auf. Selten war sie so froh gewesen, sofort bezahlt zu haben. Als sie die Tische hinter sich ließ, spürte sie die Blicke der drei. Mit einem Hochgefühl lächelte sie in sich hinein und klopfte sich innerlich mehrfach auf die Schulter, weil sie sich heute Morgen für einen engen, knielangen Rock im Rockabilly-Stil mit knallroten Kirschen darauf und eine Korsage und Pumps in dem gleichen Rot entschieden hatte.

Noch einige Meter hatte Flora das Gefühl, dass Marc sie mit einem »Frau Lilienthal!« einholen würde, um ihr das Ganze auszureden, bis ihr klar wurde, dass das nicht möglich war, denn sie kannten einander ja nicht.

Flora lächelte, bis sie im Hotelzimmer angekommen war, doch je länger sie darauf wartete, dass es zehn Uhr abends wurde, desto mehr verließ sie der Mut. Was um alles in der Welt hatte sie sich dabei gedacht, mit drei fantastisch aussehenden Männern auszugehen? Zum Tanzen. In einen Club. Sie, die in ihrem Leben erst eine Handvoll Discobesuche hinter sich gebracht hatte und überhaupt keinen Alkohol vertrug?

Auf ihrem Bett zog sie sich stöhnend das Kopfkissen übers Gesicht. Na ja, wenigstens tanzen konnte sie. Neben dem klassischen Ballettunterricht und den zahlreichen Kursen in Gesellschaftstänzen, zu denen ihre Eltern sie verpflichtet hatten, waren lateinamerikanische Tänze und Hip-Hop immer ihre Leidenschaft gewesen. Doch der ganze Rest verunsicherte sie. Wie benahm man sich im VIP-Bereich? Flora seufzte und beschloss, so viel Zeit wie möglich auf der Tanzfläche zu verbringen. Dort würde sie sich sicher fühlen.

Um einundzwanzig Uhr begann sie sich fertig zu machen und bestellte erst mal einen großen Kaffee und ein Sandwich aufs Zimmer. Das war essenzieller Teil ihrer Vorbereitung. Sie wollte nicht mit Müdigkeit oder Hunger zu kämpfen haben. Danach rief sie Melanie an. Die war jedoch gerade auf dem Sprung. Augustin hatte sie in ein französisches Restaurant zum Essen eingeladen und sie war spät dran. Melanie fand die zufällige Begegnung im Eiscafé äußerst witzig und riet ihr, es einfach so gut wie möglich zu genießen.

Flora dachte an Marc. Ihr Herz schien von Minute zu Minute schneller zu schlagen. Er hatte sie am Nachmittag derartig ignoriert, dass sie große Lust hatte, an diesem Abend seine Aufmerksamkeit sicherzustellen. Daher entschied sie, von ihrem geliebten Fünfziger-Style ein wenig abzurücken. Melanie hatte sie vor ihrer Abreise – für Fälle wie diesen – dazu gedrängt, eine hautenge, dunkle Röhrenjeans mitzunehmen. Über einen schwarzen BH zog sie ein rauchfarbenes transparentes Glitzertop. Nicht so durchsichtig, dass es billig aussah, doch deutlich genug, um unübersehbar zu sein. Ihre Haare ließ sie offen und steckte auf dem Kopf einen winzigen Fascinator mit glänzenden Federn und einem kleinen Stück schwarz gepunkteten Schleiers fest, der bis über ihr rechtes Auge reichte. Dann stellte sie sich vor den Spiegel. Flora betrachtete sich mit kritischem Blick, denn sie wusste, dass es nur eine schmale Linie war, die entschied, ob ein außergewöhnliches Outfit in die Kategorie ›Wow‹ oder ›Karneval‹ fiel. Was sie sah, gefiel ihr jedoch gut. Sie atmete erleichtert aus. Das Top und die Jeans betonten ihre Figur äußerst vorteilhaft, ließen sie weiblich und trotzdem zierlich wirken. Und der Fünfzigerjahre-Fascinator war einfach sie. Sie, die in keine Schublade passte.

Mit einem leichten schwarzen Pashmina-Schal um die Schultern und einer Miniclutch verließ sie um Viertel vor zehn ihr Zimmer. Sie war extra früh dran, um eine Begegnung mit den drei im Flur zu vermeiden, denn das würde nur weitere Fragen aufwerfen. Doch Flora schien nicht die Einzige gewesen zu sein, die diesen Gedanken hatte. Als sie aus dem Fahrstuhl in die Lobby trat, saßen Marc, Alexander und Christian schon in den Clubsesseln. Flora verlangsamte ihre Schritte und nahm sich einen Moment Zeit, sie in Ruhe anzuschauen. Christian hatte sein rosa Poloshirt gegen ein hellblaues getauscht und einen weißen Pulli um die Schultern geschlungen. Alexander trug jetzt ein schwarzes T-Shirt zu seiner Lederhose und ein wenig Gel in den nicht mehr ganz so verwuschelten Haaren. Marc saß mit dem Rücken zu ihr. Doch als wäre er sich genau darüber bewusst, dass sie hinter ihm war, drehte er sich um und blickte ihr in die Augen. Er hatte eine ausgebleichte Jeans an und dazu ein enges, weißes Shirt. Flora gefiel es, ihn so privat zu sehen. Seine Anzüge standen ihm fantastisch, erzeugten aber deutlich mehr Distanz. Dieses Outfit nicht. Es machte ihn menschlicher, nahbarer – irgendwie berührbarer. Flora schüttelte sich. Das ging in die falsche Richtung. Sie setzte sich wieder in Bewegung. Sobald sie nur noch ein paar Schritte entfernt war, erhoben sich alle drei. Ganz die wohlerzogenen Sprösslinge alter Hamburger Kaufmannsfamilien, dachte Flora und schmunzelte.

»Dio Mio!« Alexander pfiff leicht durch die Zähne. »Ich wollte heute eigentlich nicht die Betreuung für dich machen, aber so, wie du aussiehst, wird es wohl nicht anders gehen.«

»Danke.« Sie fühlte, wie sie rot wurde, und zwang sich, Marc, der neben ihr stand, nicht anzusehen. Ihr Herz schlug schnell und ihr Atem war abgehackt. Aufregung hatte sie auf einmal fest im Griff. Was hatte sie sich nur gedacht? Plötzlich sehnte sie sich fast schmerzhaft danach, der Abend wäre schon vorbei und sie könnte allein mit Marc im Zimmer sein. Unwillkürlich blickte sie zu ihm hoch.

Seine Mundwinkel zuckten und er blinzelte ihr zu. Offenbar hatte er gemerkt, wie aufgeregt sie war. Dann spürte Flora kurz seine Hand auf ihrem Rücken. Sie entspannte sich sofort. Es war nur ein winziges Signal gewesen, aber es hatte ausgereicht, damit sie sich besser fühlte.

Christian platzte mit einem ehrfürchtigen »Mensch, Flora, du siehst echt wunderschön aus« heraus, bei dem Alexander und Marc gleichzeitig schnaubten und die Augen verdrehten. Empört sah er die beiden an. »Wieso? Das denkt ihr doch auch!«

Zum Glück kam in diesem Moment ein Hotelmitarbeiter und informierte sie, dass das Taxi da sei.

Durch eine unscheinbare Tür betraten sie den Club in einem alten Backsteingebäude. Marc regelte etwas mit zwei Herren am Empfang, dann wurden sie neben der Kasse eine Treppe hinaufgeführt. Erfreut stellte Flora fest, dass die wummernden Beats nicht ganz so technolastig klangen, wie sie erwartet hatte.

Auf der oberen Ebene angekommen führte sie ein weiterer Mann an einer Reihe von Nischen vorbei, in denen jeweils bequeme, runde Sitzecken waren. Vor der letzten, die sich direkt über der Tanzfläche der VIP-Ebene befand, stoppte er. Als Flora sich hinsetzen wollte, drehte Marc sich einmal um Christian herum, sodass sie zwischen ihm und Alexander landete. Ein Kellner kam, um ihre Getränkewünsche aufzunehmen. Marc hatte bereits einen Mai Tai bestellt und sah Flora auffordernd an.

»Das Gleiche bitte«, sagte sie zögernd. Ein Wasser kam ihr in diesem Ambiente plötzlich zu langweilig vor.

»Nein. Eine Virgin Colada«, korrigierte Marc die Bestellung.

Sie wurde knallrot. Wieso bevormundete er sie so? Sie wollte protestieren, doch Marcs Gesichtsausdruck wirkte entschlossen. Flora biss sich auf die Lippen. Offiziell kannten sie einander nicht. Da wäre es ziemlich merkwürdig, jetzt einen Streit anzufangen. Sie hob das Kinn. »Und ein Wasser, bitte.«

Marc schmunzelte. »Machen Sie eine große Flasche daraus. Ich glaube, die Lady wird heute Abend noch einiges davon trinken.«

Alex und Christian starrten Marc ungläubig an.

»Wieso sollte sie denn keinen Mai Tai nehmen?«, fragte Christian in seiner offenherzigen Art.

»Ja, Flora, wieso durftest du eigentlich keinen Mai Tai?«, gab Marc die Frage an sie weiter. In seinen Augen tanzte ein amüsiertes Lächeln. Er genoss es sichtlich, sie in Verlegenheit zu bringen.

Dieser Mistkerl. Wie fies, den Ball zu ihr zurückzuspielen. Sie wusste ja nicht mal, was ein Mai Tai war, und konnte nur vermuten, dass es um irgendeinen Cocktail ging. Aber um Cocktails hatte sie bisher immer einen großen Bogen gemacht, weil sie nicht das Geld übrig hatte. Warum nur sollte sie genau diesen nicht trinken? Was konnte sie sagen, ohne total naiv dazustehen? Fieberhaft suchte sie nach einer vagen Formulierung, während die Sekunden verstrichen.

»Nun, ganz einfach, ich nehme an, er ist nicht ...«, ja was denn bloß?, »also er ist nicht ...« Die drei sahen sie erwartungsvoll an. Dann sagte sie das Erste, was ihr durch den Kopf kam. »... Ist wohl nicht ... äh, feminin genug?«

Marc und die beiden anderen prusteten los.

»Das wird es sein, Flora.« Marc zwinkerte ihr zu.

Elender Idiot. Sie spürte, wie sie knallrot wurde. Wieso hatte sie seine dämliche Frage nicht ignoriert?

Marc beugte sich zu ihr rüber. »Das hatten Sie ein wenig verdient, finden Sie nicht? Aber wir sind jetzt quitt«, flüsterte er ihr ins Ohr.

Flora schnaubte und beobachtete eine Zeit lang betont interessiert das Treiben auf der Tanzfläche, während Marc, Christian und Alexander sich unterhielten. Dann wurden die Getränke gebracht. Sie nippte an ihrem Cocktail. Er war süß und sahnig und genau nach ihrem Geschmack. Marc betrachtete sie mit einem zufriedenen Schmunzeln. Er wusste, dass er das Richtige bestellt hatte.

»Danke, der ist toll.« Sie legte sich eine Hand auf ihre Stirn und verdrehte die Augen. »Aber auch – puh – ziemlich stark.«

Irritiert starrte er sie an und Flora grinste frech zurück. »Für wie unbedarft halten Sie mich? Ich bin durchaus in der Lage, einen alkoholfreien Cocktail zu erkennen. Besonders wenn ich Ihren als Vergleich probieren kann.« Sie schnappte sich sein Glas und sog an dem Strohhalm. *Gott!* Ein Husten unterdrückend verzog sie das Gesicht. *Den hätte ich niemals geschafft.*

»Ich hatte das Gefühl, Sie möchten heute Abend noch ein bisschen tanzen. Deshalb die Virgin Colada. Gern geschehen«, raunte er an ihrem Ohr.

»Los, komm! Wir stürzen uns jetzt in die Menge.« Christian stand auf und streckte ihr die Hand hin.

Diese Aufforderung kam keine Sekunde zu früh, denn ihr war auf einmal sehr heiß und sie fühlte einen deutlichen Bewegungsimpuls. Flora legte ihre Fingerspitzen auf seine und ließ sich von ihm eine kleine Treppe hinunter auf die Tanzfläche führen.

Es war noch ziemlich leer. Aber so hatten sie wenigstens genügend Platz. Und den brauchten sie auch. Christians Tanzstil war nur als raumgreifend zu beschreiben.

»Pass auf, dass du nicht getroffen wirst!« Alex tauchte neben ihr auf. Seine geschmeidigen Bewegungen passten gut zu ihren und sie genossen eine Weile die Musik.

Nach ein paar Minuten wagte Flora einen verstohlenen Blick hoch zur Empore. Marc beobachtete sie durch die gläserne Brüstung und nickte ihr zu. Sie nickte zurück. Dann konzentrierte sie sich wieder auf den aktuellen Song.

»Wollen wir 'ne kurze Pause machen?«, rief Christian ihr zu. Seine Haare klebten verschwitzt an den Schläfen.

»Na klar.«

Er nahm ihre Hand und führte sie zu einem orange leuchtenden Bartresen. »Ein großes Wasser bitte. Möchtest du auch etwas?«

»Nein danke, ich habe noch genug an unserem Platz.«

In der nächsten Sekunde landete eine riesige Flasche vor ihm, die er offenbar in einem Zug leeren wollte. Dann tippte jemand auf ihre Schulter.

»Hey, Flora. Du bist auch hier?« Sie drehte sich um und erkannte Luisa, die in einem ultrakurzen schwarzen Ledermini und einer roten, vor der Brust geknoteten Bluse vor ihr stand.

»Ja, du auch?«, fragte Flora geschockt.

»Mich hat ein befreundeter Türsteher reingelassen. Giacomo müsste auch gleich da sein. Ist das dein Date?« Sie deutete auf Christian, der immer noch das Wasser in sich hineinstürzte.

»Eiscafé-Bekanntschaft von heute Nachmittag«, antwortete Flora reflexartig.

»Der? Ist ja Wahnsinn!« Luisa lachte anerkennend. »Weißt du, wen ich hier auch gesehen habe?« Sie wartete Floras Antwort nicht ab. »Den ›Master of Arts‹. Und ich schwöre dir, heute Abend wird es endlich mal sehr viel privater zwischen uns.«

Flora konnte nur mechanisch nicken. Ein dunkles Gefühl breitete sich von ihrem Magen in alle Zellen aus. Das würde sie auf keinen Fall mitansehen wollen.

»Oh, da vorn ist jemand, den ich kenne. Wir sehen uns bestimmt noch.« Luisa klopfte ihr auf die Schulter und schob sich mit wiegenden Schritten an der tanzenden Masse vorbei.

»Los, jetzt geht's in die nächste Runde.« Christian griff mit einem breiten Lächeln Floras Hand, zog sie kurz in seinen Arm und weiter auf die Tanzfläche.

In ihrem Kopf ratterte es. Sie sollte Marc suchen und ihm sagen, dass Luisa und bald auch Giacomo hier sein würden. Bloß wie? Christian hielt immer noch ihre Hand fest in seiner und strahlte sie begeistert an. Die Musik hatte sich inzwischen zu lateinamerikanischen Rhythmen verändert. Flora drehte den Kopf, vielleicht konnte sie Marc irgendwo ausmachen und ihm ein Zeichen geben? Sie sah zur Empore hoch, doch sein Platz war leer. Plötzlich griff ein hochgewachsener Mann mit dunklen

Haaren ihren Arm und wirbelte sie herum. Instinktiv nahm Flora die Drehung auf. Er passte sich ihren Bewegungen an und fasste sie um die Taille. Nach wenigen Sekunden hatten die anderen Gäste einen Kreis gebildet. Seine Schritte ergänzten ihre perfekt. Sie selbst hatte in ihrer Tanzschule schon an vielen Turnieren teilgenommen und merkte sofort, wenn jemand ein professioneller Tänzer war.

Als die letzten Töne verklangen, drehte sie sich noch einmal auf Zehenspitzen in die Arme des Mannes, dann war das Stück zu Ende. Die glühenden schwarzen Augen, mit denen er sie nun fixierte, brachten Flora schlagartig in die Wirklichkeit zurück. Lächelnd nickte sie und verschwand blitzschnell in der Menge. Sie hielt überall Ausschau nach Marc, konnte ihn aber nirgends sehen. Atemlos strebte sie auf einen schmalen Gang zu, an dem sich die Toiletten befanden. Vielleicht sollte sie sich erst mal kurz abkühlen und ihre Gedanken sortieren.

»Hey, Flora«, hörte sie seine Stimme dicht hinter ihr.

Sie blieb stehen und drehte sich um. »Marc, Luisa ist da. Und Giacomo bald auch«, platzte sie heraus.

»Ich weiß. Sie haben gerade einen Cocktail bestellt. Deshalb würde ich gerne gehen. Zusammen mit dir.«

»Okay, aber musst du nicht noch deinen Freunden Bescheid sagen?«

Hinten im Gang schwang die Tür der Herrentoilette auf und Alex kam heraus. Er sah sie verdutzt an. »Alter, lauerst du den Mädels immer noch vor der Damentoilette auf? Ich dachte, das hätten wir mit sechzehn aufgegeben.«

»Lass alles Weitere meine Sorge sein«, raunte Marc Flora zu.

Alex kam näher und klopfte seinem Freund lachend auf die Schulter. »Los, kommt, wir sollten unseren blonden Welpen nicht zu lange allein lassen. Außerdem könnte ich mal wieder was zu trinken vertragen.«

»Hey! Hier seid ihr alle. Ich hab dich schon gesucht, Flora.« Christian bewegte sich mit schnellen Schritten und breitem Grinsen auf sie zu.

»Ein Stelldichein bei den Toiletten. Das hat Stil«, stöhnte Alex und fuhr sich frustriert übers Gesicht.

»Flora, das war ›Wow‹! Wie du getanzt hast. So schön. So musst du gleich mal mit mir tanzen«, schrie Christian, obwohl die Lautstärke nur gedämpft von der Tanzfläche herüberdrang.

»Stimmt, ich hab's auch gesehen«, pflichtete Alex ihm bei. »Würde ich andere Musik machen, würde ich dich für die Bühnenshow engagieren.«

»Aber dieser Typ – einfach ekelhaft, wie der dir nachgeschaut hat«, rief Christian.

Plötzlich legte Marc seinen Arm um Floras Taille. »Jetzt einfach mitmachen. Den Rest erledige ich«, flüsterte er und drückte sie auffordernd an sich. »Leute, wir haben beschlossen, diese Party zu verlassen.«

Alex und Christian starrten sie an.

Marc sah zu ihr herunter und spielte liebevoll mit einer ihrer Haarsträhnen. Instinktiv schmiegte sie sich enger an ihn und presste kurz ihre Nase in sein Shirt. Er roch wie immer warm nach Zimt und seinem holzigen Parfum. Als sie hochsah, umspielte ein Schmunzeln seine Mundwinkel.

»Übertreib es nicht. Sie fragen mich sonst wochenlang, was aus uns geworden ist«, flüsterte er an ihrem Ohr.

Ein heißer Stich fuhr durch Floras Herz. Sie rückte etwas von ihm ab, doch Marc zog sie sofort wieder näher.

»Aber wieso?«, meldete sich Christian zu Wort. Sein Blick schoss zu Flora. In seinen Augen lag Enttäuschung. »Du willst wirklich mit ihm …? Also du … du magst ihn?«

Sie schaute in Richtung Boden. »Ich … äh … denke, schon.«

Marc zog aus seinem Portemonnaie zwei Hundert-Euro-Scheine und drückte sie Alex in die Hand. »Hier, bezahl damit, so weit du kommst, den Rest müsst ihr übernehmen. Amüsiert euch noch, Freunde.«

»Alter.« Alex musterte ihn bewundernd. »Du warst zwar immer der Talentierteste von uns, aber so schnell hast du noch keine klargemacht. Ihr habt euch nicht mal fünf Minuten unterhalten.«

»Wenn's passt, passt's halt. Ich seh euch dann morgen zum Frühstück. Aber erst um elf.«

»Sicher«, Alex grinste und streckte ihm anerkennend den Daumen entgegen, »stress dich nicht für uns.«

Flora spürte Hitze auf ihren Wangen. Sie wich Marcs Blick aus, genauso wie dem von Alex und Christian. Heiße Wut stieg in ihr auf. *Klargemacht in Rekordzeit? Wie ein ganz billiges Flittchen?* Sie keuchte und drehte sich abrupt weg. *Und er … war immer sehr erfolgreich in solchen Dingen?*

Während sie auf den Ausgang zustrebte, nahm Flora aus dem Augenwinkel Luisa und Giacomo wahr, die an einer Bar einen Cocktail tranken. Draußen vorm Club lief sie schnell ein paar Schritte in die nächste Gasse, wo das Licht der Straßenlaternen nur noch schwach leuchtete. Sie war stinkwütend und wollte nicht, dass ihr die Gäste, die in einer Schlange vor dem Einlass standen, das ansahen. Aufgebracht starrte sie ins Dunkel.

Marc folgte ihr. Er wartete in einigem Abstand und sagte nichts. Flora war dankbar dafür, denn sie brauchte ein paar Momente, bis ihr Herzschlag und Atem sich beruhigt hatten.

»Was ist Ihr Problem?«, fragte er nach einer Weile. »Das war die einfachste Möglichkeit.«

Sie legte kurz den Kopf in den Nacken und stöhnte, dann drehte sie sich zu ihm um. »Mein Problem ist – ich habe zum ersten Mal Lust, jemanden filmreif zu ohrfeigen.«

Er sah sie erstaunt an.

»Was glauben Sie, wie das dadrinnen für mich war, Marc?« Sie hob ihre Hand, um seine Antwort abzuwehren. »Sie haben mich vor den anderen zu einer billigen Schlampe gemacht, die der Erstbeste haben kann. Ich hab erst am Schluss begriffen, dass es gar nicht so rüberkommen sollte, als hätten Sie echtes Interesse an mir. Ich fühle mich blamiert.«

Marcs Miene versteinerte. »Wie hätte es denn sonst laufen sollen?«

»Keine Ahnung. Als Sie mich umarmt haben, da hat es sich anders angefühlt. Jedenfalls nicht billig. Warum durften die beiden nicht denken, dass Sie mich wirklich mögen? Ich hätte dann trotzdem die Party mit Ihnen verlassen können, aber nicht als neueste Trophäe.«

»Ganz einfach, Flora, weil ich das nicht will. Es geht die beiden nichts an.« Seine Stimme klang ruhig und vollkommen emotionslos.

»Alles klar. Dann finden Sie sich damit ab, dass ich jetzt wieder reingehe. Ich hab weder ein Problem mit Luisa noch mit Giacomo.«

Sie starrten sich einige Sekunden an. Das Gemurmel der Gäste vorm Club wirkte auf einmal ziemlich laut in der ansonsten stillen Gasse. Marcs Kiefer mahlten.

Als Flora sich in Bewegung setzte, um an ihm vorbeizugehen, schnellte sein Arm vor und hielt sie auf. Er zog sie fest an sich. Eine Hand war um ihre Taille geschlungen und eine in den Haaren an ihrem Nacken vergraben. Flora umarmte ihn nicht. Dies musste geklärt werden.

»Okay. Ich verspreche, ich werde morgen früh sagen, du hättest mich abblitzen lassen«, murmelte er an ihrem Ohr. »Sie werden dich sicher kräftig feiern, weil Sie sich das schon lange wünschen.«

Flora trat ihm gegen das Schienbein. Er zuckte mit einem unterdrückten Schmerzenslaut zusammen. »Dies ist nicht der Moment, sich zu beweihräuchern. Außerdem fehlt was Entscheidendes.«

Marc drückte sie sanft von sich weg, sodass er ihr in die Augen sehen konnte. »Es tut mir leid. Dass du leicht zu haben bist, ist nicht der Eindruck, den ich erzeugen möchte. Ganz bestimmt nicht.«

»Das hättest du verhindern können, wenn du ein wenig echtes Interesse an mir hättest durchscheinen lassen.« Sie spürte, wie er sich augenblicklich verspannte, und brachte etwas Abstand zwischen sie beide.

»Flora, das hat nichts mit dir zu tun«, sagte er sofort und versuchte sie an sich zu ziehen.

»Ja, klar.« Sie riss sich los und ließ sich erschöpft auf einen kleinen Mauervorsprung fallen. »Keine Ahnung, was dein

Problem ist, aber mach so was nie wieder.«

Marc hockte sich vor sie und sah ihr in die Augen. »Das ist angekommen, Frau Lilienthal.«

Sie schluckte. »Okay.«

Er schob ihr eine Haarsträhne hinter das Ohr. »Es tut mir leid. Ich bin noch nicht lange im ›Sich-um-jemanden-kümmern-Business‹ und bisher wusste ich auch nicht, dass es so eine Blamage ist, mit mir vorzeitig einen Club zu verlassen.«

Flora verschränkte die Arme vor der Brust und schüttelte den Kopf. »Gut, deine Selbstsicherheit ist auf keinen Fall unterentwickelt. Dann werde hiermit fertig: Ab jetzt will ich beim Du bleiben. Eine Clubbekanntschaft siezt man nämlich nicht.«

»Flora, mir wäre es lieber …«

»Nein. Mir wäre auch einiges lieber gewesen.«

»Okay. Aber ausschließlich, wenn wir allein sind.«

Sie verdrehte die Augen. »Klar. Alles andere wäre vollkommen inakzeptabel für mich.«

»Dann sollten wir das mit einem Essen abrunden. Ich kenne eine Bar hoch über der Stadt, die bis spät in die Nacht kleine Gerichte anbietet. Die Küche ist exquisit. Darf ich dich dorthin einladen? Als Wiedergutmachung?«

Flora nickte, obwohl sie seinem Vorschlag nur mit einem Ohr zugehört hatte. Da war nach wie vor ein beklemmendes Gefühl, das sich kontinuierlich weiter ausbreitete.

Marc gab einem der Taxis, die vor dem Club warteten, ein Zeichen. »Zur ›Skybar‹«, hörte sie ihn sagen, nachdem sie eingestiegen waren.

Flora spürte zwar seinen Blick, doch sie starrte aus dem Fenster. Er sollte nicht merken, wie sehr sie die ganze Aktion aus dem Gleichgewicht gebracht hatte.

Ein paar Minuten später hielt der Fahrer in einer kleinen Seitenstraße an. Marc kam um das Taxi herum und wollte Flora die Tür öffnen, aber sie beeilte sich, schneller zu sein. Im Moment brauchte sie Abstand, um klarer denken zu können.

In einem Hochhaus betraten sie einen Fahrstuhl und fuhren schweigend nach oben. Als die Türen sich öffneten, standen sie in einem quadratischen Raum mit großen Fensterflächen, der die gesamte Etage einnahm. Eine Bar zog sich an einer der vier Seiten entlang. In der Mitte entdeckte Flora eine winzige Tanzfläche. Scheinwerfer an der Decke gaben warmes Licht in Gelb und Pink. Marc führte sie an einen der Tische am Fenster. Flora ließ ihren Blick über die funkelnde Stadt gleiten. Sie hatte noch immer kein Wort gesagt.

»Es ist sehr schön hier«, machte sie einen lahmen Versuch.

Marcs Blick bohrte sich ihn ihren. »Was ist los?«

Wenn ich das bloß wüsste. »Nichts, es war nur ein ziemlich aufregender Abend bis jetzt.«

»Hm. Ein bisschen tanzen, ein bisschen quatschen und trinken, eigentlich ein ganz normaler Clubabend, würde ich sagen, oder?«

»Ich war bisher selten in einem Club und das Ende war für mich mehr als ungewöhnlich. Anders natürlich als für dich.« Konzentriert betrachtete sie die Maserung des Tisches.

»Anders als für mich?«

»Nun, es steht wohl fest, dass du im Allgemeinen sehr erfolgreich darin bist, Frauen in kurzer Zeit von dir zu überzeugen.«

»Du meinst Abschleppen?«

»Ist es das?«

»Ich denke, schon.«

»Und kommt es häufiger vor?«, fragte Flora in einem belanglosen Plauderton, während sie mit ihrem Finger wieder und wieder ein Astloch umkreiste.

Aus dem Augenwinkel sah sie, wie Marc sich mit der Hand über die Augen fuhr und seine Haare nach hinten strich, bevor er sich zu ihr vorbeugte. »Was genau möchtest du wissen?«

Ja, was eigentlich? Eine Bedienung legte zwei Karten vor ihnen ab. Flora war froh über die Unterbrechung. Sie fing sofort an, darin zu blättern. Marc ließ seine auf dem Tisch liegen. Irritiert blickte sie zu ihm hinüber und sah, dass er sie aufmerksam beobachtete. Ihre Wangen wurden warm.

»Flora, es gibt Frauen, die suchen beim Discobesuch nicht die große Liebe, genauso wie ich. Es ist eine faire Sache. Sie bekommen, was sie wollen, und ich bekomme, was ich will. Ein klarer …«

Entsetzt riss Flora die Augen auf. »Bitte nicht ›Deal‹ sagen«, flüsterte sie.

Ein wenig erschrocken sah er sie an. »Okay, dann sage ich es nicht.« Nach ein paar Sekunden fügte er hinzu. »Aber all das hat nichts mit dir zu tun.«

»Ja, zum Glück.« Ihre Stimme triefte vor Sarkasmus. Flora verfluchte sich. Sie hätte so gerne souverän und desinteressiert geklungen. Sich mit ihm über seine brillanten Eroberungskünste amüsiert, vielleicht auf eine kumpelhafte Art, stattdessen brannte das Lächeln, an dem sie sich versuchte, auf ihrem Gesicht.

Marc betrachtete einen Moment lang seine Hände, als würde er etwas abwägen. »Falls es dich beruhigt: Nichts davon ist während unseres Arrangements passiert.«

Flora schluckte. Warum sagte er das? Und warum ließ der Druck in ihrem Bauch jetzt nach? Sie biss sich auf die Unterlippe. »Aber das ist deine Privatsache.«

»Die ich nun mit dir geteilt habe.«

Als Flora vom Tisch aufschaute, ließen seine Augen sie nicht aus dem Fokus.

Sie starrte zurück. »Das geht mich wirklich überhaupt nichts an«, sagte sie entschlossen.

Er hielt weiterhin ihren Blick fest und legte ein wenig den Kopf schief. »Wirklich nicht?«

Mit einem lauten Geräusch schob Flora ihren Stuhl nach hinten. »Ich gehe mir kurz die Hände waschen.«

Sie hastete in Richtung Waschraum. In der Toilettenkabine lehnte sie sich gegen die Tür und schloss die Augen. Ihr war schwindelig. Ein angenehmes Kribbeln breitete sich in ihrem Bauch aus, das völlig fehl am Platz war. Es war, als würde wieder Lebensenergie durch ihre Adern strömen. Ihr Körper genoss und feierte diesen Zustand, während ihr Kopf noch eine Weile dagegen ankämpfte. Schließlich gab sie auf und ließ es einfach zu, dass sie sich nach seinen Worten besser fühlte. Darüber würde sie zu einem anderen Zeitpunkt nachdenken. Flora wusch sich die

Hände, um sich abzukühlen. Dann kehrte sie an den Platz zurück.

Marc sah sie ruhig an. »Es geht dir besser«, stellte er fest.

»Das hat aber nichts mit dem zu tun, was du gerade gesagt hast.«

»Okay.« Er nickte.

Mühsam versuchte sie, das Strahlen in ihren Augen zu unterdrücken. Auf einmal hatte sie große Lust, den Abend noch zu genießen, doch am liebsten im Hotel, wo sich alles vielleicht wieder normal anfühlen würde. »Hier ist es ohne Zweifel schön, aber wie wäre es, wenn wir uns aus dem Staub machen und einen Burger zum Mitnehmen kaufen? Ich weiß zufällig, dass ›Deep Space Nine‹ um Viertel nach zwei wiederholt wird. Das könnten wir schaffen.«

Marc sah sie an und schmunzelte. »Du willst wirklich lieber einen Burger als Haute Cuisine?«

Sie lachte. »Und Serie.«

»Klingt gut, na dann los.«

Gerade als die Kellnerin wieder zu ihrem Tisch kam, standen sie auf und verließen das Restaurant. Schweigend fuhren sie im Aufzug nach unten. Draußen war es noch ziemlich warm.

»Wollen wir zu Fuß gehen?«, fragte Flora auf der Straße.

»Kannst du mit deinen Schuhen denn laufen?« Marc sah skeptisch auf ihre hohen Absätze.

»Das sind professionelle Tanzschuhe, die ich schon seit Jahren besitze. Mit denen käme ich wahrscheinlich bis Panama. Und zwar noch vor dir.« Übermütig zog sie ihn an seiner Hand ein paar Schritte mit sich.

Sie schlenderten durch eine kleine Nebenstraße, als ein leises Surren die Stille durchbrach.

»Oh, das ist mein Handy«, sagte Flora und zog es aus ihrer Clutch. »Das kann eigentlich nur Melanie sein, die heute mit Augustin zum Essen war. Ich würde gerne kurz nachschauen, ob bei ihr alles in Ordnung ist.«

»Nur zu.« Marc nickte auffordernd.

Flora öffnete die Nachricht und grinste. »Augustin ist Franzose«, erklärte sie. »Heute waren sie in einem ultrafranzösischen Restaurant. Es gab das volle Programm. Austern, Schnecken, Froschschenkel.« Sie schüttelte sich. »Melanie schreibt, dass sie im Bett liegt und sich vor sich selbst ekelt.« Kichernd tippte sie ein paar aufmunternde Worte an ihre Freundin und sah dann zu Marc.

»Und weshalb hat sie sich das angetan?«

Flora schlang sich die Arme um ihren Körper.

»Ist dir kalt?«

»Nein, es ist nur, ich vermute schon seit einiger Zeit, dass sie sich in Augustin verliebt hat. Und was sie von ihm berichtet, klingt für mich genauso.«

»Das scheint dich nicht besonders für deine Freundin zu freuen.«

»Doch«, erwiderte sie vehement. »Ich freue mich sehr für Melanie. Niemand hat es mehr verdient, den richtigen Partner zu finden. Es ist schrecklich, aber es gibt diese Sekunden, in denen ich es bedauere.« Flora biss sich auf die Lippe.

Marc blieb stehen und musterte sie. »Du hast Angst, dein Zuhause zu verlieren.«

»Irgendwie schon. Obwohl ich weiß, dass Melanie das nicht zulassen würde. Eher würden wir zu dritt dort wohnen. Nur wäre es nicht mehr dasselbe.« Sie blickte in den Himmel. Ein einziger heller Stern leuchtete aus dem Schwarz hervor. Es war tröstlich, dass es wenigstens ein paar Konstanten auf dieser Erde gab. Flora seufzte leise. Wenn alles gut ging, würde sie einige weitere Wochen in Leipzig sein, doch tief im Inneren spürte sie, dass danach nichts mehr so wäre wie zuvor. Weder ihr Zuhause in Hannover noch Melanie noch sie selbst. Eine Gänsehaut lief über ihre Arme.

»Manchmal kann sich etwas Gutes auch zu etwas Besserem entwickeln«, sagte Marc sanft und holte sie aus ihren Gedanken. »Und im Moment hast du ja ein Zuhause.«

Flora lächelte. »Stimmt. Und es ist nicht das schlechteste, oder?«

Er betrachtete sie nachdenklich. »Nein, Flora, es ist nicht das schlechteste.« Sie schluckte, weil seine Worte so bedeutungsvoll geklungen hatten. Dann räusperte er sich. »Mir ist heute aufgefallen, du verabredest dich ja ziemlich schnell mit fremden Männern.«

Flora hatte Mühe, sich auf den abrupten Themenwechsel einzustellen. »Du meinst Alex und Christian?«

Er setzte sich wieder in Bewegung. »Könnte ich denn noch jemand anderen meinen?«

»Nein. Und das heute Nachmittag war nur wegen dir. Sonst hätte ich mich das nicht getraut. Ich kenne die beiden doch gar nicht.«

»Heißt das, wenn ich nicht gewollt hätte, dass du dabei bist, dann hätte ich nur sagen müssen, dass ich nicht mitkomme?«

»Ich denke, schon.«

Marc fuhr sich durch die Haare und sah in die Ferne.

Flora schnappte nach Luft. »Du hast gedacht, ich würde einfach so mit zwei lapidaren Eiscafé-Bekanntschaften ausgehen? Allein?«

Er blickte wieder zu ihr und auf seinem Gesicht lag nun ein entspannter Ausdruck. »Ich traue es dir durchaus zu, glaube aber nicht, dass du das bewusst entschieden hättest. Sondern eher impulsiv aus der Situation heraus und ohne eine Ahnung von deiner Wirkung. Eben ganz wie eine Flolitha.« Er zwinkerte ihr zu.

»Eine Flolitha? Da ich nicht sicher bin, wie du das meinst, nehme ich es mal als Kompliment, doch es heißt ›Lolita‹. Marc?«, kicherte sie. »Ist dies etwa so ein Moment, wo ich dir enthülle, wie etwas richtig heißt, das du jahrelang falsch verstanden hast?«

Er rollte mit den Augen. »Danke, ich weiß, wie es heißt. Aber du bist trotzdem eine Flo-li-tha, Miss Flora Lilienthal. Süß, sexy und ziemlich forsch tollpatschst du durch Männerherzen, ohne zu merken, was du anrichtest. Es ist schwer, sich dagegen zu wehren.«

»Wie genau meinst du das?« Sie hielt gespannt die Luft an.

»Christian zum Beispiel. Wenn wir den Club nicht hätten verlassen müssen …«

»Was dann?«

»… wärst du vielleicht bald Zahnarztfrau. Mit nettem Häuschen in der Vorstadt.«

Flora gab einen missbilligenden Laut von sich und stemmte die Hände in ihre Hüften.

Marc lächelte sie warm an. »Wie sollst du auch wissen, was du anrichtest? Du bist einfach so … du. Und dann passiert's, die Leute verlieben sich in dich. Aber möglicherweise lernst du einfach noch«, sagte er versöhnlich, während sie an einer Straßenlaterne vorbeischlenderten.

»Ich lerne noch?« Flora funkelte ihn empört an. »Dann sollte ich mir in nächster Zeit ein paar willige Opfer suchen, um mich weiterzuentwickeln.«

Marc blieb stehen und drehte sich schwungvoll zu ihr um. »Das ist Quatsch. Du bist jemand, der die ganz große Liebe sucht und dann mit dieser einen Person glücklich sein will.«

»Stimmt. Und für dich ist das völlig anders?«

Sein Blick verdunkelte sich und er schüttelte energisch den Kopf. »Es ist nur so, dass das Leben nicht für alle Menschen rosarot ist.«

»Als wenn es das für mich wäre. Mein Elternhaus ist ein Eispalast, und die zwei Beziehungen, die ich bisher hatte, endeten in einer Katastrophe.«

»Und trotzdem hältst du an deinem Konzept fest.«

»Ist das falsch?« Flora hielt den Atem an, als sie sah, dass er die Lippen aufeinanderpresste.

»Du könntest verletzt werden und davon erholst du dich vielleicht nicht mehr.«

Sie versuchte, seine Augen auszumachen, um besser zu verstehen, wie er das meinte, aber das Licht der Laterne reichte nicht bis zu ihnen. »Man kann sich auch dafür entscheiden, den anderen nicht zu verletzen.«

»Manchmal hat man das nicht in der Hand.«

»Niemand sonst hat es in der Hand.«

Marc schwieg einen Moment, als würde er über etwas nachdenken. Dann schüttelte er unmerklich den Kopf. »Komm, wir wollten es uns doch mit einem Burger vorm Fernseher gemütlich machen. Ich glaube, in der nächsten Querstraße müssten wir was finden.«

Nachdem sie sich in einem hippen Szeneladen zwei Burger und eine große Portion Süßkartoffelpommes hatten einpacken lassen, nahmen sie ein Taxi, um es pünktlich zur Serie zu schaffen. Sie rannten das letzte Stück im Hotelflur und Marc schloss eilig seine Tür auf. Flora hastete zum Sideboard, um zwei Teller, eine Cola und eine Wasserflasche aus der Minibar zu holen, während er den Fernseher anstellte.

Sie platzierte das Geschirr gerade über Eck auf dem Tisch, als Marc sich auf die Couch fallen ließ. Dabei umfasste er unvermittelt ihre Hand und zog sie mit sich.

»Du solltest heute hier Platz nehmen.« Sie sah ihn mit großen Augen an. »Es geht um die Pommes.« Er zwinkerte ihr zu. »Wir haben nur eine Portion, und die zu teilen funktioniert besser, wenn wir nebeneinandersitzen.«

Flora war sich zwar sicher, dass sie das auch über Eck hinbekommen hätten, sparte sich aber diesen Kommentar und nickte.

Als die ersten Töne der Serienmelodie erklangen, hatten sie ihre Burger ausgepackt und bissen gleichzeitig hinein. Sie aßen eine Weile schweigend, doch Flora schmeckte fast nichts. Auf dem kleinen Sofa berührte sie ihn mit ihrer Schulter und ihrem Knie und war sich dieser Stellen die ganze Zeit überdeutlich bewusst.

»Würdest du mir eine Fritte geben?« Er deutete mit dem Kopf auf seinen Burger, der gerade auseinanderzufallen drohte.

»Klar.« Marcs Frage holte sie aus ihrer angenehmen Trance. Sie angelte eine Süßkartoffelfritte aus dem Papierschälchen und hielt sie ihm hin.

»Ich glaube, ich habe keine Hand frei. Wenn du vielleicht …?«

Flora verstand nicht gleich, aber als sie ihn ansah, wusste sie, was er meinte, und ließ ihn von der Fritte abbeißen.

»Mmh. Süß und knusprig, genau so, wie sie sein sollten.« Er

schloss kurz die Augen. »Probier doch mal.« Marc nickte ihr auffordernd zu und Flora schob sich das Stück, das sie in der Hand hielt, in den Mund.

»Mmh. Ja, die sind super.«

»Noch eine bitte«, murmelte er.

Flora angelte eine weitere Fritte aus dem Schälchen und hielt sie ihm wieder hin. Er biss ab und kaute schweigend. Als sie ihm das restliche Stück anbot, fixierte er sie mit seinem Blick, während er es zwischen seine Lippen nahm. Dabei fuhr er mit seiner Zunge über ihren Zeigefinger.

Es konnte ein Versehen gewesen sein, doch durch Floras Körper lief ein kribbelnder Schauer. Sie schloss für einen Moment die Augen. Dann spürte sie seine Zunge noch einmal an ihrem Finger. Als sie ihn ansah, wandte er sich dem Fernseher zu und begann seinen Burger weiterzuessen. Flora hatte schlagartig keinen Hunger mehr, biss aber trotzdem in ihren, da sie nicht wusste, was sie ansonsten tun sollte.

Sobald Marc fertig war, stand er auf und wusch sich die Hände. Flora saß mit ihrem halb aufgegessenen Burger in den Händen auf der Couch. Er setzte sich wieder neben sie.

»Jetzt bist du dran. Sonst sind die Süßkartoffelpommes kalt.«

Er nahm eine aus der Schale und hielt sie ihr vor den Mund. Sie biss hinein, kaute und angelte mit ihren Lippen das letzte Stück aus seinen Fingern. Er gab ihr noch eine, dann blieb sein Daumen an ihren Lippen liegen. Sie schluckte und sah ihn an. Er ließ ihn einfach dort und erwiderte ihren Blick. Das Atmen fiel ihr schwer, weil das Kribbeln sich nun als ein einziger schneller Strudel in ihrem Bauch konzentrierte. Zögernd schob sie ihre Zunge hervor und berührte ganz leicht seinen Daumen. Er schloss die Augen. Instinktiv schloss sie auch ihre. Als sie sie öffnete, lächelte er sie an. Dann fuhr er mit seinem Daumen sanft über ihre Unterlippe und löste sich von ihr. Räuspernd richtete er sich auf.

»Irgendwie war es doch ein schöner Abend, findest du nicht?«

Flora hatte Mühe, ihm zu folgen. Sie setzte sich ebenfalls gerade hin, um klarer denken zu können. »Äh, ja, ich war nie zuvor in einem VIP-Bereich«, sagte sie etwas benommen. Wie konnte er jetzt so mühelos eine Konversation anfangen, während in ihrem Inneren noch nicht alle Teile ihren Platz wiedergefunden hatten?

»Hat es dir gefallen?«

»Eigentlich schon. Mir schien es nur viel ums Sehen und Gesehenwerden zu gehen. Und da ist mir der Tanzbereich für die normalen Leute sympathischer. Hätten wir dort eigentlich auch mal hingehen können?«, erkundigte sie sich.

»Ich denke, schon. Nur andersherum geht es nicht.«

»Vielleicht sollten wir uns nächstes Mal nur die reguläre Eintrittskarte kaufen. Das Ziel ist dann, irgendwie in den VIP-Bereich zu kommen. Getrennt voneinander. Wer als Erstes drin ist, hat gewonnen.« Sie fand, das war eine aufregende Idee, und sah Marc fragend an, doch in dem Moment erklang ein lautes *Ping* auf seinem aufgeklappten Laptop, das sich nach einer eingehenden E-Mail anhörte.

Marc stand auf und betrachtete das Display. Sein Blick verdunkelte sich. »Ich denke, es ist wirklich schon spät«, murmelte er.

Flora erhob sich ebenfalls. Sie verstand nicht, warum der Abend ausgerechnet jetzt enden sollte.

»Äh, okay, sollen wir nicht noch kurz aufräumen?«

»Nein, das mache ich.«

Marc wirkte, als hätte er nahtlos in den Arbeitsmodus gewechselt. Doch dann nahm er ihre Hand und brachte sie zur Zwischentür. »Für mich war es ein sehr schöner Abend, Flora. Besonders ab dem Moment, als wir die beiden Spinner losgeworden sind.« Er grinste, und sie wunderte sich, wie er wieder einmal so schnell die Stimmung wechseln konnte.

»Ich finde die beiden sehr nett. Du solltest dich freuen, solche Freunde zu haben«, sagte sie, während Marc sie in seine Arme zog, um sie zu verabschieden.

»Ja, ich mach nur Spaß, aber deswegen musst du trotzdem nicht gleich Zahnarztfrau werden«, raunte er in ihr Haar.

»Nein?«

»Nein, Miss Flolitha.«

»Sie möchten zu so später Stunde noch Ärger bekommen, Mister Antonius?«

»Nein, und man sollte keinen Ärger bekommen, wenn man nur die Fakten ausspricht.«

»Flolitha ist kein Fakt. Das ist deine persönliche Interpretation. Und ich bin kein Tollpatsch, was die Gefühle anderer angeht.« Flora stemmte sich empört gegen seine Brust, aber er presste sie lachend noch ein wenig enger an sich. »Nicht doch. Dies ist auch meine Verabschiedung.«

Seufzend ließ sie locker, um die letzten Sekunden auszukosten. Sie schmiegte sich so eng wie möglich an ihn und sog den Duft seines T-Shirts ein. Das hier war einfach genau der Ort, wo sie sein wollte.

18

Etwas mulmig war Flora schon, als sie nach dem Wochenende ihren Arbeitsplatz ansteuerte. Eigentlich glaubte sie nicht, dass Marc und sie bei ihrem gemeinsamen Aufbruch aus dem Club von Luisa oder Giacomo gesehen worden waren, aber sicher konnten sie sich nicht sein. Und Luisa hätte in diesem Fall garantiert Fragen, die laut durch den gesamten Kreativbereich schallen würden. Flora schüttelte sich unbehaglich, als sie ihre Tasche auf dem Drehstuhl vor ihrem Schreibtisch ablegte. Sie sah sich um und entdeckte ihre Kollegin in der hinteren Ecke des Raumes. Seufzend beschloss sie, direkt zu ihr zu gehen.

Luisa lehnte lässig am Kopierer. Sie ordnete ein paar Schriftstücke und ihre glänzenden blonden Haare fielen so, dass Flora ihren Gesichtsausdruck nicht ausmachen konnte. *Okay, Augen zu und durch.*

»Hi. War es am Samstag noch schön im Club?« Flora lächelte und hoffte, dass man ihre Nervosität nicht sehen konnte. Aber in der nächsten Sekunde war klar, dass sie sich umsonst Sorgen gemacht hatte, denn Luisa strahlte sie herzlich an.

»Kann man so sagen! Und bei dir? Wie war es mit diesem Christian? Habt ihr den Abend noch auf die eine oder andere Weise verlängert?«

Flora lachte erleichtert auf. »Nee, er war wirklich nett, doch wir sind wohl in der Friendzone besser aufgehoben.«

»Ach schade! Na ja, gut, wenn man es sofort erkennt. Ich spreche da leider aus reichlich Erfahrung.« Sie blies die Wangen auf, bis ihre Augen hervorquollen. Flora kicherte. Luisa hatte echt nie ein Problem damit, sich zum Affen zu machen. »Ich dachte allerdings, ich seh dich noch. Giacomo war richtig enttäuscht«, fuhr sie fort.

»Oh, also ich bin nicht lange geblieben. Mir reichte es irgendwann und ich war müde. Und wie lief's so bei dir?«, schob Flora schnell hinterher.

»Ach, mittelprächtig. Giaco und ich haben viel getanzt und ich hab den ganzen Abend nach unserm Chef Ausschau gehalten, doch der war wie vom Erdboden verschluckt. Heute Morgen hatte ich aber schon eine sehr angenehme Unterhaltung mit sexy ›Head-of-Everything‹. Er hat mir erst im Vorbeigehen zugezwinkert und wollte kurze Zeit später wissen, wie mein Wochenende so war. Ich hab ihm erzählt, dass ich ihn im Club gesehen habe und dich auch.« Sie sah sich um und sagte mit gesenkter Stimme: »Ich hatte den Eindruck, dass er es schade fand, dass er mich verpasst hat.«

»Oh, interessant.« Flora nickte. Sie versuchte sich an einem sehr zustimmenden, aber doch völlig neutralen Gesichtsausdruck und überlegte gleichzeitig, ob das schon eine Lüge einer Freundin gegenüber war, wegen der man in der Hölle schmorte, oder ob es noch in die Kategorie ›sich dezent raushalten‹ gehören könnte. Auf jeden Fall war es jetzt allerhöchste Zeit, an ihren Arbeitsplatz zurückzukehren und sich darüber zu freuen, dass Luisa von ihrem gemeinsamen Abgang mit Marc nichts mitbekommen hatte.

Unter dem Vorwand, eine Frage zum Bestellmanagement zu haben, besuchte sie am Nachmittag Giacomo in seinem Büro. Offenbar hatte Luisa ihm von Christian berichtet, denn er fragte sie lang und breit über ihre Eiscafébekanntschaft aus und wurde nicht müde, darauf hinzuweisen, dass er jederzeit für was auch immer zur Verfügung gestanden hätte. Marc erwähnte er jedoch mit keinem Wort.

Erleichtert stieß Flora die Luft aus, als sie seine Tür hinter sich zuzog. Diese Sache konnte sie zum Glück abhaken.

Auf dem Weg ins Hotel hörte sie das *Ping* ihres Smartphones. Sie kramte es lächelnd aus ihrer Tasche. Das war sicher Melanie, die ihr entweder von Augustin vorschwärmen oder wieder einmal verrückte Episoden der Gäste im *Birds* mit ihr teilen wollte. Beim Blick auf das Display zuckte Flora zusammen. Eine Nachricht von ihren Eltern. *Bitte nicht!* Ihr erster Impuls war, sie einfach zu ignorieren, doch das hatte wenig Sinn. Sie wusste aus Erfahrung, dass die beiden nicht lockerlassen würden. Unaufhaltsam breitete sich ein graues Gefühl in ihrem Inneren aus. Energisch packte sie das Handy zurück in ihre Tasche und schloss den Reißverschluss. Bis zu ihrem Zimmer wollte sie noch ihre Ruhe haben. Eine kleine Atempause, bevor unter Garantie etwas Unangenehmes auf sie wartete.

Zeitgleich mit dem Klickgeräusch ihrer Zimmertür, die sie gerade hinter sich zuschob, hörte Flora das Klopfen aus der anderen Richtung. Augenblicklich hellte sich das dumpfe Grau in ihrem Bauch ein wenig auf. Sie öffnete die Zwischentür und erschreckte sich, weil Marc nicht wie sonst ein paar Schritte zurückgetreten war, sondern dicht vor ihr stand.

»Alles okay bei dir?« Seine klaren grünen Augen musterten sie aufmerksam.

»Äh, ja, warum?«

»Ich hatte so ein Gefühl und dachte, ich frage mal nach.«

»Danke, nein, mir geht's gut.« Flora lächelte und nickte. Auch wenn das nicht ganz stimmte, aber er war so nett gewesen und sie wollte ihn mit ihren Angelegenheiten nicht belasten.

»In Ordnung. Ich muss noch ein wenig arbeiten. Treffen wir uns wie gewohnt zur Serie?«

»Gern. Ich habe vorher ebenfalls etwas zu erledigen.«

Sie fühlte ein warmes Flimmern in ihrem Magen, als sie die Tür hinter sich zuzog und sich aufs Bett setzte. Jetzt würde sie die

Message lesen und vielleicht war es ja gar nicht so schlimm. Sie öffnete das Nachrichtenprogramm.

»Flora, du weißt, dass wir in einem Monat unsere Silberhochzeit feiern. Viele Personen von Bedeutung werden da sein! Wir erwarten, dass du kommst und dich benimmst. Vor allem im Hinblick auf Gabriele! Wir verlangen, dass du dich zusammenreißt, die absurde Abneigung ihr gegenüber ablegst und dich vernünftig anziehst! Deine Mutter hat in ihrer Boutique etwas zurückgelegt. Melde dich umgehend! Deine Eltern.«

Floras Hände zitterten, Schweiß bildete sich in ihrem Nacken und rann den Rücken hinunter. *Absurde Abneigung?* Während sie versuchte, die Wortfetzen zu fassen, die als Erwiderungen auf diese bodenlose Missachtung durch ihren Kopf rasten, klingelte es. Der Name ihres Vaters leuchtete auf dem Display. Klar, sie hatte nicht augenblicklich geantwortet. Jetzt setzten sie nach. Flora wäre lieber barfuß durch die Arktis gelaufen als ranzugehen, doch sie wusste, dass sie schnell und unmissverständlich Stellung beziehen sollte. Ohne nachzudenken, drückte sie den Annahme-Knopf und begann sofort zu reden.

»Danke für eure Nachricht, leider kann ich nicht kommen«, platzte es aus ihr heraus. »Ich bin beruflich in Leipzig und werde an dem Tag hier gebraucht. Es ist ein größeres Projekt, bei dem ich viel verdiene und mir einen Namen machen kann, äh … als Leiterin der Kreativabteilung. Eine Klausurtagung, die ich äh … leite«, spann sie den Faden weiter. »Oh, ich werde gerufen. Ja, ich muss auch um diese Uhrzeit noch Meetings durchführen. Auf Wiederhören.«

Flora drückte den roten Auflege-Button, als wäre er glühend heiß, und warf das Handy ans Kopfende des Bettes. Sie ließ sich nach hinten fallen und starrte an die Decke.

Sie hatte es wieder nicht geschafft, einfach Nein zu sagen. Was für eine Niederlage. Aber wenigstens würden ihre Eltern höchstwahrscheinlich nicht mehr nerven. Leistung zu zeigen und eine bedeutende Stellung innezuhaben waren die einzigen Parameter, die eine akzeptable Entschuldigung darstellen konnten. Stöhnend legte sie sich eine Hand auf die Stirn. Sie schmeckte bittere Übelkeit.

»Eine Klausurtagung? Als Leiterin der Kreativabteilung?«, hörte sie seine Stimme.

Flora wandte erschrocken den Kopf. Marc lehnte an ihrer Kommode und betrachtete sie fragend. Mist, sie hatte ihren Teil der Tür zwar zugeschoben, aber wahrscheinlich nicht fest genug. Sie musste wieder aufgesprungen sein. Jetzt stand sie auch noch als Lügnerin da. Siedend heiß lief es ihr den Rücken hinunter.

»Das … Das waren meine Eltern«, stotterte sie. »Ich kann unmöglich zu ihrer Silberhochzeit gehen, und berufliche Termine sind das Einzige, das sie gelten lassen.«

Er kam näher und setzte sich neben sie. »Warum nicht?«

Floras Puls raste. »Auf der Feier wird eine Freundin meiner Mutter sein, die ich niemals wiedersehen möchte. Sie verlangen, dass ich mich zusammenreiße. Was ich in diesem Fall genauso wenig kann, wie dass ich es will. Meinen Eltern ist das jedoch wie immer egal.« Sie holte tief Luft. »Bestimmt klingt das übertrieben und zickig, aber ich habe meine Gründe. Und ich … kann es wirklich nicht.«

Marc sah sie ruhig an. »Du bist niemand, der leichtfertig jemanden ablehnen würde. Wenn du sagst, dass du dort nicht hingehen kannst, dann gibt es einen triftigen Grund.«

Ein warmes Gefühl durchströmte Flora und der Druck in ihrem Brustkorb ließ nach. »Danke.« Sie nickte erleichtert.

»Wofür?«

»Es tut gut, dass du mir glaubst.«

Er drückte kurz ihre Hand. »Meine Telefonate kann ich auch morgen erledigen. Möchtest du mit rüberkommen? In der Minibar habe ich eine Ingwerlimonade entdeckt. Extra scharf«, sagte er mit einem Zwinkern.

»Pfft«, schnaubte Flora. »Sehe ich so aus, als ob ich etwas extra Scharfes nötig hätte?«

»Absolut nein«, sagte er grinsend. »Es wäre nur schön, einen Profi, was Scharfsein angeht, an meiner Seite zu haben, wenn ich das Höllenzeug trinke. Also was ist? Kommst du mit?«

»Okay, dann will ich mal nicht so sein«, erwiderte sie schmunzelnd und verdrehte genervt die Augen.

»Nett von dir.«

Marc streckte ihr die Hand hin. Sie legte ihre zögernd hinein. Er zog sie vom Bett hoch und ging in Richtung seines Zimmers. Kurz vor der Tür hatte Flora ihn eingeholt. Sie tippte auf seine Schulter. Er drehte sich um und sah sie fragend an. Das warme Grün seiner Augen fixierte ihren Blick und beruhigte etwas tief in ihrem Inneren. Ihr Herz zog sich schmerzvoll zusammen und fühlte sich zugleich vollkommen leicht an. Dass er sich jetzt Zeit für sie nahm, war so – freundlich ... und genau das, was sie in diesem Moment brauchte.

»Ich wollte nur noch einmal Danke sagen.«

Er machte einen Schritt auf sie zu und strich ihr eine Haarsträhne hinter das Ohr. »Immer. Gerne. Flora.« Dabei betonte er jedes Wort. Dann fasste er ihre Hand und zog sie mit sich in sein Zimmer.

19

O mein Gott, sie waren wieder da. Sie konnte sie fühlen und wollte nur noch weg.

»Mach das Licht an! Bitte! Hier sind ganz viele.«

Ihr Herz raste. Flora strampelte mit Armen und Beinen, um endlich aus diesem verfluchten Bett zu kommen. Dann spürte sie einen sanften Griff um ihre Oberarme.

»Flora!«

Erschrocken riss sie die Augen auf und bemerkte, dass es hell war. Das Nachttischlicht brannte. Sie erkannte Marc. Seine Haare waren durcheinander und eine Strähne fiel ihm ins Gesicht, als wäre er gerade erst aus dem Schlaf hochgeschreckt. Er wirkte besorgt.

»Du hast geträumt«, sagte er und legte seine Hand an ihre Wange.

Das fühlte sich so gut an, doch Flora quetschte sich hektisch an ihm vorbei. Sie wollte nur noch raus aus diesem Bett. In ein paar Metern Entfernung blieb sie stehen.

»Du hast überall Gänsehaut. Was ist passiert? Was hast du geträumt?« Marc hatte eine steile Falte auf der Stirn. Langsam kam er auf sie zu.

»Nichts, du brauchst dir keine Sorgen zu machen, es ist nur das, was ich manchmal träume.« Ihre Stimme war brüchig.

»Und das wäre?«

»Einfach nur ein Traum. Ich weiß es schon gar nicht mehr.«

Mit zwei Fingern hob er ihr Kinn, sodass sie ihn ansehen musste. »Du hast es schon vergessen, obwohl es das ist, was du häufiger träumst?«

Verdammt. Flora fühlte sich ertappt und bedeckte ihr Gesicht mit den Händen. All das passierte ihr nur noch ein- bis zweimal im Jahr. Vermutlich hing es heute mit der Nachricht ihrer Eltern zusammen. Was für ein Mist!, dachte sie frustriert, gerade machte sie sicher einen ungeheuer attraktiven Eindruck. Wie gerne würde sie das Ganze schnell hinter sich lassen und sich einfach wieder ins Bett legen, so, als wäre nichts gewesen. Doch da war nach wie vor dieses Gefühl von Ekel, das sie zurückhielt.

Marc wartete, bis Flora sich über die Augen gewischt und die Hände heruntergenommen hatte. In seinem Blick erkannte sie, dass ihm unzählige Gedanken durch den Kopf gingen. *Du meine Güte!* Ihr dämmerte, dass er jetzt womöglich eine Menge schlimmer Dinge vermuten könnte.

»Es sind Spinnen. Ich träume von Spinnen«, platzte sie heraus.

Er zuckte vor Überraschung zurück. »Von Spinnen?«

»Nun, andere träumen von Busfahrten, Flugzeugabstürzen, vergeigten Präsentationen und ich eben von Spinnen.«

»Aber warum, Flora?« Er sah sie forschend an.

Leider war sie gerade nicht in der Verfassung, gut zu schauspielern, und ahnte, dass er eine vorgeschobene Erklärung ziemlich sicher erkennen und nicht gelten lassen würde. »Es ist nur … weil … Als ich klein war, verbrachte ich ab und zu allein Zeit in einem Raum, in dem Spinnen waren, da das Haus an einem Waldrand lag. Es waren große, schwarze und dunkelbraune. Also ich … ich konnte da nicht weg. Das war schlimm, besonders nachts. Deshalb träume ich manchmal, dass sie über mich krabbeln und dass ich nicht weiß, wo sie sind.«

»Du warst dort allein und konntest nicht weg?«

»Aber vermutlich erinnere ich mich an diese Dinge dramatischer, als sie je gewesen sind. Ich hatte ja schon immer eine lebhafte Fantasie.« Sie versuchte sich an einem verbindlichen

Lächeln und zuckte mit den Schultern. »Träume sind Schäume.« Flora schritt an ihm vorbei auf das Bett zu. »Vielen Dank für deine Mühe. Du kannst jetzt gern wieder rübergehen. Es tut mir wirklich leid, dass ich dich geweckt habe.« Hoffentlich würde er gehen. Bitte geh!, flehte sie innerlich.

Doch Marc blieb genau da, wo er war. Er verschränkte seine Arme vor der Brust. »Ich bleibe, bis du dich hingelegt und das Licht ausgemacht hast.«

Licht ausmachen? Das war unmöglich. Sie brauchte Zeit und viel Helligkeit, bis sie überhaupt daran denken konnte, sich ins Bett zu legen. »Das … Also das ist nicht nötig. Ich muss hier noch ein paar Dinge erledigen. Deshalb wäre es besser, wenn du einfach schon mal in dein Zimmer gehst.«

Er rührte sich nicht. Flora starrte ihn an und ihr Magen rutschte eine Stufe tiefer. Ruhig und entschlossen hielt er ihrem Blick stand. Dann liefen die Tränen. Mit zwei Schritten war er bei ihr und zog sie in seine Arme.

»Doch, Flora, es war schlimm«, hörte sie ihn zwischen den Schluchzern.

Ihr ganzer Körper schüttelte sich, während sie weinte, und es tat gut, festgehalten zu werden. Allmählich ging seine Wärme auf sie über und beruhigte sie. Irgendwann ließ das Weinen nach.

»Was ist passiert?«, murmelte er.

»So schlimm ist es nicht. Es gab nur diese Tage und Wochen, die ich bei meiner Patentante Gabriele war, wenn meine Mutter meinen Vater auf Geschäftsreisen begleitet hat.« Flora schluckte. Es war immer schwer, sich daran zu erinnern, und diese Art von Traum machte es nicht leichter. Marc wartete ab, bis sie von sich aus weitersprach. »Ich war dort völlig allein in einem Zimmer voller Ungeziefer und hab mich gefürchtet. Und die Einsamkeit war kaum auszuhalten.« Sie spürte, wie sich jeder Muskel in ihm anspannte.

»War das die Freundin deiner Mutter? Die, wegen der du nicht zur Silberhochzeit gehen willst?«, presste er hervor.

»Ja. Das ist sie.«

»Wieso hat sie dich allein gelassen? Wo ist sie denn verdammt noch mal hingegangen?«

»Sie war schon anwesend. Nur dass sie mich komplett ignoriert hat, wenn ich bei ihr war. Eigentlich hat sie immer erst angefangen, mit mir zu sprechen, kurz bevor ich abgeholt wurde.«

»Das können deine Eltern doch nicht zugelassen haben. Auch nicht dieses verdreckte Zimmer.«

»Sie hat ihnen einen anderen Raum gezeigt und außerdem erscheint sie nach außen völlig anders, als sie in Wirklichkeit ist. Ihr Wort stand gegen meins.«

»Flora, das ist überhaupt keine Entschuldigung. Deine Eltern hätten dir glauben und eine bessere Lösung finden müssen. Ich hoffe, du weißt das«, sagte er nachdenklich. Dann schwieg er.

Sie spürte, wie sich mit jeder Sekunde der Stille ihr Herzschlag beschleunigte. *O. Mein. Gott!* Wie bescheuert war sie denn? Das alles hörte sich ja an, als wäre sie ein totaler Freak. Das Mädchen mit der Angst vorm Alleinsein, gefühllosen Eltern, Horrorpatentante und Spinnenträumen. Sie sollten sich schleunigst von diesem Punkt der Kommunikation entfernen. Flora richtete sich auf, atmete tief ein und trat einen Schritt zurück. So gut es ging, ordnete sie ihre Haare mit den Fingern und legte sie über eine Schulter.

Marc zog die Augenbrauen zusammen. »Tu das nicht«, sagte er leise. »Du musst dich nicht schämen. Das, was passiert ist, war schlimm, aber es ist nicht deine Schuld.«

Es tat unheimlich gut, dass von ihm zu hören, und doch … »Danke, es ist nett, dass du das sagst. Ich …«, sie räusperte sich, »gehe mal kurz ins Bad und gieße mir kaltes Wasser ins Gesicht. Danach ist es bestimmt schon besser.«

Er trat einen Schritt auf sie zu und sah ihr in die Augen. »Ich habe das ernst gemeint. Es ist nicht deine Schuld. Fühl dich bitte nicht schlecht deswegen.«

Sie nickte. »Ist nicht so leicht.«

»Das verstehe ich. Okay, dann mach das mit dem Wasser und anschließend überlegen wir, wie wir dich wieder ins Bett bekommen.«

Als Flora zögernd aus dem Badezimmer trat, saß er auf ihrer Bettkante. Das schwarze Shirt, das er zu seiner grauen Pyjamahose trug, wies jetzt einige hellere und dunklere Flecken auf.

»Was tust du nach so einem Traum für gewöhnlich?«, fragte er.

»Ich … Also, ich drehe die Bettdecke von links nach rechts und gucke mir viele Male alles genau an, bis ich sicher bin, dass es wirklich nur ein Traum war. Aber ab und zu fühlt es sich noch lange sehr real an.«

»Und was passiert dann?«

Sie presste die Lippen zusammen. »Ich schlage mir die Nacht um die Ohren, bis es hell wird.«

Marc stieß zischend die Luft aus seinen Lungen. »Okay. Da wir nicht sicher sein können, ob dein Ritual hinhaut, und es schon ziemlich spät ist, sollten wir Folgendes tun.« Er stand auf, griff nach ihrer Hand und zog sie mit sich in sein Zimmer. Flora stockte der Atem. Er schlug doch wohl nicht vor …

»Du ähm … Du willst … Also wir …«, stotterte sie verlegen.

»Wir tauschen.« Er zeigte auf sein Bett. »Du schläfst heute hier und ich drüben.«

»Oh.« Er hatte die Situation sofort erfasst und sie nicht verurteilt, sondern eine pragmatische und angenehme Lösung für sie gefunden. Wohlige Wärme breitete sich in ihr aus.

Marc drehte sich zu seinem Schrank und zog langsam das T-Shirt über den Kopf. Das fahle Licht, das durch die Zwischentür fiel, betonte seine Rückenmuskulatur äußerst vorteilhaft und – beabsichtigt oder nicht – damit konnte er definitiv ein Mädchen von einem Spinnentraum ablenken. *O ja.* Dann griff er nach einem frischen Shirt und streifte es sich über.

»Okay?«

»Äh ... Was?«

Verschmitzt lächelte er ihr zu und nickte in Richtung Bett. »Du findest den Weg?«, fragte er und in Floras Bauch entfachte sich ein warmes Glühen, das umso heller schien, als er sich im Türrahmen umdrehte und ihr sein altes T-Shirt in die Hand drückte. »Vielleicht möchtest du es als Begleiter für die Nacht? Du bist ja schon ziemlich vertraut mit ihm, oder?« Er zwinkerte und verschwand in ihrem Zimmer.

Wenige Augenblicke später lag sie in seinem Bett. *Sie lag in seinem Bett!* Alles roch nach ihm. Dem holzigen Parfum, dem Zimt-Duschgel und Marc. Sie legte ihre Wange an sein Shirt und nahm wahr, wie ihre Muskeln sich entspannten. Flora konnte nur staunen. Darüber, wie nah Himmel und Hölle manchmal beieinanderlagen.

20

Flora saß an ihrem Schreibtisch und kaute an einem Bleistift. Seit der Albtraumnacht war eine Woche vergangen. Die Arbeit machte ihr wie immer Spaß und ihre Eltern hatten sich nicht mehr gemeldet. Eigentlich fühlte sie sich wieder wohl. Marc und sie servierten sich gelegentlich kleine Snacks wegen des Wettbewerbs, die Serie schätzten sie als gemeinsames Abendritual und der schönste Teil des Tages war die Verabschiedung – jedenfalls für sie. Alles könnte in bester Ordnung sein, aber irgendwie …

Minutenlang gelang es ihr nun schon nicht, den Blick von der Tür zur großen Halle zu lösen, wo Marc Luisa gerade eine Art Karteikasten in die Hand gedrückt hatte. Flora nahm den Bleistift aus dem Mund und schüttelte den Kopf.

Als sie Marc am Tag nach dem Clubabend mitgeteilt hatte, dass sie nicht zusammen gesehen wurden, wirkte er erleichtert und die Sache schien erledigt. Umso mehr wunderte es sie, ihn seitdem immer häufiger mit Luisa zu sehen.

Zwar waren es meist kurze Gespräche – er gab ihr ein Schriftstück oder fragte irgendetwas, alles völlig belanglos –, nur war es ihr vorher nie aufgefallen. Und auch etwas an der Art, wie er es tat, störte sie. Flora zwang sich, den Blick wieder auf die Bauverordnung vor ihr zu richten, und stöhnte leise. Zum x-ten Mal hatte sie jetzt denselben Satz von vorne begonnen, ohne dass er in ihrem Hirn die leiseste Spur Sinn hinterlassen hätte. Frustriert über ihre Unkonzentriertheit stand sie auf und strebte zum Kaffeeautomaten, der in der hintersten Ecke des Raumes aufgestellt war.

Zum Glück hatte sich dort auch Thorsten eingefunden. Ein nettes Gespräch unter Kollegen würde sie hoffentlich ablenken von … ja, wovon eigentlich? Von Dingen, die sie rein gar nichts angingen und für ihre Arbeit und ihren Aufenthalt hier völlig unerheblich waren, beantwortete sie sich die Frage streng.

Thorsten beugte sich gerade über eine Tasse und wertete seinen Industrie-Cappuccino mit einer dicken Schicht Zimt und Kakaopulver auf. Er sah freundlich zu ihr hoch, dann verdüsterte sich seine Miene. »Hey, was ist los? Du siehst besorgt aus.«

Augenblicklich befahl Flora sich zu lächeln. »Bin ich tatsächlich. Aus Angst, dass bald kein Zimt mehr übrig ist und ich mich dem wahren Geschmack dieser Brühe stellen muss.«

Er klopfte ihr beruhigend auf die Schulter. »Das würde ich nie zulassen. Eher kratze ich wieder etwas von meinem ab«, sagte er lächelnd. »Sag mal, findest du nicht auch, dass wir schon leicht hinter dem Zeitplan für die Präsentation liegen, die Herr Antonius bei der Matinee zeigen will?«

»Das ist in eineinhalb Wochen, oder?« Thorsten nickte. »Ja, da müssen wir uns ranhalten, aber ich glaube, das klappt. Giacomo wollte noch weitere Imagefotos und Simulationsbilder von der Werbeagentur anfragen. Sowohl mit Menschen in historischen als auch in modernen Klamotten. Ich denke, damit kann es richtig toll werden.« Flora stellte sich das Belle Époque einen Augenblick mit Frauen in gerüschten Kleidern und Männern im Frack vor und lächelte versonnen.

»Das klingt gut«, unterbrach Thorsten ihre Überlegungen. »Giaco hängt sich echt rein in die Sache. Blöd, dass er zu der Veranstaltung nicht da ist.« Er zog die Augenbrauen nach oben und presste die Lippen aufeinander.

»Oh, warum nicht?«

»Seine Schwester heiratet und Familie geht natürlich vor.«

»Das ist klar. Trotzdem schade für ihn.«

Thorsten nickte. »Würdest du für Luisa auch einen Cappuccino machen?«, fragte er dann. »Ich hatte eben gesagt, ich bringe ihr einen mit.«

»Okay«, erwiderte Flora schwach. Die Gedanken an Luisa hatte sie ja gerade loswerden wollen.

»Super! Sie nimmt ihn übrigens pur. Meint, sie sei völlig leidenschaftslos.« Er zuckte mit den Achseln, schnappte sich die mit Zimt bedeckte Tasse und schlurfte zu seinem Platz.

Flora riskierte einen weiteren Blick zur Tür und ihr Herz zog sich zusammen, als sie Luisa immer noch begeistert an Marcs Lippen hängen sah. Leidenschaftslos wirkte das ganz und gar nicht. Mit einem Ruck drehte sie sich zur Kaffeemaschine, drückte den Startknopf und schloss die Augen. Sie zwang sich, ihre Sinne vollständig auf die Sinfonie rumpelnder Geräusche zu konzentrieren, bis die Maschine das undefinierbare Gebräu endlich in den Kaffeebecher gespuckt hatte. Nachdenklich betrachtete sie die trübe Flüssigkeit, die so deutlich widerspiegelte, wie sie sich fühlte. Energielos, kraftlos, unansehnlich. Was war nur los mit ihr? Sie wiederholte den Vorgang, nahm die beiden Tassen, stellte eine auf Luisas Schreibtisch und ging dann weiter zu ihrem Arbeitsplatz. Dort sah sie auf ihrem Handy, dass von Melanie eine Nachricht eingegangen war. In Augustins Wohnung hatte es einen Wasserschaden gegeben. Es stand eine längere Renovierung an und sie fragte, ob er für diese Zeit in Floras Zimmer ziehen dürfe.

Flora legte sich eine Hand auf den Magen, weil sie das unangenehme Gefühl hatte, sich damit den Rückweg abzuschneiden, doch Melanie klang immer so glücklich, wenn sie über Augustin sprach, und sie wollte ihr diese Gelegenheit, ihn näher kennenzulernen, nicht nehmen. Sie tippte ein paar freundliche Zeilen und stimmte zu. Dann glitt ihr Blick wie automatisch zur Tür, aber dort war niemand mehr zu sehen. Luisa saß an ihrem Platz und starrte in den Rechner. Mit frischem Elan griff sie zum Bleistift und stürzte sich auf die Bauverordnung.

Die Tage der nächsten Woche flogen nur so dahin. Versonnen ließ Flora ihre Hand über das Geländer einer gebogenen Brücke gleiten. Von weit unten hörte sie das Surren von Bohrmaschinen, dumpfe Schleifgeräusche und Gemurmel. Ihr Blick fiel auf die derbe Ledertasche eines Handwerkers, der auf der Galerie ein Stockwerk tiefer den Schriftzug eines Modelabels anbrachte. Sie lächelte. Marc erzählte ab und zu von den Dingen, die sein Interesse geweckt und ihn begeistert hatten, und vorgestern war es die abgegriffene Tasche eines Geschäftspartners gewesen, die dieser vor dreißig Jahren von seinem Vater zum Studienabschluss bekommen hatte. Ein anderes Mal eine uralt aussehende Käsesorte in einer Feinkostabteilung. Die hatten sie abends gemeinsam probiert und festgestellt, dass *uralt* leider auch den Geschmack betraf. Gestern war er nachmittags spontan zu einem Solarpark in der Nähe gefahren und hatte ihr von dort Fotos geschickt. Das Spiel, sich zu begeistern, scheint ihn allmählich wirklich zu begeistern, dachte Flora lächelnd und streckte den Rücken durch. Dann marschierte sie weiter zu der Stelle, wo der Infopoint der obersten Etage aufgestellt werden sollte, sammelte ihr Maßband, die ausgedruckten Computerzeichnungen und bunten Pappkarten auf, mit deren Hilfe sie die Farbe für die rückwärtige Wand bestimmt hatte, und machte sich auf den Weg zu ihrem Schreibtisch.

»Hi!« Luisa warf sich schwungvoll auf den Stuhl neben ihrem Arbeitsplatz. Flora zuckte erschrocken zusammen. »Heute ist ein super Tag« Sie strahlte über das ganze Gesicht.

»Ach ja? Und weshalb?«, fragte Flora, obwohl sie ahnte, dass sie das nicht wissen wollte.

»Ich bin ihm eben in der Halle begegnet und er hat sich zwanzig Minuten lang mit mir unterhalten. In aller Öffentlichkeit.« Sie grinste von einem Ohr zum anderen.

»Wer denn?«

»Na er!« Luisa sah sie an, als wäre sie vom Mars.

»Thorsten, Giacomo, Wolfgang oder der neue Handwerker, der den Fliesenlegertrupp verstärkt?« Man durfte ja noch hoffen.

»Mensch, die doch nicht! Nein, der ›Master of Arts‹.«

Flora schluckte. Für Groupie-Schwärmereien fühlte sie sich nicht besonders gut gerüstet. »Also Herr Antonius«, antwortete sie neutral.

»Herr Antonius? Ich wette, dass es nicht mehr allzu lange dauert, bis ich ihn Marc nennen darf. Gott, ist der scharf«, plauderte Luisa weiter.

Mit konzentriertem Blick blätterte Flora eine Seite in einem Musterbuch um. »Ja, er sieht ganz gut aus«, murmelte sie desinteressiert.

»Gut? Quatsch! Heiß, sexy, atemberaubend, such dir was aus!«

Hinter geschlossenen Lidern rollte Flora die Augen. *Bitte nicht.* Am liebsten hätte sie sich die Ohren zugehalten und ein Lied gesummt.

»Und ich will ihn haben. Es muss nicht gleich die große Liebe sein, aber so oder so, er wird bald mir gehören.«

»Na dann viel Spaß«, sagte Flora schwach.

Triumph glitzerte in Luisas Augen. »Giacomo ist schon ganz eifersüchtig, würde ich sagen.«

»Wow. Das klingt, äh … gut.« Flora biss sich auf die Lippe. Etwas zu fest, wie sie an dem metallischen Geschmack in ihrem Mund merkte.

»Ja, doch irgendwie geht mir das immer noch zu langsam. Stell dir mal vor, ich wäre die Freundin vom Chef.« Luisa stieß sich vom Schreibtisch ab und drehte sich auf dem Stuhl im Kreis. »Unglaublich, oder? Also dann bin ich garantiert jede Mittagspause in seinem Büro – aber sicher nicht zum Quatschen.«

Das war zu viel. Wie von einer Feder aufgezogen sprang Flora von ihrem Platz auf. »Sorry, ich muss ganz dringend was ausmessen«, murmelte sie und lief in Richtung Halle.

Mit ein paar Sätzen war sie am Treppenaufgang und hastete in den obersten Stock. Dort gab es einen Turm, der später als Abstellraum für Putzmittel genutzt werden sollte. In diesem führte eine Leiter zu einer höhergelegenen Ebene, wo einmal das Werk einer nach außen sichtbaren Uhr stehen würde, die aber noch nicht geliefert worden war. Drei große Sprossenfenster ließen viel Licht herein und boten einen tollen Blick über die Stadt. Flora hatte den kleinen Raum während ihrer ersten Tage in Leipzig entdeckt, als sie das Center auf eigene Faust erkundete.

Erschöpft nahm sie auf dem Boden Platz und starrte auf die gegenüberliegende Wand. Ihr Herz raste und sie wusste, dass das nicht nur vom Treppensteigen kam. Verdammt, reiß dich zusammen, ermahnte sie sich. Luisa kann machen, was sie will. Und Marc auch, setzte sie entschlossen hinzu. Wir haben einen Deal, einen Deal, nur einen Deal. Und das ist vollkommen genug, flüsterte sie, während sie den Kopf auf den Armen ablegte, die sie auf ihre angezogenen Knie gestützt hatte. Sie seufzte. Nur … wenn Marc sie ansah und sie sich abends unterhielten, fühlte sich alles so wenig nach einem Deal an. Andererseits war Luisa groß, selbstbewusst, modern gekleidet und sicherlich genau sein Typ. Floras Magen zog sich schmerzvoll zusammen. Sie atmete ein paarmal tief ein und aus und wartete darauf, dass sich ihr Herzschlag beruhigte.

Dann hörte sie ein Geräusch. Irgendjemand hatte unten die Tür geöffnet und kam die Leiter herauf. Schnell rappelte sie sich auf und stellte sich ans Fenster.

»Hallo, nicht erschrecken! Ich nutze die Aussicht, um meine Gedanken zu klären und bessere Entscheidungen zu treffen«, rief sie, um zu vermeiden, dass es so aussah, als hätte sie sich heimlich für eine Extrapause verkrochen. Hastig wischte sie über ihre Augen und versuchte, ein Lächeln auf ihr Gesicht zu zaubern.

»Und was sind das für Entscheidungen, die du treffen musst?«

Erschrocken wandte sie sich um. Marc machte gerade den letzten Schritt von der Leiter auf den Boden der kleinen Kammer. Aus Angst, er würde ihre Stimmung erraten, drehte sie sich wieder zum Fenster und betrachtete das Meer von Häuserdächern und Kirchtürmen.

»Es sind äh … kreative Abwägungen. Nichts Weltbewegendes, nur Dinge, die nun mal überdacht werden müssen«, sagte sie mit brüchiger Stimme.

»Es klingt aber, als wäre es weltbewegend.«

»Ist es nicht. Weshalb bist du hier?« Noch immer starrte Flora hinaus und umklammerte die Kante der Fensterbank mit ihren Fingern.

»Ich habe gesehen, wie du die Treppen hochgelaufen bist. Du hast nicht gerade glücklich gewirkt.« Er stellte sich neben sie ans Fenster und betrachtete ebenfalls die Dächer.

»Und deshalb bist du hergekommen?«, fragte sie ungläubig.

»Ja.«

Dann stützte er sich mit beiden Armen auf der Fensterbank ab. Da er nur ein Poloshirt zu einer schwarzen Anzughose trug, spürte Flora wie elektrisiert die goldenen Härchen seines Unterarms an ihrem. Das musste er auch bemerken und trotzdem ließ er ihn genau dort, wo er war. Ihre Sinne konzentrierten sich magisch auf diese Stelle und ein kaum auszuhaltendes Kribbeln breitete sich in ihrem Körper aus. Minutenlang standen sie einfach nur da, während Floras Herz immer schneller klopfte und sich gleichzeitig eine wohltuende Ruhe in ihr ausbreitete.

»Ich freue mich auf heute Abend. Wirst du pünktlich sein?«, fragte Marc irgendwann leise.

»Ja. Und ich freue mich auch.« Ihre Stimme war nur ein Flüstern.

»Gut. Geht es dir jetzt wieder besser?«

»Mhm.« Mehr brachte sie nicht heraus.

»Das ist schön. Dann bis nachher.«

Er drehte sich um und stieg die Leiter hinab. Flora starrte weiter aus dem Fenster und stellte fest, dass sie seine Nähe vermisste, obwohl er noch nicht mal unten angekommen war, und dass sein Auftauchen hier im Turmzimmer genau das Richtige für diesen Augenblick gewesen war.

21

Flora kehrte zu ihrem Schreibtisch zurück und registrierte erleichtert, dass Luisa mittlerweile mit etwas anderem beschäftigt war. Seufzend ließ sie sich in ihren Stuhl fallen. Neben ihrer Tastatur lag ein Stück Papier mit einer schwarzen Rose darauf. Die musste sie wohl während der Unterhaltung mit Luisa gezeichnet haben. Gedankenverloren fuhr sie mit dem Finger die Linien der Blätter nach, als plötzlich Musik und Steppgeräusche den Raum erfüllten. Überrascht drehte sie sich um und sah Marcella und Giacomo in einer der Ecken des Kreativbereichs à la Fred Astaire und Ginger Rogers steppen. Sofort war Flora auf den Füßen und wippte im Takt. Als die letzten Töne verklangen, klatschte sie begeistert Beifall.

»Hey, das war toll! Ich steppe auch, schon seit ich zwölf war!«

»Echt? So lange? Ich hab erst vor fünf Jahren angefangen«, rief Marcella noch außer Atem. Sie kam mit leuchtenden Augen auf sie zu. »Dann komm doch mit. Giacomo und ich haben gerade eine Nummer für heute Abend eingeübt. Luisa, Wolfgang, Thorsten und wir beide fahren später nach Berlin zum Century-Dance-Festival. Wir übernachten bei einer Freundin von mir und sind morgen Nachmittag zurück.«

»Ja, Bellissima.« Giacomo war hinter Marcella aufgetaucht, griff Floras Hand und wirbelte sie einmal herum. »Das wird lustig. Wir tanzen die ganze Nacht. Auf der Bühne, vor der Bühne, wo du willst. Es gibt verschiedene Bereiche mit ›Hip-Hop‹, ›Musical-Dance‹, ›Lateinamerikanisch‹, ›Steppen und Jazz‹, ›Bollywood‹ und vieles mehr.« Giacomo ging vor ihr auf die Knie und machte eine Herzschmerzgeste.

Flora lachte. Da durch den Club-Abend ihre Tanzlust wieder voll aufgeflammt war, konnte sie sich nichts Schöneres vorstellen als professionellen Tänzern zuzuschauen und selbst zu tanzen. Trotzdem breitete sich augenblicklich ein besorgtes Flimmern in ihrem Magen aus. Aber hatte sie sich nicht vorgenommen, engere Kontakte zu knüpfen, und war dies nicht genau die richtige Gelegenheit dafür? »Klar, das klingt fantastisch. Ich bin dabei!«

»Super! Wir holen dich heute Abend um zwanzig Uhr ab. Du wohnst in der Kronenburg, oder?«, rief Marcella fröhlich.

»Ja, stimmt. Ich warte dann vorm Eingang.« Sie sah zu Giacomo, doch der lachte nicht mehr. Sein Gesichtsausdruck war für einen Augenblick irritiert.

Als er ihren Blick bemerkte, nickte er aber und lächelte. »Ja, ich freue mich auch. Wir holen dich am Hotel Kronenburg ab.«

Ein paar Stunden später verließ Flora mit gemischten Gefühlen das Center. Unter der Vorfreude auf das Festival schlummerte die allzu vertraute Furcht, sich zwischen Menschen, die sie nicht so gut kannte, allein zu fühlen. Damit hatte sie gerechnet, doch diese Angst war interessanterweise nicht im Vordergrund. Deutlicher war eine dumpfe Besorgnis, die mit Marc zu tun hatte. Je näher sie dem Hotel kam, desto mehr krampfte sich ihr Magen zusammen. Sie hatte ihm versichert, dass sie sich auf den Abend mit ihm freute, und nun würde sie nicht nur nicht da sein, sondern zwar mit anderen – aber eben auch mit Giacomo einen Ausflug machen. Das würde ihm definitiv nicht gefallen. Und zu allem Überfluss kam ihre Sehnsucht dazu, Zeit mit ihm zu verbringen.

Als Flora in ihrem Zimmer ankam, packte sie schnell die Sachen zusammen, die sie für eine Übernachtung brauchte. Dann schlüpfte sie in ein weißes Neckholder-Kleid mit Volant und einem Schlitz, der ihr bis zur Mitte des Oberschenkels reichte. Den Petticoat ließ sie weg. Nachdem sie noch knallroten Lippenstift aufgetragen hatte, betrachtete sie sich zufrieden im Spiegel. Perfekt, dieses Outfit war für alle Tanzrichtungen geeignet.

Um Viertel nach sieben klopfte es an der Zwischentür und sofort stolperte ihr Herz. Sie riss etwas zu fest an der Klinke und musste einen eiligen Schritt zurück machen, um sich nicht selbst zu erschlagen. Marc lehnte mit überkreuzten Beinen an seinem Schreibtisch und nachdem sie es endlich geschafft hatte, sein Zimmer zu betreten, flackerte das Grün seiner Augen.

»Das – ist ein sehr schönes Kleid«, sagte er stockend und sein Blick glitt langsam an ihr herunter. Er trug immer noch die schwarze Anzughose zum gleichfarbigen Poloshirt. Schlicht, aber äußerst anziehend. »Bist du bereit für die nächste Runde im DDMIEHZKW?« Er deutete mit dem Kopf in Richtung Couchtisch, auf dem über einem Teelicht ein kleiner Topf mit blubberndem Käse stand. Daneben lagen auf einem Teller frisch geschnittenes Baguette und Weintrauben. »Ich würde gerne den Punktestand ausgleichen.«

Floras Knie wurden weich. »Käsefondue? Das ist eine wundervolle Idee«, krächzte sie. Ihr wurde flau im Magen. Er hatte sich so viel Mühe gegeben.

Marc legte den Kopf schief und lächelte. »Letztes Silvester war ich bei Christians Familie eingeladen und dort gab es so ein Fondue. Das war irgendwie schön und deshalb fiel es mir für uns ein.«

Fiel es mir für uns ein? Floras Herz schmolz. »Oh.« Mehr brachte sie nicht zustande. »Das ist so«, versuchte sie es noch einmal, »außergewöhnlich und schön …« Ihr Blick wanderte hektisch durchs Zimmer. Sie wünschte, sie könnte die gleich folgende Enttäuschung abmildern.

»Aber?«, fragte er und runzelte die Stirn.

»Es ist nur, dass ich nicht so viel Zeit habe, wie ich dachte.« Sie kniff kurz die Augen zusammen, um seine Reaktion nicht zu sehen, doch seine Stimme sagte alles.

»Du hast etwas anderes vor?«

»Ähm, ja. Das wusste ich heute Mittag nicht.«

Vielleicht, nur ganz vielleicht würde er gar nicht fragen, was es war und mit wem sie unterwegs wäre, und dann würde sie morgen einfach wieder da sein und eventuell all das mit ihm nachholen können? Sie klammerte sich einen Moment an diesen Gedanken, doch ihre Hoffnung zerplatzte sofort.

Marcs Blick verfinsterte sich. »Und was genau, Flora, hast du jetzt auf einmal vor?« Er machte zwei lange Schritte auf sie zu und forschte in ihrem Gesicht.

Sie seufzte angespannt. »Ich werde gleich von einigen Kollegen abgeholt. Sie haben mich eingeladen, heute Abend nach Berlin auf ein Tanzfestival mitzukommen. Wir übernachten bei einer Freundin von Marcella und sind morgen Mittag wieder da.«

»Welche Mitarbeiter?«

»Soweit ich weiß, sind es Marcella, Thorsten, Wolfgang, Luisa und … also … Giacomo.« Sie hielt die Luft an und sah, wie seine Miene nun vollends versteinerte.

»Du übernachtest mit Giacomo Renzi bei irgendwelchen Leuten?«

»Ich ubernachte zusammen mit allen bei einer Freundin von Marcella«, stellte sie richtig. In Wahrheit fiel ihr erst jetzt auf, dass sie gar nicht wusste, ob sie einen Schlafsack benötigte und mit wem sie ein Zimmer teilen sollte. Aber vermutlich würden sie sich sowieso nur wenige Stunden ausruhen. »Das Tanzfestival ist genau das, was ich brauche. Zum einen, da ich Tanzen liebe, und zum anderen, weil es die Gelegenheit ist, mir selbst zu beweisen, dass ich weitergekommen bin mit meinen Ängsten und damit, unabhängiger zu sein. Also damit meine ich auch von … von dir«, stotterte sie.

»Und das soll dein nächster Schritt dafür sein? Eine spontan ausgemachte Tour mit Leuten, die du kaum kennst, mit Übernachtung wer weiß wo zusammen mit Giacomo? Klingt sehr überlegt, Flora, und vor allem nach einer gesunden professionellen Distanz zu deinem Vorgesetzten«, erwiderte er mit hochgezogenen Augenbrauen.

»Nein, es ist nicht überlegt. Es ist eine Gelegenheit, die sich mir geboten hat, und ich habe zugegriffen, weil ich irgendwie weiterkommen will. Sie sind nett, und die Chancen mich wohlzufühlen stehen damit nicht schlecht«, sagte sie mehr zu sich selbst, denn ganz sicher war sie sich nicht, doch es gab keine andere Möglichkeit, es herauszufinden, als es zu tun. Sie sah Marc an und hoffte auf ein Zeichen von Verständnis, aber er presste die Lippen zusammen.

»Wann geht's los?«, fragte er knapp.

»Um zwanzig Uhr.«

»Gut, dann viel Spaß.« Er drehte sich zum Couchtisch und blies die Kerze aus.

Floras Herz schmerzte. So wollte sie nicht fahren. Sie erwischte sich bei dem Gedanken, Marcella eine Nachricht zu schreiben, dass sie doch nicht mitkommen würde, und ärgerte sich im selben Augenblick darüber. Gleichzeitig sehnte sie sich nach einem positiven Signal von ihm. Irgendein Zeichen, dass er verstand, was diese Möglichkeit für sie bedeutete. »Du findest, das ist keine gute Idee«, sagte sie, nur um die Kommunikation wieder aufzunehmen.

»Wie kommst du darauf?«

»Du wirkst sauer.«

»Weil ich es bin.«

»Okay.« Sie hatte gehofft, er wäre nicht so ehrlich. »Kannst du es nicht nachvollziehen?«

»Hör auf, Flora. Du willst, dass ich das gut finde, doch das wird nicht passieren und damit musst du leben.« Seine Stimme war nicht lauter als sonst, aber es fühlte sich so an, denn jedes Wort traf sie mit einer niederschmetternden Klarheit.

Flora starrte ihn an und war wie paralysiert. Zu allem Überfluss spürte sie ein Brennen hinter ihren Augenlidern und blinzelte ein paarmal heftig, bis die Tränen zurückgedrängt waren.

Als Marc bemerkte, wie berührt sie war, wartete er, bis sie sich wieder gefangen hatte. Dann sah er sie direkt an.

»Was ist, Flora? Du hast dich doch schon entschieden, oder? Du willst zusammen mit ein paar anderen und Giacomo zu diesem Festival fahren und dort mit ihm übernachten. Und als du zugesagt hast, wusstest du, dass mir das nicht gefallen würde, also wo ist jetzt noch dein Problem?«

Seine Wut war in jeder Silbe spürbar. Flora tastete neben sich nach der Lehne des Sessels.

»Ja, dafür habe ich mich entschieden, doch wenn du so wütend bist, habe ich Angst, dass es unser Verhältnis beschädigt.«

»Klar, das ist das Problem, das du lösen willst«, stellte er nüchtern fest. »Aber du erwartest die Lösung von mir, und das ist der Fehler«, setzte er etwas sanfter hinzu.

Flora sah ihn fragend an. »Und wie genau kann ich das lösen?«

Marc trat einen Schritt zurück und fuhr sich mit einer Hand durch die Haare. »Ich hasse es, dass ausgerechnet ich dir das sagen muss.« Er starrte sie an und seine Kiefer mahlten. Sie merkte, dass er mit sich rang, bevor er den nächsten Satz aussprach. »Nimm verdammt noch mal in Kauf, dass ich wütend bin und dass ich es eventuell noch bin, wenn du wiederkommst.« Er sah zu Boden und schüttelte den Kopf. Als er sie wieder anschaute, wurde sein Blick weicher. »Du darfst nicht hoffen, von mir oder jemand anderem die Legitimation für deine Wünsche zu bekommen, nur weil du gemocht werden willst. Tust du das, bist du immer in Gefahr.« Floras Kopfhaut begann zu prickeln. Sie ahnte langsam, was er meinte. »Deshalb warte nicht darauf, dass ich es dir leicht mache oder sage, dass es mir gefällt, denn das werde ich nicht, weil es gelogen wäre.«

Sie sah ihn regungslos an und schwieg. Er drehte sich kurz weg und massierte seinen Nacken. Nach ein paar Augenblicken wandte er sich ihr wieder zu.

»Es wäre nur schön, wenn sich die Sache wirklich für dich lohnt, sonst verschwenden wir beide eine Menge Energie«, murmelte er und ging ins Bad.

Flora fühlte sich wie geduscht. Heiß und kalt. Marcs Worte rasten durch ihren Kopf. Sie spürte, dass er recht hatte. Es war, als würden Puzzleteile an die richtigen Plätze fallen. Ihr ganzes Leben hatte sie versucht, Ärger mit den Personen, die ihr wichtig waren, zu vermeiden, um Verständnis und Liebe zu bekommen, und war damit nicht sehr erfolgreich gewesen. Nur selten, wenn die Schmerzen schon unerträglich waren, hatte sie ihre eigenen Entscheidungen durchgesetzt. Doch oft, viel zu oft, hatte sie gegen sich gehandelt und immer einen hohen Preis bezahlt. Besonders bei ihren Eltern. Und war ihr Verhältnis dadurch besser geworden? Fühlte sie sich mehr geliebt? Im Gegenteil. Sie hatte einen Albtraum gehabt, nur weil sie mit ihnen telefonierte. Flora schüttelte ungläubig den Kopf.

Marc fand die Fahrt zum Tanzfestival nicht gut, aber für sie war es das Richtige. Und selbst wenn es ein blöder Abend werden würde, wäre sogar der Versuch noch ein Erfolg für sie. Sie atmete befreit durch. Plötzlich war das ganze Für und Wider vorbei und übrig blieb ein Gefühl von Ruhe und Klarheit. Jetzt erkannte sie, dass nur jemand mit dem Mut, für sich einzustehen, obwohl es Ärger bedeutete, jemals in einer Beziehung gut aufgehoben sein konnte. Ein warmer Schauer durchströmte Flora, als er wieder aus dem Bad kam.

Seine Haare glänzten feucht, wahrscheinlich hatte er sich das Gesicht mit Wasser gekühlt.

»Und? Willst du immer noch fahren?«, fragte er gepresst und kreuzte seine Arme vor der Brust.

»Bist du dir immer noch sicher, dass das eine dämliche Idee ist?« Sie blickte ihn entschlossen an.

In seinen klaren grünen Augen lag kurz ein warmer Ausdruck. »Ja, eine verdammt dämliche sogar. Und ich hasse es, dass du diesen Mist überhaupt in Erwägung ziehst.«

Sie lächelte. »Gut, denn ich fahre in jedem Fall.«

»Ja, das solltest du wohl«, sagte er leise. Sein Brustkorb hob sich und er starrte aus dem Fenster. Flora schluckte und wandte sich zur Tür. »Bleibt noch die Verabschiedung«, hörte sie seine Stimme hinter sich. Sie sah ihn an. Seine Augen wirkten groß und dunkel und er kam langsam auf sie zu.

Im nächsten Augenblick fühlte sie seine Arme fest um sich. Damit hatte sie nicht gerechnet und pures Glück floss durch ihren Körper. Sie genoss die Wärme, die sie durch sein Poloshirt spüren konnte, und wollte so viel wie möglich in sich aufsaugen. Wie ein

Taucher, der tief Luft holt, bevor es losgeht. Aber sie bekam nicht genug und drängte sich immer dichter heran, sodass er zwei Schritte rückwärtsgehen musste, bis er schließlich am Türrahmen lehnte.

Auch er umarmte sie anders als sonst. Intensiver, liebevoller, irgendwie allumfassender. Plötzlich spürte Flora einen dringenden Wunsch. Ehe dieser ihrem kritischen Bewusstsein zu nahe kommen konnte, stellte sie sich auf die Zehenspitzen und presste ihre Lippen auf das erste bisschen Haut, das sie erreichen konnte. Knapp über seinem Ausschnitt. Er schmeckte warm und etwas salzig und eine Welle von Gefühl durchströmte sie. Ein Teil von ihr wartete auf den peinlichen Moment, wenn er sie gleich von sich schieben würde, doch stattdessen hob er ihr die Haare von der Schulter und drückte ebenfalls seinen Mund auf ihren Hals. Sie stand augenblicklich in Flammen. Ein erstickter Laut verließ ihre Kehle und er antwortete mit einem ganz ähnlichen.

Sie wollte mehr und drehte ihm langsam ihr Gesicht entgegen. Sacht bedeckte er ihr Kinn und ihren Mundwinkel mit zarten Küssen. Und schließlich berührte sein Mund ihren. Es war, als würde die Zeit stehen bleiben. Er verharrte einen Moment, dann strich er mit seinen Lippen sanft über ihre. Atemlos öffnete sie sie.

Noch nie hatte Flora in einem Kuss so viel Wärme, Sicherheit und Liebe gespürt und kribbelnde Energie von den unausgesprochenen Worten, die sie miteinander tauschten. Der Kuss war süß und zärtlich und eine ganze Weile spürte sie, wie er mit sich rang, seine Lippen fast löste, sie aber doch wieder auf ihre legte.

Irgendwann stöhnte er resigniert auf, drehte sie mit einer einzigen schnellen Bewegung herum, und drängte sie an die Wand neben der Tür. Er nahm ihr Gesicht in seine Hände und sein Brustkorb drückte gegen ihren.

Flora vergrub ihre Finger in seinen Haaren. Es war, als hätte er sich irgendwie entschieden, und der Kuss bekam etwas so Entschlossenes, dass ihr Herz noch heftiger raste, obwohl das eigentlich nicht mehr möglich war. Sie verlor sich völlig in dem köstlichen Gefühl und küsste ihn mit derselben Intensität zurück.

Mit jeder Berührung versuchte sie ihm zu zeigen, wie sehr sie bei ihm sein wollte.

Schwer atmend löste Marc sich Minuten später von ihr. Einen Moment ließ er die Augen geschlossen, dann sah er sie an. »Wie wirst du mit Giacomo umgehen?«, fragte er mit rauer Stimme.

Sie brauchte eine Sekunde, um zu verstehen. »Wie meinst du das?«

Sie vergrub ihr Gesicht noch einmal in seinem Shirt. Doch statt einer Antwort zog er sie fester an sich, verschränkte seine Arme hinter ihr und wartete. Ihm ist die Frage ernst, dachte Flora seufzend.

»Also, was Giacomo angeht …« Sofort spürte sie, wie sich sein Rücken anspannte. »Nun, ich schätze, was ich gerade an professioneller Distanz eingebüßt habe, muss ich wohl bei meinem anderen Vorgesetzten wieder draufschlagen.«

»Mhm«, murmelte er zufrieden in ihr Haar. »Ganz genau das denke ich auch.«

22

Um Punkt acht Uhr wurde Flora vor dem Hotel von Wolfgangs Minivan abgeholt. Sie quetschte sich neben Marcella auf die hinterste Bank und wippte im Takt zu der Jazzmusik, die aus den Boxen dröhnte. Während die anderen sich ausgiebig darüber unterhielten, wohin sie beim Festival zuerst gehen wollten, drifteten ihre Gedanken zu Marc. Sie spürte und schmeckte noch immer den Kuss auf ihren Lippen und fühlte sich wie in Watte. Es hatte sich so wahr und echt angefühlt. Er hatte sie nicht einfach nur geküsst. Er hatte ihre Seele mit seiner gestreichelt. Verstohlen fuhr sie sich mit den Fingern über ihre Lippen und lächelte. Was er ihr auch erzählen würde, wenn sie wieder da war, sie wusste, das alles hatte rein gar nichts mit ihrem Deal zu tun gehabt. Er hatte seine eigene Vereinbarung gebrochen und ihr Herz klopfte aufgeregt, weil sie nicht erwarten konnte herauszufinden, warum.

Die Fahrt verging schnell. Flora bemühte sich nach Kräften, an den Gesprächen teilzunehmen, denn dafür war sie ja hier, obwohl die Erinnerung an Marcs Wärme, seine Berührungen und den Zimtgeruch es ihr schwer machten, sich zu konzentrieren. Schließlich erreichten sie Berlin und fuhren direkt zum Festivalgelände auf dem Flughafen Tempelhof. Dort waren in einiger Entfernung zueinander große Zelte aufgestellt worden, aus denen dumpf unterschiedliche Musikrichtungen zu hören waren.

»Wo wollen wir zuerst hingehen?«, quietschte Marcella in ihrem fröhlich gelben Blumenkleid und klatschte in die Hände.

»Machen wir es doch nach der Restaurant-Methode«, schlug Thorsten vor. »Wir nehmen es einfach so, wie es serviert wird.«

Er und Wolfgang hatten sich die Haare zurückgegelt und bunte Hemden angezogen, die Flora an das erinnerten, was Menschen in amerikanischen Serien zum Bowlen anzogen. Schräg, aber irgendwie süß, dachte sie schmunzelnd.

»Super, so wird's gemacht«, beschloss Marcella und alle nickten.

Sie schlugen den Weg zum nächstgelegenen Zelt ein, aus dem sehnsuchtsvolle Bollywood-Klänge drangen. Hmmm, seufzte Flora. Das war genau der Einstieg, den sie für diesen Abend brauchte. Der warme Sommerwind streichelte sanft über ihre Arme. Sie bekam eine wohlige Gänsehaut. Unglaublich. Sie war tatsächlich hier und fühlte sich weder unsicher noch angespannt, sondern einfach nur wohl. Eine Welle von Glück erfüllte sie.

Als sie das Zelt betraten, führten zehn Tänzerinnen und Tänzer eine simple Choreografie auf. Zahlreiche Gäste hatten sich bereits drum herum gruppiert und machten mit.

»Los, kommt, das können wir auch.« Giacomo, der sich für ein enganliegendes Shirt und eine schwarze Stoffhose entschieden hatte, bahnte ihnen einen Weg durch die Menge. Er, Flora und Marcella, die die Bewegungsabfolge als Erste verstanden hatten, zeigten sie Thorsten, Wolfgang und Luisa, und bald schon waren sie ein kleines, lustiges Grüppchen, das sich im Gleichklang drehte, hüpfte und nach rechts und links bewegte. Flora strahlte und sah das gleiche Strahlen auf den Gesichtern der anderen. Sie legten sich richtig in die Melodie hinein und schauten sich dabei gegenseitig voller Herzschmerz an. Giacomo war natürlich Meister dieser Disziplin. Sein schlichter Look ließ seine Bewegungen elegant wirken und in seinen Blicken fand sich so viel gespielte Verzweiflung, dass sie alle irgendwann vor Lachen prusteten und ihm anerkennend auf die Schultern klopften. Schließlich löste sich die Formation auf und jeder tanzte auf seine eigene Weise. Flora schloss die Augen. Ihr wurde erst warm und dann heiß. Sie spürte, wie sich Schweißperlen zwischen ihren Schulterblättern formierten und langsam den Rücken hinunterrannen. Ihr Körper genoss die Bewegungen und sie fühlte sich begehrenswert und schön.

Als sie aufsah, traf sie Giacomos Blick und erkannte die gleiche Freude am Sein, die sie selbst gerade empfand. Sie lächelte ihm glücklich zu und wunderte sich einmal mehr, warum Marc sie immer wieder vor ihm warnte. Nachdem die Melodie geendet hatte, schauten sie noch eine Weile Tänzern in opulenten Kostümen auf einer Bühne zu. Als sie danach hinaus unter den inzwischen schwarzen Himmel traten, waren Floras Sinne angenehm geschärft. Das kühle Licht der Sterne bildete einen schönen Kontrast zu der süßlich warmen Sommerluft. Sie schlang die Arme um sich und atmete genießerisch den Duft ein. Alles fühlte sich so lebendig an.

Im nächsten Zelt wummerten kräftige Bässe. Hier hüpfte eine Menschenmasse zu Hip-Hop-Beats. Eckige und harte Sounds gaben ihr frische Energie. Nachdem Flora sich mit Marcella, Luisa und Giacomo ein paarmal während des Tanzens abgeklatscht und Wolfgangs und Thorstens Ghettofaust erwidert hatte, bekam sie das Lächeln gar nicht mehr aus dem Gesicht. Einige Songs später zogen sie weiter.

»Hey, jetzt zum Open-Stage-Zelt!«, brüllte Marcella ihr irgendwann ins Ohr. »Giacomo hat schon unsere Schuhe aus dem Van geholt.«

Flora nickte dem Mann, mit dem sie gerade einen Tango getanzt hatte, zu und folgte ihr hinaus in ein Zelt, auf dessen Bühne jeder seine Choreografie vor Publikum aufführen konnte. Giacomo und Marcella gaben die Musik, die sie auf einem USB-Stick mitgebracht hatten, an der Anmeldung ab und eine halbe Stunde später zeigten sie ihre ›Stepp-Nummer‹. Es sah wirklich aus, als wären Ginger Rogers und Gene Kelly back on stage. Die Zuschauer applaudierten begeistert und verlangten eine Zugabe. Deshalb tanzten sie einfach noch mal.

Verschwitzt, mit roten Wangen und leuchtenden Augen trafen sie die beiden neben der Bühne.

»Leute, ihr wart der Wahnsinn und das wisst ihr!«, schrie Luisa.

»Danke!«, antworteten Giacomo und Marcella gleichzeitig.

»Find ich auch, aber jetzt brauch ich was zu futtern!«, rief Wolfgang lachend.

Zusammen verließen sie das Zelt und folgten dem Essensduft, der sie zu einigen hippen Streetfood-Wagen führte. Schnell einigten sie sich darauf, bei einem Mex-Asian-Stand zu bestellen, was Flora eine Quesadilla mit asiatischem Gemüse bescherte, die süß, ein wenig scharf und wunderbar würzig war. Beim ersten Bissen schloss sie die Augen.

»Mmh. Ist das gut!«, seufzte sie, was Thorsten und Wolfgang nur mit einem zufriedenen Grunzen quittierten.

Das war genau das Richtige nach dem Tanzmarathon, den sie hinter sich und noch vor sich hatten.

»Achtung, macht mal Platz.« Giacomo und Luisa ließen sich mit ihren Soja-Burritos gegenüber von Flora und Marcella auf eine Partybank fallen und stellten Schälchen mit Süßkartoffelpommes in die Mitte. Da sie zu sechst waren und nicht mit zu vollem Magen in die zweite Tanzrunde gehen wollten, hatten sie sich darauf geeinigt, nur drei zu kaufen.

Giacomo schob seine zu Flora rüber. »Greif zu. Ich teile gerne mit dir«, sagte er lächelnd.

Augenblicklich wurden ihre Wangen warm, wegen der Erinnerung an die Süßkartoffelpommes mit Marc. »Danke, aber ich hab nach der Quesadilla keinen Hunger mehr.«

»Die sind gut. Du musst wenigstens probieren.« Auffordernd hielt er ihr eine vor den Mund. Flora erstarrte. Bilder, wie Marc ihr die Pommes gereicht hatte, blitzten durch ihren Kopf. Sie fühlte die Innigkeit, die in jenem Augenblick gelegen und sich in ihrem Kuss fortgesetzt hatte. Unmöglich konnte sie jetzt diese aus Giacomos Fingern essen. Ihr wurde heiß.

»Danke, ich möchte nicht.« Doch Giacomo bewegte sich nicht.

»Ach komm, du weißt nicht, was du verpasst. Du wirst sie lieben.«

»Ich liebte schon die Quesadilla und will nicht untreu werden«, versuchte Flora der Situation zu entkommen.

Giacomo blieb von ihrem Scherz jedoch unbeeindruckt. »Manchmal muss man untreu werden, zum Beispiel wenn die Quesadilla einfach nicht so gut ist wie die Pommes und man das nur herausfinden kann, indem man sie probiert.« Er sah ihr so eindringlich in die Augen, dass sie das Gefühl hatte, er würde in ihrem Innersten lesen; und sie fühlte sich irgendwie ertappt, obwohl das völliger Quatsch war.

Flora wandte den Blick ab, doch Giacomo wartete. In ihrem Kopf ratterte es, aber sie fand keine schlagfertige Erwiderung. Sie wusste nur, dass sie diese Pommes nicht nehmen würde, und spürte, wie sich kleine Schweißtröpfchen auf ihrer Nase bildeten. Der Moment schien sich immer mehr auszudehnen.

»Außer die Fritte wird selbst untreu und geht lieber zu jemand anderem«, schnappte Wolfgang lachend von der Seite zu und steckte sie sich in den Mund.

Flora fiel in sein Lachen ein. »Also untreue Pommes will ich nicht«, sagte sie zwinkernd und schob das Schälchen demonstrativ zurück. Doch Giacomo lachte nicht. »Sag mal, wo hast du eigentlich so gut tanzen gelernt?«, fragte sie schnell, um das Terrain zu wechseln.

»In den Straßen von Neapel«, antwortete Giacomo mit einem versonnenen Seufzen. »In meiner Familie wurde immer viel getanzt. Das Leben fand draußen statt und dauernd spielte irgendwo Musik. Ich kann mich gut daran erinnern, dass mein Vater meine Mutter gepackt und zur Musik herumgewirbelt hat, sobald er von der Arbeit kam. Ich habe von klein auf mitgetanzt und als klar wurde, dass ich talentiert bin, wurde ich an einer Akademie in Neapel angemeldet. Da habe ich schließlich viele Landeswettbewerbe gewonnen.«

»Wow«, sagte Marcella. »Das wusste ich noch gar nicht.«

»Aber eigentlich …«, sein Mund verzog sich traurig, »wollte ich Musicaldarsteller werden.«

»Echt? Bist du deshalb nach Deutschland gekommen?«, fragte sie.

»Ja. Mein Onkel Giovanni hat in Hamburg eine Eisdiele. Ich hatte mich dort an einer privaten Musicalschule beworben und bin genommen worden. Bei seiner Familie konnte ich wohnen und arbeiten. Es lief perfekt, bis zu dem Fahrradunfall im dritten Jahr, als ich mir den Fuß gebrochen habe. Das war's dann.« Er starrte auf sein Essen. Für einen Moment herrschte beklommene Stille.

»Was für ein Mist«, sagte Thorsten und drückte aus, was sie alle fühlten. Wenn man Giacomo in den letzten Stunden gesehen hatte, war es nicht schwer vorstellbar, dass für ihn eine Welt zusammengebrochen sein musste.

»Ja, stimmt. Aber, hey, ich kann noch tanzen, wie ihr seht. Nur es reicht nicht mehr, um es beruflich zu tun.« Er verzog die Mundwinkel zu einem schiefen Lächeln.

»Und danach hast du bei der HEC-AG angefangen?«, fragte Luisa.

»Nein, das habe ich schon vorher gemacht. Die Stoffmanufaktur eines Verwandten brauchte meine Hilfe als Kontaktmann zu Heinrich Ebertzhagen. Und weil ich gut Deutsch und Italienisch spreche und, wie ihr wisst, ein Ass im Organisieren bin«, er lachte verschmitzt in die Runde, »hat er gefragt, ob ich in sein Unternehmen einsteige. Und nun möchte er nicht mehr auf mich verzichten.«

»Du musst nur noch daran arbeiten, nicht immer so tiefzustapeln.« Thorsten zwinkerte ihm lachend zu.

»Ach, ich lebe nach dem Motto ›Tue Gutes und rede darüber‹. Sonst hätte Ebertzhagen ja nie erkannt, dass ich seine Kästen perfekt hochziehen kann.«

»Echt? Du hast auch schon mal als Centermanager gearbeitet?« Luisa beugte sich über dem Tisch vor und sah ihn mit großen Augen an.

»Er hofft, dass ich es mache. Es ist nur etwas Privates dazwischengekommen, aber das wird bald geklärt sein.« Giacomos Blick glitt nachdenklich zu Flora, bevor er sich wieder der Gruppe zuwandte. »Na ja, jedenfalls muss er dann endlich nicht mehr auf unseren ›Master-Arsch‹ zurückgreifen.«

Marcella verschluckte sich an ihrer Limo. »Giacomo, das hast du jetzt nicht gesagt, oder?«

»Ach Leute, müsstet ihr so eng mit ihm zusammenarbeiten, würdet ihr ganz andere Dinge sagen.«

Einige ließen ein verhaltenes Lachen hören, doch Flora zog es den Magen zusammen. Sie tat so, als würde ihre Aufmerksamkeit von den lauten Gesprächen am Nachbartisch abgelenkt, denn sie wollte nicht noch einmal Giacomos prüfendem Blick begegnen. Im nächsten Augenblick wurde ihr klar, wie irrational ihre Sorgen waren. Giacomo hatte offenbar Probleme mit Marc, möglicherweise neidete er ihm seinen Posten, aber das war eine Sache zwischen den beiden und hatte definitiv nichts mit ihr zu tun. Außerdem konnte er gar nicht wissen, dass sie sich näher kannten. Marcs ständige Warnungen vor ihm hatten dazu geführt, dass sie bereits jeden Gesichtsausdruck auf sich bezog. Flora rollte innerlich mit den Augen und nahm sich vor, das Ganze ab jetzt objektiver zu sehen.

Luisa erzählte noch von dem Musicalstudium ihrer besten Freundin und als alle aufgegessen hatten, zogen sie los. Noch mal zum Hip-Hop-Zelt, um wieder in Schwung zu kommen.

Ein paar Stunden später waren ihre Energien restlos erschöpft und Marcella lotste sie durch die Berliner Innenstadt zu ihrer Bekannten Christina. Vor der Altbauwohnung in Schöneberg erwartete sie allerdings eine Überraschung. Der Name, den sie suchten, war auf keinem Klingelschild zu finden. Marcella versuchte einige Male vergeblich, Christina zu erreichen. Schließlich rief diese zurück. Es stellte sich heraus, dass sie kürzlich in eine 5er-WG umgezogen war und gedacht hatte, Marcella wüsste das.

Sie ließen sich die neue Adresse geben und hatten eine halbe Stunde später endlich das Auto geparkt und die WG gefunden.

Im fahlen Licht einer Straßenlaterne erzeugte das Vorkriegswohnhaus mit den Rußspuren des Straßenverkehrs und dem abgeblätterten Lack der Fensterrahmen keinen besonders einladenden Eindruck, was im düsteren Treppenhaus nicht besser wurde.

Kurz spürte Flora einen Anflug von ›ich will hier weg‹, aber sie beruhigte sich damit, dass es nicht lange dauerte, bis sie sich auf den Heimweg machen würden. Christina empfing sie auf dem oberen Treppenabsatz und entschuldigte sich für das Missverständnis. Leider hatten sich ein paar ihrer Mitbewohner, die das Wochenende ursprünglich woanders verbringen wollten, umentschieden, sodass es nun etwas schwierig wurde, für alle einen Schlafplatz zu organisieren. Zumal sich überall in der Wohnung Umzugskartons stapelten. Nach einigem Hin und Her fanden sie dann aber doch eine hinnehmbare Aufteilung für den Rest der Nacht.

Marcella würde bei ihrer Freundin schlafen. Wolfgang und Thorsten quetschten sich zu einem WG-Bewohner in ein Zimmer, das gefühlt nicht mehr als Abstellkammergröße hatte. Luisa und Flora bekamen den einzigen Raum, der wirklich leer war. Es stand ein großes Bett darin, in dem sie beide gut liegen konnten. Und Giacomo bezog die Couch im Wohnzimmer.

Froh, sich endlich in ihrem Pyjama ausstrecken zu können, schloss Flora die Augen. Die Melodien des Festivals kreisten in ihrem Kopf und sie war glücklich und sehr stolz, dass sie mitgefahren war. Sie hatte es geschafft, ihre Ängste bezwungen und sich ein Stück Freiheit erobert. Ein Lächeln stahl sich auf ihr Gesicht. Und dann war da noch das süße Gefühl, das sie sowieso die ganze Zeit begleitet hatte. Die Erinnerung an Marcs Lippen, seine Hände und an seinen Zimtgeruch. All das kribbelte in ihr und beruhigte sie gleichzeitig. Zu gern hätte sie ihm sofort berichtet, wie schön der Abend gewesen war, und ihr Glück mit ihm geteilt. Mit der Vorfreude darauf, wie sie ihm am Nachmittag davon erzählen würde, schlief sie ein.

Kurze Zeit später wachte sie wieder auf. Ihre Kehle war trocken und sie hatte großen Durst. Flora öffnete die Taschenlampen-App in ihrem Smartphone, um sich im Zimmer zu orientieren und den Weg zur Tür zu finden. Da huschte plötzlich etwas durch den Lichtkegel an der Wand. Schwarz und riesig hob sich die Spinne von der weißen Raufaser auf Luisas Seite ab. Mit einem Satz war Flora auf den Füßen und hatte gleichzeitig ihre Tasche gegriffen, die all ihre Sachen beinhaltete und deren Reißverschluss Gott sei Dank geschlossen war. Sie rüttelte an Luisas Schulter.

»Was ist? Warum machst du mich wach?«, fragte sie verschlafen, während Flora mit drei großen Schritten zur Tür sprang.

»Weil da eine ziemlich große Spinne in unserem Zimmer ist. Bleib ganz ruhig, sie ist auf deiner Seite, aber nicht im Bett, du kannst bei mir hinausklettern.«

»O Mann, Flora! Spinnen interessieren mich nicht. Lass mich in Ruhe, sonst habe ich noch am Montag Augenringe.« Und damit war sie auch schon wieder eingeschlafen. In diesem Moment wusste Flora, dass Luisa und sie in Paralleluniversen existierten, die rein gar nichts miteinander zu tun hatten.

Mit dem Handy fand sie den Lichtschalter im Flur. Sie stand eine Weile stocksteif da. Schauer um Schauer rann über ihren Rücken. Sie versuchte, ihren Atem zu kontrollieren und die Erinnerungen zurückzudrängen. Jetzt war jetzt. Dies war nicht schön, aber sie war heute in einer anderen Situation als damals. Sie konnte ihre Lage ändern. Flora atmete ein paarmal tief und lange aus. Dann betrachtete sie die Tür, aus der sie gekommen war, und musste feststellen, dass sich zwischen Dielenboden und Türblatt ein zwei Finger dicker Spalt befand. Sie stöhnte frustriert. Genaugenommen war sie hier nirgends sicher. Von dem eigentlich geräumigen Korridor, der mit muffig riechenden Umzugskartons zugestellt war, gingen sieben weitere Türen ab. Zuerst überlegte sie, sich in die Küche zu setzen, aber die war genau neben dem Zimmer, aus dem sie kam. Daher entschied sie sich schweren Herzens für das Wohnzimmer, da es in größtmöglicher Entfernung lag und die einzige Tür besaß, die keinen größeren Spalt zum Boden aufwies. Leise drückte Flora die Klinke herunter. Mit ihrer Handytaschenlampe leuchtete sie hinein und erkannte Giacomo in einer merkwürdig verdrehten Haltung auf der Couch liegend. Sie tapste zu einem ledernen Ohrensessel am Fenster und untersuchte ihn gründlich im Licht ihres Smartphones. Dann ließ sie sich nieder und zog die Füße hoch. Ihr Herz klopfte immer noch schnell und ihr Atem ging unregelmäßig. Zur Ablenkung scrollte sie durch einige lustige Messages von Melanie und spürte, wie sie langsam ruhiger wurde. Flora schmunzelte gerade über die neuesten Birds-Kunden-Erlebnisse, als plötzlich eine Nachricht kam.

»Alles klar bei dir?«

Er schrieb ihr? Jetzt? Sie hielt vor Schreck die Luft an und überlegte einen Moment. Sie sah sich zu Giacomo um, der immer noch leise schnarchend auf dem Sofa schlief. Dennoch wäre Marc sicher nicht begeistert, dass sie sich mit ihm zusammen in einem Zimmer befand. Auch wenn sie nach wie vor den Grund dafür nicht ganz verstand. Trotzdem. Ein paar Sekunden später entschied sie sich erst einmal für die halbe Wahrheit.

»Geht so. Ich kann nicht schlafen und warte ab, bis die anderen endlich wach werden. Woher wusstest du, dass ich mitten in der Nacht meine Nachrichten lese?«

Seine Antwort kam umgehend.

»Ein Marc-Gedanke.«

Flora schmunzelte wegen seiner Anspielung auf den schönen Nachmittag am See. Er hatte an sie gedacht und es war ihm offensichtlich nicht egal, wie es ihr ging. Zögernd tippte sie ihre Antwort. Wahrscheinlich war es unklug, doch sie sehnte sich danach, sich wieder auf diese bestimmte Weise mit ihm verbunden zu fühlen.

»Ich denke ab und zu noch an unsere Verabschiedung.« Erschrocken über ihre Kühnheit hielt Flora die Luft an und kniff die Augen zu. Nach ein paar Sekunden blinzelte sie und scannte den Bildschirm ihres Smartphones.

»Ja, ich auch.«

Ein warmes Gefühl durchströmte sie. Mit zitternden Fingern fügte sie hinzu: *»Es war schön.«*

»Ja. Sehr schön.«

Er sah es genauso wie sie. Floras Lippen verzogen sich in der Dunkelheit zu einem glücklichen Lächeln und in ihrem Bauch schlugen eine Menge Schmetterlinge mit den Flügeln. Mit ihrer nächsten Nachricht betrat sie wieder sicheres Terrain.

»Hast du das Käsefondue gegessen?«

»Ich hatte vor, es für uns aufzubewahren, doch dann kam eine E-Mail rein. Ich werde unterwegs sein und bin erst am Montag zurück. Ich wollte, dass du es dieses Mal vorher weißt.«

Floras Herz zog sich zusammen. Sie hatte so gehofft, ihn am Nachmittag zu sehen, und jetzt würde sie bis Montag warten müssen. *»Oh, danke, aber das ist kein Problem. Ich wünsche dir viel Spaß oder Erfolg bei dem, was du zu erledigen hast.«*

»Flora, tu das nicht.«

»Was denn?«

»Es ist ein Problem für dich. Das wissen wir doch und das ist in Ordnung.«

»Ja, aber es sollte nicht deins sein.«

»Und das sagst du jetzt? Nachdem ich mich deswegen wochenlang mit dir beschäftigt habe? ;-)«

»Ich habe mich wohl eher wochenlang mit dir herumgequält. ;-)«

»Und? Findest du denn, dass du erfolgreich warst?«

»Man müsste definieren, in welcher Hinsicht, doch mein Gefühl sagt – sehr.«

»Hmmm, Miss Flolitha, Sie sind wirklich eine Gefahr.«

Gerade als sie etwas tippen wollte, kam seine nächste Nachricht.

»Soll ich dich abholen?«

Das warf sie ziemlich aus der Bahn. Er würde bis Berlin fahren? Jetzt? Um sie abzuholen? *»Das dauert doch stundenlang«*, schrieb sie, um sich Zeit zu verschaffen.

»Es ist Nacht. Ich kann in neunzig Minuten da sein. Schick mir deine Adresse.«

Flora dachte einen Moment nach. Ihr Herz hüpfte und schrie ›Ja!‹, und gleichzeitig war da diese andere Seite, die wusste, dass sie etwas vorgehabt hatte, als sie einwilligte, zum Festival mitzukommen; und da gehörte es unbedingt dazu, unangenehme Situationen durchzuhalten. Sie war auf einem so guten Weg. Jetzt zu kneifen würde nur einen Teilerfolg bedeuten. Deshalb schrieb sie widerstrebend:

»Ich wollte das hier und muss es durchhalten, auch wenn es gerade nicht so toll ist.«

»Wozu? Du hattest deinen Tanzabend und die Nacht ist halb vorbei. Ich würde sagen, du hast dir genug bewiesen.«

»… oder Ärger gibt, weil ich mich nicht vorzeitig abholen lassen will. ;-)«

»Gott, ich habe ein Monster geschaffen. Glückwunsch. Du lernst schnell.«

»Wer vom Besten lernt …«

»Tja, danke! Ich sehe dich dann Montagmittag im Center oder spätestens abends im Hotel.«

Flora schüttelte den Kopf. Das klang distanziert. Gerne hätte sie etwas geschrieben wie »Ich freue mich sehr darauf«, aber das traute sie sich jetzt nicht mehr. Stattdessen tippte sie ein lahmes *»Alles klar«*.

Als nach ein paar Minuten keine weitere Nachricht gekommen war, legte sie das Handy neben sich.

Gerade als sie die Augen geschlossen hatte, fing Giacomo an, sich auf der Couch zu bewegen. »Hey, Schönheit. Was machst du denn hier?«

Im fahlen Mondlicht erkannte sie, dass er auf der Seite lag und sie interessiert musterte. »Sorry, Giacomo, in unserem Zimmer ist eine riesige Spinne. Luisa macht das nichts aus, aber ich musste mir einen anderen Ort suchen. Bitte lass dich nicht stören.«

»Bella, du störst nie. Ich mache dir Platz, damit du dich hinlegen kannst.«

»Das ist doch viel zu eng«, sagte Flora erschrocken, »es ist alles in Ordnung; und so lange dauert es ja nicht, bis wir aufbrechen.«

Giacomo stand auf und kam auf sie zu. »Du raubst mir sowieso den Schlaf, jetzt, wo ich weiß, dass du hier bist, Bellissima. Na los, auf dem Sessel ist es zu unbequem für dich.« Auffordernd hielt er ihr die Hand hin. Wie war das nun mit der professionellen Distanz? Das entwickelte sich ja bestens. Eine Nacht mit ihrem Vorgesetzten im Bett wäre in dieser Hinsicht wohl ihr absolutes Meisterstück. Flora fühlte sich wie gelähmt, als Giacomo sie auf die Beine zog. In ihrem Kopf ratterte es. Wie sollte sie bloß wieder in ungefährliches Fahrwasser kommen? Gerade als sie beschloss, vorzugeben, zur Toilette zu müssen, ließ er sich auf ihren Sessel fallen. »Das meinte ich mit ›Platz machen‹. Leg dich hin und versuch, noch ein bisschen zu schlafen.«

»Oh«, entfuhr es ihr erleichtert. Zaghaft ging sie zum Sofa. Okay, sie war dem Worst-Case-Szenario entkommen. Damit musste sie für den Moment zufrieden sein.

Gleißend helle Sonnenstrahlen kitzelten stroboskopartig Floras Gesicht. Sie blinzelte und erkannte vor dem Fenster eine alte Kastanie, durch deren wehende Blätter das Licht auf die Couch geworfen wurde. Außerdem war ihr unerträglich heiß und etwas Schweres presste sie nieder. Panik wallte in ihr auf, weil sie sich kaum rühren konnte. Mit ganzer Kraft drückte sie sich schließlich hoch. Halb auf und neben ihr lag Giacomo, die Augen fest geschlossen. Sie spürte seinen warmen Atem an ihrem Hals. Sein rechter Arm umschlang ihren Oberschenkel. *Dieser Mistkerl.* Vorsichtig, um ihn nicht zu wecken, zog sich Flora unter ihm hervor und kletterte über die Rückenlehne. Sie wollte einfach nur weg, griff nach ihrer Tasche und schlich zur Tür. Im Flur war es still. Alle anderen schienen noch zu schlafen. Ein Blick auf ihr Handy zeigte, dass es neun Uhr war. Am Abend vorher hatten sie abgemacht, gegen elf zurückzufahren. Sie schlüpfte ins Bad, in dem sich ebenfalls Umzugskartons stapelten, von denen einige dunkle Wasserränder hatten und bald auseinanderzufallen drohten. Flora schloss die Tür hinter sich ab. Gott, sie freute sich so darauf, in ein paar Stunden endlich wieder in ihrem Hotelzimmer zu sein. Ein Paradies, mit seinem weichen Bett und dem sauberen Badezimmer. In dieser Wohnung roch es einfach überall abgestanden und muffig. Selbst im Bad, wo man doch mit ein bisschen Zitronenreiniger so viel hätte erreichen können. Resigniert ließ sie sich auf den Wannenrand fallen, aber nicht ohne vorher mit der Hand darüberzuwischen.

Dann zog sie ihr Handy aus der Tasche, um noch einmal den Chatverlauf mit Marc zu lesen, und sah, dass eine neue Nachricht von ihm eingegangen war.

»Schon wach?« Er hatte ihr um kurz vor neun geschrieben, also erst vor ein paar Minuten. Ihre Finger zitterten leicht, als sie tippte.

»Ja, und vollkommen erledigt. Ich bin stolz darauf, mitgefahren zu sein, aber in einer muffigen, engen WG muss ich so bald nicht wieder übernachten. Ich werde mir andere Übungsfelder suchen.«

»Enge WG? Wie war die Zimmeraufteilung?«

O nein. Jetzt wurde es kritisch. *»Marcella hat bei einer Bekannten geschlafen, Wolfgang und Thorsten haben sich eine Art Abstellkammer geteilt, Luisa und ich bekamen den einzigen freien Raum und Giacomo war im Wohnzimmer untergebracht.«*

»Ihr wart also alle in derselben Wohnung? Auch Giacomo?«

Wenn er sich schon daran aufhängte, würde ›… und ich mit ihm auf einer Couch‹ wohl nicht so gut ankommen. Flora seufzte und schrieb: *»Ja, aber das war kein Problem.«*

»Gut. Woran hast du heute Morgen als Erstes gedacht?«

Sie lächelte. Klippe umschifft. Dieses Thema war deutlich angenehmer. *»An das, was du gestern Abend mit mir gemacht hast.«*

»Ich auch, Flora. Sofort als ich aufgewacht bin. Doch ich möchte, dass du weißt, dass ich es nicht wiederholen werde. Wir haben eine Vereinbarung. Es tut mir leid, wenn das heute Nacht anders gewirkt hat. Bitte vertrau mir, dass es so sein muss. Ich schreibe dir das jetzt, damit du dich schon mal an den Gedanken gewöhnen kannst, bevor wir uns wiedersehen.«

Die Buchstaben flirrten vor ihren Augen. Flora musste die Nachricht mehrmals lesen, um zu begreifen. Dann fühlte sie sich wie in Eiswasser getaucht. Ihr fielen zahllose heftige Erwiderungen ein. Einige hatte sie fast fertig getippt, aber immer wieder verworfen. Schließlich ließ sie das Handy sinken. Sie würde nicht antworten. Er hoffte wahrscheinlich die ›Sache‹ mit dieser lapidaren Message erledigt zu haben. Und auch wenn er versucht hatte, einigermaßen gefühlvolle Worte zu benutzen, war sie sich sicher, dass es ihm wichtig war, noch ihre Zustimmung zu lesen, um diesen Punkt auf seiner To-do-Liste abhaken zu können. Nun, die würde er nicht bekommen.

Ein paar Minuten später kam die Nachricht, die sie erwartet hatte.

»Flora, antworte mir, ich möchte wissen, ob du das verstanden hast.«

»Schmor in der Hölle«, murmelte sie und verstaute das Handy in ihrer Tasche.

Der ekelhafte Muffgeruch, die Nachricht von Marc und die riesige Spinne im Nebenzimmer – auf einmal wurde ihr alles zu viel. Hastig zog Flora sich an und schlich aus der Wohnung. Sie flog förmlich die drei trostlosen Stockwerke im knarzenden Treppenhaus nach unten. Nur weg von diesem deprimierenden Ort. Auf dem Bürgersteig hielt sie inne. Ihre Lungen füllten sich wie von selbst mit kühler Morgenluft. Das tat gut und gab ihr das Gefühl, sich von dem Geruch der WG und der ganzen unangenehmen Situation reinigen zu können. Sie holte ihr Handy heraus und bestimmte ihren Standort. Zum Glück war es nicht mehr weit bis zum nächsten Bahnhof. Das Geld für die Zugfahrt würde sie mit Freuden ausgeben. Schnell tippte Flora eine Message an Marcella, dass sie wegen der Spinne schon losgefahren war, und setzte sich in Bewegung.

23

Der Clara-Zetkin-Park war vom Hotel aus gut zu erreichen und bot genügend Fläche für ihren starken Bewegungsdrang. Vielleicht war es besser gewesen, dass sie Marc gestern nicht mehr erwischt hatte, dachte Flora zum hundertsten Mal, während sie gedankenverloren über die verschlungenen Wege spazierte und sich die Morgensonne ins Gesicht scheinen ließ. Ein bisschen hatte sie darauf gehofft, ihn noch zu sehen, obwohl sie nach seiner letzten Nachricht viel zu wütend war, um … ja, um was eigentlich? Er hatte ja nie einen Zweifel daran gelassen, dass er ihren Deal grundsätzlich einhalten wollte. Sie schüttelte den Kopf. Marc schien das Gefühl für sie, falls es denn wirklich da war, an- und ausschalten zu können. Doch sie konnte das nicht. An einer schmalen Weggabelung blieb sie stehen, schloss die Augen und atmete tief ein. Mmh. Es roch nach gemähtem Gras und Nadelbäumen. Die laue Temperatur, die frische Luft … Es war ein wunderschöner Sommermorgen. Wenn sie einfach aufhörte nachzudenken, fühlte es sich für ein paar Momente tatsächlich so an, als wäre alles in Ordnung.

»Alles in Ordnung?«

Irritiert sah Flora sich um und blinzelte gegen das Sonnenlicht. Wer hatte ihre Gedanken gelesen? Vor sich erkannte sie die

Umrisse eines blonden Hünen mit langen Haaren in Joggingklamotten.

»Ja, es ist nur so schön hier«, stotterte sie.

»Finde ich auch. Um diese Tageszeit ist der Park perfekt. Alles ist friedlich und still und man kann in Ruhe die Eichhörnchen beobachten. Hier gibt's wirklich viele.«

»Echt? Wo?«

Er strahlte sie an und seine blauen Augen leuchteten. »Da drüben ist 'ne Bank. Da hat man die beste Sicht auf ihren Lieblingsbaum. Ich wollte mich gerade hinsetzen. Kommst du mit?«

»Würde ich gern«, sie schmunzelte, »aber das klingt auch verdammt nach 'ner Axtmördermasche.«

Er lachte und streckte ihr die Hand entgegen. »Ich bin Dave, ein stinknormaler Student. Bei einem Axtmordversuch würde ich mir wahrscheinlich selbst das Bein abhacken.«

Sie drückte sie lächelnd. »Okay, ich heiße Flora und folge dir mal zu deiner Bank, weil ich die Eichhörnchen sehen will, doch die Axtsache ist noch nicht vom Tisch. Jeder kann behaupten, ungeschickt zu sein.«

Er grinste, während sie eine große Kiefer umrundeten. »Es ist aber nicht nur Ungeschicklichkeit. Es ist auch ein starkes Desinteresse an der ganzen Sache mit dem Blut und dem Geschrei.« Sie setzten sich auf eine Holzbank. »Wie gesagt, ich mag es friedlich. Deshalb zieht es mich morgens hierher.« Er deutete mit dem Kopf auf eine alte Linde in ein paar Metern Entfernung. Um den Stamm herum jagten in einem Affenzahn zwei Eichhörnchen hintereinanderher, drei weitere rasten über die dicken Äste.

»Wow!« Flora lächelte entzückt. Die putzigen kleinen Tierchen schienen einen Mordsspaß zu haben. Eine Weile beobachteten sie stumm das lustige Treiben.

»Und was machst du an einem Sonntagmorgen im Park?«, erkundigte sich Dave schließlich. Er streckte sich auf der Bank aus und hielt sein Gesicht in die Sonne.

Sie betrachtete ein paar Sekunden sein hübsches Profil. »Nachdenken, spazieren gehen, es nicht mehr im Hotelzimmer aushalten?«, antwortete sie dann. »Ich komme aus Hannover und arbeite in dem zukünftigen Einkaufszentrum. Ein Wochenende kann echt lang sein, in einer fremden Stadt. Und der Zoo hat noch nicht auf.«

»Das ging mir hier am Anfang genauso. Es ist der Horror, wenn alle deine Freunde woanders studieren.« Dave sah sie verständnisvoll an.

In den folgenden Minuten erfuhr Flora, dass er seit zwei Jahren in Leipzig Mathe und Physik auf Lehramt studierte. Er erklärte ihr, wo man am besten ausgehen konnte, in welcher Mensa das Essen für externe Gäste genießbar war, und unterhielt sie mit Geschichten aus seiner Zwölfer-WG. Sie wischte sich ein paar Lachtränen weg und konterte mit ihrem arroganten Dozenten, der während der Vorlesungen jedes Mal laut stöhnte, sobald ein Student auch nur ansetzte, den Mund aufzumachen. Dave tat so, als hätte er eine Frage, woraufhin Flora sofort demonstrativ die Augen rollte. Lachend schüttelte er den Kopf. Sie plauderten noch eine Weile, dann musste er los, zu einem Brunch mit Freunden.

Sie betrachtete ihn unauffällig, solange er seine Turnschuhe neu schnürte. Seine Haare, die ihm bis zur Mitte des Rückens reichten, hatte er mit einem Gummi zusammengefasst. Er wirkte auf eine natürliche Weise attraktiv und strahlte eine Ungezwungenheit aus, die ihr in den letzten Minuten einfach gutgetan hatte.

Das Gespräch war so leicht gewesen. Keine schwierigen Themen, rote Linien oder Dinge, die sie nicht verstand, die aber auch nicht erklärt werden konnten. Selbst bei der Verabschiedung gab es nicht einen merkwürdigen Moment. Er hatte nur gesagt, dass er oft um diese Zeit im Park lief, und ihr freundlich zugezwinkert. Das war's.

Mit einem Seufzen sah sie ihm nach, wie er mit federnden Schritten davonjoggte. Gott, dass es das noch geben konnte, dachte Flora, als sie bemerkte, wie fröhlich sie jetzt war. Es hatte sich fast wie ein Urlaub angefühlt. Ein Kurzurlaub von Marc.

Nachdem sie am nächsten Morgen ihre Tasche auf dem Stuhl vor ihrem Arbeitsplatz abgestellt hatte, stürzte sich Marcella auf sie, um die Geschichte mit der Spinne noch einmal ganz genau zu hören. Dabei entschuldigte sie sich unaufhörlich für die ekelige WG.

»Schon gut. Du wusstest schließlich nicht, dass Christina umgezogen war.« Flora lächelte ihr aufmunternd zu. »Und das Festival war super. Es war echt nett, dass ihr mich mitgenommen habt.«

»Ehrlich? Da bin ich aber erleichtert.« Marcella umarmte sie stürmisch.

Im nächsten Moment gesellten sich Wolfgang und Thorsten mit einem Kaffee zu ihnen und so musste sie die Geschichte mit der Kellerspinne, die kurz vor der Abfahrt quer über den Flur gelaufen war, erneut erzählen.

Sie zuckte mit einem spitzen Schrei zusammen, als Luisa ihr währenddessen von hinten mit ihren Fingernägeln zart auf die Schulter trommelte. »Hey, sorry, ich war so müde, ich konnte mich wirklich nicht darum kümmern.« Sie sah sie schuldbewusst an.

»Schon gut. Mir war nur wichtig, dass du Bescheid weißt«, sagte Flora versöhnlich, obwohl sie die Aktion mit dem Fingergetippel ziemlich überflüssig fand.

»Aber wo hast du denn anschließend geschlafen?«, bohrte Wolfgang nach.

Erleichtert stieß sie den Atem aus. Offenbar hatte Giacomo während der Rückfahrt nicht geplaudert. Darauf hatte sie gehofft und sich entschieden, für diesen Fall alles so zu erzählen, wie es war, bis auf die Sache mit dem gemeinsamen Aufwachen auf der Couch. »Unter der Tür war ein riesiger Spalt«, setzte sie an, »und das Wohnzimmer war am weitesten entfernt.«

»Du hast bei Giacomo übernachtet?« Luisa schlug die Hand vor den Mund und schüttete sich aus vor Lachen.

»Ich habe mich in einen Sessel vors Fenster gesetzt und wollte bis zum Morgen warten. Er ist aufgewacht, hat darauf bestanden, selbst dort zu sitzen, und hat mir – ganz Gentleman – seine Couch überlassen.«

»Mensch!« Luisa pikste ihr übermütig in die Seite. »Warum hast du die Gelegenheit nicht genutzt?«

Flora verdrehte demonstrativ die Augen. Kannte sie denn gar keinen Anstand? Natürlich hatten jetzt alle genau die Bilder im Kopf, die sie verhindern wollte. »Sollten wir nicht langsam mal arbeiten?«, fragte sie genervt in die Runde und drückte energisch den Startknopf an ihrem Computer.

Nachdem das Gespräch mit den anderen hinter ihr lag und sie später in einem Nebensatz erfahren hatte, dass Giacomo an diesem Vormittag einen Auswärtstermin wahrnahm, gelang es Flora tatsächlich, sich zu konzentrieren. Die endlosen Tabellen des Bestellmanagements hielten ihre Aufmerksamkeit zuverlässig gefangen, sodass es bereits halb eins war, als sie auf die Uhr sah. Mittag. Ihr Puls beschleunigte sich. Da sie auf Marcs letzte Nachricht nicht geantwortet hatte, war etwas offen zwischen ihnen und ein Gefühl sagte ihr, dass sie ihn daher nicht erst am Abend sehen würde.

Wolfgang kam aus der Halle. Sein senfgelber Pullover machte ihn blass; und wenn sie nicht vorhin schon mit ihm gesprochen hätte, würde sie denken, dass er noch ziemlich mitgenommen vom Wochenende war. Er steuerte direkt auf sie zu.

»Flora, der Chef will dich sprechen.«

»Herr Renzi?«

Er schmunzelte. »Jetzt ist er wieder Herr Renzi? Ich dachte, ihr wart da bereits weiter, zumal ihr sogar zusammen übernachtet habt …« Sie starrte ihn an und schwieg. »Sorry, war ein blöder Scherz.« Er sah sie zerknirscht an.

»Schon gut, dann gehe ich mal«, antwortete Flora und schnappte sich die neueste Übersicht der Kostenvoranschläge.

»Halt, ich meinte gar nicht Giacomo, sondern Herrn Antonius. Er hat mich gebeten, nach dir zu suchen.«

»Oh.« Floras Knie wurden weich. »Okay.«

Vor seinem Büro nahm sie sich einen Moment Zeit. Sie hatte

null Ahnung, was sie erwarten und was sie sagen würde. Als hätte er gespürt, dass sie da war, wurde mit einem Mal die Tür aufgerissen.

»Komm rein.« Seine Stimme klang sachlich und sein Gesichtsausdruck ließ wie so oft keine Gefühle durchscheinen. Sie hoffte inständig, dass das bei ihr auch so war.

Flora stolperte ins Zimmer und er schloss die Tür hinter ihr.

»Setz dich.« Marc trug einen schwarzen Anzug mit cognacfarbenen Schuhen sowie einen gleichfarbigen Gürtel und sah aus wie eins dieser Fitnessmodels im Businesslook.

Mit einer knappen Geste, die ihr noch gut in Erinnerung war, deutete er auf den Stuhl vor seinem Schreibtisch. Sie waren also wieder auf Anfang. Doch nicht ganz. Zu Beginn hatte er ja völlig darauf verzichtet, ihr einen Platz anzubieten. Flora zögerte einen Moment.

»Bitte«, fügte er hinzu.

Sie setzte sich und sah ihn abwartend an.

Er lehnte sich neben ihr an die Tischplatte. »Flora …«, fing er an.

»Können wir dann einfach zur Tagesordnung zurückkehren und so weitermachen wie vor dem Wochenende?« Das war eine spontane Idee. Sie hatte ihm so viel anderes sagen wollen, aber ein Blick in sein Gesicht – und sie wusste, dass sie auf verlorenem Posten kämpfte. Er hatte sich entschieden. Jetzt ging es darum, erst einmal zu retten, was sie gemeinsam hatten.

»Bist du dir sicher, dass du das kannst?«, fragte er ungläubig.

»Ich würde es wohl sonst nicht vorschlagen«, sagte sie gelassen. *Wie zum Teufel sollte sie das jemals hinbekommen?* Sie sah seinen geschwungenen Mund, seine Hände ... und alles in ihr wollte ihn berühren.

»Danke, Flora. Ich könnte verstehen, wenn du sauer wärst. Ich wäre es auch. Aber es ist mir sehr wichtig.« Er strich ihr eine Haarsträhne aus dem Gesicht. »Und ich freue mich für deinen persönlichen Sieg mit dem Festival«, flüsterte er, während er sie intensiv musterte.

Tu das nicht, Marc. Die liebevolle Geste jagte Schauer durch ihren Körper und ließ sie die Augen schließen. Schnell riss sie sie wieder auf und schob ruckartig ihren Stuhl zurück. Fast gleichzeitig öffnete sich hinter ihr die Tür.

»Hallo Marc. Hey, Bella«, hörte sie Giacomos Stimme gedehnt sagen. Sie drehte sich zu ihm um. Er grinste sie breit an. »Du siehst toll aus. Die Nacht in meinem Bett scheint dir gutgetan zu haben. Genau wie mir«, setzte er süffisant hinzu.

Flora erstarrte. Ihr Blick glitt zu Marc, der ihren kurz suchte, als wollte er überprüfen, ob das, was er gehört hatte, der Wahrheit entsprach. Er sah es ihr sofort an und trat betont gelassen hinter seinen Schreibtisch.

»Giacomo. Möchtest du etwas Bestimmtes?«, fragte er fast gelangweilt. »Wenn nicht, dann führ deine Privatgespräche mit Frau Lilienthal bitte draußen.«

»Klar, ich wollte dich nur darüber informieren, dass die Sanitäranlagen im ersten Stock fertig sind.«

»Gut. Frau Lilienthal, ich denke, es ist alles gesagt.«

Dabei ordnete er bereits seine Unterlagen und sah sie nicht mehr an. Floras Körper füllte sich mit einer durchdringenden Kälte, die in eine tiefe schwarze Leere überging. Wie konnte er ernsthaft so einen Mist glauben? Sie hatten vor dem Festival eine Vereinbarung geschlossen. Ihm sollte bewusst sein, dass sie nicht der Typ war, der so etwas brach. Jedenfalls nicht wissentlich. Das Dröhnen in Floras Ohren wurde immer lauter. Mechanisch drehte sie sich zur Tür, quetschte sich an Giacomo vorbei und stürzte hinaus.

Draußen holte er sie ein. »Flora, wir haben uns Sorgen gemacht, als du morgens weg warst. Konntest du nicht mehr schlafen, Bella? Tut mir leid, dass ich mich noch zu dir gelegt habe, doch als ich nach einer Stunde wach wurde, war mein Nacken verspannt.« Er sagte das in einem unverbindlichen Plauderton und griff von hinten um ihre Taille.

Sie blieb abrupt stehen und befreite sich von seinem Arm. Sein Nacken war verspannt? War er bescheuert? Wahnsinnig? Ein Psychopath? Mindestens aber Soziopath, denn wie konnte er nicht mitbekommen, wie unangemessen seine Bemerkung eben war?

Vor ihrem Vorgesetzten! Wenn das Absicht gewesen sein sollte, war er abgrundtief gemein, und falls nicht, dann war er so naiv, dass es an Dämlichkeit grenzte. Flora hatte Mühe, beherrscht zu sprechen.

»Giacomo. Wie kommst du darauf zu erzählen, dass wir in einem Bett geschlafen haben? Das ist erstens eine Privatsache, zweitens etwas, das ich, wie du weißt, nicht wollte, und drittens war es eine verdammte Couch.«

Mit seinem schwarz-weiß karierten Hemd, das zwei Knöpfe weit offen stand, dem roten Jackett und der dunkelblauen Jeans sah er aus wie das blühende Leben. Eins mit der Welt und zufrieden mit sich selbst. Sie stieß ärgerlich die Luft aus und ballte die Fäuste.

»Sorry, Bella, aber deinem Boss ist das sicher egal und außerdem hat es sich angehört, als ob es ein Scherz war.« Er blieb konstant gelassen, als wäre er guten Mutes, dass sie bald verstehen würde, dass es überhaupt kein Problem gab. Flora sah rot. Sie zerrte ihn in die nächste Toilettenanlage und knallte die Tür hinter sich zu.

»Mir ist es aber nicht egal. Ich will nicht, dass du solch zweideutige Dinge sagst. Zu niemandem.« Es fühlte sich so befreiend an, zu schreien. Sie legte ihre ganze Verzweiflung hinein und hoffte, sie damit loszuwerden. All die enttäuschte Hoffnung über Marc und ihren Kuss. Die Traurigkeit wegen der erneuten Distanz zwischen ihnen und das Entsetzen über Giacomos Indiskretion, die ein völlig falsches Bild entworfen hatte. Ihr Herz zog sich schmerzhaft zusammen. Sie schüttelte den Kopf und stöhnte leise.

Auf einmal sah er doch ein wenig schuldbewusst aus.

»O Liebes, es tut mir leid. Manchmal mache ich unüberlegte Sachen. Mir war nicht klar, dass das so ein großes Problem für dich ist.«

Endlich schien er zu begreifen. Flora legte sich eine Hand auf die Stirn. »Mann, Giacomo, das war echt das Letzte«, sagte sie atemlos. »Blamier mich wenigstens nicht auch noch vor den anderen Mitarbeitern. Ich möchte nicht wie ein Flittchen rüberkommen.«

»Sei unbesorgt, ich kann schweigen.« Er lächelte selbstzufrieden. »Aber die Jungfrau Maria nimmt dir sowieso keiner ab, so wie du aussiehst.« Er zwinkerte ihr zu und Flora war klar, dass er rein gar nichts begriffen hatte.

»Halt. Einfach. Die. Klappe.« Damit stürmte sie wieder auf die Galerie.

In blinder Panik klopfte sie an Marcs Bürotür. Sie wartete nicht auf sein ›Herein‹, sondern riss sofort die Tür auf und blickte in sein kurz überraschtes und dann verschlossenes Gesicht.

»So, ich werde nun erzählen, was wirklich geschehen ist. Ob du willst oder nicht«, platzte sie heraus, während sie sich auf den Stuhl vor seinem Schreibtisch fallen ließ.

»Das ist nicht nötig«, antwortete Marc. Seine Stimme, seine ganze Haltung erinnerte Flora an die erste Begegnung, die sie in diesem Büro hatten.

»Ja, klar, der Klassiker«, schnaubte sie verächtlich, »aber da mache ich nicht mit«, und bevor er etwas einwenden konnte, sprach sie weiter, »denn ich wende jetzt Melanies und meine Liebesfilmregel an.«

»Eure was?«

»Liebesfilmregel. Wir haben genug Filme geguckt, um zu wissen, wann der Moment gekommen ist, in dem man eben nicht beleidigt abziehen, den Dingen ihren Lauf lassen oder auf irgendeine bessere Gelegenheit warten darf, woraufhin dann alles schiefgeht, sodass man vierzig Jahre später auf einer Bank am Meer der verlorenen Zeit nachtrauert, kurz nachdem das Missverständnis mit einem Satz gelöst wurde.« Marc sah sie fragend an. »Stattdessen werde ich jetzt dranbleiben, bis du weißt, was genau passiert ist. Und erst danach liegt es bei dir, wie du die Sache beurteilen möchtest«, erklärte sie weiter und holte tief Luft, bevor sie mit ihrer Beschreibung der Ereignisse begann. »In Luisas und meinem Zimmer war eine Spinne. Ein Exemplar wie aus einem Horrorkeller.« Flora griff in ihre Rocktasche, nahm ein Fünfzigcentstück heraus und zeigte drauf. »Der Körper. Plus lange, behaarte Beine.« Beim Gedanken an das Riesenvieh lief ihr eine Gänsehaut über die Arme. Auch darauf zeigte sie.

Marcs verschlossene Miene veränderte sich zu einem besorgten Ausdruck. »Das tut mir leid.«

»Ja, danke«, seufzte sie. »Das Wohnzimmer mit Giacomo auf der Couch war am weitesten entfernt und es gab keinen Spalt unter dem Türblatt. Er schlief tief und fest, deshalb dachte ich, es sei kein Problem.« Marc lehnte sich auf seinem Stuhl nach hinten und legte sich die Finger an die Schläfen. Stockend fuhr sie fort. »Es gab einen Sessel am Fenster und da hast du mir geschrieben. Ich war so stolz auf mich, dass ich das trotz Spinne schaffen kann.« Sie knetete ihre Hände. »Und dann …«

»Flora«, unterbrach Marc sie eisig, »ich fasse mal zusammen. Als ich dir angeboten hatte, dich abzuholen, war da diese Spinne, du hast dich überhaupt nicht wohlgefühlt und warst in Giacomos Zimmer. Wieso hast du mein Angebot nicht angenommen?«

Und wenn ich da gewusst hätte, wie sich die Nacht weiterentwickelt, hätte ich das getan!

»Ja, das mit der Spinne war schlimm, aber dadurch wollte ich etwas lernen. Ich hatte mich gerade wieder einigermaßen im Griff. Und da dachte ich, dass es schade ist, wenn ich die Aktion vorzeitig abbreche. Außerdem wusste ich nicht, dass du morgens alles schon wieder …« Sie ließ ihren Blick einen Moment aus dem Fenster hinter ihm zu einer alten Linde schweifen und blinzelte ein paarmal, um die schweren Schatten der Enttäuschung zu vertreiben. »Später wurde Giacomo wach«, machte sie weiter. »Er wollte unbedingt selbst auf dem Sessel schlafen – Gentleman und so …«, Flora verdrehte die Augen, »und dann hat er mich gedrängt, auf die Couch zu gehen.« Marc schüttelte den Kopf. *Ja, toll! Im Nachhinein ist es natürlich immer leicht, schlauer zu sein.* Sie biss auf ihre Lippe, um sich diesen Kommentar zu sparen. »Als ich aufwachte, lag er hinter mir und schlief tief und fest. Völlig unspektakulär, auch wenn ich gut darauf hätte verzichten können. Trotzdem wollte ich nur noch weg. Hab meine Sachen genommen und bin zum Bahnhof gegangen.«

Flora hielt den Atem an, während sie seine Reaktion auf die wirklichen Ereignisse erwartete, doch Marc fixierte schweigend einen Punkt an der gegenüberliegenden Wand. Dann endlich sah er sie an. Sein Gesichtsausdruck war unergründlich.

»Du sagtest vorhin, du würdest die Liebesfilmregel anwenden. Ist dies hier denn ein Liebesfilm für dich?«

Er musterte sie intensiv. Flora versuchte, ihre Gesichtsmuskeln bewusst zu entspannen, und hielt seinem Blick stand. Es fühlte sich an wie eine Prüfung zu absolvieren, die man nicht bestehen wollte. So wie schlimmes Lügen, ohne auch nur ein Wort zu sagen. Ihr wurde flau im Magen.

»Jedenfalls ist es keiner mit Giacomo Renzi in der Hauptrolle«, erwiderte sie schließlich. »Und für dich?«

»… ist es ein Film, in dem ein Hase munter mit den dicken Tatzen eines Tigers spielt«, sagte er scharf.

Flora schluckte und kämpfte die aufkommende Übelkeit nieder. »Dann sollte verdammt noch mal jemand gut auf diesen Hasen aufpassen, würde ich sagen.«

Marc fuhr sich durch die Haare. Er sah angespannt aus. »Die letzten Tage haben gezeigt, dass ich es nicht mehr kann«, murmelte er.

»Ich verstehe das alles nicht«, sagte sie leise.

Er presste die Lippen aufeinander und runzelte die Stirn. »Flora, es tut mir leid, ich brauche Abstand.« Er legte seine Arme mit geöffneten Händen auf dem Schreibtisch ab.

»Bitte komm heute und in den nächsten Tagen nicht in mein Zimmer. Wenn es nicht anders geht, dann ja, ansonsten – nicht.«

Es fühlte sich an, als hätte sie eine Faust getroffen. Schmerz breitete sich in Sekundenschnelle von der Mitte ihres Körpers bis in ihre Finger und Zehen aus. Sie holte kurz Luft und schloss die Augen. Tausend Fragen schossen ihr durch den Kopf, doch jetzt verstand sie, wieso Menschen an so einem Punkt aufgaben. Es war die pochende Angst, Antworten zu bekommen, die man einfach nicht hören will.

Flora starrte auf das ovale Stuckelement an der Decke. Langsam veränderte sich das Licht von goldenen zu orangen Farbtönen und die Schatten, die von den Bäumen vor dem Hotel in ihr Zimmer fielen, wurden länger. Irgendwann hörte sie das Klicken, mit dem Marc seinen Teil der Tür entriegelte, aber es kam kein Klopfen.

Der ganze Raum fühlte sich auf einmal unnatürlich eng an. Sie nahm ihre Tasche und kramte nach den Kopfhörern. Dann startete sie Musik auf ihrem Smartphone und verließ das Hotel. Sie überquerte die Kopfsteinpflasterstraße und setzte sich auf eine Bank in dem kleinen Park gegenüber dem Eingang. Erschöpft zog sie die Beine an und legte ihren Kopf darauf ab.

Ein *Ping* drang durch die Musik und das Display wurde hell. Es zeigte eine Nachricht.

»Was machst du allein da draußen? Es ist schon fast dunkel. Komm wieder rein.«

Er schrieb ihr? Was sollte das? Ärgerlich antwortete sie.

»Lass mich bitte in Ruhe. Auch ich will Abstand.«

Mit dem Wort ›bitte‹ hatte sie lange gerungen. Doch am Ende siegte die Höflichkeit.

»Das verstehe ich.«

Drei Worte. In Floras Kopf drehte sich alles. *Er verstand das? Natürlich!* Jede Bewegung voneinander weg verstand und begrüßte er ja. Wütend legte sie das Handy zur Seite. Hatte er das nicht schon immer getan? Sie war es schließlich gewesen, die sich ihm aufgedrängt hatte. Dabei war von Anfang an klar, dass er sie nicht wollte. Und der Kuss? Auch da hatte sie den Anfang gemacht. Unglaublich, wie sehr diese Erkenntnis schmerzte. Floras Gedanken verselbständigten sich und quälende Stimmen flüsterten ihr immer mehr deprimierende Wahrheiten ins Ohr. Gott. Sie konnte unmöglich hier sitzen bleiben. Ihre Beine sprangen wie von selbst von der Bank. Mit schnellen Schritten war sie aus dem Park und irrte ziellos durch die Innenstadt. Erst weit nach Mitternacht kam sie wieder in ihrem Zimmer an.

Ziemlich müde nahm Flora am nächsten Morgen Auswärtstermine mit Spielwaren- und Möbelgeschäften für die Ausstattung des Kinderbereichs wahr. Eigentlich machte ihr diese Aufgabe Spaß und ein paar Stunden nicht Gefahr zu laufen, Marc zu begegnen, fühlte sich wie eine Atempause an.

Als sie am späten Nachmittag das Belle Époque betrat, registrierte sie eine eigenartige Stimmung. Obwohl hier immer hektische Betriebsamkeit herrschte, lag dieses Mal eine Nervosität in der Luft, die nur von einem besonderen Ereignis stammen konnte. Automatisch sah Flora hoch zu Marcs Büro, doch die Tür war geschlossen und ihr Blick wurde von einem unangenehmen Ziehen im Bauch quittiert. Eilig strebte sie auf den Kreativbereich zu, mit der inständigen Hoffnung, ihm dort nicht zu begegnen. Aber Hoffnung täuscht eben manchmal. Alle Mitarbeiter hatten sich um den ovalen Tisch in der Mitte versammelt. Große Simulationsbilder und Imagefotos vom Belle Époque, die in der letzten Woche von einer Werbeagentur angefertigt worden waren, lagen darauf verteilt. Morgen um halb elf fand im Center die Matinee statt. Herr Ebertzhagen, die Vorstandsmitglieder der HEC-AG, der Bürgermeister, der Vorsitzende vom Stadtmarketing sowie zahlreiche Personen der Leipziger Wirtschaftsszene würden da sein und sich über den Stand der Dinge informieren. Sie hatten als Kreativteam eine beeindruckende Präsentation zusammenzustellen, die Luisa auf ihrem Firmennotebook komplettieren sollte. Heute Nachmittag wollten sie diese zusammen mit Marc abschließend durchgehen. Flora schüttelte den Kopf. Wie durcheinander musste sie sein, um das zu vergessen? Ein Blick auf die Uhr zeigte, dass sie zum Glück noch einigermaßen pünktlich war. Doch irgendetwas schien nicht nach Plan zu laufen, das konnte sie an den Gesichtern der andern und vor allem an Marcs Miene ablesen. Ohne viel Aufhebens zu machen, setzte sie sich auf einen freien Stuhl.

»Okay, Frau Sänger, habe ich das richtig verstanden? Ihnen ist gerade aufgefallen, dass Sie das Firmennotebook heute Morgen in der Straßenbahn liegen gelassen haben? Und es gibt keine positive Nachricht vom Fundbüro?«

»Nein. Dort ist nichts abgegeben worden.« Luisa saß neben Marc, der am schmalen Ende des Tisches stand, und sah mit treuen Augen zu ihm hoch.

Er fuhr sich durch die Haare und atmete geräuschvoll ein. »Darüber werden wir später noch sprechen. Geben Sie mir bitte die Sicherheitskopie der Präsentation, damit wir anfangen können.« Seine Stimme klang mühsam beherrscht.

Luisas Gesicht wurde feuerrot. »Äh, Sie meinen den USB-Stick?«

»Ja, den ich Ihnen extra dafür gegeben hatte.«

»Also natürlich habe ich eine Kopie gemacht«, stotterte Luisa.

»Toll, dann ist ja alles bestens.« Marc streckte auffordernd die Hand aus.

»Das war am Freitag. Da sind wir nach Berlin zu einem Tanzfestival gefahren und haben dort übernachtet. Der Stick befand sich in meiner Kosmetiktasche, weil ich am späten Nachmittag noch die Präsentation bearbeitet hatte. Wir sind direkt im Anschluss an die Arbeit aufgebrochen.«

»Okay ...?« Marc sah sie mit hochgezogenen Brauen an.

»Ich habe ihn ...«, setzte sie an und schwieg dann wieder.

»Ja?«, fragte er genervt.

»... wohl in der WG vergessen, als ich meine Kosmetiktasche morgens ganz kurz ausgepackt habe, um meinen Augenbrauenstift zu suchen.« Sie sackte in sich zusammen wie ein Häufchen Elend und tat Flora richtig leid. Sie selbst hätte nicht in ihrer Haut sein wollen, obwohl es irgendwie zu Luisa passte, etwas leichtsinnig mit wichtigen Dingen umzugehen. Marc schwieg einen Moment und merkwürdigerweise suchte sein Blick den ihren.

»Hallo Flora.«

Hatte er das jetzt wirklich gesagt? Ihren Vornamen? In dieser Situation? Sie war sich erst nicht sicher, ob sie richtig gehört hatte, aber seine Stimme klang deutlich in ihren Ohren nach.

Marcella meldete sich zu Wort. »Ich versuche, Christina zu erreichen. Vielleicht hat jemand den Stick in der WG gefunden.« Sie hielt sich bereits das Handy ans Ohr. »Hey, Christina. Ein Notfall. Bist du zu Hause? Ja? Super. Luisa hat einen wichtigen

USB-Stick bei euch im Badezimmer liegen lassen.« Sie wandte sich kurz an Luisa, die immer noch zusammengesunken auf ihrem Stuhl saß. »Wie sah der Stick aus?«

»Er war aus grauem Metall«, antwortete sie und tauchte aus ihrer Lethargie auf.

Marcella gab die Info an ihre Freundin weiter und wartete. »Okay, kannst du mal fragen, ob ihn jemand gesehen hat?« Wieder schwieg Marcella. Dann nickte sie ein paarmal. »Und wo ist sie jetzt? Oh. Okay, bis gleich.« Sie legte auf und erklärte, dass der USB-Stick im Bad nicht zu finden war. Christina hatte aber von ihrem Mitbewohner erfahren, dass Fabienne, die am Samstagnachmittag nach Wismar umgezogen war, den Stick gefunden und sich noch gefreut hatte, weil sie davon ausging, dass es ihrer sei.

»Und was heißt das?«, fragte Marc.

»Voraussichtlich hat sie ihn mitgenommen. Christina versucht gerade, sie zu erreichen.«

Alle hielten den Atem an. Wismar, dachte Flora, das lag an der Ostsee. Sicher, sie könnten versuchen, eine neue Präsentation zusammenzustellen, aber das wäre weit entfernt von professionell und damit würde Marc sich nicht zufriedengeben. Nicht wenn er irgendwie an das Original herankommen konnte. Trotzdem machte es Sinn, wenigstens eine reduzierte Version zu haben, falls der USB-Stick doch nicht gefunden wurde, überlegte sie.

Marcellas Handy klingelte. Sie sprach ein paar Augenblicke mit ihrer Freundin. Dann legte sie auf. »Unsere Sicherheitskopie ist in Wismar. Allerdings hat diese Fabienne am Wochenende nur ihre Sachen in die Wohnung gestellt und ist gestern zu ihrem Freund nach Hamburg gefahren. Sie war aber so nett, eine ältere Dame, der sie auch schon ihren Ersatzschlüssel gegeben hatte, zu informieren, damit jemand hineingehen kann, um das Ding aus ihrer Handarbeitstasche zu holen, die vermutlich im Wohnzimmer neben der Tür steht.«

»Mit dem Zug wird das nichts mehr. Ich habe gerade den Fahrplan gecheckt«, meldete sich Wolfgang zu Wort.

Marc legte die Hände an die Hüften und starrte einen Moment ins Leere.

»Dann werde ich mit Frau Sänger losfahren und den Stick abholen.« Er wandte sich Luisa zu. »Sie werden auf der Rückfahrt die Präsentation noch einmal durchgehen und mich über die letzten Änderungen informieren. Parallel können Sie einen Kurzbericht für Ihre Kollegen mit dem genauen Ablaufplan verfassen und per E-Mail versenden.« Obwohl Flora sich sicher war, dass Marc vor Wut kochte, wirkte er einfach nur vollkommen fokussiert. Als er ihren Blick bemerkte, sah sie schnell zu Marcella rüber. »Und Sie alle bereiten jetzt bitte die Halle für den Empfang vor«, richtete Marc wieder das Wort an die Gruppe. »Stellen Sie Bestuhlung, Stehtische und Leinwand auf und platzieren Sie die Imageposter. Dann fotografieren Sie das und schicken mir die Fotos ebenfalls per Mail. Sollte die Suche nach dem Stick länger dauern als geplant, übernachten Frau Sänger und ich in Wismar und werden morgen auf halb elf zur Matinee zurück sein.«

Flora fühlte einen Stich in ihrem Herzen. Er mit Luisa im Hotel? Wieso konnte denn nicht bitte Giacomo diesen Trip übernehmen? Doch da fiel ihr ein, dass er ja heute zur Hochzeit seiner Schwester aufgebrochen war. Marc blickte auffordernd in die Runde, vermied es dieses Mal jedoch sie anzusehen.

»Ist das so weit klar?«

Die Gruppe murmelte zustimmend.

»Natürlich hoffe ich, dass der USB-Stick wiederauftaucht«, meldete sich Flora zu Wort, »dennoch wäre es sicherer, wenn wir anderen uns zusätzlich darum bemühen, zumindest aus den Fotos der Werbeagentur eine neue Präsentation zusammenzustellen. Damit hätten wir etwas, das wir im Zweifelsfall mit einer großen Portion Charme und Esprit darstellen könnten, oder nicht?«

»Das ist eine gute Idee. Danke, Frau Lilienthal.« Sein Blick versank eine Sekunde in ihrem und wurde weich. Dann wandte er sich ruckartig ab. »Alles klar. Frau Sänger, nehmen Sie Ihre Sachen. Wir holen noch kurz ein anderes Firmennotebook, an dem Sie während der Fahrt arbeiten können.«

Luisa nickte eifrig und ein Strahlen ging über ihr Gesicht.

Es wurde ein langer Abend. Flora und ihre Kollegen bereiteten bis dreiundzwanzig Uhr den Empfang am nächsten Morgen vor. Ein Eventausstatter hatte sechs hohe, schmiedeeiserne Säulen geliefert, von denen opulente Blumenarrangements mit eleganten Efeuranken herunterhingen. Durch sie wirkte die Halle wie aus einem anderen Jahrhundert. Dazu passten hervorragend die grauweiß gestreiften Hussen der Stühle und die Stehtische mit silberglänzenden Überzügen. Ein Bühnenpodest, das die Handwerker des Centers aufgebaut hatten, wurde von Thorsten und Marcella mit einer kunstvoll gerafften Stoffbordüre versehen und fügte sich optisch perfekt ins Gesamtbild ein. Während sich die Halle in einen Veranstaltungsort verwandelte, nutzten Wolfgang und Flora jede freie Minute, um eine Bilderfolge als Notfallpräsentation zu erstellen.

Schließlich fanden sie sich müde und erschöpft am Haupteingang ein, um ihr Werk zu begutachten. Zusammen mit den Imageplakaten der Werbeagentur vermittelte die Veranstaltungsfläche nun genau die Atmosphäre, die das Center später ausstrahlen würde.

Thorsten pfiff durch die Zähne und sah sich um. »Wow, wir können stolz auf uns sein, Leute«, sagte er und sprach aus, was jedem durch den Kopf ging. Lachend klatschten sie sich ab, bevor sie erschöpft nach Hause fuhren.

24

Mmh, der Kaffee duftete verlockend vom Buffet herüber. Davon könnte sie jetzt auch noch eine Tasse gebrauchen. Flora unterdrückte ein Gähnen. In der Nacht waren ihre Gedanken immer wieder zu Marc und Luisa gewandert. Wie sie den USB-Stick suchten, wie sie ihn fanden und ihren Erfolg in einer Bar feierten, bevor sie im Hotel übernachteten. Überhaupt, wie Luisas Strahlen Marc vergessen ließ, dass nur ihre Unzuverlässigkeit sie in diese Lage gebracht hatte …

Flora drängte die Bilder energisch zurück und schaute sich um. Mitarbeiter eines Catering-Unternehmens trugen unablässig Silbertabletts mit bunten Kanapees und Petits Fours in zarten Pastelltönen herein. Die ganze Halle schien aufgeregt zu vibrieren, obwohl die Gäste vermutlich erst in einer halben Stunde eintrudeln würden. Flora wunderte sich, warum sie bisher weder Marc noch Luisa gesehen hatte. Es passte so gar nicht zu ihm, knapp vor dem Event einzutreffen. Gestern Abend war auf die letzte E-Mail des Teams mit den Bildern der fertig vorbereiteten Halle keine Antwort mehr gekommen. Auch das war merkwürdig. Also hatte entweder die Suche doch länger gedauert oder aber Marc war durch Luisas einnehmendes Wesen völlig darüber hinweggekommen. Flora biss sich auf die Lippe. *Schluss jetzt!* Sie eilte zum Buffet, um sich eine Tasse Kaffee zu holen.

Um Viertel nach zehn trafen Herr Ebertzhagen und der Bürgermeister ein. In kurzer Folge erschienen die restlichen Gäste, sodass um halb elf alle auf ihren Plätzen saßen. Nun würde es langsam losgehen müssen, aber von Marc und Luisa fehlte jede Spur. Die Kreativcrew versammelte sich neben der Bühne. Heinrich Ebertzhagen erhob sich von seinem Stuhl und kam auf sie zu. Er begrüßte die Gruppe herzlich und fragte Flora, wann es denn endlich losgehe. Wolfgang kam ihr zu Hilfe und sagte, dass sich das Ganze aus technischen Gründen noch ein wenig verzögere, doch das Gesicht von Herrn Ebertzhagen zeigte deutlich, dass dieser Umstand nicht mehr allzu lange dauern sollte. Floras Herz hämmerte in ihrer Brust. Sie hatte sowohl Marc als auch Luisa bereits dreimal vergeblich zu erreichen versucht. Hoffentlich war ihnen nichts passiert.

»Flora, du musst jetzt die Präsentation halten«, raunte Wolfgang ihr ein paar Minuten später zu. Er war blass und Schweißperlen standen auf seiner Stirn.

»Aber wir haben sie doch gemeinsam erstellt.«

»Ich kann so was nicht.« Er öffnete den obersten Knopf seines Oberhemdes, vermutlich um besser Luft zu bekommen. »Bitte mach du das. Und schnell, die Gäste werden immer unruhiger.«

Sie sah sich um. Das Gemurmel in der Halle hatte in den letzten fünf Minuten deutlich zugenommen. Viele reckten demonstrativ ihre Köpfe. Wenn sie noch länger warteten, würde es für sie alle peinlich werden. Ganz besonders jedoch für Marc. Sie seufzte und holte tief Luft. Es ist irgendwie ein Wunder, dachte Flora, während sie auf das Podest kletterte, dass bei all ihren Ängsten und Einschränkungen ausgerechnet Bühnenangst nicht dazugehörte, was aber sicher nur ein Versehen war. Sie schmunzelte ein wenig und ging mit festen Schritten auf das Mikro zu. Dann nahm sie sich einen Moment, um das Publikum zu betrachten und stellte sich vor, wie die Menschen, die dort saßen, heute Morgen voller Spannung hierhergefahren waren. Bestimmt freuten sie sich schon sehr darauf, endlich mehr über das Einkaufszentrum zu erfahren, das bald in ihrer Stadt eröffnen würde. Nun, diese Freude machte sie ihnen gerne.

Lächelnd trat Flora vor in den Scheinwerferkegel, begrüßte alle Gäste herzlich, entschuldigte sich für die Verzögerung und startete die provisorische Präsentation. Sie beschrieb das Gebäude aus ihrer ganz persönlichen Sicht mit Worten, die genau den inneren Bildern entsprachen, die sie selbst hatte, wenn sie an das fertige Center dachte. Es fiel ihr nicht schwer, ihre positiven Gefühle zu vermitteln und bald ein Lächeln auf die Gesichter zu zaubern.

»Und ist es nicht wunderbar? Hier werden die Menschen immer wieder eintauchen können, in diese wundervolle Epoche aus Gradlinigkeit und Verspieltheit, in der sich jede Persönlichkeit wiederfinden kann«, schloss sie mit dem letzten Bild der Präsentation. Ein enthusiastischer Applaus schwoll ihr entgegen. Flora lächelte und ließ ihren Blick noch einmal über die Menge gleiten, dann blieb sie an einem leuchtenden Paar grüner Augen hängen. Marc stand neben Luisa an die rechte Wand der Halle gelehnt und starrte sie an. Sie schluckte. Er trug einen hervorragend sitzenden Anzug, auch wenn er leicht zerknittert wirkte und derselbe wie am Tag zuvor zu sein schien. Aber Luisa? Wann hatte sie ihre ›Pretty-Woman-Klamotten‹ aus der ›Vor-Richard-Gere-Zeit‹ gegen diesen knielangen Satinrock mit Wasserfall-Top getauscht? Gott, sie waren so ein elegantes Paar. Floras Magen verkrampfte sich und ihre Knie wurden schwach. Unauffällig sah sie an sich herunter. Heute Morgen hatte sie sich mit ihrem weißen Petticoatkleid, an dessen Seite sich eine zartgrüne Efeuranke nach oben schlängelte, und dem Grace-Kelly-Knoten in ihren Haaren noch schön gefunden, doch auf einmal kam sie sich unförmig wie ein überdimensionaler Cupcake vor. Sie zuckte zusammen, als Marc sich auf das Podium zubewegte, und ihre Hand, mit der sie das Mikro festhielt, zitterte. Schnell legte sie die andere darüber. Er stellte sich neben sie, dankte ihr und kündigte an, den Eindruck, den Flora vom Center entworfen hatte, jetzt mit ein paar Zahlen und Fakten zu ergänzen. Gefolgt von einem weiteren Applaus stakste sie von der Bühne und gesellte sich zu ihren Kollegen.

Nach Marcs Vortrag betrat Heinrich Ebertzhagen das Podium,

bedankte sich für das Kommen der Gäste und eröffnete das Buffet.

»Was unsere Präsentation an Stil sowie technischen und wirtschaftlichen Daten vermissen ließ, hast du durch deine charmante Beschreibung mehr als wettgemacht«, sagte Wolfgang und umarmte sie herzlich.

»Ich hatte zwischendurch richtig Gänsehaut, weil du den Leuten alles so plastisch dargestellt hast. Ich glaube, es gab niemanden, der danach nicht Lust auf einen kleinen Shoppingbummel hatte«, stimmte Marcella ihm zu.

»Danke.« Flora lächelte. »Das ist lieb. Aber wann sind denn Marc und Luisa angekommen?«

»Etwa zehn Minuten nachdem du angefangen hattest«, meldete sich Thorsten zu Wort. »Sie sind in einen Stau geraten und hatten dort keinen Empfang. Herr Antonius war sehr froh, dich auf der Bühne zu sehen.«

»Hier steckt ihr!« Luisa kam strahlend auf sie zu. »Wahnsinn, oder? Das Publikum ist begeistert.« Sie lachte.

»Ja, zum Glück ist alles noch mal gut gegangen und wenigstens der letzte Teil der ursprünglichen Präsentation konnte gezeigt werden«, pflichtete Wolfgang ihr bei.

»Aber sag mal, wie war denn die Nacht-und-Nebel-Aktion mit Herrn Antonius?«, fragte Marcella und zwinkerte ihr demonstrativ zu.

»Ich würde sagen, das war die aufregendste Nacht meines Lebens. Ich hab kaum geschlafen.« Sie zwinkerte kichernd zurück.

»O. Mein. Gott! Ehrlich?« Marcella ließ ihren Mund offen stehen. Luisa schloss lächelnd die Augen und nickte ihr zu. »Ich will alles wissen, aber lasst uns vorher zum Buffet gehen, sonst sind die Petits Fours weg.« Marcella hakte sich entschlossen bei Thorsten und Wolfgang unter und zog sie mit sich.

»In Ordnung, ich komme gleich. Muss nur noch kurz was erledigen«, rief Luisa und verschwand hinter die Bühne.

Flora folgte den anderen nicht. Sie würde jetzt nichts hinunterbekommen. Luisas Worte kreisten in ihrem Kopf. Sie weigerte sich zu glauben, dass sie die Bedeutung hatten, nach der sie klangen.

Marc würde sicherlich nicht … oder? Sie schüttelte sich. Das war eine Richtung, in die sie gar nicht erst weiterdenken wollte. Stattdessen lehnte sie sich an eine der mächtigen Säulen am Rande der Halle und betrachtete das muntere Treiben.

Es freute sie, dass letztendlich alles gut gelaufen war, doch je mehr sie zur Ruhe kam, desto mehr schwand dieses Hochgefühl. Die Aufregung am letzten Abend und heute Morgen hatte sie fast vergessen lassen, wie sehr sie Marcs Wunsch nach Abstand schmerzte. Vor ein paar Minuten konnte sie beobachten, wie er souverän die verschiedenen Grüppchen von Gästen begrüßte, lächelte, Hände schüttelte und netten Smalltalk hielt. Es fühlte sich so an, als wäre er überall, nur nicht bei ihr gewesen. Flora schloss kurz die Augen. Vielleicht war sie auch einfach zu empfindlich. Seufzend entschied sie, in den Kreativbereich zu gehen und sich einen Moment Ruhe zu gönnen.

Erleichtert, auf dem Weg nicht in ein Gespräch verwickelt worden zu sein, drückte sie ein paar Augenblicke später gegen die Tür und wunderte sich, dass diese nur angelehnt war. Von drinnen hörte sie Stimmen. Eine Sekunde überlegte sie, sich woanders zurückzuziehen, doch Herr Ebertzhagen und der Vorsitzende vom Stadtmarketing schlenderten in ihre Richtung. Noch hatten sie Flora nicht entdeckt, aber das würde nicht mehr lange dauern. Kurzentschlossen verschwand sie durch die Tür und schob sie leise hinter sich zu. Sie ließ ihren Blick durch den Raum wandern und sah Marc und Luisa auf der gegenüberliegenden Seite neben einem Fenster stehen. Seine Hand lag auf ihrer Schulter. Er beugte sich hinunter und sah ihr eindringlich in die Augen.

»Was passiert ist, ist passiert, Luisa. Ich kann und will das nicht vergessen«, hörte Flora ihn sagen. Er klang ruhig und entschlossen.

»Und …«, hob Luisa an, doch Marc unterbrach sie.

»Mir ist klar, dass die Mitarbeiter der Kreativabteilung irritiert sein werden, aber es geht jetzt darum zu akzeptieren, was ist, und nicht mehr lange hinter dem Berg damit zu halten, denn das würde uns beide nur anstrengen.« Luisa sah ihn an und schwieg.

»Also, wer soll es ihnen sagen?«, fragte er mit einem warmen Tonfall in der Stimme.

Floras Magen rebellierte und ihre Knie zitterten. Sie hatte nur noch ein Ziel: raus hier und schnell so weit wie möglich weg. Mit äußerster Disziplin zwang sie die Tränen, die in ihren Augen brannten, zurück und konzentrierte sich darauf, lautlos aus dem Raum zu kommen. Sobald sie draußen war, hastete sie hinter die Bühne, wo sie ihre Tasche abgelegt hatte. Sie verabschiedete sich von niemandem. Die ersten Tränen rollten genau in dem Moment über ihre Wangen, als sie die Eingangstür vom Center durchquert hatte. Vor ihr fuhr die Straßenbahn ab, deshalb rannte sie einfach weiter. Nicht durch die Fußgängerzone, sondern an einer belebten Straße entlang, bis das Hotel in Sichtweite kam. Dann bog sie in eine Lücke zwischen zwei Häusern ein, legte die Hände auf ihr Gesicht und atmete ein paarmal tief ein und aus. Nicht nachdenken. Bloß nicht nachdenken. Mit einem Taschentuch und ihrem Kosmetikspiegel bemühte sie sich, die mit Wimperntusche vermischten Tränenspuren in den Griff zu bekommen. Als Nächstes suchte sie auf ihrem Smartphone nach Zügen, die in Richtung Hannover fuhren. Wenn sie sich beeilte, würde sie fast nicht warten müssen. Mit einem Ruck setzte Flora sich in Bewegung und eilte zum Hoteleingang. Zum Glück war die Rezeption gerade nicht besetzt und die Lobby nahezu leer, sodass sie unbemerkt in den Aufzug und in ihr Zimmer gelangen konnte. Zwanzig Minuten später stieg sie mit ihrem Koffer in das Taxi, das sie zum Bahnhof brachte.

25

»O Gott, Süße.« Melanie saß im Schneidersitz vor dem geblümten Ohrensessel, der unter dem Dachfenster stand. Flora hatte sich darin wie eine Katze zusammengerollt. »Und du hast keinem etwas gesagt, als du gefahren bist?«

»Nein, doch das werde ich noch tun. Ich schicke Marcella eine Nachricht.«

»Ja, mach das. Aber schreib, dir sei übel geworden. Dann haben wir ein bisschen Zeit, um in Ruhe darüber nachzudenken, wie das beste Vorgehen ist.«

Das Sonnenlicht fiel auf Melanies blonde Locken und ließ sie wie Engelshaar leuchten. Genau das brauche ich jetzt, dachte Flora. Einen Engel, der mir sagt, was zu tun ist. Seufzend zog sie das Handy unter ihrem Hintern hervor und tippte die Nachricht. »Fertig.«

»Okay, lass uns mal überlegen, welche Möglichkeiten du hast.« Melanie sah sie aufmunternd an und drückte ihr einen Cappuccino in die Hand.

»Ich werde kündigen, weil ich dort nie, niemals mehr hingehen werde. Den Gedanken, Luisa und Marc zu sehen – am besten händchenhaltend, halte ich nicht aus.« Sie schüttelte traurig den Kopf. Ihren Kuss hatte er ja quasi wieder zurückgenommen und mit dem Deal von Anfang an klargestellt, dass er nichts mit ihr beginnen wollte. Das an sich schmerzte schon genügend, doch dass all das bei Luisa keine Rolle spielte und er sogar darauf drängte, die Beziehung vor den anderen Mitarbeitern so schnell wie möglich öffentlich zu machen, war ein Schlag ins Gesicht in einer Dimension, für die Flora die Worte fehlten. Ihr liefen wieder Tränen über die Wangen. Es war demütigend, aber längst nicht so schlimm wie die Tatsache, dass sie damit gleichzeitig eine endgültige Antwort bekommen hatte. Eine Antwort auf die Frage, ob er sie vielleicht irgendwann lieben würde. Er würde es nicht. Doch sie – liebte Marc. So, jetzt hatte sie es zugegeben. Zumindest vor sich selbst. Und ein riesiger, schmerzender Teil von ihr sehnte sich danach, wieder bei ihm sein. Seinen liebevollen Blick zu spüren, zum Beispiel dann, wenn er ihr davon berichtete, welche schönen Dinge ihm an diesem Tag aufgefallen waren, was ihn interessiert oder begeistert hatte. Sie liebte den ernsten, nachdenklichen Marc und die Verletzlichkeit und Einfühlsamkeit, die sie manchmal dahinter erkannte. In ihren Gedanken tauchte sein leicht abgespanntes und wunderschönes Gesicht mit den leuchtend grünen Augen auf und sie hatte selbst jetzt den Wunsch, ihre Hand zu heben und ihm über die Wange zu streichen. Sie dachte an sein jungenhaftes Grinsen und wie er ihr zuzwinkerte, doch dann schob sich Luisas strahlendes Lächeln davor. *Es war unglaublich! Die aufregendste Nacht meines Lebens!*

»Bitte was?« Melanie hatte irgendetwas gesagt. Sie hatte es nur mitbekommen, weil ihre Freundin vor ihr wild gestikulierte und mit den Fingern schnippte.

»Du quälst dich. Das sehe ich. Komm! Ich habe heute zum Glück frei. Lass uns in die Stadt gehen, Schaufenster angucken oder shoppen. Vielleicht kannst du danach alles mit mehr Abstand betrachten.« Flora verzog ihr Gesicht zu einem schiefen Lächeln. »Du darfst mir dabei auch gerne wieder und wieder das Gleiche erzählen. Ich halte das aus, Süße. Hauptsache du sitzt hier nicht wie ein zusammengesunkener Trauerkloß und denkst dich immer weiter ins Elend«, fügte Melanie schmunzelnd hinzu.

Entschlossen zog sie Flora an der Hand, bis sie auf den Füßen stand. Ein paar Minuten später machten sie sich auf in die Innenstadt und Flora bemerkte dankbar, dass Melanie sie dabei geschickt am ›Beau Village‹, dem Center, in dem sie Marc das erste Mal begegnet war, vorbeilotste.

Die Intuition ihrer Freundin war richtig gewesen, stellte Flora nach einigen Stunden fest. Zwar fühlte sich ihr Herz genauso schwer an wie vorher, doch zumindest war ihr auch ein paarmal ein Lächeln geglückt, und das hatte ihr ein wenig Kraft zurückgegeben. Während Flora am späten Nachmittag die Haustür aufschloss, überprüfte Melanie den Briefkasten auf Post. Sie blätterte schnell und konzentriert durch unzählige Werbeprospekte und murmelte mehrmals das Wort ›Nudeln‹. Schließlich sah sie auf.

»Und, Süße? Hast du dich bereits entschieden, wie du in Bezug auf deine Stelle weiter vorgehen willst? Ich würde mir ja wünschen, dass du noch bis mindestens Ende der Woche wartest, bevor du endgültig kündigst. Man weiß nie, Flora. Warum etwas übereilen?«

»Wäre das denn nicht fies? Wo mir schon klar ist, dass ich auf keinen Fall weiterarbeiten werde?«

»Das ist nicht fies, das ist vernünftig. Man sollte sich niemals zu kopflosen Aktionen hinreißen lassen«, sagte Melanie sanft, »nimm dir einfach genügend Zeit, um deine Gefühle zu ordnen.«

»Okay, doch höchstens bis Freitagmorgen. Und bis dahin muss ich auch noch die letzten Ideen für den Kinderbereich und eine Café-Ecke an Marcella mailen.« Flora biss sich schuldbewusst auf die Lippe.

»Hey, mach nicht so ein Gesicht. Du musst kein schlechtes Gewissen haben.«

»Hab ich aber. Ich lasse andere nicht gerne im Stich.«

»Ich weiß, schließlich bist du FF«, sagte Melanie grinsend.

»FF?«

»Na, Flichtbewusstsein-Flora.«

Flora starrte sie eine Sekunde an, dann prusteten sie beide los.

»Hmm, ja, vielleicht. Doch im Moment bin ich einfach nur vv.« Melanie guckte sie ratlos an. »Völlig vertig«, erklärte Flora und zwinkerte.

Ihre Freundin umarmte sie lachend. »Ach Flora, es ist so schön, dich hier zu haben, und noch schöner, dass du jetzt mal wieder so richtig gelacht hast. Komm, wir gehen nach oben und ich mach uns Spaghetti. Die lösen das Problem möglicherweise nicht ganz, aber sie helfen«, sagte sie mit erhobenem Zeigefinger. »Und wenn nicht das, dann waren sie wenigstens lecker«, sagte sie und grinste.

»Schamlose! Du nutzt meine miserable Lage für deinen Spaghettihunger.« Flora schmunzelte.

»Ich verflechte hier nur ein paar Dinge auf günstige Weise miteinander – unterfüttere deine Situation sozusagen mit einer positiven Erfahrung.«

»Gott, du hast mir so gefehlt.« Flora drückte ihre Freundin noch einmal, dann erklommen sie die drei Stockwerke und Melanie stellte ihr unzählige Detailfragen zur Spaghetti-Soße. Ob mit Kapern oder nur Oliven und dafür auch mit ein paar Peperoni. Ein Hauch Trüffelöl, lieber Olivenöl, Parmesankäse zum Drüberstreuen oder als Zutat in der Soße.

»Auf jeden Fall kuschelst du dich gleich in den Sessel und lässt mich machen. Deine Aufgabe ist es, mir zuzugucken und dich ansonsten einfach nur wohlzufühlen. Na ja, so wohl wie im Moment möglich«, ächzte Melanie, als sie den Treppenabsatz zum Dachgeschoss erreicht hatte. Dann hielt sie abrupt an und Flora lief in sie hinein.

Auf dem Boden saß Marc. Er hatte die Knie angewinkelt, die Arme vor der Brust gekreuzt und starrte Flora wütend an.

»Wieso bist du abgereist, ohne jemandem Bescheid zu sagen?« Seine Stimme klang eisig.

»Bist du irre? Woher kennst du meine Adresse?« Sie schüttelte den Kopf, weil ihr einfiel, dass er natürlich ihre sämtlichen Personaldaten hatte.

»Versuch's noch einmal«, presste er hervor. Da war er wieder, der eiskalte, arrogante Marc. Heiße Wut stieg in ihr auf. »Ich denke nicht, dass das die interessanteste Frage des Abends ist. Eine andere zum Beispiel wäre, wieso du nicht auf meine Anrufe reagiert hast, denn dann müsste ich vielleicht gar nicht hier sein.«

Anrufe? Flora hatte nach der Message an Marcella das Handy ausgestellt. Eine Nachricht von ihm mit dem Inhalt »*Wir müssen uns unterhalten, ich habe jetzt eine Freundin – sie ist sehr nett, du kennst sie*« war etwas, das sie sich gerne ersparte. Doch warum war er extra hierhergekommen? Möglicherweise blieb Ebertzhagen bis morgen und wollte noch einmal mit ihr einen Rundgang über die Ladenzeilen machen, so wie in Hannover? Wellen von Wut breiteten sich durch ihren Körper aus. Klar, da hatte Marc natürlich ein großes Interesse, sie wieder nach Leipzig zu schaffen. »Ich gehe nicht mehr zurück«, sagte Flora, um sofort den aus ihrer Sicht maximalen Schlag auszuteilen. »Du musst dir jemand Neues für das Kreativteam suchen. Vielleicht bekommen die anderen es aber auch so hin. Luisa wird sicher gerne den Teil mit dem Bestellmanagement übernehmen. So könnt ihr wichtige Details in deinem Büro absprechen, solange Giacomo nicht da ist.« Dann folgte sie eilig Melanie, die inzwischen die Wohnungstür aufgeschlossen hatte, und wollte diese hinter sich zuwerfen, doch Marc war schneller und stand einen Augenblick später mit ihr zwischen Schuhschrank und Garderobe.

»Erklär es mir«, sagte er mit immer noch frostigem Tonfall. »So kommst du nicht davon. Eigentlich kommst du gar nicht davon. Du wirst mit zurückfahren. Ich weiß nicht, was vorgefallen ist, ob du dich mit den anderen zerstritten hast oder wütend bist, dass du die Präsentation halten musstest, aber was es auch ist, am Ende wirst du mit mir zurück nach Leipzig fahren.« Er starrte sie an. »Bitte«, setzte er dann hinzu.

»Sicher nicht.«

Marc forschte intensiv in ihrem Gesicht, als könnte er die Antwort, die sie ihm nicht geben wollte, trotzdem daraus lesen. Seine Augen waren leicht gerötet. Die langen Autofahrten schienen ihn erschöpft zu haben. Floras Herz zog sich zusammen und da war wieder dieser elende Impuls, ihm über die Wange zu streichen. *Falsch. Ganz falsch.* Außerdem konnte es auch einfach daran liegen, dass er heute Nacht zu wenig Schlaf bekommen hatte. *Bloß nicht nachdenken.*

Er griff nach ihrer Hand. »Warum nicht? Flora, sag es jetzt. Egal was es ist, es lässt sich aus der Welt schaffen. Und ich helfe dir dabei, bis es dir besser geht.«

Flora lachte schmerzvoll auf. »Bei dieser Sache kannst du mir nicht helfen und ich fürchte, du würdest sie auch nicht aus der Welt schaffen wollen.« Sie starrte einen Augenblick zur Zimmerdecke. »Es tut mir leid, dass du so weit gefahren bist, aber es macht keinen Sinn, dass du noch länger bleibst.«

Schwer atmend standen sie voreinander. Marc zeigte keinerlei Anstalten, die Wohnung zu verlassen. »Flora, du hast mich echt erschreckt. Du musst auspacken. Jetzt. Denn ich gehe nirgendwohin.«

Plötzlich wurde ihr klar, dass er es genau so meinte. Doch sie konnte ihm nicht erzählen, warum sie die Sache mit Luisa so verletzte. Unmöglich. Blitzartig setzte sie sich in Bewegung und sprintete in ihr Zimmer. Kurz bevor er sie erreichen konnte, schlug sie die Tür zu und drehte den Schlüssel um. Okay, das war eine etwas dramatische Reaktion, aber ihn so nah bei sich zu haben mit den Gedanken daran, dass er ihr noch vor zwei Tagen gesagt hatte, dass sie Abstand halten sollte, und das zufriedene Lachen von Luisa im Kopf, das war eine Mischung, die sie nicht aushalten konnte.

Flora warf sich aufs Bett und ließ so leise wie möglich ihren Tränen freien Lauf. Melanie würde Marc schon hinauskomplimentieren. Das bedeutete allerdings auch, dass sie ihn gerade zum letzten Mal gesehen hatte. Als ihr das bewusst wurde, liefen die Tränen noch heftiger. *Verdammte absurde Gefühle!* Zu allem Überfluss roch ihr Bett nach einem fremden, männlichen Parfum. Sie stöhnte frustriert. Augustin schlief ja im Moment darin. Nicht mal ihr Bett, ihre feste Burg, war ihr geblieben.

Eine Stunde später klopfte es.

»Süße, mach jetzt auf«, hörte sie Melanies Stimme.

»Ist er denn weg?«

»Nein, aber du musst dich mit ihm unterhalten. Wirklich. Er hat etwas zu sagen, das du dir anhören solltest.«

»Ja, klar, dass ich wichtig bin, für die letzte Bauphase«, schniefte Flora.

»Darum geht es nicht. Los, komm schon. Vertrau mir und mach die Tür auf.«

»Kann ich nicht. Ich sehe aus wie ein Wrack.«

»Ist doch egal. Wenn er so ein mieser Schuft sein, wie du denkst, hat er den Anblick verdient; und falls er es nicht ist, wird es ihn nicht stören.«

»Aber dann denkt er noch, ich würde etwas für ihn empfinden, warum sonst sollte ich so aufgelöst sein?« Entsetzt hörte Flora sein warmes, dunkles Lachen hinter der Tür. »Melanie, das darf doch nicht wahr sein! Er steht auch da?« Sie war davon ausgegangen, dass Marc in der Küche saß.

»Mach auf, Süße, es ist das Beste für uns alle. Er geht nicht weg und irgendwann musst du sowieso zur Toilette.«

Stöhnend stand Flora auf, stakste zur Tür, schloss auf und flitzte wieder ins Bett. »Licht auslassen!«, rief sie, als er den Raum betrat. Sie hoffte, durch die halb geschlossenen Vorhänge in dem schummrig beleuchteten Zimmer nicht ganz so fertig auszusehen. Trotzdem drehte sie sich zur Wand.

»Okay. Danke, dass du mich reingelassen hast.« Seine Stimme klang ruhig und sanft und sie spürte, wie der Druck in ihrem Bauch nachließ. Das war so falsch. Aber es tat so gut.

Dann neigte sich die Matratze leicht nach unten und ein köstlicher Duft von Nudeln mit Tomatensoße stieg ihr in die Nase. Sofort knurrte ihr Magen. Sie drehte sich um und setzte sich ein wenig auf.

»Hier, für dich«, sagte Marc leise und drückte ihr eine Schüssel mit Spaghetti in die Hand.

»Ich kann leider jetzt nichts essen«, erwiderte Flora, weil ihre Kehle wie zugeschnürt war.

»Das wird sich gleich ändern, denn ich weiß, warum du aus

Leipzig abgereist bist.« Er wartete ihre Antwort nicht ab. »Flora, als du unser Gespräch mitgehört hast, habe ich Luisa gerade gekündigt und ihr die Chance gegeben, es den anderen Mitarbeitern selbst zu sagen.«

»Was?«, rief sie entrüstet. »Das darf ja wohl nicht wahr sein! Ich kenne dich offenbar überhaupt nicht. Ich dachte, du hättest mehr Ehre im Leib. Schließlich gehören zu der Sache immer zwei. Und das Problem jetzt dadurch zu lösen, dass Luisa ihren Job los ist, ist wirklich das Letzte. Wie wäre es stattdessen, wenn du deinen Posten zur Disposition stellst?«

Marc fing die Schüssel auf, die gefallen wäre, weil sie ihrer Wut mit abrupten Bewegungen Ausdruck verliehen hatte.

»Flora«, sagte er streng. »Ich würde niemals etwas mit Luisa anfangen. Sie ist …«

… *deine Mitarbeiterin*, ergänzte sie in Gedanken und fühlte einen eisernen Griff um ihr Herz. Genau wie sie selbst. Deshalb war ihre Sehnsucht auch aussichtslos.

»… nicht mein Typ.« Seine Hand legte sich warm auf ihre. Sie brauchte einen Moment, um seine Worte zu verarbeiten. »Ich möchte, dass du darüber nachdenkst, wo ich jetzt gerade bin.«

»Äh ... hier«, sagte sie verwirrt.

»Und wo nicht?«

»Nicht hier?«

Marc sah sie bedeutungsvoll an und schwieg. Ein Flirren breitete sich in Floras Magen aus. Er meinte doch nicht … oder? Aber was sollte dann diese Sache mit dem Abstand? Sein Handy klingelte.

»Warte, ich mache den Ton aus.« Er zog es mit der freien Hand aus seiner Hosentasche. Unschlüssig starrte er auf das Display.

»Was ist?«

»Es ist meine Mutter. Sie ruft eigentlich nur in Notfällen an.«

»Geh ran!«

»Aber wir haben das hier nicht geklärt.« Er sah sie forschend an.

Flora nickte ihm auffordernd zu und verschränkte gleichzeitig ihre Finger mit seiner Hand, die nach wie vor auf ihrer lag. »Das werden wir schon noch. Los, geh ran.«

Marc nahm das Gespräch an. Er hörte eine Weile zu und sein Gesicht wurde immer ausdrucksloser.

»Wo liegt er? Ich habe ihn seit Jahren nicht mehr gesehen. Du weißt, was ich von ihm halte. Deshalb ist das sicher keine gute Idee. Ist es denn wirklich so schlimm? Was genau hat er gesagt?« Er schwieg, während seine Mutter auf ihn einredete, und fuhr sich dabei einige Male durch die Haare und über die Augen. »In Ordnung, ich fahre hin«, sagte er schließlich. »Ich mache mich sofort auf den Weg.« Als er aufgelegt hatte, starrte er einen Moment ins Leere.

»Was ist los?«

»Mein Vater liegt im Krankenhaus. Schwerer Herzinfarkt. Sieht kritisch aus. Er will mich dringend sehen und möchte mir irgendwas sagen.«

»Wo ist er?«

»In Hamburg.« Flora konnte nicht anders, sie fuhr mit ihrer Hand über seine Wange und Marc schloss die Augen. »Kommst du mit?«, fragte er zögernd. »Ich habe ihn seit Jahren nicht gesehen. Eigentlich ist er der Letzte, mit dem ich noch einmal was zu tun haben möchte, aber meine Mutter will es unbedingt.«

»Natürlich begleite ich dich. Gib mir fünf Minuten, um das Chaos in meinem Gesicht zu beseitigen.«

Sie wollte bereits aus dem Bett aufstehen, doch er hielt sie zurück.

»Kann ich – *bitte* – deine Koffer ins Auto packen und dich anschließend mit nach Leipzig nehmen? Ich erkläre dir auf der Fahrt, warum ich Luisa gekündigt habe, und ich verspreche dir, du wirst die Gründe nachvollziehen können.«

»Okay.« Mehr brachte Flora nicht heraus, denn sie fühlte sich jetzt sowieso wie ein Magnet von ihm angezogen.

26

»Niemand, absolut niemand durfte bisher irgendetwas in meinem Auto essen«, seufzte Marc eine halbe Stunde später, »und du isst gleich Spaghetti.«

»Ja, aber ich neige erstens nicht dazu, Flecken zu machen, und zweitens muss ich jetzt wirklich mal was essen«, nuschelte Flora.

»Stimmt.« Er sah sie liebevoll von der Seite an. »Und du siehst entzückend aus, wie du voller Lust Spaghetti aus Melanies Tupperschüssel mampfst. Doch das hat nicht nur was mit Hunger zu tun.« Er zwinkerte ihr zu. »Es macht dir auch Freude, mich wahnsinnig zu machen.«

»Vielleicht. Aber nur, weil du mich ebenfalls wahnsinnig gemacht hast und ich noch immer auf die Erklärung warte.«

Flora hatte ihm zwischen zwei Spaghetti-Gabeln erzählt, was sie während der Matinee beobachtet und gehört hatte, obwohl sie wusste, dass er das meiste schon von Melanie erfahren hatte. Jetzt wartete sie darauf, dass Marc sich endlich dazu äußerte.

»Okay.« Er atmete tief ein. »Dass Luisa die Nacht als die aufregendste ihres Lebens bezeichnet hat, wundert mich. Ich fand es durchweg nervig und ärgerlich. Die Fahrt nach Wismar zog sich und ihr Gequatsche war unerträglich.«

»Nicht nett«, murmelte Flora mit vollem Mund.

»Mag sein, wahrscheinlich lag es daran, dass ich einfach viel lieber zu Hause gewesen wäre. Mit dir.«

Er suchte wieder ihren Blick. Sie lächelte und schlug dann die Augen nieder, damit er nicht sah, wie sehr sie das freute.

»Aber du wolltest nicht, dass wir den Abend gemeinsam verbringen«, gab sie zu bedenken.

Marc runzelte die Stirn. »Ich sagte nicht ›ich will nicht‹, sondern ›ich brauche Abstand‹.« Sein Gesichtsausdruck verdunkelte sich und Flora war sich sicher, dass er nichts mehr hinzufügen würde. »Gerade weil ich jeden Abend so gerne mit dir zusammen bin. Doch das kannst du nicht verstehen«, hörte sie ihn dann leise murmeln.

Das ließ eine wohlig warme Welle durch ihren Körper fluten. »Nein, das kann ich nicht«, sagte sie sanft.

Marc räusperte sich. »Jedenfalls gestaltete sich die Suche nach der Sicherheitskopie in Wismar schwierig und Luisa war keine große Hilfe. Das Mädel, in dessen zukünftiger Wohnung wir waren, hatte sich mit dem Standort der Tasche vollkommen vertan. Als wir sie endlich entdeckten, war kein USB-Stick darin. Inzwischen war es Mitternacht und es kostete mich unzählige Telefonate, bis klar war, dass diese Fabienne den Stick wohl doch in ihrem Reisekoffer verstaut hatte. Da sich darin auch einige delikate Kleidungsstücke befanden, wollte sie nicht, dass ein Mann den Koffer durchsucht. Daher musste Luisa es tun.« Er stöhnte und rollte mit den Augen. »So etwas Geziertes habe ich noch nie gesehen. Wie sie mit abgespreiztem Finger jedes Teil einzeln heraushob und drehte und wendete«, er schüttelte den Kopf, »zum Wahnsinnigwerden. Als ob sich das Ding in so winzigen Unterhosen verstecken könnte.«

»Du hast also doch geguckt«, kicherte Flora. Sie ahnte, wie beherzt Luisa das Ganze angegangen war. Schließlich hatte ihr Interesse wohl eher darin gelegen, auf der Fahrt Marc herumzubekommen, und nicht für ihn fremde Sachen zu durchwühlen.

»Das war nur ein interessanter Nebeneffekt.« Er grinste, und augenblicklich entzündete sich ein Feuerwerk in Floras Innerem. »Hauptsächlich war ich damit beschäftigt, ihr verbal Feuer unterm Hintern zu machen, doch ich fürchte, sie hat das eher als gesteigerte Aufmerksamkeit an ihrer Person empfunden.«

Flora lachte laut auf. Das passte zu Luisa. Sie würde vermutlich über die Szene berichten: *»Bei der Suche nach dem Stick konnte Marc die Augen einfach nicht von mir lassen. Er klebte förmlich an mir. Ich schwöre dir, der ist so was von scharf auf mich!«* Dann wurde ihr klar, dass sie Luisa mit ihrer exaltierten, aber oft herzlichen Art von nun an nicht mehr sehen würde, und das bedrückte sie erstaunlicherweise doch.

»All das ist noch kein Kündigungsgrund«, sagte sie vorwurfsvoll.

Marcs Miene verhärtete sich. »Nein, aber als herauskam, dass sie auf dem Stick gar keine Sicherheitskopie angelegt hatte, und sie nach eindringlicher Befragung zugeben musste, dass ihr das bewusst war, bevor wir losgefahren sind.« Er schüttelte den Kopf. »Und als sie dann morgens auch noch verschlafen hatte, nachdem sie nachts wenigstens noch den Teil mit den Daten und Fakten neu erstellen sollte, war die Sache klar.«

»Sie hat verschlafen?«

»Ja, deshalb kamen wir zu spät. Sie war nicht wach zu bekommen. Ich wäre ja ohne sie gestartet, doch das zweite Firmennotebook befand sich in ihrem Zimmer, und darauf waren die von ihr erstellten Statistiken.«

»Warum hast du dich nicht bei mir gemeldet? Dann hätte ich vielleicht nicht alles so falsch verstanden«, sagte Flora leise.

»Ich hatte keine Ahnung, dass du denkst, ich könnte an Luisa interessiert sein. Ich meine, es gab da doch diesen Kuss vor deinem Tanzfestival«, erwiderte er und sah sie liebevoll an.

»Den du quasi zurückgenommen hast?« Marc atmete tief ein und schwieg. »Und du hast dich in der letzten Zeit oft mit Luisa unterhalten.« Flora biss sich auf die Lippe. »Sie hatte Spaß und du wirktest ebenso …«, machte sie weiter.

»Dinge werden manchmal falsch interpretiert.«

»Ich finde, du hast einen Anteil daran.«

»Es tut mir leid, dass das für dich missverständlich war.«

»Und für Luisa?«

»Ich bin ziemlich sicher, dass sie diese Gelegenheit auch genutzt hätte, wenn ich mich vorher nicht ein paarmal mit ihr unterhalten hätte. Sie klebte von Anfang an wie eine Klette an mir.«

»Warum hast du es dann noch forciert?«

Er presste die Lippen aufeinander und schwieg. »Jeder ist für sich selbst verantwortlich, Flora«, sagte er nach einer Weile.

»Da bin ich anderer Meinung. Und es beantwortet auch nicht meine Frage«, setzte sie hinzu.

»Stimmt.«

Das Rollen der Reifen war einige Minuten lang das einzige Geräusch, das zu hören war. Flora sah Marc von der Seite an. Seine Kiefer mahlten, während er gedankenverloren auf die Straße starrte.

»Aber all das bedeutet, dass es, selbst wenn ihr pünktlich zur Matinee angekommen wärt, keine vollständige Präsentation gegeben hätte?«, nahm sie irgendwann den Faden der Ereignisse wieder auf.

Er lächelte. »Ich wusste, du würdest etwas sehr Schönes hinbekommen.«

»Das war ich nicht alleine. Wolfgang hat mitgeholfen.«

»Aber es war deine Idee.« Er tastete im dunklen Auto nach ihrer Hand und zog sie zu sich. Dann drückte er einen zarten Kuss auf ihre Finger.

»Und wann habt ihr eure Kleidung gewechselt, wenn ihr wegen des Staus sowieso schon zu spät wart?«, stellte Flora die Frage, die ihr seit der Matinee durch den Kopf geisterte.

Er sah sie irritiert an. »Ich habe mich nicht umgezogen.«

»Luisa trug aber ganz andere Klamotten als am Tag zuvor.«

Er seufzte frustriert. »Bevor wir nach Wismar aufbrachen, sagte sie, sie benötige von zu Hause noch einige Toilettenartikel. Daher hab ich sie kurz an ihrer Wohnung vorbeigefahren.«

»Ich verstehe.« Sie schmunzelte bei der Vorstellung, wie er auf heißen Kohlen sitzend im Auto wartete, während Luisa in Ruhe ihr Outfit zusammenstellte.

Marc griff wieder nach ihrer Hand und drückte sie. »Danke,

Flora, dass du mich jetzt begleitest. Das bedeutet mir viel, denn ich selbst würde keinen Wert darauf legen, meinen Vater zu sehen. Ich tue es nur für meine Mutter.«

Sie sog die Luft ein. »Ich bezweifle, dass er es verdient hat, so scharf verurteilt zu werden.«

»Hier liegst du mit deiner blauäugigen Kleinmädchenlogik vollkommen falsch.« Von einem Moment auf den anderen klang seine Stimme kalt und abgeklärt, so als hätte er vor Jahren eine Entscheidung gefällt, die man aus seiner Sicht nur auf eine einzige Weise treffen konnte.

Flora atmete tief durch. Die natürliche Reaktion wäre gewesen gekränkt zu sein, doch sein Vater war schwer krank und er äußerst angespannt. Das zeigte ihr der harte Zug um seinen Mund, der nur ein paarmal verschwunden war, wenn er sie angelächelt hatte. »Um eine blauäugige Kleinmädchenlogik zu haben, müsste ich wohl aus einer ziemlich heilen Welt kommen, was – wie du weißt – nicht so ist. Daher schlage ich vor, wir lassen das mit den Beleidigungen und du hilfst mir einfach zu verstehen, weshalb du so über deinen Vater denkst.«

Marc fuhr sich angespannt durch die Haare. »Du hast völlig recht und es tut mir leid. Doch ich kann es dir im Moment nicht erklären. Dass du hier mit mir im Auto sitzt, ist zurzeit das einzig Positive in meinem Leben.« Er nahm sein Smartphone von der Ablage neben dem Lenkrad, entsperrte es und gab es ihr. »Würdest du für uns nach Vier- oder Fünfsternehotels googeln, damit wir wissen, wo wir nach dem Krankenhausbesuch übernachten können?«

»Wohnst du nicht in Hamburg?« Der Gedanke, sein Zuhause zu sehen und vielleicht ein bisschen besser zu verstehen, was für ein Mensch er war, hatte sie mit Vorfreude erfüllt.

»Ich habe keine eigene Wohnung.« Er stockte. »Eigentlich schon«, korrigierte er sich, »aber sie ist im Haus meines Großvaters und mir ist gerade nicht danach, dort zu übernachten.«

»Okay.«

Schade, doch wenn sie sich mit Marc bei ihren Eltern hätte aufhalten sollen, da wäre ihr ein Hotel auch lieber gewesen. Flora durchsuchte das Netz und machte ihm Vorschläge. Bei denen, die er kannte oder die ihm gefielen, bat er sie anzurufen und nach Zimmern mit Verbindungstür zu fragen.

»Ich kann heute Nacht in einem normalen Zimmer schlafen«, sagte sie einige fehlgeschlagene Versuche später.

»Auf keinen Fall. Wir suchen weiter.«

»Aber eigentlich wolltest du Abstand und abends nicht besucht werden«, warf sie ein und fühlte wieder den vertrauten Stich im Herzen. Diese Sache hatten sie noch nicht geklärt.

»Generell stimmt das auch.« Marc fasste ihre Hand und drückte sie kurz. »Doch ich sehne mich nach nichts mehr als nach unserer Normalität heute Abend.« Er sah sie von der Seite an. »Ist das für dich okay?«

»Ich denke, schon. Ich frage mich nur, was die aktuelle Normalität ist. Ich möchte ungern einen Fehler machen, Herr Antonius«, erwiderte Flora spitz.

Marc warf ihr einen glühenden Blick zu. Umgehend wechselte er die Spur und fuhr auf einen Rastplatz. Er hielt in einer der letzten Parkbuchten, kurz vor einem kleinen Wäldchen.

»Steig aus«, knurrte er, während er den Wagen verließ. Verwirrt löste sie den Sicherheitsgurt. Nachdem sie die Tür geöffnet hatte, reichte er ihr seine Hand und half ihr aus dem Auto. Flora war verunsichert. Aus seinem Gesichtsausdruck konnte sie nicht lesen, was er vorhatte. Marc wirkte einfach nur entschlossen. Die letzten Strahlen der untergegangenen Sonne ließen seine Augen leuchten und die Schatten, die das spärliche Licht warf, betonten seine eleganten Gesichtsformen. Eine Weile sagte er nichts und betrachtete sie nur. Flora hielt seinen Blick und es fühlte sich so an, als wären sie eingeschlossen in einer kleinen Blase, die nur ihnen gehörte. Dann legte er einen Finger in die Kuhle zwischen ihren Schlüsselbeinen und fuhr langsam herunter bis zu ihrem Bauchnabel. Floras Puls raste. Er sah es ihr bestimmt an, denn seine Augen ließen ihre nicht los, als er seine Hände um ihre Taille schloss und sie zu sich zog. Sein Gesicht kam dem ihren ganz nah. »Du möchtest wissen, was in Ordnung ist und was nicht? Vielleicht sollten wir es einmal deutlich definieren, damit es in Zukunft keine Missverständnisse gibt.« Er beugte sich zu ihr herüber und seine Lippen streiften ihre Schläfe. »Also dies könnte noch gerade eben okay sein, Miss Lilienthal«, murmelte er und Flora liefen angenehme Schauer den Hals und die Arme hinunter bis in die Fingerspitzen. Dann umkreiste er mit einem Daumen ihren Bauchnabel. »Das natürlich nicht.«

»Mmh«, antwortete sie wohlig. Alles in ihr vibrierte. Sein Atem an ihrer Stirn, seine Wärme, seine Nähe. Sie wollte sich darin verlieren. Flora drängte sich an ihn und ließ ihre Hände über seinen Rücken nach oben wandern. »Und dies, Herr Antonius?«, flüsterte sie, während sie schon dabei war, seine Haare zu durchwühlen.

»Vielleicht gerade so«, brummte er. Dann streiften seine Lippen ihre Wange und lagen schließlich auf ihrem Mund. »Aber das nicht, Flora«, raunte er. »Das sollten wir nicht tun.«

»Was genau?«

»Ich muss es dir zeigen?«

»Mhm, denn ich kann mir fast nix merken.«

Stöhnend umfasste er ihr Gesicht. Mit seinen Lippen liebkoste er sie zart und drängend und es fühlte sich an, als wollte er all den Schmerz der letzten Tage wiedergutmachen. Flora beantwortete seinen Kuss mit jeder Faser ihres Seins. Folgte ihm, führte ihn und merkte erst, dass sie dabei gewesen war, sein Hemd aufzuknöpfen, als sich seine Hand auf ihre legte.

»Das kann keinesfalls dazugehören«, sagte er sanft, löste seine Lippen von ihren und zog sie eng an sich. Und während ihr Kopf an seiner Brust lag, die sich genauso schnell hob und senkte wie ihre, glaubte sie, »noch nicht« zu hören. Doch im nächsten Moment war sie sicher, dass es nur Wunschdenken gewesen war.

»Ich glaube, wir sollten weiterfahren.« Die Worte lagen wie Blei in ihrem Mund. Es fiel ihr unglaublich schwer, diesen Satz auszusprechen, aber ihr Pflichtbewusstsein siegte.

»Du hast recht.« Marc drückte noch einen letzten Kuss auf die Innenseite ihres Handgelenks, öffnete die Beifahrertür und ließ sie einsteigen.

Eine Weile fuhren sie schweigend. Dann begann Flora weitere

Hotels abzutelefonieren, bis sie schließlich eins fand, das zwei freie Zimmer mit Verbindungstür hatte.

»Reserviert!«, rief sie fröhlich und legte auf. Erst jetzt merkte sie, wie sehr es sie rührte, dass es ihm wichtig gewesen war, so lange zu suchen, bis sie die passenden Zimmer gefunden hatten.

»Wunderbar. Dann weiß ich ja, worauf ich mich freuen kann«, sagte Marc und sein liebevoller Blick ging ihr durch und durch.

Eine Stunde später fuhren sie in die Tiefgarage eines Hamburger Krankenhauses. Im Aufzug, der sie ins Erdgeschoss brachte, ergriff Flora seine Hand und er verschränkte sofort seine Finger mit ihren. Es war ein aufregendes und beruhigendes Gefühl. »Danke, dass du da bist«, flüsterte er ihr ins Ohr, als sich die Tür zur Empfangshalle öffnete. An der Anmeldung erkundigten sie sich nach Johannes Antonius und wurden zur Intensivstation geführt. Nachdem sie eine Klingel betätigt hatten, machte eine Krankenpflegerin auf und fragte nach ihren Namen.

»Marc und Flora Antonius«, antwortete Marc, bevor Flora den Mund öffnen konnte.

Ihr Herz überschlug sich fast, und ein aufgeregtes Kribbeln breitete sich bis in ihre Finger und Zehen aus. Sie erwürgte sich innerlich dafür. Schließlich standen sie hier an der Schwelle zur Intensivstation und sein Vater kämpfte um sein Leben. Unwillkürlich legte sie sich eine Hand auf die Stirn und stöhnte leise über sich selbst.

»Bitte desinfizieren Sie sich hier die Hände«, forderte die Krankenschwester sie auf und deutete auf einen hellblauen Spender. Obwohl Flora den Geruch von Desinfektionsspray hasste, weil ihr davon übel wurde, massierte sie sich die Flüssigkeit gründlich ein. Sie folgten der Frau in einen langen Flur, von dem acht Zimmer abgingen, die jeweils mit einer breiten Glasfront ausgestattet waren. »Hier ist es.« Sie drehte sich zu ihnen um. »Herr Antonius hatte gestern eine schwere Herz-OP und ist in einem labilen Zustand. Bitte sprechen Sie nicht zu viel. Er braucht eigentlich absolute Ruhe.« Sie lächelte freundlich, aber mit einer hochgezogenen Augenbraue, die zeigte, dass sie es sehr ernst meinte.

Marc nickte und die Pflegerin verschwand in einem anderen Zimmer. Er trat an die Glasscheibe und betrachtete seinen Vater. Johannes Antonius lag regungslos im Bett. Sein Gesicht war ihnen zugewandt, doch seine Augen waren geschlossen. Auch auf die Entfernung und trotz des geschwächten Zustands ließ sich die Ähnlichkeit mit seinem Sohn nicht übersehen. Seine Haare hatten dieselbe Farbe, die Augenbrauen waren ebenso fein geschwungen und die Gesichtszüge wirkten kantig und elegant. Um ihn herum standen Monitore, auf denen rhythmisch etwas aufblinkte. Ansonsten war das Zimmer leer und er schien allein und verloren darin.

»Lass uns hineingehen«, drängte Flora und griff nach Marcs Hand, doch er entzog sie ihr und ließ sich auf einen der Stühle fallen, die im Flur aufgestellt waren.

»Nein.«

Sie betrachtete ihn ein paar Sekunden, dann setzte sie sich seufzend neben ihn. »Tut mir leid. Ich hatte vergessen, wie schwer das hier für dich ist und dass du ihn seit Jahren nicht gesehen hast.«

Marc schwieg. Seine Hände waren zu Fäusten geballt und die Knöchel traten weiß hervor.

»Lass uns fahren.« Er sprang auf und hastete mit großen Schritten auf den Ausgang der Intensivstation zu.

»Mit Sicherheit nicht. Dann gehe ich eben hinein«, rief Flora ihm hinterher und sah noch, wie er sich zu ihr umdrehte und sie fassungslos anstarrte. Doch bevor er den Mund öffnen und etwas sagen konnte, war sie aufgestanden und durch die Tür des Krankenzimmers geschlüpft. Sie würde auf jeden Fall mit seinem Vater sprechen. Wenn es wirklich so schlimm um ihn stand, wie seine Mutter gesagt hatte, wollte sie für Marc wenigstens dessen Botschaft erfragen.

Obwohl Flora das Gefühl hatte, das Richtige zu tun, zitterten ihre Hände, nachdem sie den Raum betreten hatte. Sie konnte nicht einschätzen, wie Johannes Antonius auf sie reagieren würde.

Schließlich mochte Marc ihn aus irgendeinem Grund nicht und möglicherweise war er ja auch nicht besonders nett. Sie spürte eine leichte Übelkeit. Zudem war Marc sicher wütend auf sie, und das war ebenfalls nicht gerade ein Gefühl, das ihr den Rücken stärkte. Aber sie hatte sich entschieden und würde das jetzt durchziehen. Flora holte tief Luft und machte ein paar vorsichtige Schritte auf das Bett zu. Als sie nur noch einen Meter entfernt stand, öffnete er seine Augen.

»Nicht erschrecken«, flüsterte sie und versuchte sich an einem Lächeln. »Ich bin Flora, eine Freundin von Marc. Also … Also ich bin mit ihm hierhergekommen«, stotterte sie weiter.

Sein Vater war sehr schwach, doch sie sah, dass sich auch auf seinem Gesicht der Ansatz eines Lächelns zeigte. »Ihn hat der Mut …«, er räusperte sich leise, »oder der Wille verlassen«, sagte er mit heiserer Stimme.

»Ich glaube, er ist nur etwas verwirrt.«

»Ich weiß.«

»Vielleicht braucht er ein bisschen Zeit?«

»Ich bin nur nicht sicher, ob ich sie habe.« In diesem Moment sah er so verzweifelt aus, dass Flora sich einen Hocker heranzog und sanft ihre Hand auf seinen Arm legte.

»Ich hoffe es jedenfalls«, sagte sie und streichelte vorsichtig über seine Haut.

Die bernsteinfarbenen Augen von Johannes Antonius glänzten warm. »Schön, dass Sie Marcs Freundin sind.«

»Danke. Ich bin aber wirklich nur eine Freundin.«

»Nein, das sind Sie nicht.« Seine Mundwinkel zuckten leicht, dann schloss er die Lider und atmete schwer.

Flora beobachtete erleichtert, wie seine Atemzüge allmählich wieder ruhiger wurden. Ihr Blick wanderte durch das Zimmer. Am Fenster neben der Tür stand Marc und betrachtete sie nachdenklich. Seine Gesichtszüge waren starr und auf seiner Stirn zeigte sich eine tiefe Falte. Sie legte fragend den Kopf schief und lächelte ihm auffordernd zu. Einige Augenblicke lang kam keine Reaktion. Schließlich fuhr er sich mit einer Hand durch die Haare, griff nach der Türklinke und trat ein.

»Herr Antonius«, sagte sie leise. »Er ist jetzt hier.«

Sein Vater hob schwerfällig die Augenlider. Als er seinen Sohn erkannte, der inzwischen neben Flora stand, ging ein Lächeln über sein Gesicht und seine Augen wurden feucht. »Du bist da.«

»Was wolltest du mir sagen?«, fragte Marc und klang distanziert.

»Dass ich dich liebe. Das ist das Wichtigste.«

Die Stimme seines Vaters zitterte und Marc wich etwas zurück. »Interessant«, sagte er kühl. Flora sog scharf die Luft ein.

»Ich weiß, das ist dir nichts wert, aber du sollst es trotzdem wissen.« Er versuchte, sich ein wenig mehr aufzusetzen, doch sofort veränderten sich die Zahlen und Kurven auf den Monitoren.

Das kann nicht gut sein, dachte Flora, denn er wurde blass und auf seinen Lippen zeigte sich ein bläulicher Schimmer. »Bitte bleiben Sie ganz entspannt liegen.« Sie streichelte ihm über die Wange und drückte ihn sanft an der Schulter nach unten. »Marc meint es nicht so. Er wäre nicht hier, wenn Sie ihm egal wären«, versuchte sie das Gespräch wieder in Gang zu bringen. »Vielleicht sind oder waren die Dinge zwischen Ihnen schwierig. Vermutlich geht es um alte Verletzungen …« Marcs Vater sah sie mit großen Augen an und Flora hatte den Eindruck, Erleichterung und Dankbarkeit darin zu lesen, als sie fragend hinzufügte: »Verletzungen, die Sie nicht vermeiden konnten, so gerne Sie es gewollt hätten?« Er nickte, dann fielen seine Lider für einen Moment zu. Flora hörte Marc hinter sich schnauben, doch sie wusste, Johannes Antonius' Liebe zu seinem Sohn war tief und echt. Sie stand ihm ins Gesicht geschrieben und er war ein feinfühliger Mensch. Was immer in der Vergangenheit schiefgelaufen war, er sollte zumindest die Chance bekommen mitzuteilen, was ihm auf der Seele lag. Vielleicht waren die Dinge anders, als Marc vermutete. Das Einzige, das für ihr Empfinden jetzt falsch wäre, war, die beiden sich selbst zu überlassen, denn das würde schiefgehen. Das spürte sie genau. Deshalb machte sie einfach weiter, sobald Marcs Vater die Augen wieder geöffnet hatte. »Ihnen war es wichtig, etwas zu sagen. Versuchen Sie es doch.« Sie drückte seinen Arm und ging ans Fußende des Bettes, damit Marc und er sich direkt ansehen konnten.

»Es tut … mir leid, wie alles gekommen ist«, sagte Johannes Antonius mit belegter Stimme. »Ich war nicht für dich da, als deine Mutter fortging. Hab nicht geschafft, die Kurve zu kriegen.« Er machte eine kurze Pause, bis sich sein Atem wieder beruhigt hatte, dann setzte er erneut an. »Bin im Selbstmitleid versunken und du warst allein.« Seine Augen füllten sich mit Tränen und Flora war froh, dass Marc einfach zuhörte und ihn ausreden ließ. »Allein mit … mit ihm.« Ein Husten unterbrach ihn, das so schwach war, dass es auch ein Räuspern hätte sein können. »Er kennt nur sich selbst, seine Ziele, seine Ideale. Bitte, Junge, mach nicht den gleichen Fehler wie ich. Ich habe viel Zeit verschwendet, Menschen wehgetan, die ich liebe. Weil … ich nicht ich selbst sein konnte. Wegen ihm.«

Marc starrte ihn an, doch es zeigten sich keine Gefühle auf seinem Gesicht. »Da kann ich dich beruhigen«, sagte er leise, »ich mache sicher nicht die gleichen Fehler wie du. Aber wir stehen auf sehr unterschiedlichen Standpunkten.« Dann ging er aus dem Zimmer.

Flora rollte die Augen. Sein Vater sah niedergeschlagen aus. »Ich glaube Ihnen, dass Sie nur das Beste für Marc wollen und dass Ihnen wichtig ist, was Sie ihm gesagt haben. Bitte werden Sie schnell wieder gesund, damit Sie beide sich in Ruhe darüber unterhalten können.«

»Ich versuche es.«

»Es war schön, Sie kennengelernt zu haben, Herr Antonius.« Sie legte ihre Hand auf seine und sah in die bernsteinfarbenen Augen, die Marcs bis auf die Farbe so ähnlich waren.

»Danke, Flora.« Er schloss seine Augenlider einmal kurz und öffnete sie wieder, als wollte er unterstreichen, wie sehr er meinte, was er sagte.

»Gerne.« Sie hob ihre Mundwinkel zu einem kleinen Lächeln und verließ das Zimmer.

»Marc!« Flora hatte Mühe, ihn einzuholen, während er aus dem Intensivbereich stürmte.

Unvermittelt blieb er stehen, sodass sie fast in ihn hineingelaufen wäre. »Was?«, fragte er unwirsch. »Hast du dir darin gefallen, die Therapeutin zu spielen? Doch das wird dir nicht gelingen, denn du weißt – nichts. Du reagierst nur aus Mitleid. Mein armer Vater liegt jetzt da in diesem Bett, an all den Geräten, und deshalb muss er der Gute sein. Und alles, was er mir sagen will, wird wichtig und richtig sein. Aber so ist es nicht, Flora. Er ist ein egoistisches Arschloch. Nur dass er dazu noch ein selbstsüchtiges Weichei ist. Eine Mischung, die unsere Familie ruiniert und zerstört hat. Auf seine Ratschläge gebe ich gar nichts.« Er legte die Hände an seine Hüften und schüttelte den Kopf. »Ich hätte nicht herkommen sollen.« Dann sah er sie an. »Und ich hätte dich nicht mitbringen dürfen. Lass uns gehen.«

Er setzte sich wieder mit langen Schritten in Bewegung.

»Herr Antonius?«

»Ja, was?«, rief Marc unbeherrscht.

Ein Arzt um die vierzig Jahre mit einer blonden Lockenmähne kam auf sie zu.

»Ich würde gerne mit Ihnen sprechen. Ihr Vater hat eine Patientenverfügung aufsetzen lassen, in der Sie eine Rolle spielen sollen.«

Marc wurde blass. »Damit möchte ich nichts zu tun haben.«

»Ich kann verstehen, dass Sie das überrascht, aber das ist kein Spaß und ich will zumindest ein paar Dinge mit Ihnen durchsprechen, sodass Sie wissen, was Sie ablehnen.« Der Arzt legte ihm die Hand auf die Schulter. »Kommen Sie, es dauert nicht lange. Dort drüben ist mein Sprechzimmer.« Er wies in den Gang zurück, aus dem sie gekommen waren.

Marc starrte einen Moment an die Decke. Wie sehr er mit sich rang, war an seinem Gesicht ablesbar. Seine Kieferknochen mahlten aufeinander und dunkle Schatten zeigten sich unter seinen Augen. Flora fühlte seinen Schmerz fast wie ihren eigenen. Schließlich setzte er sich in Bewegung und folgte dem Arzt, der bereits vorausgegangen war.

»Ich warte hier«, sagte sie, bevor er im Besprechungsraum verschwand.

Erschöpft ließ sie sich auf einen Stuhl nahe dem Krankenzimmer seines Vaters fallen. Die Übelkeit, die der Desinfektionsmittelgeruch ausgelöst hatte, wurde immer schlimmer und das Piepen der elektronischen Überwachungsgeräte, das aus den Zimmern drang, hämmerte in ihrem Kopf. Gerade als sie für einen Moment die Augen geschlossen hatte, klingelte es an der Stationstür. Die Krankenpflegerin öffnete und fragte nach dem Namen des Besuchers.

»Wilhelm Antonius. Ich will zu meinem Sohn.«

Ein älterer Herr, den Flora auf etwa fünfundsiebzig Jahre schätzte, trat ein. Seine Statur war groß. Mit seinen schlohweißen, vollen Haaren und der teuer aussehenden Kombination aus dunkelblauer Anzughose, Weste und Jackett sah er ausgesprochen gut aus. Alles an ihm wirkte kraftvoll und entschlossen. Er hätte trotz des Alters ein wirklich attraktiver Mann sein können, doch es lag eine auffällige Härte in seinem Blick und seine Lippen waren missbilligend zusammengepresst. Dass dieser Gesichtsausdruck nicht nur den momentanen Umständen geschuldet war, erkannte Flora an den tief eingegrabenen Linien, die seine Mundwinkel einrahmten.

»In diesem Zimmer ist Ihr Sohn«, hörte sie die Pflegerin sagen. »Bitte achten Sie darauf, nicht zu viel und keinesfalls über Belastendes zu sprechen. Sein Zustand ist äußerst labil.«

»Ist mein Enkel hier?«

»Ja, ein junger Mann und eine junge Frau waren hier«, erwiderte die Intensivschwester. Dann sah sie Flora an. »Ah, da sind Sie ja. Ich schätze, der junge Mann ist gerade mit Dr. Bremer im Sprechzimmer.«

»Das stimmt, ich warte auf Marc.«

»Und Sie sind?« Die Augen von Wilhelm Antonius verengten sich, als er seinen Blick auf sie richtete.

Sie schluckte beklommen. »Ich bin Flora.« Sie wartete einen Augenblick, bis die Pflegerin sich weit genug entfernt hatte. »Flora Lilienthal.« Beherzt streckte sie die Hand nach vorn.

Er musterte sie mit quälender Langsamkeit und erst im letzten Moment, als sie ihre Hand schon wieder zurückziehen wollte, nahm er sie. Der Druck war kurz und unangenehm. Doch sie hatte nicht viel Zeit, darüber nachzudenken, denn seine nächste Frage warf sie aus der Bahn.

»Und was meinen Sie mit unseren Familienangelegenheiten zu tun zu haben?« Durch seinen Tonfall fühlte Flora sich gemaßregelt wie ein kleines Kind.

Sie stieß hörbar die Luft aus. Marc im Arschloch-Modus war schwer zu ertragen, doch sein Großvater schien ein wahrer Meister dieser Disziplin zu sein. Sie hatte den Impuls, sich verteidigen zu müssen. »Ich bin die Freundin von Marc«, hörte sie sich sagen. Ein Fehler. Sie wusste es, sobald es ausgesprochen war.

Auf dem Gesicht von Wilhelm Antonius zeigte sich ein abfälliges Lächeln. »Sicher nicht. Aber grämen Sie sich nicht über Ihren Irrtum. Das haben schon viele gedacht. Einigen wir uns doch auf die Formulierung ›eine Freundin‹.«

Es gab Menschen mit der Gabe, bei anderen zielsicher die Stellen zu erkennen, an denen diese am meisten zu verletzen waren. Marcs Großvater gehörte offenbar dazu. Flora wurde einen Augenblick schwummrig, sie riss sich jedoch sofort zusammen.

»Wie Sie meinen«, erwiderte sie lächelnd. »Möchten Sie jetzt Ihren Sohn besuchen?«

»Nein, ich warte nur auf Marc. Seine Mutter hat mir Bescheid gegeben, dass er herkommt.« Er setzte sich auf einen Stuhl ihr gegenüber.

Flora stutzte. »Waren Sie denn heute Nachmittag schon einmal hier?«

»Wie kommen Sie darauf?«

»Weshalb sollten Sie sonst auf einen Besuch bei Marcs Vater verzichten?«

»Das geht Sie nichts an.«

»Natürlich nicht.«

»In welchem Verhältnis genau stehen Sie zu meinem Enkel?«

»Das sagte ich Ihnen bereits.« Gott, was für eine freche Antwort, dachte Flora und schämte sich dafür. Die Kälte von Wilhelm Antonius schien die schlechtesten Seiten in ihr hervorzubringen. Das durfte sie nicht weiter zulassen. Seufzend schüttelte sie den Kopf. »Nein, das geht so nicht. Natürlich haben Sie das Recht nachzufragen. Marc ist schließlich Ihr Enkel.« Sie setzte ein freundliches Lächeln auf. »Wollen wir nicht noch einmal von vorne anfangen? Ich bin Flora Lilienthal, Freundin von Marc.« Den Artikel ließ sie jetzt lieber weg. »Ich habe ihn hierher begleitet, damit er mit seinem Vater sprechen konnte. Es tut mir leid. Wahrscheinlich ärgern Sie sich, mich zu sehen, weil das privat ist. Das ist verständlich und außerdem ist es für Sie sicher schwer, Ihren Sohn hier so …«

»Marc war schon bei Johannes?«, unterbrach der ältere Herr sie ungeduldig.

Flora nickte.

»Was hat mein Sohn zu ihm gesagt?«

»Nicht viel, denn er ist sehr schwach. Aber ich hoffe, dass die beiden wieder aufeinander zugehen werden, wenn er sich erholt hat und sie sich richtig aussprechen können.«

»Was genau hat dieser Idiot zu meinem Enkel gesagt?« Wilhelm Antonius' Gesicht wurde rot und eine Ader an seiner Stirn trat hervor. »Waren Sie dabei oder nicht?«

»Äh ... ja. Aber ich denke, Sie sollten Marc fragen.«

»Ich habe Sie gefragt. Antworten Sie gefälligst.«

»Das möchte ich lieber nicht tun, es steht mir nicht zu. Marc kommt gleich und wird Ihnen sicher …«

»Dann stelle ich ihn eben selbst zur Rede.«

Erstaunlich schnell war Marcs Großvater auf den Beinen, doch sie war schneller. »Herr Antonius, Ihr Sohn kann wirklich keine Aufregung vertragen. Das wäre fahrlässig!«

Unbeirrt strebte er weiter auf die Tür des Krankenzimmers zu. Flora überholte ihn und stellte sich in den Türrahmen. Sie fühlte sich furchtbar. So sollte das nicht sein. Sie lernte gerade einen Teil von Marcs Familie kennen und wollte eigentlich einen guten Eindruck machen. Charmant sein, gemocht werden und nicht … *dies hier tun*. Es war zum Heulen!

»Gehen Sie zur Seite!«, zischte Wilhelm Antonius und baute sich drohend vor ihr auf.

Verdammt, wo waren denn bloß die Pflegerin, der Arzt oder Marc? Flora fühlte sich hilflos. Sie wusste nur, sie durfte diesen Mann nicht in das Zimmer von Marcs Vater lassen, da er sich sicher nicht zusammenreißen konnte. Gerade wollte er um sie herum den Türgriff fassen, doch Flora schob sich davor. Sie versuchte es noch einmal im Guten.

»Herr Antonius. Es ist nicht so, dass ich Sie von Ihrem Sohn fernhalten möchte, nur wirken Sie sehr aufgebracht. Vielleicht sogar zu Recht. Aber vorhin merkte man schon, dass er nicht mal die kleinste Aufregung vertragen kann.«

»Treten Sie zur Seite. Oder …« Er hob drohend die Hand.

Ungläubig starrte Flora darauf. Das war der Augenblick, wo etwas in ihr umschaltete. Sie erkannte, dass sie eine völlig andere Sprache sprechen musste, um zu ihm durchzudringen. Energie floss durch ihren Körper, ihr Rücken straffte sich wie von allein. Ihre Gesichtszüge entspannten sich und eine merkwürdige Ruhe breitete sich in ihr aus. »Nun, wenn Sie Gewalt anwenden möchten, bitte«, sagte sie gelassen. »Es wäre sicher für alle interessant zu sehen, ob das Frauen gegenüber zu Ihrem üblichen Vorgehen gehört.« Marcs Großvater zuckte zusammen. »Diesen Raum werden Sie allerdings trotzdem nicht betreten. Nicht in diesem Zustand.«

Anerkennend nickte er. »Nicht schlecht. Sie haben Pfeffer im Hintern.« Sein Mund verzog sich zu einem kalten Lächeln. »Kein Wunder, dass Sie sein momentanes Betthäschen sind. Er brauchte sicher mal eine kurze Abwechslung zu den langbeinigen blonden Schönheiten, mit denen er sonst um die Häuser zieht. Und nun geh endlich zur Seite, du kleines Flittchen.«

Flora wunderte sich, wie ruhig sie immer noch blieb. Sie würde unter seinen Worten leiden, wenn sie zuließ, dass diese ihr Innerstes erreichten, doch den Gefallen würde sie ihm nicht tun. Nicht jetzt. Ein paar Sekunden lang taxierten sie sich.

»Ich notiere«, erwiderte sie mit beherrschter Stimme. »Keine Gewalt, aber Beleidigungen und Anzüglichkeiten gegenüber

Damen. Das ist Ihr Stil?« Sie legte den Kopf schief und musterte sein Gesicht. »Nein. Ich glaube, nicht. Sie wissen nur nicht mehr weiter«, sagte sie nachdenklich. »Da bisher jedoch niemand etwas mitbekommen hat, können wir uns immer noch hinsetzen und auf Ihren Enkel warten.« Sie nickte in Richtung der Stühle an der Wand. »Keiner würde dabei etwas verlieren.«

»Was ist hier los?« Marcs Stimme zerschnitt die Stille.

Wilhelm Antonius' Augen weiteten sich. Dann bekam sein Gesicht augenblicklich einen großväterlichen Ausdruck. »Junge! Schön, dich zu sehen.« Er wandte sich von Flora ab, ging mit offenen Armen auf Marc zu und klopfte ihm auf die Schulter. »Ich habe gerade deine – Begleitung – kennengelernt. Ein nettes Mädchen mit Temperament.« Er zwinkerte ihm zu, doch Marcs Miene blieb unverändert.

»Du hast sie beleidigt. Ich habe lange genug hier gestanden, Wilhelm.«

»Und?« Die Augen seines Großvaters verengten sich.

»Und das erlaube ich nicht.«

»Junge, hat sie dir das Hirn frittiert? Du, mein Lieber, kannst sie dir nicht erlauben, das weißt du ja wohl.«

»Ich meine es ernst. Ich will, dass Flora angemessen behandelt wird. Respektvoll. Ansonsten …«

»Ansonsten was? Erinnere dich bitte daran, wofür du jahrelang gearbeitet hast und was dir wichtig ist. Sie denkt übrigens, sie wäre deine offizielle Freundin.« Er lachte kurz auf. »Und?«, fragte er mit erhobener Stimme. Dann sah er zu Flora. »Ist sie das?«

Sekundenlang schwebte die Frage durch den Raum wie eine Feder, die lautlos zu Boden fällt.

»Nein«, kam es von Marc gepresst.

»Na also«, mit einem triumphierenden Blick wandte sich Wilhelm Antonius zu Flora und nickte bedeutungsvoll. »Gute Rückreise, Junge. Weißt du was? Lass uns telefonieren und den Mist, den dein Vater sich ausgedacht hat, in Ruhe besprechen.« Er setzte sich mit einem selbstzufriedenen Lächeln in Bewegung, doch Marc hielt ihn am Arm fest.

»Sie ist nicht meine Freundin …« Den Rest sagte er ihm leise ins Ohr.

Marcs Großvater wurde blass und das Lächeln fiel aus seinem Gesicht. Mit einem letzten vernichtenden Blick auf Flora riss er sich los und stürmte aus dem Intensivbereich.

27

Worte, das sind nur Worte, ließ Flora es wieder und wieder in ihrem Kopf abspulen. Sie konnte nicht glauben, was Marc so ruhig gesagt hatte. Aber es waren nur Worte für seinen Großvater, der ein schwieriger Mensch war, oder?

Gedankenverloren lehnte sie ihre Schläfe an die Innenseite der Autotür. Auf dem Weg zu ihrem Hotel flogen die Lichter der nächtlichen Innenstadt vorbei und verschwammen zu bunten, flackernden Streifen. Sie war nicht seine Freundin. Das war nichts Neues, doch zu hören, wie er es zu jemand anderem sagte, erzeugte einen eiskalten Klumpen in ihrem Innersten, der sich immer weiter ausbreitete. Seit der Auseinandersetzung mit seinem Großvater hatte Marc es vermieden, sie anzusehen, und war in nachdenkliches Schweigen verfallen. Er gab ihr keinerlei Hilfestellung dabei, es einzuordnen, und sie fühlte sich, als hätte er ihr mit Schwung die Tür vor der Nase zugeknallt. Eine Tür, neben der ein blinkendes Schild aufgestellt war mit der Aufschrift: *»Achtung! Kann sich jederzeit schließen!«* Bleierne Erschöpfung drückte auf ihre Lider. Sie war so eine Idiotin. Frustriert stöhnte sie auf und legte sich die Hände auf das Gesicht.

»Tut dir was weh?«, fragte Marc mit einem besorgten Tonfall.

Ob mir etwas wehtut? Verdammt, ja! Mein Herz, meine Seele, mein ganzes unfähiges Ich! Vollidiot! »Nein, ich … bin nur müde.«

Vor dem Hotelzimmer angekommen hielt sie die unausgesprochene Spannung nicht mehr aus und nahm den peinlichen Moment vorweg. »Marc, ich bin absolut fertig. Ich werde einfach schlafen gehen.«

Sie hoffte, dass er keine Einwände hatte, und doch war es grauenvoll, die Erleichterung in seinen Augen zu sehen.

Am nächsten Morgen trank Flora im Speisesaal einen kleinen Cappuccino und zwang sich, dazu ein Croissant herunterzuwürgen. Marc ließ sich nicht blicken. Sie traf ihn beim Auschecken an der Hotelrezeption. Er wirkte innerlich aufgeräumt und sein Gesichtsausdruck war auf eine routinierte Art freundlich, die Flora völlig aus dem Konzept brachte. Sie hatte gehofft, dass nun ein Gespräch über den gestrigen Tag möglich wäre, doch der gemeinsame Weg zum Hotelparkplatz war gepflastert mit spröden Höflichkeitsfloskeln. Eine hohler als die andere. Sie war fassungslos und konnte nur mechanisch darauf reagieren.

»Darf ich dir die Tür aufhalten?«

»Gern.«

»Vorsicht, da ist eine Stufe.«

»Vielen Dank.«

»Es ist kühler als erwartet, möchtest du deine Strickjacke aus dem Kofferraum?«

»Ich denke, es geht so.«

Dann hüllte er sich, wie am Abend zuvor, in Schweigen. Im Wagen lehnte Flora ihren Kopf gegen die Nackenstütze. Schon bis hierher zu kommen hatte sie restlos erschöpft. Als sie die Autobahn erreichten, war die Stille kaum mehr auszuhalten. Irgendwann schaltete Marc das Radio ein. Das entspannte die Situation, obwohl es sich wie eine Niederlage anfühlte. Verzweifelt versuchte sie, ihre Gedanken zu sortieren. Sie hatte gedacht, dass es schwierig werden würde, aber sie hatte nicht mit dieser eiskalten Distanz gerechnet. Wenn das so weiterging, würden sie in Leipzig ankommen, stumm ihre Zimmer betreten, die Zwischentür geschlossen. Seinen Wunsch nach Abstand hatte er ja weder genauer erklärt noch widerrufen. Floras Finger trommelten auf die Seitenlehne. Ein ganzer Schwall an Worten, die unvernünftig waren und vielleicht keinen Sinn ergaben, steckte in ihrer Kehle fest. Wenn sie jetzt ohne zu überlegen sprach, würde sie vermutlich alles schlimmer machen, aber – egal …

»Marc!«

Ein summendes Geräusch durchbrach die Stille.

»Herr Wernstedt! Auf Ihren Anruf habe ich schon gewartet.«

Flora blieb der Mund offen stehen. Sie musste sich zwingen, ihn wieder zu schließen. Er plauderte einige Minuten zwanglos. Dann legte er auf und wählte sofort eine andere Nummer. Ein weiterer Geschäftspartner ging dran und munterer Smalltalk entspann sich, bevor ein paar Sachfragen durchgesprochen wurden.

Fassungslos starrte sie aus dem Fenster. Er hatte angefangen zu arbeiten. Das war's. Keine Erklärung – nichts.

Während er sprach, braute sich Wut wie ein schwerer, dunkler Sturm in ihr zusammen, doch sie atmete ein paarmal tief ein und aus und richtete die Aufmerksamkeit auf die kühle Luft, die in ihre Nase strömte. Dann versuchte sie, ihre Konzentration nur auf die Vibrationen des Motors und die Fahrgeräusche zu lenken.

Als der nächste Anruf kam, drückte Flora reflexartig die rote Taste auf dem Display der Mittelkonsole.

»So, jetzt reicht's«, entfuhr es ihr.

»Das war ein wichtiges Gespräch.« Es war eine ruhige Feststellung, doch das brachte ihre Wut nur noch mehr zum Kochen.

»Nicht so wichtig wie das, was du hier nicht sagst!«, presste sie hervor.

»Was meinst du?« Er sah stur geradeaus.

»Ich will wissen, was dir seit gestern Abend durch den Kopf geht. Und sag nicht, es gehe mich nichts an. Ich habe es miterlebt. Die Spannung zwischen dir und deinem Vater. Seine Verzweiflung. Ich habe fast von deinem Großvater eine Ohrfeige bekommen und musste mich so unhöflich benehmen wie nie zuvor; und danach – lässt du mich mit alldem und der Sorge darum, wie es dir jetzt geht, allein.«

Er schwieg.

»Verdammt!«, schrie sie. »Okay, sag mir, dass das genau so sein soll. Dass du kein Problem darin siehst, nicht darüber zu reden, denn dann weiß ich – wir beide sprechen grundsätzlich nicht dieselbe Sprache.« Immer noch starrte er regungslos auf die Straße, doch die Knöchel seiner Hände am Lenkrad traten stärker hervor. »Ich würde es bedauern, aber ich wäre wieder frei«, flüsterte sie matt.

»Das ist alles? Sonst willst du über nichts reden?«

»Nein«, murmelte sie.

»Flora! Schweigen oder die Wahrheit sagen. Nicht lügen.«

Ihr wurde schwummrig. Sie wusste genau, was er meinte. Diese eine Sache, die sie nicht verstehen konnte. Schon lange nicht mehr. Nicht nach ihrem Kuss, nicht nachdem er sie aus Hannover abgeholt hatte und sie zusammen zu seinem Vater gefahren waren. Sie biss sich auf die Zunge, sie war nicht mutig genug das anzusprechen. Aus Sehnsucht danach, dennoch eine Verbindung zu ihm aufzunehmen, legte sie ihre Hand auf seine, die auf dem Schalthebel lag. Er zog sie nicht weg, doch da war ein deutliches Zucken, das eine schmerzhafte Welle durch ihren Körper schickte. Flora schluckte, um das bittere Gefühl zu vertreiben.

»Hör auf, so nett zu mir zu sein. Das verdiene ich nicht«, hörte sie ihn leise sagen.

Er verdiente es nicht? »Okay, erzähl mir mehr darüber.«

»Da gibt es nicht mehr zu sagen.«

»Was kann ich tun?«

»Halt dich von mir fern, Flora.«

Ihre Kehle schnürte sich zu. *Es war ja noch viel schlimmer als befürchtet.* »Echt? Obwohl du mich extra aus Hannover abgeholt hast?«

»Ja. Es tut mir leid, das mit uns ist ein Fehler.«

Ihr lief es eiskalt den Rücken runter. Das hier ging gerade völlig schief. Ein, zwei Sätze weiter, und das war's. Ihr wurde flau im Magen. Einer von ihnen musste jetzt einen kühlen Kopf bewahren. Und das war offensichtlich nicht er.

»Fahr da vorne auf den Rastplatz«, sagte sie aus einem Impuls heraus.

»Flora …«

»Tu es einfach. Ich will zur Toilette.«

Wortlos wechselte Marc die Spur und fuhr die nächste Abfahrt raus. Die Räder standen noch nicht ganz still, da sprang sie aus dem Wagen, öffnete den Kofferraum, griff nach der kleinen Reisetasche, in der sie ein paar zusätzliche Sachen aus Hannover mitgenommen hatte, und lief in Richtung Rastplatz-Café.

Im Vorraum der Toiletten blickte sie in den Spiegel. Sie sah erschöpft aus. In der Nacht hatte sie fast gar nicht geschlafen. Trotzdem musste sie etwas tun, um sie beide aus dieser deprimierten Stimmung herauszubekommen. Sonst war der endgültige Abschied nah.

Mit ihrer Reisetasche verschwand sie in einer Toilettenkabine. Ein paar Minuten später trat Flora wieder auf den Parkplatz. Ihr Magen flirrte. Dies war nur ein Versuch. Er konnte in einer abgrundtiefen Blamage enden, aber das Risiko war es wert.

Sie hatte ihren Petticoatrock gegen eine blaue Röhrenjeans und eine blumige Tunika im Ibiza-Style getauscht. Ihre Haare fielen in zwei langen Zöpfen über ihre Schultern. Sie schob sich einen Kaugummi in den Mund, holte tief Luft, dann rauschte sie mit schnellen Schritten auf Marcs Auto zu. Er stand neben der Fahrertür und war in ein Telefonat vertieft.

Okay, und los geht's. Sie schnippte laut mit den Fingern. »Hey, Süßer!«, rief sie ihm wild winkend entgegen. »Bist du Marc, Marcel, Marcus oder so?« Er sah sie mit hochgezogenen Augenbrauen an und legte mit einem knappen ›ich melde mich‹ auf. Flora ließ ihn nicht zu Wort kommen. »Da war so 'n Mädel auf der Toilette. Die hat geheult und gesagt, sie sei mit 'nem schrecklichen Typen unterwegs nach Leipzig und hätte dermaßen die Schnauze voll, dass sie sich 'ne andere Mitfahrgelegenheit suchen würde.« Sie verdrehte plakativ die Augen. »Ich so: Mädel, überleg dir das. Und sie so: Ich könnte gerne an ihrer Stelle mitfahren. Sie wäre definitiv raus.« Flora schmatzte zweimal mit dem Kaugummi und musterte ihn nachdenklich von oben bis unten. »So bescheuert siehst du gar nicht aus, deshalb: Was soll's – ich versuch's mit dir. Ist ja nicht mehr so weit.« Sie streckte ihm die Hand entgegen. »Bin übrigens Lora, Schätzchen. Na komm, ich hab nicht ewig Zeit.« Marc starrte sie an, als würde er sich ernsthaft fragen, ob sie nicht eine ganz besondere Art der Hilfe benötigte. Floras Herz schlug laut in ihren Ohren. Wenn er jetzt nicht mitmachte, würde es brutal peinlich werden. Kaugummi kauend hielt sie seinen Blick und zählte innerlich die Sekunden. Dann runzelte er die Stirn, schüttelte kurz den Kopf, stieg wortlos ein und startete den Wagen. Flora riss die Beifahrertür auf, ließ sich auf den Sitz fallen und schmiss ihre kleine Reisetasche auf den schmalen Rücksitz. Marc sah geradeaus, doch ein Muskel um seinen Mundwinkel zuckte. Aber das konnte auch Einbildung sein. Sobald er ausgeparkt hatte, drückte Flora ein paar Knöpfe auf dem Radio und wechselte die Sender in schneller Folge. Als sie einen mit Schlagermusik gefunden hatte, drehte sie die Musik hoch und lehnte sich mit einem lauten Stöhnen zurück. »Ist das gut! Wahnsinnssitze hier. Hat der Wagen Vollausstattung?«

»Mhm.«

»Haste bei deinem Mädel die Zähne auch so schlecht auseinandergekriegt oder was war es, dass die so geheult hat? Ey, das war nicht mehr normal.« Sie sah ihn mit aufgerissenen Augen von der Seite an und zeigte mit dem Daumen auf sich. »Wenn ich so geheult hätte, wegen 'nem Typen, ehrlich, zu dem wäre ich auch nicht mehr ins Auto gestiegen. Davor hätte ich mich allerdings noch nach Leipzig bringen lassen.«

»Und hat sie sonst noch was gesagt?«, murmelte Marc, während er weiter auf die Straße starrte.

Ein Anfang. Eine Welle der Erleichterung breitete sich in Flora aus.

»Lass mich überlegen.« Sie legte sich zwei Finger an die Schläfen. »Fünfzigmal, dass du echt scheiße bist und dann, dass sie auch scheiße ist, weil sie dich mag. Na ja, in anderen Worten, aber das war der Sinn. Und sie meinte noch, dass das mit euch niemals was würde, weil du sie immer nur ablehnst.«

»War sie deshalb so traurig?«

»Schätze, schon. Und weil da wohl irgend so 'n Typ war, der ihr fast eine geklatscht hätte und zu dem du dann gesagt hast, dass er sich keine Sorgen machen muss, weil sie sowieso nicht deine Freundin ist.«

»Das heißt nicht, dass sie mir nichts bedeutet.«

Flora biss sich auf die Lippe. *Endlich, es ging in die richtige Richtung.* Sie stieß hörbar die Luft aus. »Verständlich, Alter, denn – hast du dir das Mädel mal angeguckt?«

»Eigentlich kann ich kaum etwas anderes tun.«

»Und?«

»Sie ist wunderschön.«

»Du könntest froh sein, wenn so eine deine Freundin sein will. Mit deiner Spießerkarre wird das sowieso nicht leicht für dich.« Sie sah ihn kurz an wie eine Bankberaterin, die gebeten wurde, die gesamten Apple-Aktien zu verkaufen. Flora fiel ein Stein vom Herzen, weil sie bemerkte, dass sich das Schmunzeln um seinen Mundwinkel verstärkte.

»Ich nehme an, du hast recht.«

»Klar. Aber das war noch nicht alles. Sie meinte auch, die ganze Fahrt über wärst du 'n unsensibles Arschloch gewesen. Einfach nicht geredet. Sie meinte: mit ihr. Mit andern schon. Ganze Zeit telefoniert und so. Echt jetzt?« Flora schlug sich die Hand vor die Stirn und schüttelte den Kopf. »Ich so: Ist der Typ nicht Gentleman, oder was? Und sie so: Wenn eins nicht, dann das.« Marc sah mit einem Glitzern in den Augen zu ihr hinüber. Sie schnalzte zweimal missbilligend mit der Zunge. »Gentleman ist heute aber wichtig. Ey, das kann jeder. Ich dachte, sie bringen einem das bei, bevor man so 'ne Karre kauft.« Das Grübchen auf seiner rechten Wange vertiefte sich immer weiter, dann brach ein herzhaftes Lachen aus ihm hervor. »Findest du das gut, Mann?«, rief Flora empört. Du amüsierst dich hier mit 'ner fremden Frau, während sie heult?«

»Nein ... Und wenn ich könnte, würde ich sie gerne wieder aufsammeln und ihr sagen, dass es mir leidtut.«

»Coole Einsichten. Aber sag lieber erstmal mir, warum du so 'n Idiot warst, bevor du es bei ihr versuchst. Sonst verbockst du 's noch.«

Sein Blick traf sie von der Seite – und da war dieser liebevolle Ausdruck in seinen Augen, den sie so sehr vermisst hatte. Er suchte ihre Hand und drückte sie kurz. Dann überlegte er ein paar Sekunden. Es schien ihm wichtig zu sein, die richtigen Worte zu finden.

»Ich will nicht, dass sie in meine Angelegenheiten hineingezogen und noch mehr verletzt wird. Dieses Risiko ist mir zu groß. Auch wenn ich sie für das, was sie gerade versucht, sehr liebe.«

Sie schloss die Augen und schluckte. *... sehr liebe.* Die Wörter hallten durch ihren Kopf, ihr Herz und durchzogen ihren Körper mit einem kribbelnden Schauer. Hastig richtete Flora sich auf. Es dauerte ein paar Sekunden, bis sie in ihre Rolle zurückfand. »Baby«, sie räusperte sich, denn ihre Stimme klang belegt. »Keine Ahnung, was genau dein Problem ist. Aber wenn du sie völlig ausschließt, verletzt du sie damit ganz genauso. Schon mal drüber nachgedacht? Außerdem glaube ich, die Kleine ist nicht doof. Die hat bestimmt gecheckt, dass was nicht normal läuft; und wenn sie immer noch da ist, bedeutet das, dass du vernünftig mit ihr reden kannst. Also überleg es dir.« Flora musterte ihn von der Seite. Sein Gesichtsausdruck begann sich zu verdunkeln. Schnell legte sie ihre Hand auf seinen Arm und spürte, wie er sich ein wenig entspannte. »Ich steige übrigens dort vorne aus. Und falls die Sterne günstig für dich stehen, dann macht sie da auch 'ne Pause und steigt wieder ein.«

Flora zog sich auf dem nächsten Rastplatz um. Als sie die Autotür öffnete, zitterten ihre Hände. In der Rolle als Lora hatte sie sich stark gefühlt. Doch jetzt konnte sie nur hoffen, dass Marc wirklich gesprächsbereit war und sie nicht hängen ließ.

»Danke, dass du wieder da bist. Lora war nett, aber sie ging nicht gerade zimperlich mit mir um und hat auch erschreckend oft ›scheiße‹ gesagt«, empfing er sie mit einem kleinen Lächeln.

»Echt?« Flora grinste erleichtert. »Das war bestimmt schockierend für deine wohlerzogenen Ohren.«

»Ich komm damit klar, es ist wahrscheinlich einfach ihr Lieblingswort.«

»Vermutlich.«

»So wie deins ›verdammt‹.« Marc zwinkerte ihr zu.

»Das ist dir aufgefallen?« Sie schmunzelte. »Stimmt, ich mag es. Es ist kraftvoll, zeigt den ganzen Unmut, aber auf eine eher klassische Weise.«

»Geradezu elegant«, ergänzte er grinsend.

Flora kicherte und freute sich, dass er jetzt auch gelöst wirkte. Das hier waren sie. Marc und Flora. Es tat gut, sich für ein paar Momente einfach miteinander wohlzufühlen. Trotzdem war ihr bewusst, dass sie dabei nicht bleiben konnten. Es war nur wie ein kurzes Luftholen.

»Ich bin Lora eben noch im Rasthof begegnet. Sie meinte, du wolltest mir etwas sagen«, eröffnete sie das Feld.

»Ja«, er nahm ihre Hand und drückte einen zarten Kuss auf ihre Finger. Das Grün seiner Augen flackerte und sein Blick brannte sich in ihren. »Es tut mir leid, dass für dich bis hierher alles so unangenehm gewesen ist und mein Großvater gestern Abend derart unverschämt war, ich kenne ihn so nicht. Du hast nicht verdient, dass jemand so mit dir spricht.«

Okay, sie würden reden. Wenn auch vermutlich nicht gleich über die Freundin-Sache, aber er hatte zumindest ein Angebot gemacht. Flora beschloss, ihre Gedanken mit ihm zu teilen. Vielleicht erfuhr sie etwas, das ihr half, ihn besser zu verstehen. »Die Kälte seinem Sohn gegenüber hat mich viel mehr erschreckt. Ihm schien es egal zu sein, ob er ihn in Gefahr bringt und was aus ihm wird. Ich frage mich die ganze Zeit schon, was für ein Mensch er ist.«

Marc startete das Auto und fädelte sich wieder in den Verkehr ein. »Nun, er hat sich um mich gekümmert, mir ein Zuhause gegeben, als mein Vater abgestürzt ist und meine Mutter mit ihrem neuen Leben beschäftigt war.«

»Gekümmert«, murmelte Flora und versuchte dieses Wort mit ihrem Eindruck von Wilhelm Antonius zusammenzubringen. »Ich kann mir nach gestern nur schwer vorstellen, dass er dich gefragt hat, wie dein Tag in der Schule war, ob du dich gefreut oder geärgert hast und ob du zurechtkommst. Was für eine Art von Zuhause war das bei ihm, Marc?«, fragte sie leise.

»Für diese Dinge hat er sich vielleicht nicht so interessiert, das ist eben nicht sein Stil.«

»Okay, aber was ist sein Stil? Worüber habt ihr geredet?«

Marcs Gesicht bekam einen verschlossenen Ausdruck. Er zögerte mit seiner Antwort. »Es ging meistens um … eine Familiensache«, sagte er nach einer Weile.

»Ihr habt immer nur über eine Familiensache geredet? Sonst war da nichts?«

»Er hat mich dabei unterstützt, möglichst schnell erfolgreich zu sein. Das war unser Thema.«

»Hmm. Und wieso musstest du dich so beeilen? War dir selbst das auch wichtig?«

»Herrgott! Ja, es war und ist mir wichtig.«

»Du warst ein Jugendlicher. Da hat man doch normalerweise andere Interessen als sich auf sein Abitur und Studium vorzubereiten.«

»Es hat mir damals nichts ausgemacht. Wir sind uns sehr ähnlich, Flora. Deshalb verstehen wir uns.«

Wir sind uns sehr ähnlich? Ihr lief es kalt den Rücken runter. »Das glaube ich nicht.« Sie atmete tief durch, um sich zu beruhigen. »Bist du dir sicher, dass du ihm wirklich wichtig bist?« Er nickte knapp, schaltete das Radio ein und ließ es leise im Hintergrund laufen. Flora spürte, wie sich ihr Puls beschleunigte. Sie konnte sich nicht vorstellen, dass jemandem, dem egal war, ob sein Sohn durch seine Wut starb, gleichzeitig ein Meer von Empathie für seinen Enkel hatte. Marc schien Wilhelm Antonius noch nie zuvor infrage gestellt zu haben.

»Hast du deinen Großvater schon einmal enttäuscht?« Die Frage entfuhr ihr, bevor sie sie stoppen konnte.

»Nein, wieso sollte ich?« Er klang irritiert.

»Ich finde, die Art, wie jemand sich bei einer Enttäuschung verhält, kann sehr aufschlussreich sein. Daran erkennt man, ob man der Person wirklich wichtig ist, ob sie einen versteht und respektiert, auch wenn es gerade einen kleinen Nachteil für sie bedeutet.« Marc dachte schweigend über ihre Worte nach. »Und außerdem stimmt es nicht«, ergänzte Flora. Er sah sie fragend an. »Du hast deinen Großvater enttäuscht.«

»Ich weiß nicht, was du meinst.«

»Gestern Abend hast du es getan, als du mit mir im Krankenhaus erschienen bist. Und wir beide wissen jetzt, wie er damit umgeht.« *Und wie du darauf reagierst,* setzte sie in Gedanken hinzu.

Marc starrte lange Zeit nachdenklich auf die leere Fahrbahn. Er wirkte erschöpft und ein Muskel zuckte in seinem rechten Augenwinkel. Als er dann sprach, klang sein Tonfall vollkommen abgeklärt. »Es tut mir sehr leid, Flora, dass das gestern zunächst anders gewirkt hat, doch es bleibt dabei – ich möchte, dass wir von nun an Abstand halten.« Es war keine Bitte, sondern eine Feststellung. Das Telefon summte ein weiteres Mal und er nahm das Gespräch entgegen.

28

Mit der linken Hand hielt Flora den Plastiksack auf, während sie mit der rechten alle Origamifiguren von der Kommode hineinschob. Die Fensterbänke und der Schreibtisch waren bereits leer.

Es tat gut, reinen Tisch zu machen, und fühlte sich wie ein Neuanfang an. Sie verabschiedete sich von ihrer lieb gewonnenen Rückzugsstrategie, die sie keinen Schritt weitergebracht hatte.

Nachdem Marc und sie vor einer Woche in Leipzig angekommen waren, hatten sie sich kaum gesehen. Er entriegelte zwar jeden Abend um Viertel nach sieben seine Tür, doch Flora ging nicht mehr hindurch. Es war, als lebten sie in einem stummen, sich ausdehnenden Stillstand. Nichts war geklärt; oder vielleicht war alles geklärt und sie hatte sich die letzten Tage nur geweigert, das zu glauben. Flora wusste nicht, wie sie sich verhalten sollte. Die Schockstarre hatte irgendwann nachgelassen und übrig geblieben waren Sehnsucht und das unerträgliche Warten darauf, dass die Dinge sich änderten, doch das passierte nicht.

Aber damit war jetzt Schluss. Energisch legte sie auch das Päckchen mit dem Faltpapier in den Sack hinein. Sie hatte ihre eigene Mission und die würde sie ab heute verfolgen. Es ging darum freier und stärker zu werden und nebenbei ihr Herz vor dem totalen Untergang zu bewahren.

Auf dem Weg zum Center kam sie jeden Morgen an einer

Grundschule vorbei. Oft spielten Kinder auf dem Schulhof und Flora schaute ihnen gerne dabei zu, solange die Straßenbahn an der Haltestelle verweilte. Irgendwann hatte sie bunt gestaltete Fenster in einem Seitenflügel des Gebäudes entdeckt. Über der Eingangstür dieses Bereichs stand in roten Buchstaben ›Hort‹. Von Melanie, die ja Sozialpädagogik studierte, wusste sie, dass das eine Einrichtung war, die manche Kinder vor Unterrichtsbeginn besuchten und auch nachmittags, bis ihre Eltern zu Hause waren. Das hatte sie auf eine Idee gebracht.

Entschlossen stieg Flora an diesem Morgen zwei Stationen vorm Center aus der Straßenbahn, betrat das Gebäude und befand sich kurz darauf in einem Gang mit bunt bemalten Wänden, von dem rote Türen abgingen. Sie wanderte von einer zur anderen und horchte. Aus der dritten drangen Stimmen. Ihre Hände kribbelten und ihr Herz schlug schnell, als sie klopfte und die Klinke hinunterdrückte.

In der Mitte des Raumes saß eine Frau mittleren Alters zusammen mit sechs Kindern an einem Tisch. Sie hatte ein Buch aufgeschlagen und las eine Geschichte vor. Flora blieb unschlüssig in der Tür stehen. Da sah die Frau auf und lächelte ihr entgegen. Mit ihren blonden kurzen Haaren, den freundlichen Augen und dem Holzfällerhemd machte sie einen bodenständigen und warmherzigen Eindruck. Flora atmete erleichtert aus und das Kribbeln in ihren Händen nahm ab. Es dauerte einen Moment, bis die Mitarbeiterin den Satz zu Ende gelesen hatte. Dann klappte sie das Buch zu.

»So, ihr Lieben, den Rest erfahren wir morgen.« Sie wandte sich ihr zu. »Hallo, was kann ich für Sie tun?«

Flora schluckte und hielt den Plastiksack in die Höhe. »Ich habe hier einige Origamifiguren und ich dachte, bevor ich sie wegwerfe, lassen sie sich eventuell noch zur Dekoration verwenden.«

Das Lächeln der Mitarbeiterin wurde breiter. »Das ist eine sehr schöne Idee. Kommen Sie doch näher. Vielleicht schütten wir die Figuren mal auf den Tisch.«

Sie nahm Flora den Sack ab und leerte ihn vorsichtig zwischen den Kindern aus.

»Ich hab ein Krokodil!«

»Und ich einen Schwan!«

»Ich weiß nicht, was das ist …«, kicherte ein Mädchen mit schwarzen Locken. »Es sieht aus wie ein Pferdeschwein.«

Die Kinder bestaunten die Figuren und sortierten sie mit Feuereifer.

»Darf ich mich vorstellen? Ich heiße Maria Becker und leite diese Einrichtung.«

»Mein Name ist Flora Lilienthal. Ich arbeite in dem Einkaufscenter, das bald aufmacht. Sie können mich gerne Flora nennen.«

»Schön! Ich bin Maria, und lass uns doch gleich ›Du‹ sagen.«

Flora nickte. Dann zog etwas an ihrer rechten Hand.

»Wer bist du?«

Vor ihr stand ein Junge mit blauen Augen und Irokesenschnitt. Er war zart und klein wie ein Kindergartenkind, trug seine Teenagerfrisur aber voller Stolz. Sie musste unwillkürlich lächeln.

»Ich heiße Flora, und du?«

»William.«

»Freut mich, dich kennenzulernen, William!«

»Kannst du uns zeigen, wie man diese Tiere macht?« Er zog sie in Richtung Tisch.

»Darf ich?«, fragte sie die Leiterin.

»Sehr gerne! Wir freuen uns hier über jede Hilfe!«

In der nächsten halben Stunde war sie damit beschäftigt Lilli, William, Adem, Murat, Fatma und Leonie zu helfen, einen Schwan zu falten. Danach suchten sie gemeinsam für die sechs Papierkunstwerke und all die anderen Figuren die richtigen Plätze in den verschiedenen Räumen.

Schließlich klingelte die Schulglocke und die Kinder griffen nach ihren Jacken und Taschen.

»Du kommst doch morgen wieder, oder?«, fragte Leonie.

»Biiiittte!«, riefen die anderen.

»Das wäre tatsächlich sehr schön«, schaltete sich Maria ein.

Flora nickte und die Kinder rannten zum Unterricht.

»Geht das denn so einfach?« Sie wandte sich zu Maria um.

»Ja, klar. Wir sind über jeden froh, der uns ehrenamtlich unterstützt. Besonders in der Frühbetreuung vorm Unterricht und nachmittags zwischen vier und fünf. Also, wenn du Lust hast …«

Wieso nicht? Jede Minute, die sie nicht im Hotelzimmer verbrachte, war eine gute Minute.

»Morgen um die gleiche Zeit? Und nachmittags könnte ich um halb fünf da sein.«

Ein Strahlen ging über Marias Gesicht. »Perfekt!«

Beschwingt verließ Flora die Schule. Was für schöne Aussichten. Sie lächelte glücklich und drehte sich ausgelassen um sich selbst. Mit den Kindern zu basteln hatte richtig viel Spaß gemacht. Aber vor allen Dingen hatte sie damit endlich einen Schritt in die Freiheit getan. Hinaus aus den bedrückenden Gefühlen zu Marc und auch aus Gabrieles Gästezimmer.

»Hey Sonnenanbeterin! Was machst du denn hier?«, hörte Flora am Nachmittag den warmen Klang einer bekannten Stimme. Überrascht sah sie von dem Buch auf, das sie in der Hand hielt. In dem winzigen Ruheraum wirkte Dave mit seiner Körpergröße und den breiten Schultern wie eine mächtige Eiche inmitten eines filigranen Wintergartens.

Das amüsierte Glitzern in seinen Augen zeigte ihr, dass er sich dieser Tatsache deutlich bewusst war. Unwillkürlich musste sie lächeln.

»Daaaaave!« Die drei Mädchen, denen Flora gerade vorgelesen hatte, sprangen vom Sofa und stürzten sich auf ihn.

Er lachte und gab jedem ein High five.

»Flora, Dave ist der Beste! Er bringt uns Fußball bei. Wir sind schon fast besser als alle Jungs zusammen!«, strahlte Leonie mit weit aufgerissenen Augen.

»Als alle Jungs von der ganzen Welt!«, kicherte Fatma und zeichnete mit ihren Armen eine riesige Weltkugel in die Luft.

Er war zwar der Letzte, den Flora in dieser Grundschule erwartet hätte, und doch spürte sie, dass seine Anwesenheit sie sofort entspannte. Sie erinnerte sich daran, wie gut sie sich gefühlt hatte, nachdem sie ein paar Minuten im Park auf der Bank gequatscht hatten.

»Was machst du denn hier?«, fragte sie, als das Lachen abgeebbt war.

Er grinste breit. »Nur Studieren ist mir zu langweilig, deshalb leite ich eine Fußballgruppe und übernehme von vier bis fünf den Spätdienst. Da sind meistens sechs Kinder da, die auch morgens in der Frühbetreuung sind. Und welche Entschuldigung hast du? Ist dir auch langweilig? Wenn du nämlich eine Herausforderung suchst – die hast du mit diesen kleinen Rackern.«

»Ja«, schmunzelte Flora. »Das habe ich gemerkt. Aber es macht Spaß. Ich wollte ein paar Dekosachen loswerden und da hat Maria mich gefragt, ob ich nicht morgens und nachmittags ein bisschen Zeit hätte, um den Kindern vorzulesen oder etwas zu basteln.«

»Das sieht ihr ähnlich. Sie spannt jeden ein, den sie kriegen kann.« Er zwinkerte ihr zu. »Jeden, der so nett ist wie du.«

»Gehen wir jetzt endlich Fußball spielen?« Lilli und Fatma zogen an Daves Händen, während Leonie ungeduldig vor ihm auf und ab sprang.

»Klar, deshalb bin ich euch doch holen gekommen.«

»Ciao Flora. Wir sehen uns dann morgen?«

»Ja, ganz bestimmt. Ciao!«

Manchmal muss man einfach Glück haben, sagte ihre Tante Marianne immer, und genauso ist es, dachte Flora ein paar Tage später. Sie lächelte in sich hinein, während sie das schmiedeeiserne Tor aufdrückte, um den Schulhof zu verlassen. Es quietschte laut und schräg, als es hinter ihr zufiel, und dann wunderte sie sich, dass es gleich noch mal dasselbe Geräusch machte. Sie drehte sich um und sah, wie Dave sein Rennrad hindurchschob.

»Hey, Flora, ich hab gehört, du warst gestern Abend mit den anderen Mädels vom Hort im Kino?«

»Ja, genau. Sag nicht, du wärst auch gerne mitgekommen«, sagte sie und grinste.

»Wieso nicht?« Er legte empört eine Hand an seine Hüfte.

»Tut mir leid, ich wusste nicht, dass du auf singende Prinzessinnen stehst, sonst hätte ich dir selbstverständlich Bescheid gegeben.«

»Okay«, er verzog das Gesicht, »in dem Fall sollte ich mich wohl eher bedanken?«

»Schätze, schon.«

»Alles klar, mein Dank sieht folgendermaßen aus: Bentain aus meiner WG kocht heute Abend Indonesisch. Ein paar Freunde und Mitbewohner helfen beim Gemüseschneiden, bevor er den großen Zauber vollbringt. Lust mitzumachen?«

»Ich hab noch nie Indonesisch gegessen …«, sagte Flora nachdenklich.

»Letztlich – mit Ketchup geht alles, oder?«

»Stimmt.«

»Also, bist du dabei?«

»Ich … Ich kenne die anderen doch gar nicht …«, murmelte sie mehr zu sich selbst und fühlte in sich hinein, aber das unangenehme Flirren in der Magengegend blieb aus, genau wie gestern beim Kinobesuch.

»Dafür kennst du mich und wir haben öfter Gäste. Zwölfer-WG eben. Alles ganz unverbindlich.«

»Okay, wenn das so ist, wo soll ich denn hinkommen?«

Dave schickte ihr eine Adresse aufs Smartphone und drei Stunden später stand Flora vor einem weißen Hochhaus, dessen Klingeltafel die gesamte Breite ihres Hotelbettes eingenommen hätte. Ratlos starrte sie auf die unzähligen Knöpfe. Sie kannte seinen Nachnamen nicht und konnte keinen Hinweis auf eine WG finden. Seufzend zog sie ihr Handy aus der Tasche und bemerkte erstaunt, dass er ihr schon eine Nachricht geschickt hatte.

›Die Klingel ist die zweite von unten, ganz rechts. Da, wo als dritter Name Gernth steht.‹

Sie drückte lächelnd den schwarzen Knopf und schob nach dem Summen die Tür auf. Es passt zu ihm, dass er es einem leicht machte, dachte Flora, während sie den klapprig wirkenden Aufzug links liegen ließ und stattdessen die Treppe erklomm. Genau so war Dave auch in der Schule. Er nahm Maria und den anderen die Arbeit ab, wo es nur ging, kam früher, wenn jemand krank war, und betreute manchmal noch zusätzlich eine Hausaufgabengruppe. Dabei wirkte er nie, als würde es ihm etwas ausmachen. Im Gegenteil. War viel zu tun, wurde er erst recht entspannt und hatte für alle ein freundliches Wort.

Schnaufend kam Flora vor der Tür im zweiten Stock an. Nicht weil es anstrengend war, sondern weil sie jetzt doch mit jedem Schritt die Treppe hinauf aufgeregter wurde. Sie hielt einen Moment inne, um sich auf dem schmalen, dunklen Flur umzusehen, von dem unzählige graue Türen abgingen. Bei manchen blätterte die Farbe ab und zeigte in Rot, Grün und Weiß die Anstriche der vorangegangenen Jahrzehnte. Es war bedrückend eng und wirkte lieblos. Sie spürte einen Kloß im Hals und ein Flattern in der Magengegend. Plötzlich musste sie an Marc denken. Was er wohl sagen würde, wenn er wüsste, wo sie gerade war? Ob er stolz auf sie wäre? Ob er sich Sorgen machen würde? Eine Sekunde lang wünschte sie sich sehnlichst, jetzt in seinem Zimmer auf dem Sessel zu sitzen und einfach nur die Serie zu schauen, so wie sie es wochenlang gemacht hatten. Aber nein, Flora schüttelte sich. Marc hatte sich deutlich positioniert. Die Antwort war daher: Er wäre froh, dass sie ihr Ding machte, und das sollte sie ebenfalls sein.

»Hey, schön, dass du da bist.« Flora zuckte zusammen und drehte sich um. Dave stand grinsend in einer der Wohnungstüren.

Er trug weiße Shorts zu einem grauen T-Shirt und war ansonsten barfuß. Ihm schien im Allgemeinen recht warm zu sein. Auch an eher kühlen Tagen sah man ihn in der Schule ausschließlich in kurzen Hosen.

»Ja, ich freue mich auch, hier zu sein«, sagte sie lächelnd.

»Aber Achtung. Es erwartet dich ein gewisser Shabby Chic«, warnte er sie mit einer hochgezogenen Augenbraue. »Und damit meine ich ›The Real Shabby Chic‹! Nicht das, was man in Einrichtungsmagazinen dafür hält.« Er legte ihr den Arm um die Schulter und zog sie in die Wohnung.

Nach zwei Schritten wusste Flora, was er meinte. Der Flur war mit grauem PVC-Boden ausgelegt, der sich an den Rändern ablöste und wellte. Auf den ehemals weißen Wänden hatten Generationen von Studenten ihre handschriftlichen Kommentare hinterlassen. Die Decke war vergilbt von Rauch und neben einer Zimmertür wirkte ein breiter Fleck, als wäre dort eine Bierdose explodiert. Hier wurde offenbar regelmäßig und ausgiebig gefeiert.

Flora lächelte. »Studentenleben – pur und ungeschönt?«

Dave nickte. »Ich fürchte, ja. Die entropischen Kräfte sind leider genau an diesem Punkt des Universums besonders stark. Das heißt jedoch nicht, dass du Angst vorm Bad haben müsstest, denn da kämpfe ich täglich ganz persönlich gegen den Verfall. Es ist sozusagen meine Mission.«

»Dann bin ich also von der sanitären Seite her bestens aufgehoben?« Sie grinste ihn mit einer hochgezogenen Augenbraue an.

»Nicht nur von der, aber – ja, in jedem Fall.« Er zwinkerte ihr verschwörerisch zu und schob sie durch die nächstgelegene Tür.

Die Küche einer so großen WG hatte Flora sich als eine unharmonische Kombination aus alten, ausgeleierten Schränken, abgestoßenen Arbeitsplatten und zusammengewürfelten Küchengeräten vorgestellt, von denen einige noch aus den Achtzigern stammten. Hier jedoch war es hell, blitzsauber und die Küchenmöbel wirkten fast wie neu. Dazu besaß der Raum eine Fensterfront über die gesamte Länge. Zu ihrer Überraschung befand sich sogar eine moderne Kücheninsel mit vier Herden darin.

Etwa acht Personen unterhielten sich in kleinen Grüppchen. Dave stellte Flora allen vor und besorgte ihr ein Glas Cola. Sie nahm es gerade aus seiner Hand entgegen, als ein lautes Händeklatschen sie erschrocken zur Tür schauen ließ.

»Das ist Bentain. Jetzt geht es los. Verhalte dich unauffällig, dann bemerkt er dich vielleicht nicht«, raunte Dave ihr zu. Flora stockte der Atem.

Ein Mann, ungefähr so alt wie sie, stand dort in Jeans und bunt geblümtem T-Shirt. Seine glänzend schwarzen Haare hatte er zu einem Man-Bun zusammengefasst. Er blickte grimmig drein und wartete, bis er die volle Aufmerksamkeit hatte. Danach rasselte er in schneller Folge herunter, was es zu Essen geben würde. Es klang äußerst kompliziert. Ihr wurde warm. O Gott. Hoffentlich musste sie nicht etwas Schmackhaftes für die ganze Gruppe zustande bringen.

»Bis hierher Fragen?« Er starrte in die Runde, doch alle schüttelten nur mit dem Kopf. Anschließend teilte er den einzelnen Personen ihre Arbeitsplätze und Aufgaben zu. Es waren keine Vorschläge, sondern Anweisungen, die er kurz und präzise formulierte. Flora war erleichtert, als Bentain sagte, dass sie und Dave nur Karotten und Paprika in feine Stifte beziehungsweise Rauten würden schneiden müssen.

»Wir kochen oft mit ihm«, erklärte Dave leise, »es schmeckt absolut zum Niederknien. Restaurantqualität auf sehr hohem Niveau. Das ist auch der Grund, warum jeder zähneknirschend hinnimmt, dass er dabei zum Kotzbrocken mutiert.«

Flora sah ihn unsicher an. »Wird man angeschrien, falls man etwas falsch macht?«

»Nur bei grober Fahrlässigkeit oder wenn vorher schon mal was nicht so gut gelaufen ist, aber keine Angst, dann pauke ich dich raus. Jetzt sollten wir uns leise verhalten, sonst wird er unnötig auf uns aufmerksam und hält uns einen nervigen Vortrag darüber, wie man das alles hier viel besser machen kann.«

»Ach echt? Was denn genau?« Sie starrte verblüfft auf die einsame Paprika vor sich.

»Alles, Flora, alles«, raunte er ihr ins Ohr.

Bentain bewegte sich in ihre Nähe. Dave senkte den Blick auf das Schneidebrett und wirkte konzentriert wie ein Schüler, der nicht drangenommen werden möchte. Flora tat es ihm nach. Sie unterdrückte ein Kichern und hatte Mühe, das Messer ruhig zu halten, um saubere Rauten zu schneiden.

Mit zwei schnellen Schritten stand Bentain neben einem

Mädel, das Flora kurz als Annie vorgestellt worden war. Er beäugte kritisch die Lauchringe auf ihrem Holzbrett. Angewidert hob er einige hoch und ließ sie fallen. »Was bitte ist das? Weihnachtsbaumschmuck? Ich sagte, ich will sie transparent. Was an dem Wort verstehst du nicht?« Das Mädel nickte und schnitt einfach weiter. Als er den nächsten Arbeitsplatz ansteuerte, verdrehte sie genervt die Augen.

Flora wischte sich heimlich eine Lachträne aus den Augenwinkeln und sah, dass Dave es genauso machte.

»Er lebt in der Illusion, er wäre Chefkoch in einem Drei-Sterne-Restaurant und wir die Auszubildenden, mit denen er sich rumzuplagen hat«, murmelte er, ohne den Kopf zu heben. »Aber vertu dich nicht, das Ergebnis schmeckt wirklich überragend und außerhalb der Küche ist er der liebste Mensch.«

»Kaum zu glauben, doch ich lasse mich gerne überraschen«, sagte Flora leise und starrte weiter auf ihre Paprika.

»Du wirst ihn noch kennen und lieben lernen, denn sobald das Essen auf dem Tisch steht, zieht das Monster in ihm sich zurück«, murmelte Dave und sah unter gesenkten Lidern zu ihr herüber.

»Bin gespannt«, flüsterte Flora.

Und genauso war es. Die Suppe, die gefüllten Teigtaschen, die Pfannkuchen mit der scharfen Soße schmeckten unglaublich gut. Eine Weile hörte man nichts als das genüssliche Schmatzen und Seufzen aller. Sie saßen um einen großen Küchentisch, der an der Stirnseite des Raumes aufgestellt worden war. Er bestand aus einer einfachen Resopalplatte, die auf zwei Holzböcken lag. Annie, das Mädchen mit den Lauchringen, hatte einige Kerzen verteilt, sodass die kühle Atmosphäre der Küche etwas Anheimelndes bekam. Flora lehnte sich auf dem, was mal ein Gartenstuhl gewesen sein musste, zurück und hielt sich den Bauch.

»Gott, war das gut«, stöhnte sie und strahlte Bentain, der ihr direkt gegenübersaß, glücklich an. Er lächelte ein wenig schüchtern und nickte ihr zu.

»Dann hast du jetzt auch das Bentain-Virus«, hörte sie Dave neben sich schmunzeln. »Er kriegt alle Frauen spielend rum, allein mit seinem Essen. Und sie verzeihen ihm viel zu schnell, dass er vorher seine Mister-Hyde-Seite gezeigt hat.«

»Ich hoffe, es schmeckt nicht nur Frauen«, nuschelte Bentain zwischen zwei Bissen.

»Klar, das wäre schade, wo deine Charmeoffensive eigentlich nur den hübschen Kerlen hier im Raum gilt«, erwiderte Dave lachend.

»Allen voran dir, aber dich versuche ich ja seit Jahren vergeblich von mir zu überzeugen.« Bentain wackelte demonstrativ mit den Augenbrauen.

Dave lehnte sich in seinem Stuhl zurück und legte Daumen und Zeigefinger an sein Kinn. »Vielleicht wenn du deinen dritten Stern im Guide Michelin hast …«, überlegte er und wackelte ebenfalls mit den Augenbrauen.

»Vorsicht, du weißt, Bentain kann ungeahnte Kräfte freisetzen, wenn es um etwas geht, das er will«, warf Leon grinsend ein. Er war Flora als Kommilitone vorgestellt worden.

»Oder um jemanden«, korrigierte ihn lachend ein Mädchen namens Vivienne.

»Ich sagte ›vielleicht‹, aber ich schließe es nicht aus … Wenn du deinen dritten Stern hast, ist das Essen möglicherweise so gut, dass ich danach ins Koma falle und dir wehrlos ausgeliefert bin«, gab Dave zu bedenken.

Bentain lachte. »Im Koma bringst du mir nichts, ich möchte, dass du aus freien Stücken zu mir kommst. Eigentlich will ich, dass du bettelst.«

»Betteln ist ja nicht so mein Ding …«, sagte Dave nachdenklich. »Bleiben wir also besser Freunde. Ich kann jederzeit dein Wingman sein, falls dir jemand gefällt.«

Jetzt legte Bentain ebenfalls zwei Finger an sein Kinn und musterte ihn unter gesenkten Lidern. »Zum Eifersüchtigmachen vielleicht …«

»Hmm.« Dave knibbelte einen Moment an dem Etikett seiner Bierflasche herum und tat, als würde er überlegen. »Okay, da müssten wir dann sehr genau die Grenzen abstecken. Nicht dass das wieder so ausartet wie auf der Party letztes Jahr.«

»Ich habe dir schon tausendmal gesagt, dass ich fand, dass es echt aussehen sollte.«

»Kumpel, du hast die Situation ausgenutzt. Ich hatte gesagt ohne Zunge!«

»Aber das Gefühl musste rüberkommen. Wie sonst sollte irgendwer eifersüchtig werden?«

»Wie auch immer. Man freut sich ja, wenn man helfen kann. Dank Bentain habe ich jetzt ausgiebige Zungenkuss-Erfahrung mit einem Mann«, informierte Dave Flora und in seinen blauen Augen glitzerte es verschmitzt.

Sein Freund riss etwas von seinem Pfannkuchen ab und warf es in ihre Richtung. »Jaha! Dafür habe ich allerdings noch nie ein Danke gehört!«

Flora fing das Stück in der Luft und tauchte es in den Rest der köstlichen Soße auf ihrem Teller.

Dave lachte, stand auf und klopfte ihm auf die Schulter. »Ich würd jetzt ja sagen: immer wieder gern. Aber ich sage doch lieber: Danke für das absolut einmalige Erlebnis!« Dann ging er zum Kühlschrank, holte ein Bier heraus und stellte es vor ihn auf den Tisch. »Hier, deine Lieblingssorte. Hab ich im Asia-Markt entdeckt. Vielleicht kühlt dich das ein wenig ab.«

Dave ist einfach zu süß mit seinem Kumpel, es passt zu ihm, dass er sich bereitwillig auf eine neue Erfahrung eingelassen hat, um ihn zu unterstützen, dachte Flora und musste darüber nachdenken, ob Marc das auch für seinen Freund Alex getan hätte. Gut, der stand nicht auf Männer, aber nur mal angenommen ... Und augenblicklich war da wieder diese brennende Sehnsucht. Ihre Gedanken, diese miesen Verräter, konstruierten auch wirklich aus jeder noch so dürftigen Gelegenheit eine Brücke zu Marc. Sie stöhnte innerlich und schluckte ein paarmal krampfhaft. Dann zwang sie sich, die Gegenwart zu fokussieren, das Kerzenlicht, Bentain, Dave und die anderen am Tisch.

Flora lauschte noch eine Weile den Gesprächen, doch merkwürdigerweise wuchs der Drang, nach Hause zu gehen, umso mehr, je entspannter und gelöster die Atmosphäre wurde und je wohler sie sich hier fühlte. Irgendwann hielt sie es nicht länger aus und verabschiedete sich mit der Begründung, dass sie etwas für den morgigen Arbeitstag vorbereiten müsse.

»Es ist dunkel, klar begleite ich dich zum Hotel.« Dave schlüpfte in seine Sneakers und angelte einen Schlüssel aus seiner Jacke an der Garderobe. Schweigend schob er ein paar Minuten später sein Fahrrad neben ihr her. Zuerst überlegte sie fieberhaft, wie sie ein Gespräch in Gang bringen könnte, doch irgendwann bemerkte sie, dass er vollkommen entspannt wirkte. Sie atmete tief durch und sah zu ihm hinüber. Er lächelte, sagte aber nichts. So ist Dave, dachte Flora, während die unnötige Anspannung von ihr abfiel. Alles war wie immer leicht und unkompliziert mit ihm.

Vor dem Hoteleingang drehte er sich zu ihr. »Hast du dich wohlgefühlt, Flora?«

»Ja, das hab ich.« Es stimmte. Bis auf die Gedanken an Marc und die Sehnsucht, die sie überallhin begleitete, hatte sie eine wunderbare Zeit gehabt.

»Das freut mich. Mir ging es ganz genauso. Vielen Dank für den schönen Abend.« Er nahm sie kurz in den Arm und zwinkerte ihr zum Abschied zu.

Sie wollte irgendetwas Nettes erwidern, aber da hatte er sich schon auf sein Rennrad geschwungen und war verschwunden. Flora starrte ein paar Augenblicke in den schwarzen Nachthimmel. Ja, es war toll gewesen. Die dunklen Gefühle Unsicherheit und Selbstzweifel hatten sich nur selten und immer nur kurz von dem inneren Sofa herunterbequemt, das sie für sie eingerichtet hatte. Sie war also definitiv auf dem richtigen Weg und hätte sich leicht und beschwingt fühlen sollen, doch stattdessen spürte sie den kalten Klumpen in ihrem Magen noch deutlicher als sonst. Je wohler sie sich mit anderen fühlte, desto mehr fühlte es sich auch wie ein Abschied an. Ein langsamer, stetiger und sicher bald endgültiger Abschied von Marc.

Flora legte die Hände auf das Gesicht und stieß frustriert die Luft aus. Dann drehte sie sich in Richtung Hoteleingang und ging mit gesenktem Kopf durch die Lobby. Für einen missbilligenden Blick von Frau Franke oder gar einen fiesen Kommentar war sie definitiv nicht in Stimmung. Im Fahrstuhl lehnte sie sich gegen die Wand und schloss die Augen. Viel zu schnell öffnete er sich im vierten Stock. Sie lief zögernd den Gang hinunter. Die beiden letzten Türen gehörten ihnen. Marc und Flora.

Wie von einem unsichtbaren Band gezogen ließ sie ihre Zimmertür hinter sich und stellte sich vor seine. Stand ganz still da und verharrte in dem Gefühl der Möglichkeit. Sie würde nicht klopfen, aber weggehen konnte sie auch nicht. Noch nicht. Nur noch ein kleines bisschen hier stehen bleiben.

»Flora?«

Die raue Stimme, die den Flur entlang zu ihr herüberdrang, ließ ihren Herzschlag kurz aussetzen. Sie wandte den Kopf nach rechts. Er trug schwarze Sportshorts, ein enges Shirt und ein Handtuch um seinen Hals. Offensichtlich war er im Fitnessbereich gewesen. Nur noch ein paar Schritte … Angestrengt suchte sie eine Erklärung, warum sie wie eine Statue vor seiner Tür wartete. Eine gefühlte Millisekunde später stand er hinter ihr. Sehr dicht hinter ihr. Die Wärme seines Körpers drang in ihren ein und jedes Härchen auf ihren Armen richtete sich auf. Der Duft des holzigen Parfums vermischt mit dem Zimtgeruch seines Duschgels machte Denken völlig unmöglich. Er stellte keine Fragen, sondern legte beide Hände neben ihr an den Türrahmen. Flora konnte nicht sprechen, das Gefühl seines Atems in ihrem Nacken nahm all ihre Sinne ein. Er ließ eine Hand an ihrer Seite hinuntergleiten, umfing ihre Taille und zog sie an sich. Sie schwiegen. Flora saugte jede Minute der Nähe in sich auf und spürte, dass er das auch tat. Dann durchbrach das metallene Geräusch der sich öffnenden Fahrstuhltür die Stille.

Marc trat einen Schritt zurück. »Ich war dir von einigen Tagen die Verabschiedungsumarmung schuldig«, murmelte er.

Flora drehte sich um. Seine Gesichtszüge wirkten markanter als sonst, so als würde er nur noch arbeiten und kaum schlafen. Er betrachtete sie ruhig und schwieg. Wahrscheinlich wartete er darauf, dass sie ging. Gänsehaut breitete sich über ihren Rücken aus. Es hatte sich offensichtlich nichts geändert. Schnell wandte sie den Blick ab und lief zu ihrer Tür. Mit deren Zufallen verschwand der letzte Nachhall seiner Umarmung und Kälte ersetzte die Wärme in ihrem Inneren nun mehr als zuvor.

29

Die Tage schleppten sich dahin. Eine Woche war vergangen, seit Marc sie im Hotelflur umarmt hatte. Flora unternahm inzwischen fast jeden Abend etwas mit anderen und fühlte sich, was das anging, sehr wohl. Manchmal ging sie mit den Mädels vom Hort aus, aber zunehmend häufiger mit Dave. Er hatte immer Ideen und kannte unzählige Leute, mit denen sie sich zum Bowlen, Tanzen, Kochen oder für einen Spieleabend verabredeten. Es war richtig toll, dauernd neuen Menschen zu begegnen.

Marc sah sie ausschließlich im Center und meistens nur von Weitem. Dennoch gingen ihr seine Blicke durch und durch und sie hatte den Eindruck, dass es auch ihm schwerfiel, die Augen von ihr zu lösen. Doch warum hatte er sie dann aus seinem Leben ausgesperrt? Weshalb wollte er Abstand, obwohl sich alles so verdammt richtig angefühlt hatte? Diese Kluft zwischen ihrer Sehnsucht und der Realität war anstrengend; und wenn es ihr zu viel wurde und nichts Dringendes anstand, schlich Flora sich die Treppen hoch und verschwand für ein paar Minuten im Turmzimmer. Dort saß sie auf dem Boden, den Kopf in den Nacken gelegt, die Augen geschlossen, und atmete einfach nur ruhig ein und aus. Sie hoffte inständig, dass das Uhrwerk, das hier aufgestellt werden sollte, erst kurz vor Eröffnung des Centers geliefert werden würde, denn sie brauchte diesen Ort.

So wie auch heute. Nachdem sie gerade den letzten Eintrag in der Bestellliste aktualisiert hatte, nahm sie einen Schluck aus ihrer Wasserflasche und sah sich im Kreativbereich um. Bis auf Thorsten waren alle irgendwo anders beschäftigt. Da war schon wieder dieser unerträgliche Druck auf ihrer Brust. Flora stand auf, ging an Thorstens Arbeitsplatz vorbei und tippte ihm im Vorübergehen auf die Schulter.

»Ich bin gleich zurück.«

Er lächelte, nickte kurz und starrte auf seinen Bildschirm.

Sie durchquerte die große Halle und sprintete die Treppen hoch bis ins zweite Stockwerk. Inzwischen schon automatisch schaute sie sich unauffällig um, bevor sie hinter der unscheinbaren, grauen Tür verschwand. Rasch kletterte sie die Leiter hinauf, um auf die oberste Ebene zu gelangen. Gerade als Flora den letzten Schritt gemacht hatte, erstarrte sie. Nichts sah mehr aus wie zuvor. Da war ein Meer aus Farben und Stoffen. Ein dicker, gelber Teppichboden kleidete die kleine Kammer aus. Darauf befanden sich unzählige weiche Sitzkissen in zarten Pastelltönen. Auf einem lag sogar ein Kaschmir-Plaid. Ihr stockte der Atem. Fast wäre sie sofort wieder die Leiter hinabgestiegen. Sie wollte hier niemandem in die Quere kommen. Doch dann erblickte sie ein Papier auf einem der Kissen. Es war eine handschriftliche Notiz. Die Härchen an ihren Armen richteten sich auf, als sie es auseinanderfaltete.

›Ich weiß, dass du diesen Raum magst. Ich möchte, dass du dich wohlfühlst. Bitte verzeih mir, dass ich nicht mehr tun kann.‹

Der Zettel war nicht unterschrieben, aber sie verstand die Botschaft ganz klar. Marc musste sie ein paarmal dabei beobachtet haben, wie sie sich hierher zurückgezogen hatte. Flora sah sich noch einmal um. Das Sonnenlicht fiel golden durch die Sprossenfenster und ließ die Farben strahlen. Tränen stiegen ihr in die Augen. Es war wunderschön und grausam zugleich, denn er klebte nur ein verdammtes Pflaster auf ihren Schmerz. Die Dornen entfernte er nicht. Verstand er nicht, dass sie nur so oft in diesem Zimmer war, weil er sie zurückgestoßen hatte? Und wenn er das schon tat, dann bitte kurz und vollständig. Nicht auf diese merkwürdig nette Art. Flora zog ihr Handy aus der Rocktasche und fing an zu tippen.

›*Zur Hölle mit deinen Sitzkissen. Dies ist der Ort, an dem ich wütend und traurig sein kann über all die Dinge, die ich nicht verstehe. Jetzt bist du auch hier präsent – das ist unerträglich!*‹

Sie kletterte die Leiter hinunter, lief in den Kreativbereich und schnappte sich ihre Tasche.

»Ich ziehe meine Mittagspause vor«, rief sie Thorsten im Gehen zu. Dann verschwand sie in die Fußgängerzone.

Als Flora am nächsten Tag das Turmzimmer betrat, waren alle Sachen fort.

Eine Woche war das jetzt her und heute war der zwanzigste September. Ihr Geburtstag.

Melanie war um Mitternacht natürlich die Erste, die ihr gratulierte. Ihre Eltern hatten Flora dann morgens mit einem unerfreulichen Anruf geweckt, bei dem die Formulierung ›Herzlichen Glückwunsch‹ nur als lapidarer Türöffner für Salven an Vorwürfen über ihr Studium und ihr Leben im Allgemeinen diente. Aber das war sie gewohnt und zum Glück kam direkt danach das zweistimmige Geburtstagsständchen von Tante Marianne und Onkel Norbert. Ihre liebevollen Wünsche zum neuen Lebensjahr hatten alles wieder wettgemacht.

Doch mehr Aufmerksamkeit brauchte Flora an diesem Tag wirklich nicht. Deshalb hatte sie weder den Leuten im Kreativbereich noch in der Hortbetreuung etwas gesagt. Sie war froh, einfach ihre Ruhe zu haben, obwohl oder gerade weil es langsam aufwärtsging. Ein Teil von ihr schien endlich zu akzeptieren, dass Marc und sie kein Paar würden, auch wenn es einen anderen Teil gab, der das nicht tat. Aber der erste wurde zunehmend stärker.

Mit Marcella, Thorsten und Wolfgang arbeitete sie harmonisch bis zum Nachmittag, sodass Flora ihren Geburtstag schon fast vergessen hatte. Inzwischen war es drei Uhr und sie beschloss, ein paar letzte Check-ups beim Café im oberen Stockwerk vorzunehmen.

Sie lief gerade durch die Halle in Richtung Treppe, als eine Kinderstimme ein fröhliches ›Da ist sie!‹ rief.

»Wir haben sie gefunden!«

»Das war ja leicht!«

Flora erstarrte in der Bewegung, drehte sich langsam um und blickte in die aufgeregten Gesichter von William, Murat, Fatma, Lilli, Leonie und Adem und in die grinsende Miene von Dave.

»Uns entkommst du nicht, Geburtstagskind. Okay, Leute, was haben wir geübt? Eins, zwei, drei …«

Ein laut-schiefes ›Happy Birthday‹ tönte durch die Halle, während sechs Kinder im Gänsemarsch um Flora herummarschierten und selbstgemalte Bilder wie Fahnen schwenkten. Ein warmes Gefühl ließ ihr Herz überlaufen. Sie lächelte und musste gleichzeitig ein paar Tränen wegblinzeln.

Dave stand in einigen Metern Abstand und schmunzelte. »Na? Überraschung geglückt?«, fragte er, als das Lied zu Ende war.

»Und wie! Woher wusstet ihr …?« Flora kniete sich lachend auf den Boden und betrachtete die Zeichnungen, die ihr nacheinander in die Hand gedrückt wurden.

»Maria hat doch deinen Personalausweis für die Ehrenamtler-Anmeldung kopiert, und da ist es ihr gestern so rausgerutscht.«

Murat überreichte sein Bild als Erster. »Das ist ein Geburtstagsstern für dich und guck mal, was ich jetzt kann.« Er schob lächelnd seine Zunge durch eine Doppelzahnlücke und machte zischende Schlangenlaute.

»Wahnsinn! Damit kannst du bestimmt mal im Zirkus auftreten!« Flora strich ihm lachend über den Rücken.

»Quatsch!« Er kicherte fröhlich. »Die wachsen doch wieder. Genau wie Haare.«

»Für einen kurzen Auftritt reicht die Zeit vielleicht«, sagte Flora grinsend. »Vielen Dank für den Stern.«

Sie bekam noch ein Bild mit einer Geburtstagstorte, eins mit einem Auto, weil sie immer mit der Straßenbahn kam, und ein weiteres mit einem bunten Blumenstrauß.

Als Letzte gaben Fatma und Leonie ihre Kunstwerke ab. Darauf war jeweils eine Frau mit braun-roten Haaren in einem ausgestellten Kleid zu sehen. Das eine in Gelb mit weißen Punkten, das andere in Lila mit gitterartigen Linien.

»Das sind unsere Lieblingskleider an dir!«, riefen die beiden. »Jetzt brauchst du gar keinen Spiegel mehr. Du ziehst eins dieser Kleider an, schaust auf das Bild und weißt, wie du aussiehst.« Sie klatschten sich lachend ab.

»Das klingt ja praktisch, darf ich mir das mal anschauen?«

Floras Magen machte einen Satz. Marc stand neben ihr und betrachtete interessiert die Zeichnungen.

»Wer bist du denn?«, fragte William.

Er hob kurz den Kopf und zwinkerte ihm zu. »Ich heiße Marc und sorge dafür, dass dieses Kaufhaus fertig wird, damit ihr Spielzeug bekommen könnt.« Dann wandte er sich an Fatma und Leonie. »Das sind also eure Lieblingskleider an Flora? Kennt ihr denn auch das weiße mit den Kirschen drauf und das rosafarbene mit dem Glitzergürtel? Nein? Vielleicht das türkisfarbene mit den weißen Blumen oder das grüne mit den kleinen Punkten? Das sind nämlich meine Lieblingskleider an Flora.«

»Jaaa«, rief dieses Mal Lilli, »die mag ich alle am liebsten! Ich will sowieso später mal Flora werden!«

»Wir auch!«, fielen Leonie und Fatma mit ein.

»Und ich auch!«, schrie William und streckte die Faust in die Luft.

»Äh, du kannst nicht Flora werden«, korrigierte Adem ihn sachlich, »du kannst nur Dave sein.«

»Gut, ich werde Dave!« William hüpfte aufgeregt auf und ab und zeigte auf Lilli.

Sie rannte auf ihn zu und nahm seine Hände. »O Dave, ich liebe dich.«

»O ja, Flora, lass uns heiraten!«

Die beiden fielen sich in die Arme.

»Los, ihr auch«, rief Adem und schubste Dave in Floras Richtung. »Dann seid ihr bald ein Liebespaar.«

Etwas verlegen grinste Dave sie an. »Also gut, jetzt noch einmal richtig: Herzlichen Glückwunsch zum Geburtstag, meine liebste Flora.« Seine blauen Augen strahlten und er zog sie fest an sich, sodass sie ein wenig vom Boden abhob.

»Und jetzt wirbel sie herum, damit ihr Kleid schön fliegt«, rief Murat.

»Nein, ihr kleinen Nervensägen, wir sind leider spät dran, ich muss zurück zur Fußball-Gruppe. Unsere Straßenbahn fährt in zwei Minuten.«

»Ohhh, schade. Das hätte ich gerne noch gesehen«, sagte Lilli und winkte Flora und Marc zu.

»Dann wirbel du sie herum!« Fatma zeigte lachend auf Marc.

»Ja! Los, mach!«, riefen die anderen im Gehen.

Marc sah Flora in die Augen und beugte sich leicht zu ihr herunter. »Darf ich?«, raunte er an ihrem Ohr. In Floras Magen breitete sich ein Kribbeln aus und Gänsehaut lief ihren Rücken hinunter.

»Ich … glaube, schon«, stotterte sie.

Er hob sie auf seine Arme und drehte sich mit ihr im Kreis, sodass ihr Rock flatterte. Dabei hielt er die ganze Zeit ihren Blick und dieses verdammte Kribbeln wurde zu einem verwirrenden Sturm.

Die Kinder klatschten lachend in die Hände und verschwanden durch die Eingangstür.

Marc stoppte und Flora war schwindelig. Sie hatte die Arme um seinen Hals gelegt und wartete darauf, dass er sie absetzte, doch er bewegte sich in Richtung Treppe und stieg zum ersten Stock hinauf. Vor seinem Büro ließ er sie herunter, öffnete wortlos die Tür und schob sie hinein. Flora schluckte. Daves Aktion war so süß gewesen, aber es war Marcs Nähe, die sie vollends durcheinanderbrachte. Er musterte ihr Gesicht stumm mit einer hochgezogenen Augenbraue. Die Frage, die Flora darin lesen konnte, lautete nicht »Was waren das für nette Kinder?« oder »Was genau habe ich verpasst?«, sondern einzig und allein: »Wer zum Teufel ist dieser Typ?«

Das war alles so irritierend – geradezu absurd. »Neunzehn Uhr Skybar«, presste sie heraus und wunderte sich schon beim Sprechen über sich selbst. Wo kam das auf einmal her? Egal. Sie drehte sich auf dem Absatz um und stürmte aus dem Büro.

O. Mein. Gott. Flora spürte ihr Herz in den Ohren klopfen. Hatte sie ihn gerade wirklich in eine Bar eingeladen? Wieso? Er wollte nicht, dass sie sich sahen. Was faselte sie jetzt plötzlich von der Skybar? Hitze breitete sich von ihrem Hals über die Wangen bis zum Haaransatz aus.

Im Augenwinkel sah sie, dass Giacomo mit vor der Brust verschränkten Armen auf der Galerie stand und sie mit einem seltsamen Blick betrachtete. Ein unangenehmes Prickeln kroch langsam ihren Rücken hinunter. Hatte er gesehen, dass Marc sie die Treppe heraufgetragen hatte? Aber da war niemand. Sie hatte sich extra umgeschaut. Oder?

Flora nickte ihm kurz zu und rannte in den Kreativbereich, um ihre Sachen zusammenzupacken. Sie hatte genug für heute. Mit fahrigen Bewegungen fuhr sie ihren Rechner herunter, griff nach ihrer Strickjacke und stopfte das Handy in die Tasche.

»Hey, gehst du schon?« Wolfgang sah sie fragend an.

»Äh, ja, ich muss leider weg.«

»Würdest du bitte noch kurz diese Bestellung von Giacomo abzeichnen lassen? Es ist dringend, Thorsten kann sonst heute Nacht nicht schlafen, aus Angst, dass wir zu spät dran sind.« Er hielt ihr mit einem flehenden Gesichtsausdruck ein Stück Papier entgegen. »Geht ganz schnell. Er weiß grob bereits Bescheid.«

O nein. Ich will nur noch ins Hotel!

»Klar, mache ich.«

Flora schnappte sich den Zettel und sprintete die Treppe zum ersten Stock hinauf. Giacomos Bürotür stand offen. Sie hörte seine Stimme. Er schien zu telefonieren. *Mist!*

Sie klopfte kurz, hob die Hand und zeigte auf das Blatt. Er bedeutete ihr mit den Fingern, dass er noch zwei Minuten brauchen würde, und wies auf den Stuhl vor seinem Schreibtisch. Sie nahm Platz.

»Bella, ich dachte, ich sage dir einfach mal, dass ich mich mittlerweile für euch freuen kann. Ja, ehrlich. Es war schön mit uns, aber du hast den Richtigen für dich gefunden«, sagte er sanft. *Bella?* Flora schnaubte kurz. Das war offenbar sein Standardname für jede Frau. »So, wie ich die Sache beobachte, vermisst er dich extrem«, säuselte Giacomo weiter. »Er ist nicht mein bester Freund, das weißt du, doch ich glaube, es wäre eine gute Idee, wenn du schnellstens …« Er schwieg, denn die Person am anderen Ende der Leitung schien jetzt heftig auf ihn einzureden. Währenddessen zeigte sich ein breites Grinsen auf seinem Gesicht. »Das ist ein exzellenter Zeitpunkt, Bella. Toll, dann sehen wir uns.«

Er drückte den Auflege-Button und sah Flora mit einem zufriedenen Lächeln an.

»Du scheinst gute Laune zu haben«, sagte sie und lächelte ebenfalls.

»Manchmal läuft's halt. Was kann ich für dich tun?«

Sie gab Giacomo ein paar kurze Hinweise zu dem Bestellzettel, sodass er unterschreiben konnte, und brachte ihn zu Wolfgang zurück. Danach war sie nur noch froh, für heute das Center hinter sich lassen zu können.

30

Floras Hände zitterten, als sie von dem graubärtigen Barkeeper die Cola entgegennahm. Er blinzelte ihr aufmunternd zu. Wahrscheinlich hatte ihn die Erfahrung gelehrt, dass es meist nichts Gutes bedeutete, wenn eine Frau ihres Alters zu lange allein an einer Bar wartete. Am liebsten hätte sie ihn damit beruhigt, dass ihr Begleiter sicher noch kommen werde, aber – wusste sie das? Inzwischen war es zehn vor sieben. Sie saß auf einem bequemen Hocker und schaute durch ein paar Whiskeyflaschen auf die große Fensterfront, die sich auf der Rückseite des Tresens befand. Das Sonnenlicht schraffierte die Wolken am goldenen Himmel in Blau und Rosa. Wie auf einem Gemälde alter Meister, dachte Flora und versuchte, sich darin zu verlieren, doch ihre Gedanken kreisten unablässig um Marc. Von Sekunde zu Sekunde spürte sie ihre Nervosität mehr. Wieso hatte sie nicht wenigstens seine Antwort abgewartet? Jetzt saß sie hier möglicherweise nur, um sich in zwanzig Minuten mit gesenktem Haupt auf den Rückweg zu machen. Was an ›ich möchte, dass wir von nun an Abstand halten‹ hatte sie verdammt noch mal nicht verstanden?

Um zwei vor sieben kribbelte es in ihrem Nacken. Sie nahm seinen leichten Zimtduft bereits wahr, kurz bevor er sich neben sie setzte.

»Herzlichen Glückwunsch zum Geburtstag, Flora, obwohl es

unverzeihlich ist, dass du das verschwiegen hast.« Marc starrte geradeaus auf das Panorama von Leipzig, gab dem Barmann ein Zeichen und bestellte ebenfalls eine Cola.

Jedes Härchen an Floras Armen richtete sich wie eine Antenne auf. Sie schüttelte den Kopf. Das musste aufhören.

»Nun, es hat inmitten der unzähligen Worte, die in der letzten Zeit zwischen uns gefallen sind, wohl keinen Platz gefunden«, sagte sie in Richtung Fenster.

»Vielleicht auch, weil du damit beschäftigt warst, dir ein aufwendiges Hobby zu suchen?«

»Möglicherweise.« Flora führte die Cola zum Mund und verfluchte das Zittern ihrer Hand.

Marc trank ebenfalls einen Schluck und nahm sich einen Moment Zeit, bevor er weitersprach. »Wer sind denn deine kleinen Fans?« Langsam ließ er dabei sein Glas auf dem Bierdeckel kreisen.

»Kinder aus der Betreuung einer Grundschule, mit denen ich morgens und nachmittags lese und bastle.«

»Sie scheinen dich sehr zu mögen«, sagte er, immer noch ohne sie anzusehen. »Aber wer tut das nicht?«

»Dein Großvater zum Beispiel«, entfuhr es Flora.

»Er weiß einfach nicht, was er verpasst«, antwortete Marc gelassen. »Anders als offenbar Dave?«, setzte er hinzu.

»Vielleicht«, murmelte sie und sah aus den Augenwinkeln, wie er sich angespannt durch die Haare fuhr.

»Was genau, Flora, verpasst Dave denn nicht?«, fragte er gepresst.

»Eine Flora, der es endlich gut geht, schätze ich«, sagte sie leichthin.

»Interessant, erzähl mir doch, wieso das so ist.« Seine Stimme klang neugierig und gleichzeitig vorsichtig. So als ob er sich nicht sicher wäre, ob ihm die Antwort gefallen würde.

»Nun, hauptsächlich weil ich eine Menge Kontakte geknüpft habe. Ich war jetzt schon mit so vielen Leuten aus wie in den letzten fünf Jahren nicht und scheine hinzubekommen, wonach ich mich so gesehnt hatte. Ich fühle mich zunehmend auch mit fremden Personen wohl. Hab so was wie ein soziales Leben. Und das – macht mich glücklich.«

Marc drehte sich auf dem Barhocker zu ihr. Sein Gesicht wirkte erst angespannt, aber dann hoben sich seine Mundwinkel und er nickte.

»Das freut mich wirklich sehr für dich.«

Es klang warm und ehrlich und es berührte etwas tief in ihrem Inneren. Er verstand, was es für sie bedeutete.

»Danke.« Sie lächelte ihn an und Marcs Lächeln verstärkte sich. Er blinzelte ihr zu und ihre Blicke versanken ineinander. Es war ein Augenblick, in dem sie Floras persönlichen Erfolg gemeinsam feierten. Doch dann glitt ein dunkler Schatten über sein Gesicht. Er drehte sich wieder zum Tresen und fixierte eine Weile sein Glas.

»Ich will kein Spielverderber sein« sagte er, »aber welchen Anteil hat Dave daran?«

Sie schluckte, denn das fragte sie sich selbst auch manchmal. »Nun, er hat einen großen Freundeskreis und es ist leicht, sich gut zu fühlen und Neues zu wagen, wenn er in der Nähe ist. Alles ist irgendwie unkompliziert.«

»Kann es sein, dass du also gar nicht so sehr aus deiner Komfortzone rausmusst?« Marc verschränkte die Arme vor seiner Brust und drehte sich wieder zu ihr. Dieses Mal wirkte seine Miene wie versteinert.

»Wie meinst du das?«

»Du kennst Dave. Wenn du oft mit ihm unterwegs bist, ist das dann nicht ein bisschen so, als würdest du zusammen mit Melanie neue Leute treffen? Du fühlst dich mit ihr sicher und musst daher deine Wohlfühlzone gar nicht verlassen.«

»Hör auf, das ist gemein. Mach mir meinen Erfolg nicht kaputt. Außerdem … Geht es hier wirklich darum?«

»Ist es nicht so, Flora? Da winkt doch schon wieder das nette Haus in der Vorstadt. Dieses Mal ohne Zahnarzt, aber mit dem gleichen Sonnyboy-Typen.«

»Lass es sein, Marc. Ich gehe auch unabhängig von Dave aus und wo zur Hölle ist das Problem bei einem Haus in der

Vorstadt, wenn man dort in liebevollen, offenen und ehrlichen Verhältnissen lebt? Als wäre es stattdessen so viel besser, immer wieder an seine Grenzen getrieben und im Unklaren gelassen zu werden, wegen irgendeines verworrenen Deals, den man überhaupt nicht versteht. Das schmerzt einfach nur und sonst – gar nichts.«

»Touché«, flüsterte er.

»Also was ist verkehrt an Dave, der nett ist und mich mag?«

Marc stieß frustriert die Luft aus. »Nichts, Flora. Nur der letzte Teil.«

Sie starrte ihn an und brauchte einige Sekunden, um seine Worte zu verarbeiten. »Warum bist du eigentlich hier, Marc? Du hättest auch absagen können«, sprach sie dann aus, was ihr seit Beginn des Gesprächs durch den Kopf kreiste. *Ja, warum bist du hier? Wo du doch froh bist, dass ich dich in Ruhe lasse?*

»Weil alles in die falsche Richtung läuft.«

»Was ist, wenn es endlich richtig läuft?«

»Fühlt es sich denn so an?«

Verlegen sah sie in ihr Glas. »Es, äh … fühlt sich gut an mit Dave.« Der kribbelnde Sturm in ihrem Inneren, der sich beständig ausbreitete, seit er neben ihr saß, führte diesen Satz zwar ad absurdum, doch sie zwang sich, darüber hinwegzusehen.

»Fühlt es sich gut an mit Dave oder, dass du endlich das tust, was du schon so lange wolltest? Deinen Radius vergrößerst, deinen Zielen näher kommst, dich deinen Ängsten stellst?«

»Das bestimmt auch. Aber Dave … Er gibt jedem das Gefühl, in Ordnung und etwas Besonderes zu sein, und ist mit sich im Reinen. Ich schätze das.« Marc schwieg. »Obwohl es mich manchmal beschämt. Weil ich selbst so unperfekt und voller Ängste bin«, sagte sie leise.

»Das wird ihm sicher nichts ausmachen«, brummte er und rollte sein Glas über den Tresen von einer Hand in die andere.

»Ja, wahrscheinlich nicht«, sagte Flora nachdenklich.

»Hmm. Sonst wäre er ja nicht – Dave«, setzte Marc nach einer kleinen Pause hinzu und machte eine dramatische Geste mit den Händen, wie ein Zauberer, der ein Kaninchen verschwinden ließ.

»So perfect.« Dabei zwinkerte er ihr verschwörerisch zu und grinste.

Sie schlug ihm auf den Oberarm. »Hör verdammt noch mal auf. Du willst mich nur zum Lachen bringen – über Dave und damit auf deine dunkle Seite ziehen.«

Sein Gesichtsausdruck wurde ernst. »Tut mir leid.« Dann sah er ihr lange in die Augen. »Gerade fühlt es sich allerdings gar nicht so dunkel an. Um ehrlich zu sein, das erste Mal seit vielen Tagen.«

Flora wurde warm. Sein Blick war so intensiv, dass sie ihren eigenen Herzschlag hörte. »Jetzt, Marc, wo es mir endlich besser geht?«, flüsterte sie.

»Wenn es so wäre, wäre ich nicht hier. Du machst Fortschritte in deinem Leben und das ist gut für dich. Aber ich beobachte immer noch oft, wie du hoch zum Turmzimmer gehst, und das sieht nicht so aus, als ginge es dir besser.« Er fuhr sich mit einer Hand über die Augen. Als er sie herunternahm, wirkte er müde und erschöpft. »Genauso wenig wie mir, Flora«, murmelte er und fixierte sein Glas.

»Ist das alles nur, weil du mich mit Dave gesehen hast?«

»Nein. Doch ich will nicht lügen, das war ein echter Tiefpunkt.« Eine Weile starrte Marc ins Leere. Dann holte er Luft und schüttelte den Kopf, als wollte er ein paar Erinnerungen loswerden. »Ich weiß, du bist verwirrt und verletzt und ich sollte das nicht tun, aber – bitte komm mit nach Hause. Ich …«, er presste einen Moment die Lippen aufeinander, »ich möchte dir ein Geburtstagsgeschenk geben.«

Flora fühlte ihre innere Stärke bröckeln. Sie hatte die letzten Wochen dafür gebraucht, wieder stabil genug zu werden, um hier mit ihm zu sitzen und sich zu unterhalten. Und trotzdem bedurfte es nur weniger Worte, damit Dave in ihrem Bewusstsein verblasste wie ein Aufkleber, der zu viel Sonne bekommen hatte. Ihr schlechtes Gewissen ihm gegenüber biss ihr gerade kräftig in den Hintern.

»Vielleicht besser nicht.«

»Und wenn ich es mir wünsche?«

Sein Blick verbrannte sie fast. Alles in ihr schrie ›*Ja!*‹. fieberhaft suchte sie nach einem Ausweg. »Sollte dies nicht der Tag sein, an dem *ich* mir etwas wünschen kann?«, fragte sie ausweichend.

»Du hast recht. Gut, dann möchte ich dir einen Vorschlag machen. Wir tauschen unsere Geburtstage. Und dann wäre jetzt mein Wunsch, dass du mitkommst, damit ich dir deine Überraschung geben kann.«

»Kleiner logischer Fehler, Watson. Wenn wir unsere Geburtstage tauschen, dann bekomme ich meine Überraschung erst an deinem Geburtstag.«

»Guter Einwand, Sherlock, aber dies ist kein logischer Fehler.« Ein leicht schiefes Lächeln zeigte sich auf seinem Gesicht, während er auf seine verschränkten Hände blickte.

Sie hielt den Atem an. »Ausweis«, krächzte sie.

Marc nahm sein Portemonnaie aus der Jeanstasche und gab dem Barmann ein Zeichen, dass er zahlen wollte. Dann legte er einen Geldschein und den Personalausweis auf den Tresen.

Flora starrte auf die kleine Karte. Zwanzigster September, stand dort. Ihr wurde heiß. »O Gott, ich zitiere dich hierher, obwohl du Geburtstag hast. Du … Du willst doch bestimmt mit anderen feiern.«

»Alles, was ich möchte, ist, dass du mit nach Hause kommst, damit ich dir deine Überraschung geben kann.«

»Aber ich habe gar kein Geschenk …«, stotterte sie.

Marc sah sie lange an. Dann nahm er ihre Hand in seine. »Ich habe später noch eine Bitte an dich, und das ist sowieso mein einziger Geburtstagswunsch.«

Im Fahrstuhl waren sie zum Glück nicht allein. Floras Drang, ihn in den Arm zu nehmen, war fast übermächtig. Ein älteres Ehepaar stand in einer Ecke und unterhielt sich lebhaft über die Temperatur des Weines und dass das niemals ein französischer gewesen sein konnte. Marc lehnte an der gegenüberliegenden Fahrstuhlwand und sein Blick glitt langsam über jeden einzelnen Zentimeter von ihr. Sie folgte seinen Augen und feierte innerlich, dass sie sich wieder für das halbtransparente Oberteil mit der Röhrenjeans entschieden hatte.

Sie fuhren bis runter in die Tiefgarage, wo sein Wagen parkte. Wenig später standen sie vor ihren Hotelzimmern. Als Flora die Zimmerkarte gegen den Sensor halten wollte, nahm er ihre Hand.

»Komm mit zu mir. Ich begleite dich nachher auch sicher nach Hause. Gentleman und so.« Er zwinkerte.

»Nachschulung gehabt?«

»Jap, gab's bei meinem Autohändler.« Marc grinste breit, legte einen Arm um sie, öffnete seine Tür und zog sie mit sich.

Auf dem Couchtisch stand ein großes Paket, das in rotem Lackpapier verpackt und mit einer opulenten silbernen Schleife verziert war.

»Immer wenn ich in den letzten Tagen an einem bestimmten Schaufenster vorbeigekommen bin, musste ich an dich denken. Ich hoffe, du bist nicht zu beleidigt«, fügte er etwas verlegen hinzu.

Flora stutzte. Sie hatte ihn nie auch nur ansatzweise verlegen erlebt. »Dann mache ich es besser schnell auf, oder?« Sie lächelte ihm zu.

»Ich bitte darum, Miss Lilienthal.«

Vorsichtig öffnete sie das Papier. Klebestreifen für Klebestreifen – und hielt inne. So war es zu Hause gewesen. Alles musste so elegant wie möglich aussehen. Sie schüttelte den Kopf und sah Marc an. »Ich reiße es auf. Hat was mit meinen Eltern zu tun.«

Er nickte. »Tu dir keinen Zwang an.«

Sie legte ihre Hände auf das Paket und schloss die Augen. Es tat gut, das Geräusch zerreißenden Papiers zu hören. Wie oft hatte sie sich das als Kind gewünscht?

Dann blickte sie auf einen glänzend weißen Karton, auf dem eine rosafarbene Retro-Küchenmaschine abgebildet war.

Flora hielt die Luft an. Sie war wunderschön. Sie kannte die Marke. Es gab sie in vielen Farben und wenn sie sich selbst irgendwann eine gekauft hätte, wäre es diese gewesen. Eine solche Küchenmaschine zu besitzen, bedeutete in ihrer Vorstellung, dass man es geschafft hatte. Sie stand für ein Heim, Geborgenheit, vielleicht Familie. Doch obwohl Marc genau ihren Geschmack getroffen hatte, konnte Flora im ersten Moment nichts sagen. Eigentlich gerade weil er ihn auf diese merkwürdig verquere Weise getroffen hatte. Und natürlich weil sie den horrend hohen Preis kannte.

Er legte von hinten seine Hände um ihre Taille. »So schlimm?«, murmelte er an ihrem Nacken, sodass wohlige Schauer über ihren Rücken liefen. »Gefällt sie dir nicht?«

»Nein, das ist es nicht.«

Marc sog frustriert die Luft ein. »Okay, ich weiß, was du meinst. Es tut mir leid. Ich finde nur, sie passt so gut zu dir … Und ich dachte, wenn, dann muss ich sie dir jetzt schenken, denn sonst geht es ja nicht mehr.«

Floras Herzschlag setzte einen Moment aus und ihr wurde kalt. Sie verstand, was er damit sagte. Die Zeit in Leipzig war bald zu Ende und somit auch ihr Arrangement, wie er es manchmal nannte. Dies war der einzige Geburtstag, den sie gemeinsam feiern würden. Ihr wurde schwummrig. Sie wollte es nicht wissen; und doch musste sie jetzt einmal ganz klar hören, wie er diese niederschmetternde Tatsache aussprach.

»Warum geht es sonst nicht mehr?«, fragte sie mit belegter Stimme. *So fühlt es sich also an, wenn man sich selbst zum Schafott führt …*

»Weil ich keinen Ärger bekommen möchte. Ich kenne das ungeschriebene Gesetz.«

Das wirbelnde Endzeitszenario in Floras Kopf kam mit einem Ruck zum Stehen.

»Gesetz?«

»Na, hat dein Vater es etwa gewagt, deiner Mutter zum Geburtstag oder zu Weihnachten Haushaltsgeräte zu schenken? Meiner jedenfalls nicht. Er hat sicher vieles falsch gemacht, aber so blöd war er nicht.« Flora hielt die Luft an. Was genau deutete er damit an? Marc umschlang ihre Taille fester und gab ihr kleine Küsse auf den Nacken. »Ich hoffe, dass ich dir bald keine elektrischen Geräte mehr schenken darf, Flora, deshalb wollte ich, dass du diese Küchenmaschine vorher bekommst.«

Das klang ja als ob ... Doch nein. Sie war eine hoffnungslose Romantikerin, die immer viel zu viel in alles hineininterpretierte, rief sie sich streng zur Ordnung. Sie fragte sich nur ... auf welche andere Art seine Worte zu verstehen wären. Floras Herz klopfte schnell und ihre Wangen brannten. Langsam drehte sie sich zu Marc um. Dieses heiß-kalt-vielleicht machte sie irre. Sie brauchte eindeutige Antworten, sonst würde der hoffnungsvolle Teil in ihr sie in den seelischen Ruin treiben und sich noch darüber freuen.

Doch bevor sie etwas sagen konnte, griff er mit einem Schmunzeln nach dem Karton und schob Flora sanft in Richtung Tür. »Wir müssen los. Ich habe meinen ganzen Charme bei Frau Franke eingesetzt. Das darf nicht umsonst gewesen sein.«

31

Flora konnte erst wieder einen klaren Gedanken fassen, als sie in einem kleinen Raum standen, der von der Hotelküche abging. Erstaunt sah sie sich um. Sie befanden sich in einer komplett eingerichteten Küche. Mehl, Zucker, Eier und andere Backzutaten lagen zusammen mit bunten Zuckerguss-Fläschchen auf der Arbeitsfläche. Daneben sah sie einen eng beschriebenen DIN-A4-Zettel. Marc stellte gerade die Küchenmaschine auf.

»Bereit für unseren gemeinsamen Geburtstagskuchen, Miss Lilienthal?« Da war so viel Freude in seinem Blick, dass sie beinahe einfach Ja gesagt hätte.

»Ich glaube, das wäre ich, wenn ich nicht so sehr das Gefühl hätte, im falschen Film zu sein. Deshalb schätze ich, der Geburtstagskuchen muss warten. All das hier«, sie zeigte in die Runde, »ist zu schön, um wahr zu sein. Ich frage mich, welche Aliens dich gegen den Marc ausgetauscht haben, den ich kenne.« Er legte die Rührschüssel aus der Hand, lehnte sich an den Küchentresen ihr gegenüber und schwieg. »Dann schenkst du mir die Küchenmaschine und machst solche Andeutungen«, dabei spürte sie, wir ihre Wangen warm wurden und es in ihrem Bauch kribbelte. »Und gibst mir keine Zeit, das zu verstehen, sondern schleppst mich direkt hierher.« Flora verschränkte die Arme vor der Brust. »Warum das alles, Marc? Ich hatte in den letzten Wochen das

Gefühl, dass du froh bist, mich nicht zu sehen, und dass da eine ganz große Sache zwischen uns steht.« Sie stieß die Luft aus. »Ich brauche Antworten.«

Marc sah sie lange an, bevor er sprach. »Stimmt, Flora. Ich sollte Abstand halten. Das wäre das Beste. Aber froh, dich nicht um mich zu haben, war ich nicht. Nie. Und dich verdammt noch mal mit diesem Dave in den Sonnenuntergang reiten zu sehen, das schaffe ich einfach nicht.« Er massierte sich mit einer Hand seinen Nacken. »Ich weiß, dass du Fragen hast, doch ich kann vielleicht noch nicht alle beantworten.«

Flora sah, dass er sich quälte; und es quälte sie, dass sie nicht verstand, warum. »Marc, schlimmer als dein Schweigen kann es nicht sein. Denn es wäre wenigstens – etwas.«

»Okay, dann fang an.« Er kam auf sie zu, griff sie an der Taille, hob sie scheinbar mühelos auf die Arbeitsplatte und setzte sich auf den Küchentresen ihr gegenüber.

»Weshalb bist du so wütend auf deinen Vater?«, fragte Flora. Es hätte drängendere Fragen gegeben, aber sie musste auch die Kraft haben, die Antworten zu vertragen, deshalb entschied sie sich erst einmal für diese.

»Das kam schnell und direkt, Miss Lilienthal. Arbeiten Sie eine Liste ab?«

»Und sie ist lang.«

»Also gut. Mein Vater hat ein paar sehr fragwürdige Entscheidungen eigenmächtig getroffen und damit meine gesamte Familie in geschäftlicher Hinsicht hintergangen und ruiniert. Danach hatte er nicht mal den Mut, die Sache aufrecht durchzustehen, sondern fing an zu trinken. Mitschüler haben mich schließlich darauf aufmerksam gemacht, dass er mit den Obdachlosen am Bahnhof rumhängt und nachts im Eingang einer Sparkassenfiliale schläft.« Er fuhr sich angespannt durch die Haare. »Ich hasse Leute, die nicht zu ihren Taten stehen.« Flora sah ihn weiterhin auffordernd an. »Wir haben all unsere Geschäfte verloren.«

»Die Antonius-Gärten«, sagte sie mehr zu sich selbst. »Dein Vater ist also der Verwandte, dem sie gehörten.«

Er seufzte. »Ja, Sherlock.«

»Das wird er doch nicht mit Absicht getan haben, oder? Glücklich scheint es ihn ja nicht gemacht zu haben«, überlegte Flora nachdenklich.

»Er hatte sie innerhalb kurzer Zeit heruntergewirtschaftet und das vertuscht. Dann hat er ausgerechnet an Großvaters größten Konkurrenten verkauft und war noch so blöd, sich über den Tisch ziehen zu lassen. Und der Käufer hat sich nicht an ein Versprechen gehalten, von dem mein Vater wusste, dass es meinem Großvater alles bedeutet.«

»Klingt tragisch.«

»Ich habe keine Ahnung, was mein Vater sich dabei gedacht hat, heimlich zu verkaufen; und dann auch noch so ungeschickt. Wahrscheinlich ist er einfach ein Idiot.«

»Kann sein«, sagte Flora zögernd. »Er kam mir aber irgendwie nicht so vor. Er wirkte freundlich und mitfühlend.«

»Schwach also. Das war schon immer sein Problem.«

Marcs harte Worte schockierten sie, doch sie ließ sich nichts anmerken. »Inwiefern?«

»Letztlich kam es nur zu dem Verkauf, weil er seine Angestellten nicht im Griff hatte. Kunden wurden schlecht beraten, langsam bedient und Ware verspätet nachbestellt. Dadurch litt unser Ruf und die Einnahmen gingen rapide zurück. Später haben wir allerdings herausbekommen, dass ebenjener Käufer einige Mitarbeiter dafür bezahlt hatte, Kunden unfreundlich zu behandeln, Unfrieden unter den Kollegen zu stiften und Vaters Autorität zu untergraben. Aber trotzdem. Wieso ist er nicht eingeschritten? Ich hätte mir so ein Verhalten niemals bieten lassen.«

»Vielleicht ist nicht jedem das Talent zum Leiten gegeben? Ich zum Beispiel würde gnadenlos untergehen, wenn ich anderen Anweisungen geben müsste, meine Stärken liegen eher im Miteinander.« Flora lächelte ihn warm an, doch seine Miene verhärtete sich.

»Dann hätte er sich Hilfe holen müssen.«

»Wahrscheinlich«, seufzte sie. »Die Frage ist nur, wann er an den Punkt kam zu verstehen, dass er für den Job nicht geeignet ist. Vielleicht war es da schon zu spät. Und manche Dinge gesteht man sich nur schwer ein.«

»Bei dir klingt es wieder, als wäre er das bemitleidenswerte Opfer, Flora. Aber das ist er nicht. Er hat eine ganz klare Wahl getroffen und sie hinter dem Rücken der Familie durchgezogen. Bitte vergiss nicht. Wir haben dadurch alles verloren. Finanziell und privat.«

»Was meinst du damit genau?«

»Nun, die Ehe meiner Eltern ging, wie du weißt, kaputt, mein Vater lebte auf der Straße und ich hatte innerhalb kürzester Zeit keine Familie mehr. Aber darüber hinaus …« Er stockte. »Wir hätten ja noch das Geld aus dem Verkauf gehabt, auch wenn es wesentlich weniger war, als man hätte verlangen können. Doch … mein Vater hatte es direkt in windige Aktien mit extremem Risiko investiert. Vielleicht um alles irgendwie wiedergutzumachen. Natürlich ging das gründlich schief. Er hat einfach keinen Geschäftssinn. Großvater wusste wohl nicht mehr, wohin mit seiner Wut, und stritt sich nur noch mit meiner Großmutter; und sie … also sie starb nur ein paar Wochen später. Ich nehme an, sie hielt es nicht aus, diesen ganzen Unfrieden.« Er blickte zu Boden und holte tief Luft. »Sie war die Netteste von uns allen. Ich … Ich habe sie wirklich geliebt.« Dann sah er sie mit einem schiefen Lächeln an. »Du erinnerst mich manchmal an sie, wenn du lachst.«

Eine Welle überbordenden Gefühls floss durch Flora hindurch. »Das tut mir so leid, Marc«, flüsterte sie.

Er presste die Lippen aufeinander und nickte. Und auf einmal konnte sie den Jugendlichen sehen, über den ein Sturm hinweggefegt war, der ihn entwurzelt hatte; und der seitdem mit seiner Wut nicht wusste, wohin.

»Ich frage mich, warum dein Großvater so früh die Geschäfte übergeben hat. Er scheint doch sogar heute noch ziemlich fit zu sein«, sagte sie nachdenklich.

»Er ging wohl völlig in seinen Filialen auf. Meine Großmutter zwang ihn aufzuhören, weil sie endlich mehr Zeit mit ihm verbringen wollte. Sie drohte, ihn zu verlassen.«

Flora presste die Lippen aufeinander. »Hmm, dann hatte er es etwas übertrieben, schätze ich. Hast du deinen Vater eigentlich mal gefragt, warum er mit euch vor dem Verkauf nicht gesprochen hat?«

»Nein. Was hätte das gebracht? Seine Entscheidung war nicht mehr rückgängig zu machen.«

»Das vielleicht nicht, aber du hättest heute ein vollständigeres Bild davon, was damals passiert ist und was für ein Mensch er ist.«

»Flora, bestimmt hatte er einen guten Grund. Doch er ist zu weit gegangen, denn es betraf nicht nur ihn.«

»Klar«, sie seufzte. »Und das, was dich so wütend macht, sind das auch die Gründe, aus denen dein Großvater ihn so brutal behandelt? Das hat mich, wie du weißt, echt erschreckt.« Sie schüttelte sich. Die Erinnerung an Wilhelm Antonius löste immer noch Gänsehaut aus.

»Ihn hat es am meisten getroffen. Es ging um sein Lebenswerk. Er und mein Vater hatten nie ein gutes Verhältnis. Sie sind grundverschieden. Er hat es wohl als persönlichen Angriff gegen sich gewertet.«

»Denkst du auch, dass es das war? Ein Racheakt an deinem Großvater?«

»Ich vermute eher, es ist Überforderung gewesen.«

»Dazwischen ist ein himmelweiter Unterschied und vor allem könnte es einen dritten Grund geben, den niemand von euch kennt. Vielleicht weißt du einfach nicht alles, Marc.«

»Mag sein. Doch wenn die Dinge sich richtig entwickeln, spielt das in ein paar Wochen sowieso keine Rolle mehr. Und dann werde ich ihn in Ruhe danach fragen, was damals in ihm vorgegangen ist.« Er biss sich auf die Lippe. »Reicht das erst mal, Flora?«

»Vorerst. Aber nur, weil ich ein ziemlich weiches Herz für Geburtstagskuchen habe.«

Marc sprang vom Küchentresen herunter, kam raubtierhaft mit halb geschlossenen Augen auf sie zu und stellte sich vor sie. »Ich mag Ihre mitfühlende Art, Miss Lilienthal. Mit mir und mit Geburtstagskuchen.«

Der DIN-A4-Zettel entpuppte sich als ein Rezept, dass der Küchenchef persönlich für sie herausgelegt hatte. Eine Biskuittorte mit einer dicken Schicht aus Sahne-Mandarinen-Creme. Akribisch hielten sie sich an den Ablauf. Denn obwohl Flora schon immer mit dieser Küchenmaschine geliebäugelt hatte, war sie noch keine erfahrene Bäckerin.

Marc und sie arbeiteten sich tapfer vor auf diesem Gebiet, das für sie beide Neuland war. Nach einer halben Stunde kam der Teig in den Ofen. Dann versuchten sie die Sahnecreme für die Verzierung und die Füllung hinzubekommen.

Zum Glück hatte die Küchencrew genügend Zutaten bereitgestellt, denn der erste Versuch war ein gelbliches geronnenes Etwas, das sich am Schüsselboden festkrallte.

»Was gäbe man jetzt für einen perfekten Dave«, murmelte Marc, während er die Masse in den Abfall beförderte.

»So schnell kommt dein Ehrgeiz an seine Grenzen?«, neckte Flora ihn. »Aber du hast recht. Manchmal ist ein bisschen Hilfe tatsächlich ganz gut.«

Er trocknete sich die Hände ab und ging zu ihr, legte seine Hände an ihre Taille und hob sie wieder auf die Arbeitsplatte. Sein Gesicht war jetzt annähernd mit ihrem auf einer Höhe und er sah sie lange an. »Ich hoffe wirklich sehr, dass du keinen perfekten Dave brauchst, sondern eher so jemanden wie – mich.« Sie schluckte. »Ich würde dich immer beschützen, Flora«, machte er weiter, »dir immer helfen, aber nicht bevor es unbedingt nötig ist, denn ich sehe, was du kannst, welch wunderbarer Mensch du bist, und ich freue mich ehrlich über jeden deiner Schritte in die Freiheit. Auch wenn man es mir manchmal nicht so anmerkt.« Auf seinem Gesicht zeigte sich ein gequältes Grinsen und in seinen Augen stand nun eine aufrichtige Frage.

»Hmm«, Flora starrte eine Sekunde an die Decke. Ihr Herz

wusste in diesem Moment so allumfassend, dass das genau das war, was sie wollte. Das und nichts sonst, um immer mehr sie selbst zu werden und sich wirklich geliebt zu fühlen. Ein warmes Gefühl überwältigte sie und sie blinzelte ein paarmal heftig. Irgendwie schaffte sie es, ein wenig Leichtigkeit in ihre Stimme zu bringen, als sie ihm antwortete. »Tatsächlich, so jemanden suche ich zufällig.«

»Das ist schön«, raunte er, während sanft seine Lippen ihre berührten. »Dann bewerbe ich mich hiermit ganz offiziell.«

Flora seufzte. Es fühlte sich an, als wenn etwas, das lange auf Wanderschaft war, endlich nach Hause gefunden hätte.

»Ich glaube, du hast den Posten gerade bekommen«, sagte sie atemlos nach einem endlosen Kuss. »Aber wen brauchst du? Marc Antonius?«

Er schmunzelte und zwinkerte ihr zu. »Sicher keinen Dave. So viel steht fest.«

Sie stöhnte und verdrehte die Augen. »Wir müssen uns unbedingt vom Dave-Thema lösen. Es wird langsam unsexy, findest du nicht?«

»Das fand ich eigentlich die ganze Zeit. Schon heute Nachmittag im Center. Äußerst unsexy zu sehen, wie er dich angestrahlt hat. Ich hoffe, ich muss das nie wieder erleben. Aber ich hab es wohl verdient.« Seine Augen leuchteten in dunkelstem Grün.

»Das war nicht geplant.«

»Ich weiß.«

Flora legte ihre Wange an seine Brust. »Also, was für eine Person brauchst du?«, flüsterte sie. Sie spürte warm seine Hände auf ihrem Rücken und seinen Kuss auf ihrem Haar. Dann fing er an.

»Eine Person, die viel Herz hat, ganz anders denkt als ich und mich mit mutigen kleinen Verrücktheiten herausfordert. Die mit Leichtigkeit meine Schale knackt, in mich hineinsieht und sich nicht abwendet, weil da noch nicht viel zu sehen ist. Die mich auffordert, der zu werden, der ich sein will. Also schlicht und einfach jemand wie du.«

Floras Herz schmolz. »Ich bewerbe mich um die Stelle«, sagte sie mit belegter Stimme.

»Das hatte ich sehr gehofft, denn sie ist nur für dich reserviert.« Marc lächelte und gab ihr einen innigen Kuss. Doch dann wurde sein Gesicht ernst. »Ich muss noch um etwas bitten.« Er trat einen Schritt zurück, blickte einen Moment zur Zimmerdecke und fuhr sich durch die Haare. »Dies ist mein Geburtstagswunsch, Flora.« Sie schluckte beklommen. Das, was er jetzt sagen würde, schien ihm nicht leichtzufallen.

»Sag es schnell. Ich bekomme Angst.«

»Ich bitte dich, mir mehr zu vertrauen, als ich es von dir verlangen dürfte.« Sein Blick bohrte sich in ihren. »Egal was passiert, dies hier ist echt.« Er kam vor und nahm ihre Hand. »Ich liebe dich, Flora Lilienthal. Dich und niemanden sonst.«

Sie ließ erleichtert ihre Schultern sinken und lächelte ihn glücklich an. »Ich liebe dich, Marc. Dich und niemanden sonst«, erwiderte sie und fühlte es so deutlich in sich, dass sie nicht wusste, wie sie es jemals hatte infrage stellen können.

›Herzlichen Glückwunsch – Flora & Marc‹ stand in bunter, etwas zittriger Schrift auf einem schiefen Berg aus halb geschmolzener Sahnemasse. Die Torte hätte noch drei Stunden in den Kühlschrank gemusst, wie sie ganz unten auf dem Rezept herausfanden, doch es war schon kurz vor Mitternacht und dies war ihre erste gemeinsame Geburtstagstorte. Da war es egal, wie sie aussah.

Marc setzte gerade das Messer an. Dann hielt er inne und legte Floras Hand auf seine. »Das sollten wir zusammen tun, oder?« Ihr Herz quoll über, als sie auf seinem Schoß sitzend den ersten Bissen in seinen Mund schob, bevor sie selbst probierte.

»Was hältst du davon, wenn wir dies als unseren gemeinsamen Beitrag zum DDMIEHZK-Wettbewerb zählen? Ich glaube, wir liegen im Moment gleichauf. Die Torte könnte ein schöner

Abschluss sein, sodass es keinen Verlierer, sondern nur Gewinner gibt.« Marc strahlte sie zufrieden an.

»Angst, dass ich Sie sonst doch noch abhänge? Herr Antonius?« Flora wuschelte ihm sanft durch die Haare.

»Nein, aber ich glaube, in Zukunft brauchen wir den Wettbewerb nicht mehr. Wir können einfach etwas Gemeinsames draus machen, findest du nicht?«

»Ja, das wäre schön«, flüsterte sie und gab ihm einen Kuss auf die Nasenspitze. Lächelnd sah sie sich in seinem Zimmer um. »Wie hast du zwischen unserer Begegnung heute Nachmittag im Center und unserem Treffen in der Skybar eigentlich all das organisiert bekommen?«, fragte sie dann.

»Was meinst du?«

»Na die Küchenmaschine, das Backen in der Probierküche und die vielen Kerzen hier.«

Es war ein echter Wow-Effekt gewesen, als sie zurück ins Zimmer kamen und er mit einer lässig aus der Hosentasche gefischten Fernbedienung auf einen Schlag 20 LED-Kerzen leuchten ließ. Mühselig mit einem Feuerzeug von Kerze zu Kerze laufen, war definitiv gestern.

»Wer sagt denn, dass ich nur heute dafür Zeit hatte?« Er starrte auffordernd auf die leere Kuchengabel.

Flora fütterte ihn mit einem weiteren Bissen. »Du sagtest doch, es sei unverzeihlich, dass ich meinen Geburtstag nicht erwähnt habe.«

»Das war es auch! Aber das heißt ja nicht, dass ich nicht wusste, wann dein Geburtstag ist. Um ehrlich zu sein, das war eines der ersten Dinge, die ich mir gemerkt habe.«

»Ach ja? Wann denn?«

»In Hannover, Flora. An dem Tag, als du wütend in meinem Büro gesessen und den Personalbogen ausgefüllt hast. Du hast mir … gefallen.« Sie starrte ihn entgeistert an. »Doch ich wollte auf keinen Fall, dass du irgendetwas mit der HEC-AG zu tun hast. Das will ich eigentlich immer noch nicht.«

»Du weißt sicher, dass mir jetzt eine Menge Fragen durch den Kopf gehen, oder?«

»Ja.«

Sie musterte sein Gesicht. »Aber du wirst mir nichts dazu sagen«, stellte sie fest. Stille breitete sich zwischen ihnen aus. »Solange du mir nicht genau die Hintergründe erklärst, trägst du die volle Verantwortung für uns beide. Für mein und dein Herz«, sagte Flora ernst.

Ein paar Augenblicke lang legte sich eine bedrückende Stimmung wie eine schwere Decke über sie. Dann schüttelte sie sich, nahm ihm den Kuchenteller aus der Hand und küsste ihn. Es gab Dinge, die sie im Moment nicht lösen konnte und er vielleicht auch nicht, aber seine Gefühle für sie waren echt; und das war das Wichtigste.

Nach einer Weile brachte Marc ein wenig Distanz zwischen sie. Er sah ihr tief in die Augen. »Ich fühle mich wirklich geliebt, Flora, und das kenne ich so nicht.« Eine leichte Röte überzog sein Gesicht. Ihr Herz schmolz. Sie gab ihm einen zarten Kuss auf die Wangenknochen und fuhr ihm mit den Händen durch die Haare.

»Du musst es nur zulassen.«

»Ich hab nicht sehr viel Erfahrung damit. Ehrlich gesagt keine.«

»Ich denke, ich kriege das für uns beide hin, und ich schätze, du hast dafür sehr viel Erfahrung auf einem anderen Gebiet, von der ich profitieren kann, oder?« Sie zwinkerte ihm zu.

»Miss Lilienthal? Was deuten Sie an?«

»Genau das.«

»Aber der Deal?«

»Der Deal ist passé, Marc. Er hat sich verabschiedet, als du mir die Küchenmaschine geschenkt hast. Ich soll dich schön grüßen.« Sie küsste seinen Hals. »Und nun möchte ich das Dealende mit dir feiern. Richtig feiern«, sagte sie verschwörerisch. »Jetzt.«

»Willst du das wirklich?« Ihr inniger Blick war ihm Antwort genug. Er stand auf, hob sie hoch und schlang ihre Beine um seine Hüften. Auf dem Bett ließ er sie herunter. Dann legte er sich neben sie. Als er langsam mit seiner Hand über ihre Wange ihren Hals entlangstrich, spürte Flora, dass seine Finger zitterten. Sie sah ihn fragend an.

»Ich kenne, was das hier angeht, eigentlich keine Nervosität, aber mit dir …«

Sie lächelte und drückte ihre Lippen auf seine. »Ich will einfach nur den echten Marc. Keine Show. Zeig mir, wer du bist.«

Als Flora am nächsten Morgen aufwachte, lag ihr Kopf auf seiner Brust und sie dachte versonnen daran, wie genau richtig alles gewesen war. O ja, Marc kannte sich wirklich aus. Mit einem zufriedenen Seufzen streckte sie sich. Und er war nicht gerade ein Kind von Traurigkeit, was diese Dinge anging, sondern eher das Gegenteil, wie sie mehrmals hatte feststellen dürfen. Aber sie fühlte sich absolut sicher bei ihm. Ein leises Kribbeln setzte in ihrem Bauch ein und breitete sich weiter und weiter aus. Sie rutschte unruhig näher an ihn heran und exakt, wie sie gehofft hatte, schlug er die Augen auf.

»Guten Morgen, Miss Lilienthal.«

»Guten Morgen, Mister Antonius.«

»Warum so unruhig?«, fragte er lächelnd.

»Zeig mir jetzt endlich, wie es ist, wenn du ein Mädel abschleppst«, sagte sie grinsend.

Er sah sie verblüfft an.

Flora drehte sich übermütig auf den Bauch und blickte über ihre Schulter zurück.

»Hi, ich bin Florence.«

Marc starrte sie mit unbeweglicher Miene an. Ihr Herz klopfte laut. Hitze breitete sich auf ihren Wangen aus. *War sie zu weit gegangen?*

Dann erschien ein breites Grinsen auf seinem Gesicht. »Ich bin froh, dass du nicht Lora gesagt hast«, sagte er mit einem heiseren Lachen, während er nach ihrer Hüfte griff. »Hallo Florence.«

32

Als Flora am Nachmittag des nächsten Tages die Grundschulbetreuung betrat, hatte sie einen dicken Kloß im Hals.

»Was ist los, Sunshine? Du siehst nachdenklich aus.« Dave trug wie immer Shorts zu einem Sportshirt und hatte ein Netz mit Fußbällen über seine Schulter geworfen. Er schien auf dem Weg nach draußen zu sein. Als er sie sah, legte er das Netz ab und umarmte sie kurz. »Ich kann doch sicher irgendetwas tun, um deine Laune zu verbessern, oder?« In seinen Augen funkelte es belustigt.

Er war so nett. Das machte es nur noch schwieriger. Flora wurde flau im Magen. Am liebsten hätte sie sich einfach verabschiedet und wäre ins Hotel gefahren, aber er hatte es verdient, dass sie ihn nicht länger im Unklaren ließ.

»Ich … Ich mag deine Umarmungen sehr, Dave. Doch die wird es wohl in Zukunft nicht mehr so häufig für mich geben. Und wenn, dann wird es sich anders anfühlen.« Er musterte aufmerksam ihr Gesicht und sah sie fragend an. »Mir ist gestern klar geworden – also … Ich liebe meinen Chef. Absolut und rettungslos, fürchte ich.« So, jetzt war es raus. »Er treibt mich in den Wahnsinn und deshalb habe ich es lange nicht richtig verstanden, hab mir eingeredet, dass es anders wäre, doch es ist so. Ich wollte, dass du es so schnell wie möglich erfährst, weil du vielleicht mitbekommen hast, dass ich mich ziemlich wohl mit dir fühle.«

Seine klaren, blauen Augen sahen sie traurig an. »Ich habe aber auch die ganze Zeit gemerkt, dass dich etwas zurückhält.« Er nahm ihre Hand.

»Wieso?«, flüsterte Flora. Es berührte sie sehr, seine Enttäuschung zu spüren und ihn doch so freundlich zu erleben.

»Je mehr Spaß wir hatten, desto mehr Wehmut stand dir ins Gesicht geschrieben. Ich hatte gehofft, dass sich das mit der Zeit ändert, aber das wird es wohl nicht. Jedenfalls nicht auf die Weise, die ich mir wünsche.«

»Ich bedauere das auch, Dave.«

Er atmete tief ein. »Leider nicht so sehr wie ich. Na komm. Du kannst mir heute helfen, die Fußball-Gruppe zu bändigen.« Er zog sie noch einmal in seine Arme und drückte ihr einen Kuss auf die Haare.

Die LED-Kerzen warfen Flora ein warmes Licht entgegen, als sie an diesem Abend durch die Zwischentür ging. Auf ihre Lippen legte sich ein glückliches Lächeln. Es war also wahr gewesen, was Marc gestern gesagt hatte. Kein Sinneswandel, kein plötzlicher Rückzieher.

Er wartete am Sideboard und lächelte sie schweigend an. Verharrte mit vor der Brust verschränkten Armen, bis sie mitten in seinem Zimmer stand. Es schien, als wollte er ihren Anblick ganz in sich aufnehmen.

»Hast du dich von Dave verabschiedet?«, fragte er dann mit einem leichten Zögern in seiner Stimme, das nicht so recht zu seiner selbstbewussten Körperhaltung passte.

»Nein«, antwortete Flora mit einem Augenrollen. Sein Gesichtsausdruck versteinerte. Sie schüttelte lächelnd den Kopf. »Ich kann mich nicht von ihm verabschieden, da wir ja noch zusammenarbeiten werden. Aber ich habe ihm deutlich gesagt, dass ich absolut und rettungslos in dich verliebt bin.«

Ein schiefes Lächeln erschien auf Marcs Gesicht und seine Haltung wurde weicher. »Absolut und rettungslos?« Er bewegte sich langsam um die Couch herum und ließ sie nicht aus den Augen, bis er vor ihr stand. »Wie meinst du das genau?«, raunte er in ihr Ohr, während er sie in seine Arme zog. Floras Herz schlug augenblicklich doppelt so schnell.

»So wie hoffnungslos und unwiederbringlich«, gab sie atemlos zurück.

»Im Sinne von total, garantiert und ausschließlich?«, flüsterte er dann an ihrer Schläfe.

Ein Kribbeln breitete sich in ihrem Bauch aus. »Ja, und völlig exklusiv«, brachte sie mit Mühe hervor.

»Hmm, das ist schön«, sagte er und Flora spürte sein Lächeln an ihrem Hals.

»Hmm, finde ich auch«, seufzte sie und wunderte sich einmal mehr, wie wunderbar sich alles gefügt hatte, gerade als ihre Hoffnungen in weite Ferne gerückt waren.

»Hat er denn die ganze Tragweite verstanden?«, murmelte Marc nach einer Weile an ihren Lippen.

»Wie kann man die Tragweite dabei nicht verstehen?«, flüsterte Flora zurück.

Marc löste seine Lippen von ihren und sah ihr ernst in die Augen. »Ist es dir schwergefallen?«

»Schon, denn er ist ein wunderbarer Mensch und ich wünsche ihm von Herzen, dass er jemanden findet, der ihn glücklich macht.«

»Wünsche ich mir für ihn auch.«

Flora legte den Kopf schief und betrachtete ihn skeptisch. »Du kennst ihn doch gar nicht.«

»Nun, du hattest ihn gemocht. Er ist sicherlich nett gewesen.«

Sie gab ihm einen kleinen Schubs. »Ich mag ihn immer noch und er ist nach wie vor nett.«

»Ich mach nur Spaß«, sagte Marc grinsend und zog sie auf die Couch.

Sie bestellten sich eine Familienpizza mit extra Käse vom Lieferdienst um die Ecke. Flora ging hinunter zur Rezeption und tat, als ob sie wieder einmal ihre Keycard verloren hätte. Während Frau Franke die übliche Tirade über unverschämte Kunden und ihre Überarbeitung auf sie niederregnen ließ, lächelte Flora in sich hinein, denn sobald sie registrierte, dass Marc unbemerkt mit der Riesenpizza im Aufzug verschwunden war, durchwühlte sie ihre Tasche und beförderte erstaunt die Zimmerkarte hervor. Sie entschuldigte sich überschwänglich für die Unannehmlichkeiten und folgte Marc in den Fahrstuhl.

Ein paar Minuten später machten sie es sich auf der Couch gemütlich. Flora hatte sich in eine Ecke des Sofas gekuschelt und ihre Beine über seine gelegt. Dazu ein leckeres Stück Pizza in ihrer Hand, das sanfte Licht der Kerzen, alles stimmte in diesem Augenblick.

»Wieso haben wir uns eigentlich immer in deinem Zimmer getroffen?«, fragte sie, nachdem der erste Hunger gestillt war. Irgendwie hatte sie das so hingenommen, aber nun war sie neugierig, ob er vielleicht ebenso gerne bei ihr ferngesehen hätte.

Marcs Gesicht verdunkelte sich augenblicklich. »Ich wollte, dass du jederzeit deinen eigenen Rückzugsort hast. Und das will ich noch immer, Flora.«

»Ist das denn nach wie vor nötig?«

»Ja.«

Das klang ernst. »Wieso?«

Er sah ihr in die Augen. »Bitte nicht.«

Sie atmete tief durch. »Ich verstehe dich nicht, Marc, und das besorgt mich. Ich möchte, dass sehr bald keine unausgesprochenen Dinge mehr zwischen uns stehen«, stellte sie leise fest.

»Da hast du recht.« Er drückte Daumen und Zeigefinger an die Nasenwurzel. »Hast du denn ebenfalls vor ehrlich zu sein?«

»Natürlich«, schoss es aus ihr heraus. »Nichts lieber als das.« Nachdem er endlich die Distanz zu ihr aufgegeben hatte, sehnte sie sich nach immer mehr echter Nähe zu ihm. Selbst wenn er das umgekehrt noch nicht konnte.

»Und würdest du mir vielleicht jetzt ein bisschen von dir erzählen?«

»Klar, was möchtest du wissen?«

»Deine Angst vorm Alleinsein«, er strich sich angespannt die Haare zurück. »Dieser Albtraum letztens und was du danach erzählt hast … Ich würde gerne begreifen, was dir passiert ist und vor allem wie es dazu kommen konnte«, sagte er nachdenklich.

»Tut mir leid, das war bestimmt erschreckend für dich.«

»Nicht der Albtraum, jedoch die Vorstellung, was du als Kind durchgemacht hast, ohne dass dir jemand geglaubt hat.«

»Ja, das war schlimm.« Flora holte tief Luft. »Ich schätze, dann muss ich von vorn anfangen. Aber das kann etwas länger dauern.«

Er legte seine warme Hand auf ihren Unterschenkel und nickte ihr zu. »Wir haben Zeit.«

»Okay.« Sie setzte sich ein wenig im Sofa auf und straffte ihre Schultern. »Also mein Vater ist Geschäftsführer einer Immobilienfirma in Hannover und meine Mutter hat eine Boutique in der Altstadt. Wenn sie ihn auf Geschäftsreisen begleiten will, ist das kein Problem, da Gabriele den Laden stellvertretend leitet. Als ich sechs war, haben sie mich das erste Mal bei ihr gelassen. Für ganze vierzehn Tage. Ich hatte gerade erst meine Einschulung hinter mir. Alles war neu für mich, aber die Geschäftsreise meines Vaters ging nach Florenz, deshalb …«, Flora zog bedeutungsvoll die Augenbrauen hoch.

Marc schnaubte. »Überfürsorglich sind sie nicht.«

»Na ja, Gabriele hatte ihnen damals weisgemacht, dass sie mich unheimlich gerne bei sich haben möchte. Da waren die Zweifel meiner Eltern – falls sie existierten – sofort dahin.«

»Und dann?« Marcs Augen brannten sich in ihre.

»Ich erinnere mich noch daran, als sie mich zum ersten Mal bei ihr abgaben. Es war ein wunderschöner Sommertag. Ich hatte eine Schale Kirschen von zu Hause mitgebracht, um sie mit Gabriele zu teilen. Auf ihrer Hofeinfahrt hat sie sich über die Kirschen gefreut und mich überschwänglich begrüßt. Doch direkt nachdem meine Eltern die Einfahrt verlassen hatten, war davon nichts mehr übrig. Sie war ein anderer Mensch.« Floras Arme prickelten vor lauter Gänsehaut.

»Inwiefern?«

»Sie hat kein Wort mehr mit mir gesprochen und sah plötzlich ganz anders aus. Es war gruselig. Kein Lächeln mehr im Gesicht und die Klamotten, die sie zu Hause trug, waren total alt und abgeranzt. So kannte ich sie gar nicht. Ich habe sie null interessiert und musste auch zusehen, wo ich etwas zu essen herbekam. Sie hat den Kühlschrank nur selten aufgefüllt, wahrscheinlich weil sie selbst immer in der Stadt gegessen hat. Einmal war das Brot völlig verschimmelt, doch das hat nichts geändert.«

»Was hast du denn da gemacht?« Marcs Stimme klang alarmiert.

»Irgendwann hab ich es gegessen, weil der Hunger zu groß war, aber es war ekelhaft und ich hab mich sofort übergeben.« Flora schüttelte sich, als wieder ein kalter Schauer über ihren Rücken lief. Marc wollte etwas sagen, doch sie hob schnell die Hand, um ihn zu stoppen. Das musste sie jetzt in einem Rutsch erzählen. »Gewohnt habe ich, wie du weißt, in einem Gästezimmer voller Gerümpel, Spinnen und anderem Ungeziefer, wobei sie meinen Eltern vorher einen ganz anderen Raum gezeigt hatte. Es war echt schlimm dort, aber am allerschlimmsten war die Einsamkeit. An den Wochentagen konnte ich vormittags wenigstens noch in die Schule, doch die Nachmittage und die Wochenenden?«, sie schüttelte den Kopf, »der blanke Horror.«

»Gott. Wie hast du das bloß ausgehalten?« In Marcs Gesicht spiegelten sich eine Menge Emotionen, die Flora nicht deuten konnte.

»Jetzt bemitleidest du mich«, vermutete sie.

»Natürlich! Aber noch mehr habe ich Wut auf die Menschen, die dir das angetan haben, und ich will nicht, dass du jemals wieder verletzt wirst.« Er zuckte zusammen und starrte sie an. Der Ausdruck, der kurz über sein Gesicht glitt, beunruhigte etwas tief in ihrem Innersten, an einem Ort, wo Gedanken noch nicht aus Worten bestehen. Sie wollte dem nachgehen, doch im nächsten Moment verzog er seinen Mund zu einem schiefen Lächeln und blickte ihr fest in die Augen. »Bitte erzähl weiter.«

»Ich … also … ich …« Sie brauchte einen Augenblick, um sich wieder ins Gästezimmer zu versetzen. »Ich hab ständig geweint, aber das ließ Gabriele kalt. Und meine Eltern bekamen davon nichts mit, denn sie haben ausschließlich mit ihr telefoniert. Sie waren der Meinung, es könnte mich zu sehr aufregen, wenn ich ihre Stimme höre, und dass ich dann Heimweh bekomme. Ich fühlte mich so allein und hatte von Tag zu Tag mehr das Gefühl, langsam durchzudrehen. Irgendwann habe ich angefangen, Figuren auf ein Stück Papier zu malen und mit ihnen zu sprechen. Das tat gut. Mit der Zeit entstanden immer mehr und sie hatten unterschiedliche Eigenschaften. So habe ich ganze Tage mit Gesprächen verbracht. Ich glaube, wenn die kleinen Monster nicht gewesen wären, hätte ich ernsthaft Schaden genommen. Also noch mehr als jetzt.« Flora biss sich auf die Lippe. »Klingt schräg, ich weiß«, sagte sie leise und schlug sich die Hände vors Gesicht.

Sanft griff Marc nach ihnen und zog sie herunter. »Überhaupt nicht. Im Gegenteil. Du hast dich mit deiner Kreativität gerettet. Das ist bewundernswert und großartig.«

Flora atmete tief ein. »Es ist nur so, dass ich mich mit den ganzen Ängsten, die ich seitdem mit mir herumschleppe, ständig wie ein Freak fühle. Es fällt mir wirklich schwer, es aus deiner Perspektive zu sehen.«

»Ich hoffe, dass du es eines Tages ganz und gar aus meiner Perspektive sehen kannst. Denn du bist ein Mensch mit einer enormen Stärke.« Er sah sie durchdringend an. »Viel stärker als ich«, setzte er hinzu. Dann fuhr er sich mit der Hand durch die Haare und runzelte die Stirn. »Aber Gott, wieso hat diese Gabriele das bloß getan? Was für ein Mensch muss sie sein?«

»Lange habe ich vermutet, dass sie eine Soziopathin oder irgendwas in der Richtung ist. Doch manchmal denke ich, es war schlichtweg Rache, denn sie wollte immer zum gesellschaftlichen Leben meiner Eltern dazugehören«, antwortete Flora seinem fragenden Gesicht, »aber meine Mutter hat sie ständig hingehalten und ihr nur die Arbeit aufgehalst.«

»Das ist nicht schön, doch das rechtfertigt gar nichts.«

Flora seufzte. »Ja, dennoch war es echt mies, was sie manchmal mit ihr abgezogen haben. Ich erinnere mich an einen kleinen Empfang bei uns zu Hause, bei dem Gabriele die Getränke servieren musste.«

»Und das hat sie freiwillig gemacht?«

»Eher das Gegenteil. Ich war zufällig dabei, als meine Mutter sie ein paar Tage vorher eingeladen und wegen des Cocktailkleids beraten hat. Sie hat ihr von den Möglichkeiten vorgeschwärmt, Kontakte zu knüpfen, und meinte natürlich Männer finden. Gabriele hat gestrahlt. Als sie jedoch an dem Abend bei uns eintraf, hat Mutter sie beiseitegenommen und überredet, die Getränke zu servieren. Angeblich nur bis die Servicekraft eingetroffen sei, die aber nie kam. Sie hat sie auch noch dazu gedrängt, eine Schürze zu tragen, damit die Gäste wissen, an wen sie sich wenden können. Den ganzen Abend wurde sie behandelt wie jemand, den man gebucht hat, und natürlich ist sie niemandem vorgestellt worden. Es war unterirdisch. Sie tat mir echt leid, obwohl sie so grausam zu mir war.«

Flora blickte Marc an und biss sich auf die Lippe. »Das sind ganz schön gegensätzliche Gefühle. Merkwürdig, ich weiß.«

»Das finde ich nicht.« Er streckte die Hand aus und sie legte ihre hinein. Dann drückte er sie sanft. »Im Gegenteil. Du bist mitfühlend und du kannst Unrecht erkennen. Aber trotz allem – Gabriele war die Erwachsene. Sie konnte entscheiden, ob sie sich das gefallen lassen wollte oder nicht. Doch sie hat ihren Frust an dir ausgelassen. Einem Kind. Und das ist nicht zu entschuldigen.«

Es war Jahre her, dass Flora die Erinnerungen so zugelassen hatte wie jetzt, und sie fühlte sich plötzlich erschöpft, als würde sie einen Marathon laufen. Einen Moment lang schloss sie die Augen.

»Ich verstehe immer noch nicht, warum deine Eltern dir nicht geglaubt haben«, hörte sie Marc irgendwann leise sagen, »du wirst es ihnen doch sicher erzählt haben, oder?«

»Klar.« Sie seufzte. »Aber wie gesagt, Gabriele hat zwei Gesichter. Wenn meine Eltern dabei waren, hat sie von der Zeit mit mir regelrecht geschwärmt. Hat Dinge aufgezählt, die wir unternommen haben, und die Tage lebhaft beschrieben. Zoo, Kino, Schwimmbad. Sogar Kleinigkeiten wie das Eis, das ich mir gewünscht hatte, und wie traurig ich war, als es mir heruntergefallen ist. Und dass ich selbstverständlich ein neues bekommen habe.«

»Das ist ziemlich unheimlich«, Marc zog die Augenbrauen hoch. »Trotzdem müssen sie doch gemerkt haben, wie schlecht es dir ging.«

»Meine Eltern lieben es unkompliziert und es klang für sie plausibel. Kinder an sich sind per se ein Fehler in ihrem glamourösen Lebenskonzept, und dann auch noch eins, dass ihre perfekte Lösung für alle weiteren Reisen kaputt macht? Da ist es einfacher anzunehmen, dass die verzogene Göre krankhaft nach Aufmerksamkeit sucht.« Flora schüttelte den Kopf. »Ich habe alles versucht. Ich hab mich sogar an meine Lehrerin gewendet. Und sie hat tatsächlich ein Gespräch mit meinen Eltern geführt, doch die haben es vollkommen drauf, sich absolut sympathisch darzustellen, sodass mir am Ende nicht mehr geglaubt wurde.«

Marc presste die Kiefer aufeinander. »Wann hat das endlich aufgehört?«

»Mit zwölf lagen meine Nerven blank und meine Wut war maximal. Ich fühlte mich auch nicht mehr ganz so machtlos, weil mir an dem Punkt schlichtweg alles egal war. Schlimmer konnte es für mich eh nicht werden. Da hab ich meinen Eltern klargemacht, dass ich zum Jugendamt gehe und mir Hilfe hole oder weglaufe, bis die Polizei mich sucht. Das Risiko, dass ich sie in der Öffentlichkeit blamiere, war ihnen dann doch zu groß. Seitdem brachten sie mich jedes Mal nach Hildesheim zu meiner Tante Marianne und Onkel Norbert.«

Flora zuckte zusammen, als Marc unvermittelt aufsprang. »Wieso konntest du nicht die ganze Zeit dorthin?« Er stützte seine Hände an die Hüften. Alles an ihm war gespannt, wie bereit zum Sprung.

»Irgendwie mögen meine Eltern sie nicht, obwohl sie die herzlichsten Menschen der Welt sind«, sagte sie traurig.

»Das ist doch kein Grund, dich dafür durch die Hölle zu schicken«, erwiderte er eisig. Warum hast du die beiden nicht schon eher eingeweiht? Vielleicht hätten sie dir helfen können.«

Flora stützte resigniert ihren Ellenbogen auf der Sofalehne ab und legte ihr Kinn hinein. »Das habe ich. Aber auch sie kennen Gabriele und sie kann ein wahrer Engel sein. Trotzdem haben sie sich damals an meine Eltern gewendet. Doch das hat nichts geändert. Es führte nur dazu, dass sie wochenlang kaum mehr ein Wort mit mir und auch nicht mit ihnen gewechselt haben.«

Marc sah sie schweigend an. Flora spürte immer deutlicher die Anstrengung, die der Trip in die Vergangenheit mit sich brachte. Deshalb erzählte sie noch eine Weile von ihrer wunderbaren Zeit in Hildesheim und bemerkte, dass er ihr aufmerksam zuhörte und sie nicht unterbrach. Wahrscheinlich ahnte er, dass es für sie wie ein Auftanken nach all den schrecklichen Erinnerungen war. Dankbar strahlte sie ihn an, nachdem sie ausführlich die Sommertage in dem verwunschenen Garten beschrieben hatte, der vor Blumen und Farben überquoll.

Er streichelte ihre Hand. »So sollte das Leben für dich sein, Flora. Bunt und voller lieber Menschen. So und nicht anders. Du hast es verdient.«

Sie lächelte verhalten. »Ich bin auf dem Weg dahin. Aber es ist manchmal nicht einfach.« Sie seufzte. »Ich glaube, der Kernpunkt, warum es mir im tiefsten Inneren so schwerfällt, wirklich zu glauben, dass andere mich gernhaben, sind die vollkommen unterschiedlichen Gesichter, die ich bei Gabriele erlebt habe. Ich rechne immer mit der Möglichkeit, dass Menschen eine ganz andere Seite haben, die sie plötzlich zeigen können, und mich auf einmal doch nicht mögen.«

Sie blickte zu Marc. Er war aschfahl, streckte die Hand aus und zog sie auf dem Sofa zu sich, sodass sie mit dem Rücken an seiner Brust lehnte. Dann schlang er seine Arme fest um sie. »Dies hier, Flora, ist echt«, flüsterte er. »Egal in welchem Licht man es betrachtet – bitte denk immer daran, ich liebe dich; und das ist die einzige, verdammte Wahrheit, die existiert.«

33

Trotz all ihrer Fantasie hätte Flora nie gedacht, dass es am Ende so schön werden würde. Sie schlenderte über die Galerie im zweiten Stock und nahm den Anblick des fertigen Centers in sich auf. Noch hatten die Bäckereien und Parfümerien nicht geöffnet, aber das machte nichts, sie konnte die Düfte auch so wahrnehmen und stellte sich dazu das Stimmengewirr und Lachen der Besucher vor. Ein Lächeln erschien wie von selbst auf ihren Lippen, als sie sich daran erinnerte, wie es hier vor drei Monaten ausgesehen hatte. Die einzelnen Abteile waren bereits erkennbar gewesen und in ihrer Vorstellung spazierte sie schon damals an funkelnden Geschäften, Restaurants und Cafés entlang, genau wie heute, dem Tag der Einweihungsfeier am Vorabend der offiziellen Eröffnung für die Kunden.

Sie ließ ihre Finger über das schwarz lackierte Holz des Geländers gleiten, welches die gesamte Galerie umsäumte. Zusammen mit dem Boden im Schachbrettmuster und den verschlungenen Blumenornamenten an der Glasdecke war das Jugendstil-Gefühl perfekt. ›Belle Époque‹, diesen Namen hatte schließlich auch das Café bekommen, das für Marc und sie jedoch immer das ›Hinter den sieben Bergen‹ bleiben würde. Flora lächelte. Aber der Name ›Belle Époque‹ passte. Es hatte eine große Fensterfront und blickte auf hohe, alte Bäume. Letztlich war es vom Design her mit edlen

Jugendstilelementen sehr nah am restlichen Center geblieben, doch nach einigem Ringen hatte sie einen hellblau und rosarot bewölkten Himmel durchsetzen können. Jetzt war es ein wirklich besonderer Ort, dessen einladender Atmosphäre man sich fast nicht entziehen konnte.

Als Flora wieder in der großen Halle ankam, sah sie Marc im ersten Stock in der Nähe seines Büros stehen. Wie immer, seit er sie aus der Skybar nach Hause ins Hotel begleitet hatte, quoll ihr Herz bei seinem Anblick über. Da an diesem letzten Tag nicht mehr viel zu tun war, überlegte sie, sich kurz mit ihm zu treffen. Wenn er sich umdrehen und zu ihr herunterschauen würde, könnte sie ihm einen Hinweis geben. Mittlerweile waren sie sehr kreativ mit versteckten Zeichen geworden. Ein Zwinkern, ein auffällig gedrehter Fuß, der in eine bestimmte Richtung wies, die Zungenspitze, die einen Augenblick lang im rechten oder linken Mundwinkel erschien und entweder Büro oder Turmzimmer bedeutete. Ihr Herz begann aufgeregt zu klopfen, wenn sie an all diese heimlichen Treffen dachte. Er müsste sich jetzt nur noch ein bisschen weiter zum Geländer drehen, dann würde er sie sehen. Flora beschwor ihn gerade intensiv mit ihren Augen, als sich eine große, schlanke Gestalt mit dunklem, exakt geschnittenem Pagenkopf in ihr Blickfeld schob. Sie stürmte mit schnellen Schritten auf ihn zu.

»Marc, du Idiot, ich weiß aus zuverlässiger Quelle, dass du mich elendig vermisst. Das muss doch nicht sein.« Sie lachte und drückte ihm einen Kuss auf die Lippen. »Du hättest einfach was sagen können«, sagte sie, als sie ihm spielerisch auf die Brust schlug. »Ich wäre in einem Tag hier gewesen. Na ja, egal. Jetzt bin ich ja da und heute Abend wird ordentlich gefeiert.«

Marc wirkte zwar überrascht, aber an seinem Profil konnte Flora erkennen, dass er grinste und der Frau etwas ins Ohr flüsterte. Er ließ seine Hand wie selbstverständlich auf ihre Hüfte rutschen, während er sie herumdrehte und mit ihr in Richtung seines Büros verschwand.

Der Himmel öffnete sich und ein Sturm aus Unglauben und Verzweiflung fuhr auf Flora herab. Unfähig sich zu rühren, stand sie mitten in der belebten Halle und blinzelte gegen das Brennen hinter ihren Augenlidern an. Fragen und unerträgliche Bilder rasten durch ihren Kopf. Dann endlich schickte ihr Gehirn eine plausible Erklärung. *Seine Schwester.* Ein befreiender Atemzug dehnte Floras Brustkorb. Er hatte zwar nie von ihr erzählt, aber er sprach ja sowieso nicht viel über seine Familie. Mit klopfendem Herzen drehte sie sich zum Kreativbereich. In Zukunft würde er Aufenthaltsraum und Kantine für die Servicemitarbeiter des Centers sein, doch obwohl die Arbeitsplätze bereits abgebaut waren, hingen heute alle ihre Kollegen hier herum. Weniger um letzte Kleinigkeiten für die Feier am Abend zu erledigen, sondern um noch ein bisschen Zeit miteinander zu verbringen.

Flora ließ sich an einem der Tische nieder und stellte ihre offene Tasche auf einen Stuhl. Ein Leuchten im Inneren zeigte ihr an, dass eine Nachricht eingegangen sein musste. Mit zittrigen Fingern holte sie ihr Handy heraus. Wahrscheinlich wollte Marc, dass sie nun in sein Büro kam, um ihr seine Schwester vorzustellen. Flora spürte auf ihren Lippen ein kleines Lächeln. War das ein Schock gewesen. Doch nun freute sie sich darauf, einen weiteren, hoffentlich netten Teil seiner Familie kennenzulernen.

»Bitte fahr ins Hotel und reise umgehend ab. Jetzt ist der Moment gekommen, mir zu vertrauen.«

Flora konnte die Worte lesen, aber den Inhalt der Botschaft nicht richtig decodieren. *Abreisen ... vertrauen ...* Es war, als würden zwei unpassende Puzzleteile aneinanderkleben. Warum sollte sie nicht seine Schwester ...

Sie blickte sich um. Giacomo lehnte an einem Tisch an der gegenüberliegenden Seite des Raumes und starrte zu ihr herüber, dann verzog sich sein Mund zu einem schiefen Lächeln. Plötzlich lief ein Schauer über ihren Rücken. Vor ihrem inneren Auge sah sie die Frau, die auf Marc zugelaufen war und ihn geküsst hatte. Und seine Hand, die wie selbstverständlich auf ihrer Hüfte landete. Flora nahm ihre Tasche und hastete in den zweiten Stock zu den Toilettenanlagen, die am äußersten Ende des Centers lagen. Sie brauchte einen neutralen Ort, um nachzudenken.

Sobald die Kabinentür hinter ihr geschlossen war, rollten die Tränen. Es war, als müsste erst der dichte Nebel in ihrer Seele herunterregnen, bevor sie fähig wäre zu beschließen, was sie tun wollte. *Wer war diese Frau, wenn sie nicht seine Schwester war?* Marc hatte den Eindruck gemacht, als würde er sich freuen, sie zu sehen. Aber warum durfte sie sie dann nicht kennenlernen?

Abreisen oder hierbleiben, vertrauen oder nicht? Irgendwann, nachdem all das unzählige Male in ihrem Kopf gekreist war, entschied sie sich für Vertrauen. Sie hatte es versprochen und nun war offenbar der Moment gekommen, es zu tun.

Mühsam beseitigte Flora die Mascara-Bäche auf ihren Wangen und kühlte ihre Augen mit feuchten Papiertüchern. Als sie das Gefühl hatte, man würde zumindest nicht auf den ersten Blick das Chaos in ihrer Seele erkennen, straffte sie ihre Schultern und trat aus dem Waschraum.

Okay. Sie würde es tun. Ins Hotel fahren, packen, abreisen. Was wusste sie schon. Möglicherweise war das Mädel eine Stalkerin mit gewalttätigen Tendenzen, vor der Marc sie schützen wollte. Sie klammerte sich an diese dürre Erklärung, während sie die Stockwerke hinunter bis ins Erdgeschoss lief.

Flora ließ ihren Blick durch die große Halle gleiten. So hatte sie sich ihren Abschied vom Center definitiv nicht vorgestellt und ihr Herz zog sich schmerzhaft zusammen. Sie versuchte, die Atmosphäre, das Licht und die Farben noch einmal intensiv in sich aufzunehmen. Sie breitete die Arme aus, legte den Kopf in den Nacken, betrachtete das bunte Glasdach und drehte sich um sich selbst. *Auf Wiedersehen, ›Belle Époque‹,* dachte sie *und danke für alles* … Dann wandte Flora sich zum Ausgang.

»Frau Lilienthal.«

Diese Stimme kannte sie. Erschrocken blickte sie sich um. Es war Herr Ebertzhagen, der die Treppe vom ersten Stock zu ihr hinunterschritt. Sein Kopf war hochrot. Er strahlte vor Freude. Hinter ihm erkannte sie Giacomo, Marc und – diese Frau.

»Bewundern Sie ihr Werk? Sie haben hier wirklich tolle Ideen eingebracht. Wenn ich allein schon an den Kinderbereich denke – außergewöhnlich! Es war genau die richtige Entscheidung, Sie in Hannover zu engagieren!« Inzwischen hatte er Flora erreicht und legte seine schwere Hand auf ihre Schulter. »Ich möchte mich außerordentlich bei Ihnen bedanken. Deshalb muss ich Sie auch gleich entführen. Bevor wir heute Abend die Feier genießen werden, gehen wir zusammen essen. Damit meine ich die heimliche Speerspitze der Centergestaltung. Sie, Giacomo, Marc, meine Wenigkeit und – habe ich Sie eigentlich schon vorgestellt? Dies ist meine Tochter Isabella. Sie studiert in New York.«

Das war seine Tochter? Die Erklärung ›gewalttätige Stalkerin‹ verabschiedete sich ins Nichts. Flora nickte und streckte mechanisch die Hand aus, die Isabella Ebertzhagen geflissentlich übersah. Dieser Affront konnte ihren Schmerz jedoch nicht maßgeblich vergrößern, denn die Erkenntnis, dass Isabella in New York studierte und Marc dorthin geflogen war, irritierte sie weit mehr. Doch das war möglicherweise ein Zufall. Sie weigerte sich, so schlecht von dem Mann zu denken, den sie liebte. Jedenfalls bevor er die Chance hatte, es ihr zu erklären.

»Ich fürchte, Frau Lilienthal wird heute Nachmittag noch für dringende letzte Vorbereitungen benötigt«, drang Marcs Stimme zu ihr herüber. Er wandte sich an Herrn Ebertzhagen mit einem bedauernden Gesichtsausdruck.

Welche letzten Vorbereitungen?

»Keine Sorge. Ich habe Marcella und dem Rest der Crew schon Bescheid gegeben. Sie sind so nett und übernehmen Floras Aufgaben. Sie kann also ruhig mit uns kommen.« Giacomo nickte in Richtung des älteren Herrn und lächelte verbindlich.

»Danke, das war sehr umsichtig von dir, Junge.« Er klopfte Giacomo auf die Schulter. »Dann können wir ja gehen.«

»Ich denke nicht, dass jemand Frau Lilienthals Part übernehmen kann. Es tut mir leid, aber heute Abend sollen die Gäste schließlich einen absolut stimmigen Eindruck bekommen«, setzte Marc mit bestimmtem Tonfall nach.

Herr Ebertzhagen bekam einen milden Gesichtsausdruck. »Marc, mein Lieber, ich weiß deinen Perfektionismus zu schätzen, doch jetzt ist der Moment, um zu entspannen. Du hast hier einen hervorragenden Job gemacht. Die Feier wird auf jeden Fall großartig. Na kommt, gehen wir.«

Bevor Flora die Chance hatte, Augenkontakt zu Marc herzustellen, hatte Giacomo sie auch schon an der Schulter herumgedreht und schob sie zusammen mit den anderen zu der Treppe, die zur Tiefgarage führte.

Dort stieg Herr Ebertzhagen mit Marc und Isabella in seinen Porsche Panamera. Giacomo machte eine Kopfbewegung in Richtung seines BMW. Flora setzte sich mit ungelenken Bewegungen hinein und wartete, dass er losfuhr. Während der Fahrt fiel lange kein Wort zwischen ihnen. Der Lärm in ihrem Kopf forderte ihre volle Aufmerksamkeit.

Sie war also die Tochter von Heinrich Ebertzhagen. Schwerreich, hip, sexy, interessierte sie sich ganz offensichtlich für Marc. Und er? Nun, vielleicht wollte er Isabellas Gefühle nicht verletzen und versuchte die Sache, aus der nichts werden würde, auf die sanfte Tour auslaufen zu lassen? *Glaub dran, Flora. Bemüh dich.* Er hatte schließlich um ihr Vertrauen gebeten. Nur … Sollte sich das nicht irgendwie besser anfühlen? Doch wenn alles auf der Hand läge, bräuchte man wohl kein Vertrauen, erinnerte sie sich. *Okay!* Sie atmete tief durch und zwang sich, Giacomo von der Seite her anzulächeln.

»Kennst du das Restaurant, in das wir fahren?«

»Nein, aber es soll toll sein. Du kannst dich freuen, Bella. Für dich wird das ein ganz besonderer Nachmittag, das verspreche ich dir«, sagte er mit einem knappen Lächeln.

Ein paar Minuten später erreichten sie die Parkgarage eines Hotels. Sie trafen Ebertzhagen, seine Tochter und Marc am Aufzug. Flora versuchte, sich so zu positionieren, dass sie ihn ansehen konnte. Sie wollte ihm ein Zeichen geben, dass er sich keine Sorgen zu machen brauchte – und natürlich hoffte sie auf ein ganz ähnliches Signal. Doch er war vollkommen in ein Gespräch mit Isabella verwickelt, die ihn quasi mit Blicken verschlang. Sie erzählte etwas vom Central Park und wie schön es dort gewesen sei, lehnte sich an ihn und fuhr mit ihren Händen über seine Brust und Arme. *Vertraut. Sehr vertraut.* Marc ließ es zu. Mehr noch. Er legte seine Arme an ihre Schultern. *War das schlau?* Wenn er nicht wollte, dass sie sich gesteigerte Hoffnungen machte, dann sollte er sie vielleicht nicht mit solchen Gesten ermutigen. Wann würde er damit anfangen, Distanz zwischen sie zu bringen? Floras Puls beschleunigte sich mit jedem Meter, den der Aufzug hinter sich brachte. Das *Ping* zwang sie, ihre Augen abzuwenden.

Sie folgten einem livrierten Ober zu einem Tisch aus glänzendem, dunklem Holz mit silbernen Platztellern. Breite Stühle, bespannt mit dunkelgrauem Samt, gaben dem Ambiente einen festlichen Anstrich. Flora sank tief darin ein. Es fühlte sich an, als würde das monströse Ding sie verschlucken wollen. *Nur zu.*

Sie saß neben Giacomo, gegenüber von Isabella.

Herr Ebertzhagen hatte links von ihr am Kopf der Tafel Platz genommen. »Bringen Sie uns Ihren besten Roséchampagner. Zwei Flaschen«, schmetterte er einem der Kellner entgegen und strahlte Flora an. »Es ist jedes Mal ein unbeschreibliches Gefühl, wenn ein großes Projekt fertiggestellt wurde.« Sobald der Champagner serviert war, hob er sein Glas. »Auf das Belle Époque und was mich sonst noch glücklich macht.«

Alle prosteten ihm zu. Flora starrte in Marcs Richtung. Warum bekam sie keinen Blickkontakt? Sie brauchte so dringend einen Moment, in dem ihre Augen sich finden konnten, aber Isabella klebte an ihm wie eine zweite Haut. Sie erzählte von ihren New Yorker Freunden, lachte und legte eine Hand in seinen Nacken. Das Gewicht auf Floras Brustkorb nahm Kilogramm um Kilogramm zu. Ihre Finger begannen zu zittern. Schnell faltete sie sie in ihrem Schoß. Irgendetwas musste sie tun.

»Sie leben also in New York. Und? Gefällt es Ihnen?« Flora versuchte, ihre Stimme fest und selbstbewusst klingen zu lassen.

»Hmm? Ja, klar«, antwortete Isabella, ohne ihre Augen und Hände von Marc zu nehmen.

Flora räusperte sich und setzte erneut an. »Ich äh … habe vor

Kurzem einen Reiseblog gelesen. Dort sollen viele nette Buchgeschäfte sein.«

»Was? Weiß ich nicht. Bücher interessieren mich nicht.«

Kühler konnte eine Antwort nicht klingen. War das peinlich. Aber zu sehen, was sich da vor ihren Augen abspielte, war noch schlimmer. Flora atmete tief durch. »Natürlich. Jeder hat andere Interessen. Was tun Sie denn so in New York?«

Isabella sah hinüber zu Giacomo mit einem Kannst-*du*-es-ihr-nicht-erklären-Blick, doch der zuckte nur mit den Schultern. Dann antwortete sie: »Ich studiere Fashion und ich habe mein eigenes Handtaschen-Label.«

»Oh, interessant. Fühlen Sie sich dort denn sicher? Die Kriminalitätsrate soll ja sehr hoch sein.« Unter dem Tisch rieb Flora ihre vor Anstrengung verkrampften Finger. Dennoch – wenn es sein musste, konnte sie stundenlang so weitermachen. Sie war Smalltalk-Profi. Ihren Eltern sei Dank.

»Keine Ahnung.«

Zugegeben, es war doch verdammt schwer, Isabellas Aufmerksamkeit von Marc abzulenken, ohne sich komplett zum Affen zu machen. Aber das war ihr egal. »Ich habe schon viele Reportagen über New York gesehen, daher frage ich mich – ist es wirklich so multikulturell und bunt?«, machte sie weiter.

Wahrscheinlich hatte sie jetzt genug genervt. Isabella drehte sich mit einem leisen Stöhnen zu ihr und musterte sie. »Es gibt jedenfalls eine Menge Freaks dort. Ich habe mich vorhin schon gefragt, ob das 'ne Art Cosplay-Kostüm ist.«

Sie deutete auf Floras dunkelblaues Petticoat-Kleid. Es hatte eine karamellfarbene Knopfleiste und einen gleichfarbigen Gürtel. Dazu trug sie passende Lederstiefel. Isabella sah auffordernd in die Runde, um Bestätigung für ihren Scherz zu bekommen.

Flora spürte, wie Blut in ihre Wangen schoss. Dies war ihr Lieblingsherbstoutfit und sie wusste, dass es Marc gefiel. Bisher dachte sie das jedenfalls, aber es schien im Moment vieles nicht so zu sein, wie sie angenommen hatte. Ihr Magen begann zu schmerzen. Dennoch zwang sie sich, über Isabellas Kommentar zu lachen, um nicht zu zeigen, wie brüskiert sie war. »Äh ... nein, das ist einfach die Art Klamotten, die ich gern trage.«

Giacomo beugte sich zu ihr herüber. »Gut gemacht«, sagte er leise.

»Ich habe tatsächlich selten jemanden gesehen, dem diese Art von Kleidung so gut steht wie Frau Lilienthal.«

Das war Marcs Stimme. Überrascht sah Flora auf und endlich verfing sich ihr Blick in seinem. Dann zuckte sie zusammen, denn es lag bodenloses Entsetzen darin und blankes Schuldbewusstsein. Ihr Herz fing an zu rasen. *Bitte nicht.* Hier lief offenbar etwas gewaltig schief.

Er schloss kurz die Augen. Als er sie wieder öffnete, war zwar der Ausdruck in ihnen verschwunden, doch seine Kieferknochen mahlten aufeinander und es schien, als würde er einen harten Kampf mit sich ausfechten. Bevor Flora die Chance hatte zu begreifen, was mit ihm los war, legte Isabella ihre Hand an seine Wange und drehte sein Gesicht zu sich.

»Willst du etwa, dass ich auch so was trage? Wobei – für dich würde ich es sogar tun.« Blinzelte sie ihm verführerisch zu.

»Das habe ich nicht gesagt. Ich meinte, dass es Frau Lilienthal ausgesprochen gut steht«, sagte er gepresst. Isabella klappte die Kinnlade nach unten.

»Der Küchenchef wünscht einen schönen Abend.«

Leider konnte Flora ihre Reaktion nicht weiterbeobachten, denn fünf Kellner stellten winzige Teller mit ebenso winzigen Metallhauben vor ihnen ab. Auf ein geheimes Zeichen hin wurden sie gelüftet und offenbarten das Amuse-Gueule. Eine Auster mit Zitronen-Chili-Soße.

Niemals hätte sie das durch ihren Hals bekommen. Marc und die anderen schon. Routiniert lösten sie das Tier aus der Schale und ließen es mit genussvollen Geräuschen in ihre Kehlen gleiten. Flora unterdrückte ein Würgen und murmelte etwas von einer Austernallergie.

»Also ich kann sie gut gebrauchen.« Isabella schnappte sich ihren Teller, schlürfte genüsslich und sah Marc dabei tief in die Augen.

»Wäre ja Verschwendung, wo ich sowieso Jetlag habe, findest du nicht, Schatz? Ich hoffe bloß, dir ist nicht wieder übel, wie bei deinen beiden letzten Besuchen. Dieses Mal will ich, dass du fit bist.«

Alle Energie entwich in Stoßwellen aus Floras Körper. Sie krallte sich an der Stuhllehne fest, doch im nächsten Augenblick forderte Herrn Ebertzhagens Stimme ihre Aufmerksamkeit. Er strahlte sie an und wollte offenbar die Gelegenheit nutzen, seine Rede für die Feier am Abend durchzugehen, denn er begann Fakten um Fakten zur ›HEC-AG‹ im Allgemeinen und zum ›Belle Époque‹ im Besonderen herunterzurattern. Flora nickte hin und wieder und zwang sich, zu einem interessierten Gesichtsausdruck, während Giacomo näher an sie heranrückte und eine ihrer Haarsträhnen um seinen Finger kreisen ließ. Zu ihrer Verblüffung drehte Isabella den Kopf in seine Richtung und starrte ihn einen Moment lang an. Dann bildete sich ein spöttisches Lächeln auf ihren Lippen und sie antwortete mit einem glockenhellen Lachen auf eine Frage von Marc.

Die gesamte Szenerie war so unwirklich, dass Flora sicher war, in einem Paralleluniversum gelandet zu sein. Komisch, sie hatte immer gedacht, man würde den Übergang merken. Aber so …

»Das Belle Époque ist wirklich das großartigste meiner Center bis hierher«, lachte Ebertzhagen in die Runde.

»Absolut. Und unsere süße Flora hat einen nicht unerheblichen Anteil daran«, sagte Giacomo. Dabei nahm er ihre Hand in seine, drehte sie und drückte einen Kuss auf die Innenseite ihres Handgelenks. *Ging's noch?*

Isabellas Kopf flog herum. »Echt jetzt?«, entfuhr es ihr scharf. Giacomo versenkte seinen Blick in ihrem und antwortete mit einem zufriedenen Brummen. Seine Hand landete wie zufällig auf Floras, die nun auf dem Tisch lag. Mit dem Daumen streichelte er ihre Finger. Sie hatte den Impuls, sie wegzuziehen, doch sie wollte erst einmal verstehen, was für ein Spiel hier gespielt wurde.

»So. Bevor wir das Essen zu uns nehmen, möchte ich die Gelegenheit nutzen, in diesem kleinen Kreis zu verkünden, welcher Herzenswunsch neben der Vollendung des ›Belle Époque‹ noch für mich in Erfüllung geht.« Herr Ebertzhagen stand auf und hob sein Glas. Intuitiv griff Flora nach ihrem. Er zog ein Taschentuch aus seiner Anzugtasche und wischte sich über die Augen. Dann sah er voller Stolz Marc und seine Tochter an. »Ihr beide macht mich zu einem glücklichen Mann und ich finde Isabellas spontane Idee, den feierlichen Rahmen heute Abend für eure Verlobung zu nutzen, wunderbar! Endlich kommt zusammen, was zusammengehört. Lasst euch umarmen, Kinder.«

Er beugte sich hinüber zu Isabella, gab ihr einen Kuss auf die Wange, wandte sich anschließend zu Marc, der sich bereits erhoben hatte, und zog ihn an sich.

Etwas Kaltes rann Floras Ausschnitt hinunter. Sie sah auf ihre Hand, in der nun kein Sektglas mehr war. Es lag zerbrochen auf dem Tisch. »Herzlichen Glückwunsch«, stammelte sie. Dann sprang sie auf und sah aus den Augenwinkeln Isabellas Clutch auf der Tafel liegen. Darauf prangte eine schwarze Rose. Ihr Blick kreuzte den von Marc. Das flackernde Grün seiner Augen flehte sie an. Es lag derselbe Schmerz darin, den sie in ihrem eigenen Herzen fühlte, doch sein Gesichtsausdruck war völlig ungerührt und seine Lippen blieben stumm. Kurz schwankte der Raum. Eine Sekunde später hatte sich Flora wieder gefangen. Ihr Fluchtreflex gab ihr Energie. »Ich muss nach Hause. Mein Kleid.« Sie warf die Serviette neben den Teller und stürmte zum Ausgang. Zum Glück hielt direkt vor dem Hotel ein Taxi.

»Kronenburg«, stieß sie hervor. »Bitte schnell.«

34

»Vertrau mir. Jetzt ist der Moment gekommen.« Flora ließ das Handy in ihre Tasche gleiten und öffnete die Zimmertür zum Hotelflur. Seit dem Mittagessen spürte sie ihr Herz in ihrer Kehle schlagen. Ihr Puls raste und ihre Finger zitterten.

Unzählige Male hatte sie versucht, Marc zu erreichen. Jeder Anruf ging ins Leere. X-mal war sie in Versuchung gewesen an die Verbindungstür zu klopfen, doch die Angst, auf Isabella zu stoßen, war zu groß. Sie wollte, sie musste mit ihm reden, aber Isabella zu begegnen, in seinem Zimmer – dafür war sie nicht in der Verfassung. Und trotzdem war er auf dem Holzweg, wenn er dachte, dass sie all das mitmachen würde. Ohne Gespräch. Ohne Erklärung. Daher hatte sie sich entschieden, nicht abzureisen. Noch nicht.

Der Taxifahrer stieg auf dem kleinen Hotelvorplatz aus dem Wagen und öffnete ihr die Tür. Anerkennend ließ er den Blick über sie gleiten und nickte lächelnd. »Derjenige, der mit Ihnen heute ausgeht, ist ein wahrer Glückspilz.«

»Danke.« Flora schluckte. Sie hatte sich in den letzten Tagen so oft vorgestellt, was Marc zu diesem Kleid sagen würde, wenn sie zusammen auf dem Ball wären. Ihre

Tante Marianne hatte es nach ihren Vorstellungen genäht und per Post geschickt. Es war genau so geworden, wie sie es sich erhofft hatte. Ein cremefarbenes Chiffonkleid, dessen Petticoatrock ihr bis zu den Knien reichte. Unterlegt mit dezentem Glitzertüll. An Taille und Ausschnitt abgesetzt mit champagnerfarbenem Satin. Dazu trug sie lange, glänzende Handschuhe in der gleichen Farbe. Alles hätte so schön sein können …

Warmes Licht strahlte aus Hunderten kleiner Scheinwerfer in die ellipsenförmige Halle. Die Luft war angefüllt mit dem Duft englischer Rosen, die sich zu opulenten Girlanden gebunden an den Balustraden des ersten und zweiten Stocks entlangschlängelten. Es sah zauberhaft aus. Zahlreiche Gäste waren in großer Abendgarderobe erschienen und standen in Grüppchen um die Tanzfläche herum. Flora bahnte sich ihren Weg durch die Menge. Irgendwo hier musste er sein. Das, was Herr Ebertzhagen heute beim Essen gesagt hatte, konnte Marc ihn unmöglich in aller Öffentlichkeit verkünden lassen. Sie nickte Marcella zu, die mit ihren langen, schwarz gelockten Haaren und einem roten Kleid im Carmen-Stil atemberaubend aussah. Anschließend entdeckte sie Thorsten und Wolfgang. Beide in dunkelblauen Anzügen. Sie hob die Hand zum Gruß und wären die Umstände andere gewesen, hätte sie schmunzeln müssen, weil sie ungewöhnlich chic und gerade deshalb ein klein wenig wie Versicherungsvertreter wirkten. So aber zwängte sie sich weiter hastig durch die Gäste und schaute sich um. Dann endlich erblickte sie Marc. Er stand neben der Bühne mit Herrn Ebertzhagen und Isabella. Den Arm um ihre Taille gelegt. Flora taumelte, fing sich jedoch sofort. Sie war schließlich nicht hier, um zusammenzubrechen, sondern um etwas Notwendiges zu tun. Er musste mit ihr reden. Sie musste ihn einfach aufhalten. Fast hatte sie ihn erreicht. Es lagen nur noch fünf Meter zwischen ihnen. »Marc!« Er zuckte, drehte sich aber nicht um, stattdessen bestieg er mit Isabella und deren Vater die Bühne.

Das Gemurmel unter den Gästen hörte auf. Es lag eine erwartungsvolle Stille im Saal. Herr Ebertzhagen ratterte seine Rede herunter und sparte nicht damit, seinen Centermanager in den höchsten Tönen zu loben. Dann hielt er inne. Mit einem breiten Lächeln blickte er in die Menge. Sein Kopf war rot und die Stirn glänzte vor Schweiß. Er wirkte stolz, glücklich und ungeduldig wie ein Kind, das mit einer guten Nachricht herausplatzen will und deshalb von einem Bein auf das andere tritt.

»Jetzt darf ich Ihnen noch etwas bekanntgeben, das mich ganz besonders freut.« Er rieb sich die Hände. »Meine Tochter Isabella und Marc Antonius werden in Kürze heiraten. Dies heute ist gleichzeitig ihre Verlobungsfeier.«

Applaus brandete auf. Wie in Zeitlupe sah Flora, dass Marc Isabella umarmte. Er küsste sie jedoch nicht. Direkt danach schaute er hektisch in die Zuschauermenge, als suchte er jemanden. Eine steile Falte stand auf seiner Stirn. Als er bei ihr angekommen war, blieb sein Blick hängen. Diese grünen Augen. Wie oft hatte sie sich darin verloren. Zwei Tränen rollten über Floras Wangen.

Ein Paar Hände legte sich schwer auf ihre Schultern. »Schade, ich hatte wirklich gehofft, du würdest ihm mehr bedeuten und dass er vielleicht nicht in der Lage wäre, das durchzuziehen, wenn du ihr gegenüberstehst«, hörte sie Giacomos Stimme hinter sich. »Eine Zeit lang war ich mir fast sicher, es wäre Luisa. Er ist ziemlich geschickt, das muss man ihm lassen. Aber tröste dich, Isabella ist die Tochter vom Boss. Da hattest du wohl keine Chance. Und wenn sie ihn nimmt, hat sie mich auch nicht verdient.«

Das war zu viel. Zu viel und zu verwirrend. Flora riss sich los und hastete den nächstgelegenen Treppenaufgang hinauf bis in den zweiten Stock. Dort blieb sie stehen und legte sich die Hände an die Stirn. Sie fühlte, wie stummes Entsetzen sich in ihr ausbreitete. Hatte Marc das gerade tatsächlich getan? Über das Geländer gebeugt sah sie, wie die Gäste nun die Tanzfläche freigaben. Isabella und er stellten sich in die Mitte. Ein Lied erklang. ›Perfect‹ von Ed Sheeran.

Das machte es komplett. Surrealer konnte die Situation nicht mehr werden. Aber vielleicht war jetzt alles so, wie es sein sollte, und Isabella war ziemlich ›perfect‹ für diesen Marc, den Flora offenbar nicht kannte. Es war, als würde sie nur eine Szene im Fernsehen betrachten.

Sie hätte gehen können, doch irgendetwas hielt sie zurück. Sie spürte, dass Marc und sie noch nicht ganz fertig miteinander waren. Die letzten Töne des Liedes verklangen. Andere ruhige Stücke wurden gespielt. Flora wusste nicht, wie lange sie schon am Geländer lehnte. Sie stand einfach da und ließ sich von zarten Klängen einhüllen. Ihr Herz verlangsamte seinen Rhythmus und ihr Geist kam zur Ruhe. Zorn und Verzweiflung traten in den Hintergrund. Auf einmal lag alles ganz klar vor ihr und in ihrem Inneren wurde es merkwürdig still. Es fühlte sich fast friedlich an.

Dann war er neben ihr.

»Flora, du solltest das heute nicht miterleben müssen, ich …« Sein Schmerz war in jeder Silbe spürbar.

»Es gibt sicher eine Erklärung«, sagte sie vollkommen ruhig, ohne ihn anzusehen.

»Ja. Ich bin so froh, dass dir das klar ist.«

Sie hörte seine Erleichterung. Verzweiflung und Erleichterung können manchmal nah beieinander liegen. Aber so einfach ist es hier leider nicht, dachte sie. Noch immer starrte Flora hinunter in die Halle und verfolgte wie in Trance die tanzenden Gäste.

»Nur ist es egal, welche Erklärung das ist.«

»Ich hatte dich gebeten, mir zu vertrauen.«

»Ich weiß«, flüsterte sie. »Und das wollte ich zuerst auch.«

»Und jetzt?«, fragte er leise.

»Nicht mehr.« Er atmete lange aus. »Du kannst zuhören, wenn du möchtest, aber ich diskutiere dies nicht.« Er schwieg. »Deine Gefühle für mich sind echt«, stellte sie fest.

Er fuhr sich mit der Hand über sein Gesicht und strich seine Haare zurück. Sie sah es nicht. Sie spürte nur, dass er es tat, weil sie ihn kannte.

»O Gott, ich hatte so gehofft, dass du das weißt, Flora. Seit ich dich kenne, habe ich Isabella nicht angerührt. Und ich werde es auch nicht. Ich werde sie nicht heiraten, denn darum geht es mir nicht.«

Flora nahm einen tiefen Atemzug und genoss einen Moment lang, wie ihre verkrampften Rippen sich dabei dehnten. »Das macht mein Erschrecken über dich nicht kleiner.«

»Ich …«, setzte er an, doch dann schwieg er.

»Dir weiter Vertrauen zu schenken wäre falsch. Du missbrauchst es, um etwas tun zu können, das Menschen verletzt. Liebe macht vielleicht blind. Aber nicht so blind, dass ich das tolerieren könnte.« Flora biss sich auf die Lippe, denn so langsam ließ die Betäubung nach und sie spürte wieder den Schmerz über das, was sie zusammen hätten sein können. »Und deshalb …«, fuhr sie fort, »ist dies hier verheerend für uns alle. Davor muss jeder Grund, den du nennen könntest, verblassen.«

Aus der Halle drangen sanfte Klänge zu ihnen. ›You don't know me‹ von Michael Bublé. Das Schicksal kannte sich aus mit Ironie.

»Flora …«

Sie nahm die Hand hoch, um ihn zu stoppen. »Hörst du das?« Einige Augenblicke lang lauschten sie.

»Flora, bitte …« Seine Stimme war voller Verzweiflung.

Sie drehte sich zu ihm um. »Dies ist kein Dialog, Marc. Es gab so viel Zeit, Dinge zu besprechen oder gemeinsam zu bedauern, wenn sie nicht zu ändern sind, doch jetzt ist all das nicht mehr wichtig.« Sie legte ihre Hand auf seine, die auf dem Geländer lag. »Du wusstest, dass das, was du vorhast, mit Liebe nicht vereinbar ist. Deshalb der Deal. Du hattest dich in mich verliebt, du wolltest mich vor Schmerz bewahren. Aber nicht so sehr, dass du grundsätzlich von deinem Vorhaben, wofür auch immer es gut sein soll, abgelassen hättest. Du hast dich nicht entschieden, Marc«, sie stockte, »oder es hat einfach nicht gereicht.« Flora blickte zu ihm hoch und sog das Grün seiner Augen noch ein letztes Mal in sich auf. »Niemand wird hierdurch glücklich werden. Und wenn es dich am Ende doch glücklich macht, bist du nicht der Marc, den ich lieben kann.« Dann drückte sie seine Hand kurz. »Es geht darum, wer man sein will.« Und ließ los. »Alles Gute dir.«

35

Der Schlüsselbund klimperte laut, als Flora ihn im Schloss ihrer Wohnungstür umdrehte. Dabei balancierte sie ihre Unitasche auf der Schulter und presste eine Einkaufstüte mit der Hüfte gegen die Wand. Mit einem Ruck sprang die Tür auf. Es war erstaunlich, dass sie schon klemmte, obwohl dies hier ein Neubau-Apartment war. Na ja, sie ließ eben nicht jeden herein. Ist ja auch gut so, dachte sie lächelnd.

Nachdem Flora ihre Einkäufe im Kühlschrank verstaut und die Heizung aufgedreht hatte, füllte sie den Wasserkocher und stellte ihn an. Dann setzte sie sich mit einem zufriedenen Seufzer in den großen geblümten Sessel, der in einer Fensternische platziert war, und kuschelte sich in eine gestrickte Decke. Als sie aus der gemeinsamen Wohnung ausgezogen war, hatte Melanie ihr das gemütliche Ungetüm geradezu aufgedrängt. Sie wusste, wie sehr Flora ihn liebte. Ein paar Schritte weiter stand ein kleines Sofa mit einem Bezug aus hellgrünem Samt und einer Menge bunter Kissen darauf. Das Ganze befand sich in einer freundlichen Wohnküche mit hellem Laminat und einer roten Küchenzeile.

Zwei Wochen hatte sie nach der Rückkehr aus Leipzig bei Melanie und Augustin gewohnt. Es war aber eher ein ›auf der Couch schlafen‹ gewesen, denn sie wollte sich erst gar nicht an ihr altes Zimmer gewöhnen. ›Es geht darum, wer man sein will.‹

Dieser Satz galt auch für sie. Das war Flora auf der Zugfahrt nach Hannover klar geworden. Sie hatte in Leipzig so viele neue Erfahrungen gesammelt und beschlossen, ihren Ängsten weiterhin ins Gesicht zu schauen, anstatt ihr Leben drum herum zu bauen. Am Anfang hatte sie sich davor gefürchtet, Panikanfälle zu bekommen, wenn sie nachts in ihrer eigenen Wohnung alleine wäre, aber das war zum Glück nicht passiert.

Flora kroch unter ihrer Decke hervor. Inzwischen war die Raumtemperatur ganz angenehm. Sie stand mit einem wohligen Seufzen auf, ging zur Küchenzeile und schaufelte Kaffeepulver in ihre kleine French-Press-Kanne. Mmh. Wie das duftete. Morgen wollte Melanie sie besuchen kommen. Dann würde es Cappuccino mit extracremigem Milchschaum geben. Heute Nachmittag jedoch sollte ein einfacher Kaffee reichen, denn es gab viel zu tun.

Neben dem Studium hatte sie angefangen, ihr eigenes Kinderbuch zu schreiben und zu illustrieren. Egal ob sie damit Erfolg haben würde oder nicht, es machte höllischen Spaß. Zwei Seiten des vorletzten Kapitels wollte Flora noch schaffen, bevor um achtzehn Uhr Tim zum Pizzabacken vorbeikäme. Sie dachte an sein freundliches Lächeln und ein kleiner Stich fuhr ihr durch die Brust. Zwölf Wochen war es her, dass sie Marc zum letzten Mal begegnet war. Er hatte sich nicht wieder gemeldet. Einmal, als die Erinnerung an ihre schönen Zeiten zu schmerzvoll und die Sehnsucht zu groß war, hatte sie im Internet recherchiert. Doch auf allen Seiten, die mit seinem Namen verbunden waren, stieß sie früher oder später auf sein Foto, und das konnte sie nicht aushalten. Daher wusste sie nicht, ob er Isabella geheiratet hatte. Sie versuchte, nicht zu oft darüber nachzudenken.

Viel wichtiger war, dass sie sich neben Melanie, die natürlich immer noch ihre beste Freundin war, endlich ein ganz eigenes soziales Leben aufgebaut hatte. Am Anfang war es schwer. Der Gedanke, wieder aktiv auf andere Menschen zuzugehen, schreckte sie ab. Vielleicht weil auch Marc plötzlich einen Teil seiner Persönlichkeit gezeigt hatte, mit dem sie nicht gerechnet hatte. Tagelang war sie müde und resigniert gewesen und hatte kaum das Haus verlassen. Bis sie bemerkte, dass ihre Welt immer kleiner wurde. Doch sie wollte offen bleiben. Deshalb weigerte Flora sich schließlich hartnäckig, diese Erfahrung auf andere Menschen zu übertragen, und ging ganz bewusst auf ihre Kommilitonen zu. Keinen Meter würde sie zurück ins Gästezimmer machen. Das hatte sie sich geschworen.

Und siehe da, es war ziemlich einfach gewesen, Kontakte zu knüpfen. Offenbar gab es einige Personen, die sehr gerne Zeit mit ihr verbrachten. Wie Tim. Er studierte Architektur im fünften Semester und sie fantasierten viel darüber, wie sich Farben und Formen gegenseitig beeinflussen. Mit ihm war das Leben leicht, fast so wie mit Dave. Doch je besser sie sich mit Tim verstand, desto mehr spürte sie die Sehnsucht nach dem, was sie mit Marc verbunden hatte, auch wenn das im Nachhinein nur eine Illusion war. Obwohl – das glaubte sie eigentlich nicht. Was sie hatten, war wunderbar, tief und echt gewesen. Es gehörte wohl nur nicht zu seinem Lebensplan … Flora goss das kochende Wasser in die kleine Kanne und drückte den Siebstempel herunter. Doch weil immer noch diese Gefühle in ihr existierten, hatte sie die Sache mit Tim geklärt. Sie wollte ihm keine falschen Hoffnungen machen, denn ihr Herz war nicht frei; und solange das so war, blieb ihr nichts anderes übrig als abzuwarten, bis sich das änderte.

Lange Wochen hatte sie sich das Gehirn darüber zermartert, was Marc dazu gebracht hatte, sie so zu hintergehen. Für eine schlüssige Antwort fehlten ihr letztlich zu viele Puzzlesteinchen. Aber eins war sicher. Es hatte nichts mit Liebe zu Isabella oder mangelnder Liebe zu ihr zu tun, sondern eher etwas mit seiner Familiengeschichte. Doch das würde sie wohl nie herausfinden.

Dennoch fühlte Flora sich jeden Tag zufriedener in ihrem Leben. Sie genoss ihr helles Apartment, das sie sich mit dem Geld aus Leipzig im Moment gut leisten konnte. Außerdem war sie eines Morgens mit einem Lächeln auf den Lippen und einer Idee im Herzen aufgewacht. An diesem Tag stellte sie sich in der Betreuungseinrichtung einer Grundschule vor.

Und tatsächlich wurde gerade jemand zur Unterstützung gesucht. Ihre finanzielle Unabhängigkeit war nun erst einmal gesichert, sodass sie nach dem Studium in Ruhe versuchen konnte, als selbstständige Illustratorin und Grafikdesignerin Fuß zu fassen. Alles lief also ganz wunderbar. Bis auf diese Gedanken an Marc …

Flora goss den Kaffee in eine geblümte Tasse und gab eine großzügige Menge Milch hinein. Dann ließ sie sich in ihren Sessel sinken, schloss die Augen und träumte sich zum vorletzten Kapitel ihres Buches.

Ein penetrantes Klingeln holte sie aus ihren Fantasien. Sie schaute auf die Kuckucksuhr an der Wand über dem Sofa. Es war gerade erst fünf. Hatte Tim sich um eine Stunde vertan? Flora lief den kleinen Flur entlang und riss ihre Wohnungstür mit einem breiten Lächeln auf.

»Na, Tim, du kannst es wohl nicht abwarten?«

»Wer ist Tim?«

Ihr Atem stockte. Marc starrte sie an, als hätte er das Recht auf eine sofortige Antwort und als wäre die Antwort die Voraussetzung dafür, dass er überhaupt erklärte, warum er hier war.

Das war so … absurd. Sein Blick – so unangemessen und deplatziert. Es war einfach furchtbar unwirklich, dass er dort stand. Flora konnte nicht anders, sie prustete los. Tränen liefen ihr über die Wangen. Zuerst Lachtränen, und dann sehr schnell echte Tränen. Sie legte sich die Hände aufs Gesicht, um sie zu verdecken, und ging einen Schritt rückwärts in ihre Wohnung. Mit einem leisen Klicken schloss Marc die Tür hinter ihnen. Er fasste sanft ihren Arm.

»Nicht. Bitte nicht verstecken. Ich will … das auch nicht mehr, Flora.«

Ihr Körper zitterte in Wellen. Er zog sie an seine Brust und sie weinte. Ihr Herz brannte. Sie hatte ihn so sehr vermisst. Viel stärker als sie sich bisher eingestanden hatte.

»Was zur Hölle machst du hier?«, nuschelte sie nach einigen Minuten an seiner Lederjacke, die nach kalter Winterluft roch.

»Ich will mit dir zusammen sein. Und ich habe wahnsinnige Angst, dass es dafür zu spät ist.« Vorsichtig hob er mit den

Fingern ihr Kinn an, um in ihre Augen zu sehen. »Ist es zu spät, Flora?« Sie wich seinem Blick aus.

»Das weiß ich nicht, Marc.« Sie fühlte, wie sein ganzer Körper sich anspannte. »Überleg gut, was du tust. Wenn es nichts Entscheidendes zu sagen gibt, dann solltest du besser wieder gehen.«

Er gab ihr einen innigen Kuss auf die Haare. »Ich kann verstehen, dass du Angst hast, weil ich dich so enttäuscht habe, und das tut mir unendlich leid. Bitte vertrau mir noch ein einziges Mal. Ich habe dir etwas Wichtiges mitzuteilen.«

»Okay, aber … vergeig es nicht«, schluchzte Flora.

»Eher würde ich mir eine Hand abhacken. Der Schmerz könnte nicht größer sein.« Er griff sanft unter ihre Knie und trug sie zu dem kleinen Sofa. Dort ließ er sich mit ihr nieder, sodass sie bequem saß und ihn ansehen konnte. Ihre Beine zog er auf seinen Schoß. Ein paar Sekunden sagte er nichts und sah sie nur an. Als ob er sich darüber wunderte, dass er jetzt tatsächlich hier war. Auf dem Couchtisch lag ihr Handy. Marc deutete mit dem Kopf darauf. »Ich möchte nicht unhöflich sein, aber dies ist vielleicht nicht die richtige Abendunterhaltung für einen Tim, oder? Es wäre doch schade, wenn er den Weg hierher umsonst machen muss.«

»Ich frage mich, ob deine Selbstsicherheit in der jetzigen Situation wirklich angebracht ist«, sagte sie spitz. »Und außerdem habe ich mich auf den Abend mit Tim gefreut.«

Er schloss für einen Moment die Augen und fuhr sich mit der Hand durch die Haare. Sie bemerkte, dass seine Finger zitterten. Dann sah er sie direkt an. »Flora, ich habe viele Dinge für mich geklärt und bin mir daher tatsächlich sehr sicher …« Sie blickte ihn fragend an. »… was für ein Marc ich sein will«, vollendete er den Satz.

»Und was für ein Marc ist das?«

»Ein Marc, der sich endlich mag; und den du hoffentlich lieben kannst.« Flora spürte, wie Hitze in ihre Wangen stieg. Er sah wieder auf ihr Handy. »Ich kann natürlich auch zu einem anderen Zeitpunkt wiederkommen.« Es stand ihm ins Gesicht geschrieben, wie viel Überwindung es ihn gekostet hatte, das auszusprechen. »Wir machen es so, wie du möchtest«, ergänzte er noch und drückte ihre Hand.

Sie nickte und tippte eine Nachricht an Tim, mit der sie ihn bat, den Abend zu verschieben. Doch sie fühlte auch ihr schlechtes Gewissen und hoffte inständig, dass dies nicht bloß ein hoffnungsloser Rückschritt für sie werden würde. Flora schloss die App und sah Marc auffordernd an.

Die Feuchtigkeit der kalten Winterluft brachte die leichten Wellen seiner Haare noch deutlicher hervor und ließ sie hier und da dunkler erscheinen. Ihre Hand wollte hindurchfahren und über seine Wange streichen, aber sie hielt sich zurück. Es kam jetzt vollkommen darauf an, was er zu sagen hatte. Das Ende ihrer letzten Begegnung war nichts, das sie einfach vergessen konnte. Sie hatte einen Marc erblickt, der bereit war, alles zu opfern. Egal wie glücklich sie vorher waren. Sie brauchte die Gewissheit, dass es nun einen echten Unterschied in seinem Selbst und in seinem Leben gab. Etwas, das sie als wahre Veränderung nicht nur hören, sondern nachvollziehen, spüren, begreifen und auch glauben konnte. Denn das, was sie durchgemacht hatte, würde ihr Herz kein zweites Mal ertragen. Und sie wollte Antworten. Ein›das kann ich dir noch nicht sagen‹ würde es mit ihr nicht mehr geben. Nie mehr.

»Nachdem du die Einweihungsfeier verlassen hattest, bin ich zu Isabella und ihrem Vater gegangen«, begann er. »Ich habe die Verlobung gelöst, mich getrennt und gekündigt. Entgegen all meinen Erwartungen tat es mir leid. Verwirrenderweise auch für ihren Vater.« Marc massierte seinen Nacken. »Danach habe ich meine Sachen gepackt und bin zurück nach Hamburg. Dort bin ich erst mal bei Alex in der WG untergekommen und habe in den nächsten Tagen einige geschäftliche Dinge rückabgewickelt. Und dann …«, er holte tief Luft, »habe ich meinen Vater besucht.« Er hielt inne und starrte auf die gegenüberliegende Wand. Vor seinem Inneren schienen die Bilder dieser Begegnung abzulaufen.

»Geht es ihm gut?«, fragte Flora leise.

»Ja«, sagte er und nickte. »Ich habe ihn aus der Reha abgeholt und nach Hause gebracht zu seiner neuen Frau und meiner … meiner kleinen Schwester Sophie.« Marc sah zu ihr herüber und blinzelte mit den Augen, als müsste er sich noch an den Gedanken gewöhnen, eine Schwester zu haben.

»Das waren ja viele Neuigkeiten für dich.«

»Stimmt.« Er schwieg einen Augenblick, so als müsste er entscheiden, womit er weitermachen sollte. Schließlich seufzte er resigniert. »Ich hatte nie vor, Isabella zu heiraten. Aber das, was ich vorhatte, ist in deinen Augen absolut niederträchtig; und jetzt, wo ich es klar sehe, in meinen auch. Ich weiß nicht, wie ich es dir sagen soll, denn ich möchte wirklich der Mensch sein, den du lieben kannst«, platzte er heraus.

»Was genau hattest du vor?«, flüsterte Flora tonlos.

»Nachdem du gegangen warst, war für mich alles zu Ende. Ich wusste, dass ich dabei gewesen war, einen riesigen Fehler zu machen.«

»Was spricht dann dagegen, es mir zu erklären?«

»Allein dass ich so lange geglaubt hatte, es wäre richtig, und es unbedingt wollte, ist nichts, was ich über mich erzählen möchte.«

»Dann musst du wohl raus aus deiner Komfortzone.« Flora legte den Kopf schief und sah ihn an.

Marc schwieg wieder für einige Sekunden. »In Ordnung«, sagte er dann, griff nach ihrer Hand und verflocht seine Finger mit ihren. »Ebertzhagen war der Konkurrent, der damals die Geschäfte von meinem Vater übernommen hat. Es wurden – wie du weißt – Mitarbeiter eingeschleust, um falsche Bestellungen aufzugeben und Kunden unfreundlich zu bedienen. Mein Vater wusste das nicht, als er an ihn verkaufte, und er hatte Ebertzhagen das Versprechen abgerungen, die Filialen unter dem Namen Antonius-Gärten weiterzuführen, weil ihm klar war, dass es Großvater sonst das Herz brechen würde. Nun, direkt nach der Übernahme war der Name Geschichte.«

»Oh.« Flora brauchte einen Moment, um sich auszumalen, wie es für Wilhelm Antonius gewesen sein musste, auf einen Schlag all das zu verlieren, was ihn jahrzehntelang ausgemacht hatte. »Das war sicher schlimm für deinen Großvater.«

»Es war schlimm für uns alle, Flora, aber für ihn am meisten. Er und ich haben in den letzten Jahren mit Hochdruck daran gearbeitet, die HEC-AG zu übernehmen. Wir haben über Jahre hinweg gezielt Kontakte zu finanzkräftigen Investoren geknüpft und mit Hilfe von Aktienkäufen durch Strohmänner waren wir jetzt so weit.«

»Unglaublich«, flüsterte sie, »und auch irgendwie eine große Leistung, oder nicht?« Es war ihr unbegreiflich, wie er all das tun und nebenbei noch ein Center nach dem anderen aufbauen konnte. »Doch das erklärt nicht die Sache mit der Verlobung«, erinnerte sie ihn.

»Nun, die Übernahme der Mehrheit im Aufsichtsrat war der geschäftliche Teil der Rache, aber wie du weißt, ist durch Ebertzhagens Aktion die Ehe meiner Eltern auseinandergebrochen und mein Großvater hat sein Lebenswerk verloren. Und ich bin mir sicher, dass meine Großmutter ...« Er drückte sich kurz mit Daumen und Zeigefinger gegen die Nasenwurzel. »Es ging daher auch darum, ihn den emotionalen Schmerz spüren zu lassen, der entsteht, wenn man sich an ein Versprechen nicht hält.« Marc hielt einen Moment inne und sah Flora an. »So, wie eine Verlobung eines ist.«

Sie schluckte. »Was wolltest du tun?«, fragte sie mit belegter Stimme.

Er sah auf ihre verflochtenen Finger und schloss die Augen. »Ich wäre an dem Tag der Hochzeit nicht erschienen.«

»O mein Gott.« Ihr wurde übel. »Du hättest sie vorm Altar stehen gelassen?«

»Im Standesamt. Und ja, es wäre schlimm gewesen, denn sie plante eine große Hochzeit.«

»Das ist entsetzlich. Darüber wäre sie vielleicht nie hinweggekommen. Womöglich ist sie kein besonders freundlicher Mensch, aber sie ist auch nicht aus Stein. Marc, ich bezweifle, dass du in der Lage warst, das zu planen und durchzuführen.«

»Doch, Flora. Ich will, dass du begreifst, dass ich absolut fähig dazu war.« Sein Blick durchbohrte sie fast.

»Okay.« Ihr Puls raste. Das war die Seite an ihm, die sie nicht kannte und sich nicht einmal hätte vorstellen können. Es schien ihm sehr wichtig zu sein, dass sie sich keine Illusionen über ihn machte. »Ich gebe zu, das erschreckt mich. Aber du sagtest ›war‹. Was hat sich verändert?«

Marc schwieg einen Moment und betrachtete die zarten Blumenranken an Floras Tapete. »Die Worte von meinem Vater im Krankenhaus waren zutreffend«, setzte er schließlich an und seine Stimme klang belegt. »Es ging die ganze Zeit nur um die Ziele und Ideale meines Großvaters. Er war besessen von dem Gedanken, es Heinrich Ebertzhagen auf allen Ebenen heimzuzahlen. Das Ziel war also Gerechtigkeit. Besser gesagt Rache. Da ich jedoch erst vierzehn war, war anfangs nur wichtig, dass ich die richtigen Wege einschlug, um so schnell wie möglich in sein Unternehmen einzusteigen. Abitur, Studium, Trainee-Programm. Wilhelm war immer ungeduldig, und das hat sich auf mich übertragen. Aber bitte versteh mich nicht falsch. Ich habe in der Zeit nicht gelitten. Es hat mir einen Sinn gegeben, eine klare Richtung. Und ich schätze, ich bin sowieso ein Mensch, der Ziele gerne mit Energie verfolgt. Außerdem hat es mich abgelenkt von der Tatsache, dass meine Familie sich aufgelöst hatte. Doch gerade weil ich mit alldem so ausgefüllt war, blieb keine Zeit, mir darüber klar zu werden, wer ich eigentlich bin und was ich will. Und das habe ich nicht einmal bemerkt. Genauso wie mein Vater damals.«

»Was meinst du damit?« Flora hatte ihm wie in Trance zugehört.

»Er und ich haben uns lange unterhalten. Die Geschichte ist tatsächlich anders gewesen, als ich gedacht hatte … Aber ich erzähle als Erstes den erfreulichen Teil.« Marc zwinkerte ihr aufmunternd zu. »Mein Vater hat vor fünf Jahren eine Streetworkerin kennengelernt.« Sein Mund verzog sich zu einem Lächeln. »Sie heißt Rosa. Die beiden haben sich ineinander verliebt und ziemlich schnell geheiratet. Er sagt, er ist jetzt wirklich glücklich, weil er mit ihr und der kleinen Sophie endlich er selbst sein kann und geliebt wird, wie er ist. Für Wilhelm war er immer nur der potenzielle Nachfolger und es stand außer Frage, dass er Betriebswirtschaftslehre studieren und die Geschäfte übernehmen würde.

Nun, und da meine Mutter ihm signalisiert hatte, wie attraktiv sie das findet, hat er es eben gemacht. Doch ohne zu verstehen, wer er eigentlich ist und was er aus seinem Leben machen möchte.«

Flora seufzte. »Es muss schlimm sein, sich jeden Tag fehl am Platz zu fühlen, weil man quasi als Fisch auf einem Baum leben muss.«

»Ich schätze, er sollte für Wilhelm nie etwas anderes sein als die Fortsetzung seiner selbst. Aber mein Vater ist komplett anders. Viel feinfühliger und zögerlicher bei Entscheidungen. Er denkt grundsätzlich immer gut von Menschen, und deshalb fällt es ihm schwer, jemanden auch mal in die Schranken zu weisen. Alles in allem ist er nicht unbedingt geboren für einen Geschäftsführerposten. Und das wollte Großvater nicht wahrhaben.« Marc verschränkte die Arme hinter dem Kopf. »Nach dem Verkauf und seinem Absturz hatte er das Gefühl, ein totaler Versager und zu nichts zu gebrauchen zu sein. Doch in den vielen Gesprächen mit Rosa gelang es ihm, sich daran zu erinnern, wie sehr er seinen Kumpel Fred beneidet hat, als der damals ein soziales Studium begann. Um es abzukürzen – er hat vor vier Monaten seinen Abschluss gemacht und wird bald ebenfalls als Streetworker arbeiten.«

»Wow«, flüsterte Flora.

»Finde ich auch. Der Herzinfarkt hat ihn zurückgeworfen, aber da ist so ein Leuchten in ihm, das ich noch nie gesehen habe und das mich ein bisschen neidisch macht.«

»Das ist schön. Er hat es sicher verdient. Und wie hat dein Großvater es aufgenommen, dass du alles abgeblasen hast?«

»Ich habe es ihm vernünftig erklärt und er hat es gleich eingesehen.«

Flora stockte der Atem. »Echt?«

Marc verdrehte die Augen und schmunzelte. »Nein! Aber es war interessant zu sehen, wie du versucht hast, es dir vorzustellen.«

Sie schlug ihm auf den Arm. »Erzähl jetzt endlich, was passiert ist.«

Er wurde ernst. »Tja. Die Geschichte ist nicht lang. Ich bin zu ihm gefahren, um ihm klarzumachen, was in mir vorgeht, wie ich mich fühle, was meine Gründe sind, und dann hat er mich rausgeworfen und gesagt, dass er mich nie wiedersehen will, und noch einige andere unschöne Dinge. Es kann also sein, dass er mit Enttäuschungen nicht sehr souverän umgeht.«

Flora sah, dass Marc sich bemühte, es leicht klingen zu lassen, doch sie konnte auch den Schmerz spüren, den es für ihn bedeutete, von dem Menschen fallen gelassen worden zu sein, der so viele Jahre lang seine engste Person gewesen war. Sie strich ihm über den Arm. »Das tut mir leid.«

»Danke, aber ich vermute, es ist besser so.«

Sie schwiegen eine Weile.

»Kannst du mir denn noch erzählen, warum du so unbedingt wolltest, dass ich Giacomo meide? Hattest du ernsthaft Angst, dass ich ihn attraktiv finde?«, fragte Flora dann.

Marc sah sie an und schmunzelte erneut. »Nein. Sie vergessen, wie selbstsicher ich bin, Miss Lilienthal.«

Sie schnaubte. »Du bist so …«

»Selbstsicher?« Er grinste.

Flora warf sich auf ihn und zerwühlte seine Frisur. »Antworte jetzt endlich!«

»Okay«, stöhnte er, während er durch seine Haare fuhr.

»Giacomo war mit Isabella zusammen, bevor ich …«, er räusperte sich und senkte den Blick, »also bevor sie dachte, dass sie und ich ein Paar wären. Ich habe sie ihm quasi ausgespannt. Daraufhin hat er ein paar krumme Dinge mit italienischen Lieferanten durchgezogen und in seine Tasche gewirtschaftet. Vielleicht aus Frust. Ich bin jedenfalls dahintergekommen und um das Band zwischen ihm und Isabella vollends zu durchschneiden, hab ich die Vorfälle gemeldet.« Er schaute zu ihr hoch. »Ich bin nicht stolz darauf, denn das war ziemlich schlimm für ihn. Fast wäre er rausgeflogen, doch Ebertzhagen braucht ihn dringend für bestimmte Verhandlungen in Italien.«

Flora legte sich erschrocken eine Hand an die Kehle. »Du bist echt weit gegangen, Marc. Giacomo tut mir leid. Trotzdem erklärt das nicht, was das mit mir zu tun hatte.«

»Nun, es war klar, dass er auf Rache sinnt, und ich war mir sicher, dass er davon ausging, dass ich dich höllisch attraktiv finde, womit er absolut richtiglag.« Marc zwinkerte ihr kurz zu. »Ich konnte das nur schlecht verbergen. Deshalb rechnete ich damit, dass er versuchen würde, dir nahezukommen, um mich zu provozieren und aus der Reserve zu locken. Das hätten natürlich sofort Isabella und Ebertzhagen erfahren. Für mich wäre der damals noch entscheidende Aspekt des Plans vernichtet gewesen. Ihr Vater hätte dann sehr schnell weitere Schlüsse ziehen können, zumal mein Name Antonius ist und ich ihn nur durch harte Arbeit in den Jahren zuvor von meiner Loyalität überzeugt hatte.«

Flora holte tief Luft. »Ich war also von Anfang an Teil eines Pokerspiels zwischen Giacomo und dir?«

Marc massierte sich den Nacken und fixierte dabei die gegenüberliegende Wand. Dann sah er sie direkt an. »Deswegen wollte ich nicht, dass du nach Leipzig kommst. Ich wusste, dass das für mich fast nicht zu schaffen sein würde.«

Vor Floras innerem Auge zogen verschiedene Begegnungen mit Giacomo und Marcs Reaktionen darauf vorbei. Sie schüttelte ungläubig den Kopf. »Aber … dann war ja nichts echt. Giacomos merkwürdiges Flirten nicht, deine …«

»Flora«, fiel er ihr ins Wort. »Meine Liebe zu dir war immer echt.«

Sie holte tief Luft. Ja, das wusste sie eigentlich. Trotzdem war es schwer, die bedrückenden Erinnerungen loszuwerden. »Okay, doch als Entschuldigung will ich später noch einiges mehr über das ›höllisch attraktiv‹ hören.«

»Nichts lieber als das«, sagte er mit einem liebevollen Lächeln und streichelte sanft ihren Arm.

Das fühlte sich so gut an. So vertraut, aber Flora hatte bis jetzt nicht alles gehört, was sie hören musste. »Und wie soll es nun für dich weitergehen?«, fragte sie dann.

Marc richtete sich auf. »Erinnerst du dich, wie du mich ständig damit genervt hast, was tagsüber mein Interesse geweckt oder mir gefallen hat?«

»Mhm«, schmunzelte Flora und strich ihm eine Haarsträhne aus dem Gesicht.

»Ich hab festgestellt, dass es sehr oft etwas mit erneuerbaren Energien und Elektromobilität zu tun hatte. Deshalb habe ich angefangen, mich in diese Themen einzulesen, erst mal nur um zu erfahren, was der neueste Stand der Forschung ist. Aber je mehr ich las, desto stärker war ich fasziniert. Es hat sich angefühlt, als würde ich irgendwie mir selbst auf die Spur kommen.« Er sah sie an. »Das ist ein sehr schönes Gefühl, Flora, das ich dir zu verdanken habe.«

»Gern geschehen.« Flora nickte ihm mit einem kleinen Lächeln zu.

»Anfangs dachte ich noch, es wäre ein temporäres Interesse, aber das Gefühl blieb, und dann reichte es mir nicht mehr, wissenschaftliche Artikel im Internet zu lesen. Deshalb habe ich mich in den Studiengang Elektrotechnik eingeschrieben.«

»Oh.« Flora zog ihn spontan an sich. »Das ist … toll! Das freut mich so für dich!«

»Danke!« Marc schlang seine Arme um sie. »Und weil ich gerne auch praktisch etwas tue, habe ich nebenbei mit einem Teil meines Geldes, das ich ziemlich erfolgreich angelegt hatte, zusammen mit einem Investor in ein Start-up für Elektroautos investiert«, flüsterte er an ihrem Ohr.

»Das ist … wow!« Flora löste sich von ihm und versenkte ihren Blick in seinen. »Dann hattest du ja richtig viel zu tun die letzten Wochen. Ich nehme an, das ist der Grund dafür, dass es drei Monate gedauert hat, bis du vorbeigekommen bist?«

Marcs Gesichtsausdruck verdüsterte sich. »Nein. Ich wäre am liebsten von Leipzig aus direkt zu dir gefahren. Doch ich musste zuerst mein Leben auf die Reihe bekommen und die Sache mit der ›HEC-AG‹ aus der Welt schaffen. Ich wollte verstehen, wer ich sein will, damit ich dir Antworten geben kann, falls du fragst. Und damit du mir glauben kannst, dass ich nicht mehr derselbe bin wie vorher.«

»Das ist dir gelungen«, sagte Flora leise.

Er legte sich beide Hände aufs Gesicht, ließ seinen Kopf nach hinten sinken und atmete einmal tief ein und aus. Dann nahm er die Hände herunter und strahlte sie so erleichtert an, dass ihr Herz überfloss. »Du ahnst nicht, wie sehr mich das freut.«

»Nicht mehr als mich.« Sie lächelte ihn glücklich an.

»Erinnerst du dich vielleicht noch daran, dass einer der beiden Gründe bei unserem Begeisterungsspiel sehr häufig etwas mit dir zu tun hatte?«

»Ist mir gar nicht so aufgefallen«, sagte sie und fühlte, wie ihre Wangen warm wurden. In der Zeit vor der wochenlangen Funkstille, und auch danach, hatte sie sich jeden Abend über die Maßen gefreut, ihn zu fragen, was ihn interessierte oder begeisterte, besonders da sein erster Grund immer und ausschließlich mit ihr zu tun hatte. Mal hatte Marc eine Blume fotografiert, die aus einer Mauer herauswuchs, mal einen Schmetterling, einen riesigen Eisbecher, eine coole rot-weiß gepunktete Sonnenbrille im 50er-Look und viele andere Dinge. Sie hatte jedoch versucht, sich ihre Freude nicht zu sehr anmerken zu lassen, da es ja eigentlich um ihn gehen sollte.

»Klar«, er verdrehte die Augen. »All das war sicher zu subtil, um dir aufzufallen.«

»Ich bin wahrscheinlich mehr der Typ für die großen und deutlichen Zeichen. Ich brauche wohl eine gewisse ›Unübersehbarkeit‹.«

»Ach ja? So etwas wie eine rosa Küchenmaschine?«

Flora winkte ab. »Eine vage Andeutung, die man im Nebel allgemeinerer Emotionen leicht missinterpretieren kann.«

»Andeutung, die man missinterpretieren kann?«

Flora zuckte mit den Schultern. »Ich merk eben manchmal nicht viel.« Sie grinste frech.

»Aber ich schon«, Marc sah sie liebevoll an. »Ich hab zum Beispiel gemerkt, dass ich bei dir zu Hause bin. Und dass ich der Mensch sein möchte, der für dich da ist, mit all deinen verrückten Facetten.« Er hob die Hand. »Wobei ich mich gerade noch ein bisschen von Lora und Florence erhole.« Er lächelte. Dann wurde er ernst und räusperte sich. »Ich möchte dir jetzt ein überdeutliches und unübersehbares Zeichen geben.« Er zog sie an sich und küsste sie, bis ihr dir Luft wegblieb und sie das Gefühl hatte, sich aufzulösen.

»Sie sind eindeutig zu selbstsicher, wenn Sie denken, dass ich nach alldem schon wieder bereit dafür wäre, Mister Antonius«, flüsterte sie keuchend.

Marc atmete tief ein. »Nein, das bist du wahrscheinlich nicht, Flora. Aber … ich muss es jetzt einfach tun.« Er richtete sich auf und drückte sie ein klein wenig von sich weg. Gerade so, dass er ihr in die Augen sehen konnte. »Ich liebe dich.« Sein Blick versank in ihrem. »Flora Lilienthal, dein Name ist perfekt und genauso wunderschön wie du. Und dennoch möchte ich dich fragen: Hättest du vielleicht noch Platz für einen Bindestrich?«

Flora spürte Hitze in ihre Wangen steigen. Ihr Herz hüpfte. Alles in ihr fing an zu kribbeln, vor Freude und unbändiger Erleichterung. Es fühlte sich an wie ein riesiges, unaufhaltsames inneres Kichern, das seinen Weg nach draußen suchte. Sie versuchte es wirklich, aber sie schaffte einfach nicht, es sich zu verkneifen … es nicht zu sagen … »Nur einen Bindestrich? Trägt man das heute so?«, platzte es aus ihr heraus.

Marc starrte sie ungläubig an. »… und ein ›Antonius‹! Du bist so ein Frechdachs!« Er packte sie, drückte sie auf das Sofa und fing an, ihre Rippen zu kitzeln. »Wie kannst du mir meinen Antrag ruinieren«, stöhnte er währenddessen.

»Ging ganz leicht. Ich schätze, du musst einfach mehr auf Zack sein«, rief sie prustend.

Er setzte sich auf, zog sie rittlings auf seinen Schoß und nahm sie mit dem Grün seiner Augen gefangen. »Und nun?«

Sie sah ihn ernst an. »Nun bitte ich dich, Marc Antonius, tief berührt und mit meiner ganzen Liebe, dasselbe in einem Jahr zu wiederholen.« Sie strich zärtlich mit ihren Lippen über seine. »Ich liebe dich, Marc, ich will nur noch ein bisschen Flora Lilienthal werden, denn ich habe gerade erst richtig damit angefangen.«

»Sehr gerne, mein Schatz.« Marc küsste ihre Wangenknochen, ihre Augenbrauen, ihr Kinn und ihre Mundwinkel.

Flora ließ die Lider sinken und genoss es mit jeder Faser ihres Seins.

»Mein Großvater weiß übrigens schon seit Wochen davon.«

Sie öffnete überrascht die Augen. »Du hast mit ihm darüber gesprochen?«

»Mhm, du warst dabei.« Schmunzelnd antwortete er auf das große Fragezeichen, dass ihr jetzt offenbar ins Gesicht geschrieben stand. »Als er fragte, ob du meine Freundin bist, sagte ich: ›Sie ist nicht meine Freundin, sondern meine zukünftige Frau‹. Ich schätze aber, du hast den zweiten Teil nicht gehört.«

Flora zwang sich, ihren Mund zu schließen. »Herr Antonius, Sie sind ja geradezu krankhaft selbstsicher!« Sie griff nach einem Sofakissen und warf es ihm an den Kopf.

Er fing das nächste Kissen geschickt ab. »Wenn man es weiß, weiß man es eben.«

»Und wieso musste ich dann auf der Fahrt zurück nach Leipzig so verdammt leiden?«

Marcs Miene wurde ernst. »Obwohl mein Großvater sich dir gegenüber wie ein Idiot benommen hat, war ich zu dem Zeitpunkt noch nicht bereit, unser Ziel aufzugeben, und gleichzeitig wusste ich, dass ich dich viel zu nah an mich heranlasse und damit an all das, was dir am Ende so wehgetan hat. Ich befand mich in völligem Zwiespalt. Ich wollte dich so sehr und spürte, dass ich es mit dir kaum schaffen kann.«

Flora schluckte beklommen. »Und wie, Marc, hätte das mit Isabella geplanterweise laufen sollen, wenn sie nicht zur Feier erschienen wäre, um dich zu überraschen?«

»Die Verlobungsfeier sollte eigentlich auf einem Weingut in der Provence eine Woche nach der Centereröffnung stattfinden. Da wärest du schon zurück in Leipzig gewesen. Ich hätte auf eine baldige Hochzeit in vier Wochen gedrängt und wäre so schnell wie möglich wieder zu dir gekommen.«

Flora setzte sich auf seinen Schoß und nahm sein Gesicht in ihre Hände. »Marc. Hättest du mir das irgendwann erzählt?« Sie forschte lange in seinem Blick und er hielt ihrem stand.

»Ich will ehrlich sein, Flora. Nein. Ich wollte nicht, dass du jemals davon erfährst.«

Sie sog scharf die Luft ein. »Dass du das mit der Hochzeitsfeier vorhattest, hat mich sehr erschreckt. Wenn du es getan hättest, hätte mich das umgehauen. Aber noch schlimmer wäre gewesen, nicht zu wissen, wer du bist. Wir würden es vielleicht nicht merken, doch wir würden uns niemals wirklich berühren. Und letztlich ist man dann allein. Ich finde, das wäre ein ziemlich hoher Preis für dein Schweigen und es ist überhaupt nicht das, was ich bei einem anderen Menschen suche, der mir so nahe ist wie du.« Marc sah sie nachdenklich an. »Man muss einfach sagen, was einem durch den Kopf geht, was man vorhat«, machte sie weiter. »Selbst wenn der andere die Meinung nicht teilt, ist man sich doch viel näher, als wenn man es mit sich alleine ausmacht.« Sie grinste ihn verschmitzt an und zwinkerte. »Und hin und wieder muss man wohl das Risiko von Ärger in Kauf nehmen.« Sanft strich sie ihm eine Haarsträhne aus der Stirn. »Das hab ich eigentlich von dir gelernt.« Ihr Blick glitt liebevoll über sein Gesicht. »Ich will etwas Echtes mit dir«, sagte sie leise. »Nur dann kann ich mich entspannen und auch meine skurrilen Ideen mitteilen, bevor ich sie umsetze. Und glaub mir – das ist besser für dich.« Sie zwinkerte und drückte einen Kuss auf seine Lippen.

Er schlang die Arme um ihre Taille. »Okay, ich hab verstanden. Aber du musst mir ein bisschen dabei helfen. Ich bin es sehr gewohnt, alles alleine zu durchdenken.« Er lächelte sie unsicher an und ihr Herz schmolz.

»Den Job mache ich gerne, wenn ich dafür den echten Marc haben kann.«

»Ist der denn interessant genug für dich?«

»Überaus interessant, würde ich sagen.«

Er strich mit den Händen ihren Hals und ihr Schlüsselbein entlang. Flora schloss die Augen und genoss das wunderbare Gefühl, dass er tatsächlich bei ihr war.

»Gut. In dem Fall glaube ich, ›sagen, was einem durch den Kopf geht‹ könnte mir gefallen. Hatte ich eventuell noch nicht erwähnt, dass ich in Hannover studieren werde?«

»Oh, das ist toll!«, seufzte sie mit geschlossenen Lidern. Auf ihrem Gesicht breitete sich ein Lächeln aus.

Marc massierte die langen Muskelstränge an ihrer Wirbelsäule und entlockte ihr damit weitere genussvolle Laute.

»Dann ist es auch nicht zu früh, dich zu fragen, wo du den Durchbruch haben möchtest, falls ich deine und die Nachbarwohnung für uns erworben habe?«

Sie riss die Augen auf. »Doch!«

Auf Marcs Gesicht zeigte sich ein jungenhaftes Lächeln, das ihr den Atem raubte.

»Nicht schlimm. Ich habe jetzt dreihundertfünfundsechzig Tage Vorfreude.«

Flora stemmte die Hände in die Hüften und funkelte ihn an, bevor sich ihr Mund zu einem Grinsen verzog. Sie neigte den Kopf ein wenig zur Seite, biss sich auf die Lippe und legte einen Finger an den Mundwinkel.

»Hmm, ich glaube, auf Ihre Vorfreude ist Fleur gerade sehr gespannt, Herr Antonius.«

DANKSAGUNG

Nach all der Zeit ist mein erstes Buch nun fertig geworden und dafür möchte ich mich herzlich bei Rainer Wekwerth bedanken. Du bist ein toller Schreiblehrer. Du hast mich so freundlich auf den Weg gebracht und begleitet. Ohne dich gäbe es dieses Buch sicher nicht. DANKE! :-)

Und vielen Dank an Claudia Pietschmann, meine Lektorin. Deine Klarheit hat mir sehr geholfen. Ebenso wie die zahlreichen Telefonate und all die Zeit, die du dir für mich genommen hast, für mein Manuskript, den Klappentext, mögliche Titel, Cover und die große Vielzahl anderer hilfreicher Tipps.

Meiner Schwester danke ich für VV und den Genitiv!!! ;-) Du bist ein wunderbarer Mensch. Die Coolste. In manchen Dingen ganz anders als ich, aber dadurch genau richtig. Ich bin so was von glücklich, dass ich dich habe.

Meine Eltern. Ihr ermutigt und unterstützt uns immer darin unseren Weg zu gehen. Danke! Ihr seid wie Norbert und Marianne aus der Geschichte. Kreativ, warmherzig und zugewandt. Die Besten.

Und meiner allerliebsten und längsten Freundin Reni danke ich für das Frühstück mit Klappentext. :-) Es ist immer so, als würden wir unser Gespräch nahtlos fortsetzen, egal wie viel Zeit verstrichen ist. Wunderschön, dass es dich gibt!

André. In einer Weihnachtskarte hast du mir 1995 geschrieben, dass Freunde wie Sterne sind. Immer da, auch wenn man sie mal nicht sehen kann. Nach so vielen Jahren wunderbarer Freundschaft weiß ich – das ist wahr. :-) Danke dafür und für so Vieles!

Printed in Poland
by Amazon Fulfillment
Poland Sp. z o.o., Wrocław

34311126R00208